ANNE GOLON

Angélique

Am Hof des Königs

Anne Golon

Angélique

Am Hof des Königs

Aus dem Französischen
von Nathalie Lemmens

blanvalet

Die Originalausgabe erschien 2007 unter dem Titel
»Angélique. Fêtes Royales« bei Éditions du Refuge, Lausanne.

FSC
Mix
Produktgruppe aus vorbildlich
bewirtschafteten Wäldern und
anderen kontrollierten Herkünften

Zert.-Nr. SGS-COC-1940
www.fsc.org
© 1996 Forest Stewardship Council

Verlagsgruppe Random House FSC-DEU-0100
Das für dieses Buch verwendete FSC-zertifizierte Papier *Munken Premium*
liefert Artic Paper Munkedals AB, Schweden.

1. Auflage

Satz: Uhl + Massopust, Aalen
Druck und Bindung: GGP Media GmbH, Pößneck
Printed in Germany
ISBN 978-3-7645-0292-8

www.blanvalet.de

Erster Teil

Die Reisen des Hofes

Kapitel 1

Am 21. Februar 1660 kam König Ludwig XIV. nach Cotignac. Auf seinem prächtigen Ross erklomm er Schritt für Schritt, Stufe für Stufe den Mont Verdaille, bis er die Stelle erreichte, wo ihn die Heilige Jungfrau von Notre-Dame de Grâces erwartete, der er sein Leben verdankte.

Die provenzalische Winterluft war klar und voller Licht.

Seit über einem Jahrhundert war das kleine Dörfchen Cotignac ein bekannter Wallfahrtsort. Mit seinen blassroten Ziegeldächern, seinen beruhigenden Quellen unter der flirrenden Sonne und seinen zu Gebet und Meditation einladenden Höhlen schien es geradezu den Steilhang hinabzufließen. Und in der Ferne wähnte man hin und wieder hinter sanften Hügeln und flachen Ebenen, vermischt mit dem Blau des Himmels, das tiefblaue Mittelmeer zu erkennen.

Am Fuß des vielfarbig schillernden Steilhangs kniete seine Mutter, Königin Anna von Österreich, in der Kirche und durchlebte noch einmal jene Zeit voller Hoffen und Bangen, die sie zwanzig Jahre zuvor durchlitten hatte, hin- und hergerissen zwischen dem Königreich ihres Gemahls Ludwigs XIII. und dem Reich ihrer beiden Brüder, Philipp IV. von Spanien und Kardinalinfant Ferdinand, beide erbitterte Gegner Frankreichs.

Nach über zwanzig Jahren unglücklicher Ehe quälte sie damals der Fluch ihrer Unfruchtbarkeit, und das Schreckbild der Verstoßung, das der unduldsame Kardinal Richelieu unablässig heraufbeschwor, weil sie seine politischen Pläne störte, verwandelte das Leben dieser immer noch jungen und schönen, von allen verlassenen Königin von Frankreich in einen Albtraum. Allein der Glaube und ihre feste Zuversicht hatten sie überleben lassen. Nur göttliches Eingreifen schien noch Rettung zu verheißen, nur die Mystiker hatten ihr neuen Mut schenken können. Im Laufe der Jahre hatten sie als Einzige die Verzweiflung der leidgeprüften Königin zu lindern vermocht, die in der ständigen Furcht lebte, niemals Mutter zu werden.

Ihre bescheidenen, frommen Stimmen, die ihr voller Zärtlichkeit und Überzeugung das göttliche Versprechen zuwisperten, hatten ihr Kraft und das Vertrauen in sich selbst und ihren Körper wiedergegeben, der vom schlimmsten Scheitern bedroht war, das einer Frau widerfahren konnte: der Unfruchtbarkeit, die sie noch zu Lebzeiten aus dem Dasein verbannte.

Die Mystiker und ihre warmherzige Nächstenliebe, die der Gottes auf Erden nachstrebte, hatten sie mit ihren glühenden, sich aus verschwiegenen Klöstern aufschwingenden Worten getröstet, mit unerkannten Wallfahrten, die kein anderes Ziel hatten, als ihr die göttliche Botschaft zu übermitteln.

Zunächst war da Schwester Anne-Marie gewesen, eine Benediktinerin aus der Kongregation Unserer Lieben Frau vom Kalvarienberg. Dieser Orden war einst von Père Joseph, der grauen Eminenz von Kardinal Richelieu, gegründet worden und hatte sich der »Kontemplation der Mysterien der Passion Christi und des Mitgefühls Unserer Lieben Frau« verschrieben.

Die in der Bretagne geborene Anne de Goulaine war als Schwester Anne-Marie in Morlaix ins Kloster eingetreten. Am Karfreitag 1630 hatte sie im Angesicht ihrer Gemeinschaft während einer Ekstase die Stigmata empfangen. Seit langem schon war ihr die Gnade zuteilgeworden, mit dem Himmel zu kommunizieren. Sie war vor allem die Seherin von Ludwig XIII. und seinem Kardinal gewesen, die sie nach Paris geholt hatten, wo sie sie beriet und sie in ihrem unsteten Glauben aufrüttelte, der in ihren Augen immer ungenügend blieb. Ihnen hatte sie vorausgesagt, dass »Corbie zurückerobert werden würde«, ein Wunder, das sie in strategischer Hinsicht nicht zu erhoffen gewagt hatten. Und doch vergaß Schwester Anne-Marie die Königin nicht, die die beiden Männer so gerne ignorierten. Oftmals hatte sie ihr Gottes Botschaft übermittelt, dass sich ihr Wunsch, Mutter zu werden, erfüllen würde.

Auch im burgundischen Beaune gab es eine Karmelitin, Schwester Margareta vom Heiligen Sakrament, der im Stillen häufig die Jungfrau Maria und das Jesuskind erschienen waren.

Im Jahr 1632, dem gleichen, in dem Anna von Österreich in die Abtei von Frigolet in der Nähe von Avignon gereist war, um vor dem Bildnis der Heiligen Jungfrau von Notre-Dame du Bon Remède niederzuknien und auch ihr ihr inständiges Flehen darzubringen, war der Nonne am 16. Februar die Gnade der mystischen Vermählung zuteilgeworden, und sie hatte die Stigmata empfangen.

Ihr außergewöhnliches spirituelles Schicksal schien auf unerklärliche Weise mit der bislang vergeblich erhofften Geburt eines französischen Thronerben verbunden zu sein. Der Herr habe ihr wiederholt anvertraut, so ließ sie mitteilen, »wie sehr Er den König liebe … Er wolle, dass sie für die Geburt eines Dauphins[1] betete … Sie solle ihn durch seine Kindheit erhalten … Der Dauphin werde das Werk seiner eigenen göttlichen Kindheit sein.«

In ihrem Kloster war Schwester Margareta mit der Aufgabe betraut, die »der Kleine Ruhmeskönig« genannte Statue des Jesuskinds zu den Zeremonien anzukleiden. Bei mehreren Gelegenheiten hatte sie ihm die Gewänder des Dauphins angezogen. Am 15. Dezember 1635 hatte sie das Versprechen empfangen, dass sie nicht sterben würde, ohne zu erleben, dass Frankreich die Gnade der Geburt eines Dauphins geschenkt werde. Der Karmel von Beaune hatte die Königin durch Vermittlung des großen Klosters in Paris darüber in Kenntnis setzen lassen. Und am 15. Dezember 1637 hatte die Karmelitin aus derselben göttlichen Quelle erfahren, dass die Königin mit einem Dauphin schwanger war … während diese selbst sich über ihren Zustand noch im Zweifel befand.

Schließlich war da noch Bruder Fiacre gewesen. Dem überaus demütigen Töpfer aus Montmartre, der sich stets nach dem religiösen Leben gesehnt hatte, war nach langen Jahren die Gnade erwiesen worden, in das Kloster der Augustiner-Barfüßer eintreten zu dürfen, bei denen er jeden Morgen die Messe diente und an deren Gebeten er sonntags teilnahm. Als er am 19. Mai 1631 in die Gemeinschaft aufgenommen worden war, hatte er den Ordensnamen Bruder Fiacre de Sainte Marguerite angenommen.

Von Beginn an hatte dieser bescheidene Beter aus dem kleinen Augustinerkloster das Gefühl verspürt, der Himmel habe ihm den Auftrag erteilt, zu beten und Gelübde abzulegen, damit dem König, dessen Ehe seit beinahe zwanzig Jahren unfruchtbar geblieben war, ein Erbe geboren würde.

Diese Mission des Himmels war so drängend, dass der arme Bruder schließlich nicht mehr anders konnte, als sich seinem Beichtvater anzuvertrauen.

»Pater, vor sieben Jahren hat Gott mir den Gedanken eingegeben, ihm und der Heiligen Jungfrau Gebete und Gelübde für den König und die Königin darzubringen. Seitdem bin ich davon überzeugt, dass Gott ihnen einen Dauphin schenken will und es sogar vonnöten wäre, Ihre Majestäten darüber in Kenntnis zu setzen …«

Bezüglich dieser Gelübde hatte Bruder Fiacre bereits genaueste Anweisungen erhalten. Gott wollte, dass Bruder Fiacre drei Novenen zu Ehren der Heiligen Jungfrau betete: die erste Novene vor Unserer Lieben Frau von Notre-Dame de Grâces in Cotignac in der Provence, die zweite in Notre-Dame in Paris und die dritte in Notre-Dame des Victoires, der Kirche des Augustinerklosters von Paris.

Sicherheitshalber rieten sein Beichtvater und der Abt Bruder Fiacre, den Himmel um einen Beweis zu bitten.

Als sich das Gerücht verbreitete, die Königin sei schwanger, begann das ganze Königreich mit ihr zu zittern. Ihre Hoffnung war schon so oft enttäuscht worden. Würde die Königin dieses Kind endlich austragen können?

Diesmal ließ sich Bruder Fiacre nicht davon abbringen.

Sie mussten die Königin informieren.

Der Himmel hatte ihm den Beweis geliefert, um den er gebeten hatte: Als er eines Tages inbrünstig in seiner Zelle betete, hatte er hinter sich plötzlich ein Kind weinen hören.

Als er sich umdrehte, hatte er die Jungfrau Maria vor sich gesehen.

Sie trug drei goldene Kronen übereinander und ein mit Sternen übersätes blaues Gewand.

»Habt keine Angst, mein Kind«, hatte sie zu ihm gesagt. »Ich bin die Mutter Gottes.«

Da sie ein Kind in den Armen hielt, war er auf die Knie gefallen, um Jesus Christus, seinen Erlöser, anzubeten.

»Das ist nicht mein Sohn«, hatte die heilige Jungfrau daraufhin erklärt. »Das ist das Kind, das Gott Frankreich schenken will.«

Diese erste Erscheinung hatte über eine Viertelstunde gedauert. Dann war die Jungfrau Maria verschwunden.

Doch sie kam wieder. Ein zweites und ein drittes Mal. Und schließlich sagte sie zu ihm: »Zweifelt nicht länger, mein Kind. Richtet der Königin aus, sie solle drei Novenen beten. Hier seht Ihr das Bildnis von Notre-Dame de Grâces in Cotignac.«

Daraufhin hatte sich in seiner bescheidenen Zelle der Blick auf eine weite Provence-Landschaft geöffnet, und gleichzeitig hatte er vor sich das Bild der Statue gesehen, die dort verehrt wurde. Sie glich der Frauengestalt, die ihm erschienen war, »wenn auch ein bisschen dunkler«. Das Ganze hatte lange genug gedauert, dass er sie ausgiebig betrachten konnte.

Durch die Vermittlung von Monsieur Bernard, dem Geistlichen des Armenhospitals Hôtel-Dieu, der auch »der arme Priester« genannt wurde, hatte die Königin schließlich von Bruder Fiacres Visionen erfahren.

Am 20. Januar 1638 berichtete Monsieur Bernard der Königin in einem langen Schreiben von den Versprechen, die die Jungfrau Maria Bruder Fiacre gegeben hatte.

»Die Freude, die ganz Frankreich bei der Nachricht von Eurem glücklichen Zustand erfüllt, verpflichtet mich dazu, Euch diese Zeilen zu senden …«

Von diesem Tag an wollte jeder Bruder Fiacre persönlich begegnen, um die Hoffnung zu bewahren.

Und so wurde er in den Louvre gerufen.

Von neuer Zuversicht erfüllt und gestärkt, lauschte die schwangere Herrscherin den beruhigenden Gewissheiten des bescheidenen Augustiner-Barfüßers.

»Ihr seid nicht der Erste, der mir diese Gnade Gottes verheißt«, hatte sie auf Latein entgegnet, »aber Ihr seid der Erste, der es mich wirklich glauben lässt.«

Dieser leuchtende Glaube sollte das unerträgliche Warten, diese nicht nur von der Sorge um das Leben des zerbrechlichen kleinen Wesens, das sie in sich trug, sondern auch von der Ungewissheit um sein Geschlecht beherrschten neun Monate in eine Zeit belebender Freude verwandeln. Sie zweifelte nicht mehr. Ihr Kind würde lebend zur Welt kommen, und es würde ein Junge sein.

Sogar Ludwig XIII. hatte seinen angeborenen Pessimismus bezwungen und seine Freude und sein Vertrauen in das Versprechen des Himmels kundgetan, indem er »mit größter Sorgfalt« alle notwendigen Entscheidungen traf, um den Haushalt des künftigen Dauphins zusammenzustellen. Außerdem hatte er der Kathedrale Notre-Dame von Paris eine Garnitur Altargerät aus feuervergoldetem Silber gestiftet, welches beim Tedeum verwendet werden sollte, das am Tag der Geburt gesungen werden würde.

Am 6. Februar 1638 brachte man der Königin »in größter Ergebenheit« den Gürtel aus Notre-Dame von Puy en Anjou in der Nähe von Saumur. Diese Wallfahrtskirche war zwar nicht so bekannt wie Notre-Dame in Puy en Velay, aber dort wurde eine bedeutende Reliquie verehrt, ein Gürtel der Jungfrau Maria, der vor Fehlgeburten schützte und den die Königin von diesem Tag an getragen hatte.

Am 7. Februar ließ König Ludwig XIII. Bruder Fiacre und seinem Abt, Pater Jean Chrysostome, eine ordnungsgemäß von eigener Hand in Saint-Germain-en-Laye unterschriebene und von Subet gegengezeichnete Anweisung überbringen. Darin trug er den beiden auf, unverzüglich aufzubrechen und die Gebete darzubringen, die der Himmel von der Königin verlangt hatte.

»*... Und angesichts des großen Beistands, den die Gnadenvolle Jungfrau von Cotignac bereits zahlreichen Frauen bei der Bewahrung ihrer Leibesfrucht gewährt hat... erteilt der König... da er keines der ihm zur Kenntnis gebrachten Mittel auslassen möchte, um diese himmlische Gnade für seine Gemahlin, die Königin, zu erwirken... Pater Chrysostome, dem Abt des Augustinerklosters von Paris, den Auftrag, lediglich in Begleitung von Bruder Fiacre aus dem gleichen Orden zur Gnadenvollen Jungfrau nach Cotignac zu reisen.*

Dort angekommen, soll er Gott die Gelübde und Gebete Seiner Majestät darbringen und an neun aufeinanderfolgenden Tagen die heilige Messe feiern, damit es Gott in Seiner Güte gefallen möge, nach der Darbringung dieses Opfers seiner Gemahlin, der Königin, eine glückliche Nachkommenschaft zu schenken und sie die Frucht, von der ganz Frankreich hofft, dass sie sie in ihrem Leib trage, bis zur ersehnten Niederkunft bewahren zu lassen.

Zu diesem Behufe weist Seine Majestät Pater Hilarion, den Generalvikar besagten Ordens, an, besagtem Pater und Bruder zu erlauben, unverzüglich zu besagtem Gnadenort aufzubrechen.

Ebenso werden alle Gouverneure und Generalleutnants Seiner Majestät in allen Provinzen und Städten, die sie auf dem Weg dorthin durchqueren müssen, angewiesen, besagte Ordensleute zu empfangen und aufzunehmen und ihnen alles zu gewähren, worum sie bitten sollten, sowie ihnen freies und sicheres Geleit in ihrem gesamten Amtsbereich zu geben und ihren Durchzug weder zu behindern noch aufzuhalten oder zuzulassen, dass dies von anderer Seite geschehe, sondern ihnen jeden Dienst und jede Hilfe zukommen zu lassen, die nötig ist.

Verfasst in Saint-Germain-en-Laye, den 7. Februar 1638.
Gezeichnet: Ludwig
Gegengezeichnet: Sublet.

So hatten sich der Abt und der Bruder auf den Weg gemacht, ihre kümmerlichen Barfüßer-Sohlen und die Hornhaut an ihren Füßen im Straßenstaub zu verschleißen. Es dauerte fast drei Monate, bis sie Cotignac erreichten, was bedeutete, dass sie pro Tag nur wenige Meilen zurücklegten. Denn unablässig wurden sie von Menschen aufgehalten, die ihnen entgegenkamen und hören wollten, wie der Seher ihnen versicherte, dass die Königin ihre Leibesfrucht diesmal bis zur Niederkunft behalten und das Kind ein Dauphin sein werde.

Am »Gnadenort«, in Cotignac, angekommen, erkannte Bruder Fiacre in dem wundertätigen Bildnis, das dort verehrt wurde, die Jungfrau Maria wieder, die ihm erschienen war.

Im Namen Ihrer beiden Majestäten, des Königs und der Königin von Frankreich, beteten die beiden demütigen Mönche die langen Novenen, Andachtsübungen und Bittgebete, die der Himmel verlangt hatte.

Am 5. September jenes Jahres 1638 kam um halb zwölf Uhr mittags in Saint-Germain-en-Laye ein Dauphin zur Welt.

Und mehrere Astrologen wiesen darauf hin, dass er im Sternzeichen der Jungfrau geboren war.

Ungefähr zwanzig Jahre nach diesen Vorhersagen stieg der mittlerweile zum König herangewachsene Dauphin den Berg hinauf zu jener Jungfrau, die ihm die Ehre erwiesen hatte, ihn in einer Erscheinung auf ihrem geheiligten Schoß zu halten.

Alle waren sich einig, dass noch niemals ein Wallfahrtsort oder irgendein anderer Fürst auf Erden mit einer solchen Darstellung der Mutter Gottes geehrt worden sei.

Er war tatsächlich Louis Dieudonné, der »von Gott Geschenkte«.

Auf dem Gipfel angekommen, hörte er in der kleinen Kapelle die heilige Messe, die vom Bischof von Fréjus gelesen wurde. Anschließend legte er zum Gedenken an diesen Dankesbesuch sein blaues Ordensband des Ordens vom Heiligen Geist auf den Altar, um die Statue der Heiligen Jungfrau damit zu schmücken, und dazu den Diamantring, den er am Finger trug.

Dann kehrte er zu seiner Mutter und dem Hof an den Fuß des Berges zurück.

Unterdessen hatte Anna von Österreich der Kapelle von Notre-Dame de Grâces sechstausend Messen gestiftet. Darüber hinaus verlieh der König dem Sieur Gaspard Figanière einen Adelsbrief, um den Ort Cotignac, dem er so viel zu verdanken hatte, durch die Erhebung seines Bürgermeisters in den Adelsstand zu ehren.

Doch das Gesicht des schönen jungen Mannes blieb sorgenvoll, nicht ein Lächeln zeigte sich auf seinen traurigen Zügen.

Denn sein Herz war gezeichnet von den Narben eines schmerzlichen Liebeskummers.

Kapitel 2

Alles hatte zwei Jahre zuvor nach der schweren Krankheit begonnen, die den König nach dem Sieg von Mardick in Calais niedergestreckt hatte und an der er beinahe gestorben wäre. Man machte die Strapazen des Feldzuges dafür verantwortlich.

Turenne belagerte damals Dünkirchen.

Der König besuchte häufig das Feldlager von Mardick, um an der Seite seines militärisch gewandeten Freundes M. de Turenne die Fortschritte der Belagerung und die Folgen der seltenen, jedes Mal kläglich endenden Ausfälle der Belagerten in Augenschein zu nehmen.

Die Hitze war unerträglich. Es gab kaum Wasser, und »die Leichen des vergangenen Jahres, die halb vergraben im Sand lagen, ohne zu verwesen, verbreiteten einen unangenehmen und äußerst ungesunden Gestank«.

Die Besuche des Königs hoben die Stimmung der Truppen. Aber die Lage war deswegen nicht weniger unsicher, das Erreichen ihrer Ziele nicht weniger ungewiss und die Situation demzufolge für alle Beteiligten ausgesprochen mühselig.

Die Belagerung von Dünkirchen dauerte nun schon einen Monat, und die Stadt war kurz davor, sich zu ergeben, als Turenne die Nachricht erhielt, dass der Prinz von Condé und Don Juan José de Austria an der Spitze der vereinten spanischen Truppen näher rückten, um die Einnahme von Dünkirchen zu verhindern. Turenne bat den König um den Befehl zur Schlacht, der ihm auch unverzüglich erteilt wurde.

»Rasch stürmte er aus seinen Verschanzungen, überraschte die spanische Armee und besiegte sie.«

Daraufhin schlugen die Belagerten von Dünkirchen die Schamade und baten um die Kapitulation.

Die Truppen und die Bewohner der umliegenden Städte, bis hin nach Paris, ergötzten sich an der Verkündung von Siegen, und am liebsten lauschte man Schilderungen, wie sich der junge König an der Spitze seiner Armee gezeigt habe. Stück für Stück hob seine auf den Schlachtfeldern triumphierende Jugend das Ansehen Frankreichs.

Auch diesmal war er vor Ort gewesen, und man erfreute sich an dem schlichten Bericht:

»Eine halbe Kanonenschussweite von Mardick entfernt stand der König vor seinen Reihen, um mit anzusehen, wie die besiegte Garnison die Festung verließ.

Sie bestand aus sechshundert Reitern und zwölfhundert Fußsoldaten, dazu noch über vierhundert Kranke und Verletzte.

Seine Majestät trug das Kriegsgewand, seinen Kürass und darüber ein Wams aus schwarzem Samt mit dem weißen Schal über der Schulter.

Er saß auf einem sehr schönen weißen Pferd, dessen Schabracke mit Gold und Silber bestickt war, und sein Hut war über und über mit weißen und blutroten Federn geschmückt.

Die Garnison zog an Ihm vorbei, und jeder grüßte Seine Majestät mit großem Respekt nach der Art seiner Heimat.

Als Letzter kam der Sieur de Bassencourt, ein in ganz Flandern angesehener tatkräftiger Mann, der die Festung seit dem Tod ihres Gouverneurs, des Marquis van Lede, befehligt hatte, der wenige Tage zuvor während eines Ausfalls ums Leben gekommen war.

Er saß ab, trat mit tiefem Respekt näher, bis er den Stiefel des jungen Königs erreichte, und erklärte, dass ihm in seinem Kummer darüber, die spanische Festung nicht länger verteidigen zu können, immerhin der Trost blieb, sie einem so mächtigen Monarchen zu übergeben.

Seine Majestät antwortete ihm äußerst liebenswürdig und lobte ihn für den Ruhm, den er sich durch seine Waffentaten erworben hatte.«

Kaum hatte die Bevölkerung Zeit gehabt, sich über einen Sieg zu freuen, der möglicherweise Frieden verhieß, als der König in Calais schwer erkrankt war.

Es lag auf der Hand, dass die Ursache für seinen Zustand in der verpesteten Luft von Mardick zu suchen war und in den Strapazen, die er auf sich genommen hatte, um persönlich die Vorposten in Augenschein zu nehmen und der Kapitulation beizuwohnen. Man sprach von einem bösartigen Purpurfieber.

Keine zwei Wochen später lag der König im Sterben.

Sein Zustand galt als so hoffnungslos, dass die opportunistischsten Höflinge nicht mehr zögerten, sich bei seinem jüngeren Bruder einzuschmeicheln, weil sie davon ausgingen, dass er in Kürze unter dem Namen Philippe VII. den Thron besteigen würde.

Doch dann wurde als letzter Ausweg ein berühmter Arzt aus Abeville namens Saussois herbeigerufen. Er verabreichte dem Kranken Brechwein, ein zu jener Zeit noch wenig bekanntes Heilmittel, das dem jungen König das Leben rettete, während sein Tod bereits von allen als eines der größten Unglücke empfunden wurde, die Frankreich zustoßen könnten.

Von Calais aus reiste der Genesende im Kreis seines Hofes nach Compiègne. Und dort erzählte man ihm, wie verzweifelt Maria Mancini in jenen Tagen gewesen sei, als alle, die ihn liebten, befürchten mussten, ihn zu verlieren. Wohingegen Olympia, seine liebste Freundin und zweifellos auch seine erste Mätresse, völlig teilnahmslos geblieben sei. Nach ihrer Heirat mit dem Grafen de Soissons trachtete sie nur noch danach, ihre neu erworbene hohe Stellung auszukosten.

Gerührt darüber, dass Maria bei der Nachricht von seinem nahen Tod in Tränen aufgelöst gewesen war, während Olympia nichts als Gleichgültigkeit gezeigt hatte, und überrascht von diesem Zeichen aufrichtiger Zuneigung, hatte er Marias Nähe gesucht und ihren leidenschaftlichen Charakter und ihren scharfen Verstand entdeckt. Zwischen ihnen erblühte eine Liebe ohne jeden Schatten. Sie waren gerne zusammen und erkundeten einander mit umso größerem Entzücken, als ihre Umgebung sich nichts dabei dachte.

Die Reise nach Lyon hatte schließlich den Ausschlag gegeben. Lachend ritten die jungen Leute mit geröteten Wangen und funkelnden Augen neben den prächtigen Karossen über die gefrorenen Straßen.

Und in Lyon war ihre Liebe, die dazu bestimmt war, ewig zu dauern, weiter gewachsen.

Aber die List, die Kardinal Mazarin ersonnen hatte, um den König von Spanien zu beunruhigen, indem er ihn annehmen ließ, Frankreich verfüge über eine weitere Kandidatin, die man als Gemahlin des französischen Königs akzeptieren würde, ging auf. Das junge Liebespaar war vollkommen ahnungslos. Sie tanzten und genossen die fröhlichen Feste, die ihrer gegenseitigen Zuneigung Flügel zu verleihen schienen.

Maria war ein wenig besorgt darüber, dass Ludwig sich der reizenden Prinzessin Margarita-Yolanda von Savoyen gegenüber so liebenswürdig und aufmerksam zeigte, aber er versicherte ihr, dass dies nur auf Wunsch seiner Mutter geschehe und ihre Begegnung rein diplomatische Gründe habe.

Doch eines Abends traf ein Sondergesandter des spanischen Königs in Lyon ein und verlangte Mazarin zu sprechen.

»Die Infantin gehört Euch«, flüsterte er ihm über die fröhlichen Klänge des Balls hinweg zu.

Mazarin hatte seinen Friedensvertrag. Das bestätigten ihm ein Pfand und ein Versprechen, das den spanischen König große Überwindung gekostet hatte.

Die Infantin würde den französischen König heiraten.

Diese beiden Geheimnisse – das des Königs und seiner geliebten Maria und das von Kardinal Mazarin, der mit größter Behutsamkeit in folgenschwere Verhandlungen eintrat – blieben lange verborgen.

Doch dann kamen sie mit einem Schlag gleichzeitig ans Licht, und zwar aus Anlass des Besuchs eines Spaniers – ein erstes Anzeichen für diesen so lange verheißenen Frieden –, der den französischen Truppen bei der letzten Schlacht in den Dünen unterlegen war und nach Paris gekommen war, um seiner Tante, Königin Anna von Österreich, die Aufwartung zu machen.

Es handelte sich um Don Juan José de Austria, einen natürlichen Sohn Philipps IV., den dieser mit einer Schauspielerin gezeugt hatte.

Königin Anna konnte dem Drang nicht widerstehen, ihren ausgesprochen schneidigen »Neffen« zu empfangen, der so wundervoll Spanisch sprach und in ihr die Hoffnung weckte, dass sie eines Tages auch ihren geliebten Bruder, König Philipp IV., würde wiedersehen können.

Don Juan war bei allen Festen dabei.

Aber eines Tages kam es zum Eklat. Eine Indiskretion aus seinem Gefolge offenbarte die Romanze zwischen dem König und Maria Mancini.

Unverzüglich begab sich der König zum Kardinal, seinem Paten und Beschützer seit frühester Kindheit. In dem Glauben, den Vorwand gefunden zu haben, der das gefürchtete Hindernis aus dem Weg räumen würde, erklärte er, dass er Mazarin nicht besser für all seine Dienste zu danken wisse, als ihn um die Hand seiner Nichte Maria Mancini zu bitten.

So ehrgeizig Mazarin auch darin war, seine Verwandten vorteilhaft zu verheiraten, bedeutete dieses Ansinnen für ihn doch die größte denkbare Katastrophe. Gerade hatte er Verhandlungen eröffnet, um endlich den unseligen spanisch-französischen Krieg zu beenden, der, von dem Verräter Condé immer wieder aufs Neue angefacht, Frankreich seit über zehn Jahren ruinierte.

Er geriet außer sich.

Wenn es einen Menschen gab, der die Bedeutung und die Segnungen des Friedens wertzuschätzen wusste, so war es Giulio Mazarini, auch wenn man es diesem italienischen Minister und Diplomaten, der dank Listigkeit und Intuition an die Spitze der französischen Regierungsgeschäfte gelangt war, nicht unbedingt zutraute.

Der aberwitzige Wunsch des Königs, plötzlich eine seiner Nichten heiraten zu wollen, brachte alle seine Pläne ins Wanken.

Mazarin, der sich bald auf den Weg machen musste, um einen weiteren Abgesandten des spanischen Königs zu treffen, versuchte mit allen Mitteln, den jungen König an seine Verantwortung zu erinnern. Dazu rief er ihm jenen Krieg ins Gedächtnis, den die gegnerischen Mächte einander über dreißig Jahre lang geliefert hatten, »bis ihnen weder Blut, Waffen, Ausrüstung, Proviant oder Geld mehr geblieben waren«, was sie schließlich dazu bewogen hatte, nach drei Jahrzehnten zusammenzukommen und über ein Friedensabkommen zu verhandeln. Den Westfälischen Frieden, an dem er, Giulio Mazarini, italienischer Minister und Diplomat, von Richelieu wegen seiner vielfältigen Begabungen als französischen Unterhändler nach Münster gesandt, wesentlichen Anteil gehabt hatte, wie er immer wieder betonte. Die Intervention Spaniens und des Prinzen von Condé, der seine militärische Erfahrung und die Armeen seiner Getreuen in den Dienst des Feindes stellte, hatten die entsetzlichen Kämpfe und damit die finanziellen Belastungen durch eine im Feld stehende Armee um weitere zehn Jahre verlängert.

Doch nun waren sie so kurz vor dem Ziel.

Der Frieden war greifbar nah, enthalten in der Bereitschaft des spanischen Königs, Verhandlungen aufzunehmen. Und dieser Frieden würde bestätigt und besiegelt werden durch seine Tochter, die er dem französischen König Ludwig XIV. zur Frau geben würde. Denn die unzähligen Artikel dieses Bündnis- und Friedensvertrags, um die noch erbittert gerungen wurde, waren zugegebenermaßen höchst unbeständig und aufgebläht von den verschiedensten Vorwänden für zukünftige Kriege.

Und genau da kam die Heirat ins Spiel.

Als Königin von Frankreich wäre Maria Theresia, die Tochter des spanischen Königs, ein ewiges Unterpfand des Friedens.

Der Kardinal schickte drei seiner noch unverheirateten Nichten – Maria, Hortensia und Maria Anna – zusammen mit ihrer Gouvernante Mme. de Venel nach La Rochelle und reiste gen Süden. Aber auch damit nahmen die an sein königliches Mündel gerichteten Beschwörungen kein Ende.

Es begann eine Schlacht zorniger Briefe, und während Mazarin den Abgesandten des spanischen Königs empfing und sich anschließend auf den Weg zu jenem Punkt des Königreichs machte, den man zwanglos »die Grenze« zu nennen begonnen hatte, vermeinte man das Galoppieren der schnellen Rösser zu hören und das Kratzen der Gänsefedern, die sich im Papier festhakten, um den Argumenten mehr Gewicht oder dem Zorn stärkeren Ausdruck zu verleihen.

Üblicherweise wurden Friedensabkommen im Norden verhandelt, neben, wenn nicht gar unmittelbar auf den Schlachtfeldern, auf denen sich noch kurz zuvor die verfeindeten Truppen bekämpft hatten.

Doch diesmal sollten der König von Spanien und sein erbitterter Widersacher einander persönlich gegenübertreten, und deshalb musste ein passender Ort gefunden werden, an dem die beiden benachbarten Nationen einander in die Augen schauen und miteinander in Dialog treten könnten.

In der Krümmung des Golfs von Biskaya, an dem die baskischen Provinzen lagen, von denen einige zu Frankreich, die anderen zu Spanien gehörten, mündete der Bidassoa, ein kleiner Fluss, der eine bequem zugängliche, natürliche Grenze zwischen Frankreich und Spanien bildete.

Auf der sogenannten »Fasaneninsel«, die etwa auf der Höhe von Saint-Jean-de-Luz in der Flussmitte lag, wurde ein Gebäude errichtet, in dem die Bevollmächtigten der beiden Herrscher zusammenkommen könnten. Und dass der spanische König dem zustimmte, war bereits ein verheißungsvolles Zeichen. Der Kardinal kannte keinen anderen Gedanken mehr, als gemeinsam mit dem spanischen Abgesandten an einem Frieden für Europa zu arbeiten, der zu einem Segen für Frankreich werden sollte. Aber er machte sich keine Illusionen. Die akzeptabelsten und großzügigsten Vereinbarungen wären wertlos ohne die Garantie, die durch die Hochzeit des französischen Königs mit der Tochter des Königs von Spanien eingegangen würde. Nur diese ruhmreiche Verbindung, die in diesem jungen Paar die Interessen zweier Königreiche bündeln würde, könnte den ewigen Konflikten ein Ende machen, die allmählich den Anschein eines Hundertjährigen Krieges annahmen.

Sollte das alles bloß wegen eines pflichtvergessenen Königs scheitern?

Was wären die Folgen einer so unvorsichtigen und vor den Augen aller europäischen Fürsten aufgeführten Komödie …?

Seiten über Seiten wurden hin und her geschickt! Beinahe verkratzt oder gar zerrissen von zornigen, flehenden Federn wurden sie sowohl von den »gewöhnlichen«, täglich verkehrenden Postreitern als auch von eigens verpflichteten Kurieren in rasendem Galopp kreuz und quer durch das gesamte Königreich getragen. In jenem Jahr sorgten die galoppierenden Pferde vom Languedoc bis in die Provence, dann in Paris, in La Rochelle, von Brouage bis in die Vendée, in Bordeaux und erneut im Languedoc für schreckerfüllte Schreie.

Liebesschwüre, bittere Vorwürfe, Liebesbeteuerungen, herzzerreißende Abschiede, erneute Vorwürfe und Gemahnungen an die Pflichten eines Königs, der die Verantwortung für sein Volk trägt.

Unablässig schmähte Mazarin seine Nichte.

»Sie ist falsch, Sire, und versucht nur, sich an mir zu rächen, indem sie Eure Aufmerksamkeit fesselt...«

Was wiederum Ludwig XIV. erzürnte und ihn die Frau, die er liebte und die sein ganzes Wesen entzückte, umso erbitterter verteidigen ließ. Maria! Maria! Sie hatte Licht in sein sorgenvolles Leben gebracht.

Mazarins Furcht wuchs, denn es war ihm zwar gelungen, Ludwig und Maria voneinander zu trennen, aber die beiden Liebenden korrespondierten immer noch eifrig miteinander, und es war kaum vorstellbar, dass die Kunde von ihrer absurden Leidenschaft nicht an jene Gestade drang, wo Mazarin im die Flussmündung heraufziehenden Nebel mit dem zähen Don Luis de Haro rang.

Tatsächlich kam nach und nach der Verdacht auf, dass die Tochter des spanischen Königs, die Infantin Maria Theresia, mit einer Italienerin von bescheidenster Herkunft um die Gunst eines Königs wetteifern sollte, was eine unverzeihliche Beleidigung für ihren Vater wäre.

Plötzlich gerieten die Verhandlungen ins Stocken, man stritt über die Begnadigung des Prinzen von Condé und den Empfang, der ihm bereitet werden sollte.

Philipp IV. verlangte, dass Frankreich den Rebellen, der acht

Jahre lang gegen seine Heimat gekämpft hatte, mit offenen Armen aufnahm und ihm all seine Besitztümer und noch einiges mehr zurückerstattete. Für den König von Spanien war es eine Frage der Ehre, dass seine Verbündeten nicht allzu sehr unter ihrer Treue zu ihm zu leiden hätten.

Wenn Mazarin zu einem Gefühl wie Hass überhaupt fähig gewesen wäre, dann hätte er es für diesen Prinzen von Geblüt empfunden, von dem er sich vergeblich Unterstützung erhofft hatte, um dann mit ansehen zu müssen, wie dieser im schlimmsten Moment zum Feind überlief.

Da er nicht an den Berichten seiner hervorragenden Spione zweifelte, verdächtigte – nein! – bezichtigte er ihn darüber hinaus, vor Jahren versucht zu haben, nicht nur ihn selbst, sondern auch die beiden Kinder in seiner Obhut, den König und dessen Bruder Philippe, zu vergiften. Denn sie standen den aberwitzigen, absurden Plänen dieses Oberhaupts einer gierigen und immer wieder auf neue Ländereien oder Vermögen versessenen Familie im Weg, sich selbst Macht und Einfluss zu sichern.

Er hatte teuer dafür bezahlt, dass er den Prinzen, dessen Schwager Longueville sowie seinen Bruder Conti hatte verhaften lassen. Mazarin hatte nach Brühl in der Nähe von Köln fliehen müssen.

Aber all das lag jetzt weit hinter ihm.

Nun hielt er die Zügel in der Hand.

Und was Condé anging, so musste er nachgeben, um den König von Spanien zufriedenzustellen.

Kapitel 3

In jenem Winter reiste der Hof ziellos durch die Provence, jene lichtdurchflutete Region, in der die Sonne den Menschen hilft, alles zu ertragen.

Und schließlich wurde der Friedensvertrag unterzeichnet.

Zunächst von den beiden erschöpften Ministern in Saint-Jean-de-Luz und dann, im November 1659, in Toulouse. Er sollte als der Pyrenäenfriede in die Geschichte eingehen.

November, zu allen Zeiten und an jedem Ort ein unangenehmer Monat.

Der spanische König ließ mitteilen, dass sein Alter und seine Gesundheit es ihm nicht erlaubten, sich in dieser Jahreszeit auf den Weg zu machen. Es gab keinen schneidenderen Wind als die eisigen Böen der kastilischen Hochebenen. Nichts Unerfreulicheres und Deprimierenderes als eine Reise in die nördlichen Gegenden Spaniens, jene häufig feindselig eingestellten baskischen Provinzen, die erst behutsam darauf vorbereitet werden mussten, ihren Herrscher zu empfangen.

Die Hochzeit des Königs wurde verschoben. Mindestens bis zum März oder April 1660.

Sofort sprach Ludwig XIV. davon, nach Paris zurückzukehren.

Dort würde er gleich hinter Maria herreisen, und sie würden einen weiteren Winter voller Feste und Glück verleben.

Halbtot vor Schmerzen, die ihm die Gicht und sein Harngrieß bereiteten, schickte Mazarin Verbote in sämtliche Richtungen.

Er machte sich keine Illusionen über die Schäden, die diese Monate des Wartens dem gerade unterzeichneten Friedensvertrag zufügen würden. Schon bald würde er wieder von niederträchtigen Händen und Debatten angetastet werden, die jeden einzelnen Punkt des Abkommens erneut in Frage stellten.

Niemand würde nach Paris zurückkehren, befahl er. Der Hof müsse vor Ort bleiben, und das wäre die Gelegenheit für den König von Frankreich, sich seinen Untertanen zu zeigen und sie daran zu erinnern, wer der Herr im Königreich war. Die Gelegenheit, den Aufstand in Marseille endgültig niederzuschlagen … Die wohlhabenden Richter und Anwälte von Aix-en-Provence zur Ordnung zu rufen, die viel zu sehr danach trachteten, es dem Pariser, wenn nicht gar dem englischen Parlament gleichzutun.

Und Königin Anna von Österreich erinnerte ihren Sohn daran, dass für ihn die Zeit gekommen war, alte Versprechen zu erfüllen und das Heiligtum von Cotignac zu besuchen, um sich vor der wundertätigen Jungfrau von Notre-Dame de Grâces zu verneigen, der er sein Leben verdankte.

Anschließend ließ sich Anna von Österreich von einer weiteren Pilgerfahrt verlocken, mit der sie schon lange liebäugelte.

In der kleinen Stadt Apt wurde eine einzigartige Reliquie aufbewahrt: der Leichnam und das Leichentuch der heiligen Anna, deren Namen sie trug, der Mutter der Heiligen Jungfrau Maria und Großmutter Christi.

Auf wundersame Weise war der unversehrte Leichnam der Ahnfrau unseres Herrn in einem Boot ohne Segel oder Ruder aus Palästina an die Küste der Provence gelangt. Die ersten Christen dieser Gegend hatten ihm eine Heimat in der reichen antiken Stadt Colonia Julia Apta gegeben, deren weiße römische Monumente immer noch unter dem strahlend blauen Himmel aufragten.

Und seit dieser Zeit gab es kein der heiligen Anna geweihtes Heiligtum auf der ganzen Welt, das sich nicht nach Apt gewandt hätte, um ein Stück von der notwendigen geweihten Reliquie zu erhalten.

Vor ihrer heiligen Namenspatronin versenkte sich Anna von Österreich mit dem Gefühl ins Gebet, eine Freundin oder Mutter wiedergefunden zu haben.

Es hieß, Anna, deren Vorname auf Hebräisch angeblich die Anmutige bedeutete, sei eine Frau von allseits gerühmter Schönheit und voller Leben gewesen, und sie hatte das gleiche Schicksal durchlitten wie sie selbst. Nachdem sie lange Jahre mit Joachim, einem tugendhaften und respektvollen Schäfer, verheiratet gewesen war, hatte sie, genau wie die Königin, zu ihrem großen Kummer immer noch kein Kind zur Welt gebracht.

In jenen harten biblischen Zeiten galt Kinderlosigkeit als ein Zeichen dafür, dass ein Paar Gott nicht gefiel. Man hatte Joachim zu verstehen gegeben, dass er im Tempel nicht mehr willkommen sei. Daraufhin war er in die Wüste geflohen, und mehr noch als unter der Verstoßung durch sein Volk litt er unter der Trennung von seiner geliebten Frau.

Anna von Österreich dachte bei sich, dass die biblischen Zeiten auch nicht härter gewesen seien als jene, die sie in ihrem Jahrhundert erlebt hatte. Auch damals hatte es des Eingreifens der Engel bedurft: »Euer Kind wird ohne Makel gezeugt werden«, hatten sie dem heiligen Joachim und der heiligen Anna verkündet. Und bald darauf war ihre Tochter Maria, die künftige Mutter des Erlösers, geboren worden.

Apt war eine äußerst reizvolle Stadt. Sie lag inmitten von weltweit beinahe einzigartigen Ockersteinbrüchen, was ihren Ruhm und die landschaftliche Schönheit der Umgebung noch steigerte.

Der Hof deckte sich dort mit kandiertem Obst ein. Diese von den Obstgärten der Provence inspirierte Kunst war zur Verfeinerung der Tafel der Avignoneser Päpste ersonnen worden, die von Clemens V. bis zu Gregor XI. allesamt Franzosen und somit von Natur aus Feinschmecker gewesen waren und der Gastlichkeit der römischen Kirche bis dahin kaum bekannte Neuerungen beschert hatten.

Das Friedensabkommen wurde am 23. Januar 1660 in Aix-en-Provence in Kraft gesetzt. Die Würfel waren gefallen.

Und plötzlich verstand Ludwig.

Er würde die Infantin heiraten müssen.

Er würde sein Leben nicht an der Seite der Frau verbringen, die er liebte. Niemals würde er den Rausch einer glücklichen Ehe mit jenem Menschen kennenlernen, der ihm alles bedeutete.

In Aix, wo sich der Hof für eine längere Zeit niederließ, kniete schließlich der Prinz von Condé vor der Frau nieder, die er beharrlich die Regentin nannte. Denn tatsächlich war sie immer noch schön, und er – obwohl inzwischen vierzig Jahre alt – hatte die vergangenen Jahre so sehr in seinem Element, dem Krieg, verbracht, dass er sich kaum älter fühlte als zu Zeiten der Fronde.

Es war ihm anzusehen, dass es eine Weile dauerte, ehe er in dem groß gewachsenen, hochmütigen jungen Mann, der mit unerschrockenem Blick neben Anna von Österreich stand, den König erkannte, den er einst als Kind verlassen hatte.

Ludwig hingegen musterte seinen Verwandten, der dafür verantwortlich war, dass sein Königreich nun in Fetzen hing, und der trotzdem in seinen Augen immer im Glanz seiner herausragenden militärischen Fähigkeiten erstrahlen würde. Er konnte nicht umhin, ihn zu bewundern.

Marseille leistete weiter Widerstand. Es war eine stolze Stadt und hatte tausend Gründe, es zu sein.

Die wegen ihrer Überlegenheit auf den Gebieten der Strategie, des Handels und der Philosophie gefürchteten Griechen hatten sie im sechsten Jahrhundert vor Christus an der Küste der späteren Provence gegründet. Und seit zwei Jahren rebellierten die Einwohner von Marseille gegen die neue Zusammensetzung des Magistrats, die der König ihnen aufgezwungen hatte.

Am 23. Januar 1660 nahm der Herzog von Mercœur, ein Bourbone, die Stadt ein. Der Magistrat wurde durch einen aus drei Mitgliedern bestehenden Schöffenrat ersetzt, den ein Vertreter des Königs überwachte.

Im März ließ Ludwig XIV. eine passende Bresche in die Mauern schlagen und zog mit seinem Kriegsbanner in die Stadt ein.

Beeindruckt von der finsteren Wut, die ihre besondere Empfindsamkeit hinter seinen verschlossenen Zügen erahnte, beugten sich die Einwohner von Marseille ihrem Herrscher und schickten sich gleichzeitig an, ihn zu bezaubern und zu verehren, um ihn besser für sich einnehmen zu können.

Ihre Befestigungen wurden niedergerissen, und man bedachte sie mit einer aus drei Regimentern bestehenden Garnison, die in der in Rekordzeit erbauten Festung Saint-Nicolas stationiert wurde.

Toulon im Februar, Marseille im März, Orange im April. Alle fügten sich.

Um die gleiche Zeit ließ der spanische König mitteilen, dass er sich nun auf die Reise in die baskischen Provinzen machen werde.

Und auch in Frankreich war für die Gäste die Zeit gekommen, zur »Grenze« aufzubrechen, nach Saint-Jean-de-Luz, wo der Friedensvertrag unterzeichnet und die Hochzeit des Königs gefeiert werden sollte.

Kapitel 4

Zu den Geladenen, die sich auf den Weg nach Saint-Jean-de-Luz machten, gehörten auch der Graf und die Gräfin de Peyrac, die einen großen, im Languedoc hoch angesehenen Namen trugen und von ihrem glanzvollen Palast der Fröhlichen Wissenschaft aus die Provinz prägten. Für Angélique bedeutete das Leben im Palast der Fröhlichen Wissenschaft ein ungetrübtes Glück. Manchmal nahm sie ihren kleinen Sohn Florimond auf den Arm, tanzte mit ihm unter den Bäumen im Garten oder durch das Licht eines sonnigen Flecks auf der Terrasse, rief sich die einzelnen Phasen ihrer erstaunlichen Geschichte in Erinnerung und durchlebte noch einmal das Erblühen dieser Liebe zwischen zwei so unterschiedlichen Menschen.

Angélique stellte sich gerne vor, sie sei die Gefangene des Schlossherrn.

An Joffreys Seite fühlte sie sich in diesem Palast aus blassroten Ziegeln und hellem Marmor wie auf einer einsamen Insel. Manchmal vergaß sie sogar die Stadt, die sie umgab, die Landschaft ringsum und die ganze Welt, die sich dort draußen weiterdrehte und deren Neuigkeiten unter dem Himmel von Toulouse wie sanfte Wellen an die Mauern eines Heims voller Schönheit und Harmonie plätscherten.

Gerüchte über die Friedensverhandlungen gelangten auch in den Palast der Fröhlichen Wissenschaft, und manche davon drangen sogar in die süße Stille vor, die Angéliques Leben einhüllte. Als die Rede auf den Widerstand kam, den nicht nur Mazarin, sondern auch die Königin und der König dem Wunsch von Philipp IV. nach einer Begnadigung des Prinzen von Condé entgegensetzten, spürte Angélique, wie sich bei der Erwähnung dieses Namens erneut eine leise Angst in ihr regte.[2]

Ihr Gemahl hatte sie beruhigt, als ihre Erinnerungen an den Vorfall im Schloss Plessis wiederkamen und sie zu der Gewissheit gelangt war, dass der Prinz von Condé oder sein Mitverschwörer in ihrer unmittelbaren Nähe einen Spion platziert hatte. Joffrey hatte lieber an einen Zufall glauben wollen, wie sie im Leben sehr viel häufiger vorkamen, als man gemeinhin annahm.

Sollten die Verschwörer tatsächlich einem naiven dreizehnjährigen Mädchen eine solche Bedeutung beigemessen haben? Und selbst wenn es so gewesen war, hatten die weiteren Entwicklungen die Tragweite ihres Komplotts gemildert. Mazarin hatte gewonnen. Gegen die Feinde von einst brauchte er nicht mehr so erbittert vorzugehen wie damals.

Doch als sie kurz danach aufhörte, Florimond zu stillen, hatte Joffrey wie beiläufig eines Morgens gesagt: »Ich möchte Euch nicht dazu drängen, aber es wäre mir lieb, wenn ich wüsste, dass Ihr das hier jeden Morgen beim Frühstück einnehmt.«

Er öffnete die Hand, und sie sah eine kleine weiße Pastille.

»Was ist das?«

»Gift… in einer winzigen Dosierung.«

Angélique sah ihn an.

»Was befürchtet Ihr, Joffrey?«

»Nichts. Aber es ist eine Gepflogenheit, die mir immer sehr gut bekommen ist. Der Körper gewöhnt sich nach und nach an das Gift.«

»Glaubt Ihr denn, jemand könnte mich vergiften wollen?«

»Ich glaube gar nichts, meine Liebe… Ich misstraue lediglich der Wirksamkeit des Einhornhorns[3].«

Dann war die Einladung zur Hochzeit des Königs eingetroffen und hatte zu einer Vielzahl von Reaktionen geführt. Angélique erfüllte beim Gedanken an die Entdeckungen und Festlichkeiten, die mit diesem Abenteuer verbunden sein würden, große Freude und Begeisterung. Denn ein Abenteuer war es in vielerlei Hinsicht.

Den Menschen wurde immer mehr bewusst, wie sehr der Frieden in der Welt vom Zustandekommen dieses Vertrages abhing, den nur die Hochzeit zwischen dem König von Frankreich und der Tochter des Königs von Spanien besiegeln könnte. Für diejenigen französischen Adligen, die berufen waren, Zeugen dieses Ereignisses zu werden, bedeutete die Einladung – fast wie einst die Berufung ins Kriegsheer des Fürsten – ein Zeichen der Anerkennung für ihre Treue und Ergebenheit gegenüber dem König. Joffrey vermutete, er verdanke diese Einladung der Fürsprache seines alten Widersachers, des Erzbischofs von Toulouse, der Kardinal Mazarin an die Grenze begleitet hatte.

Zur Vorbereitung auf das große Ereignis reisten der Graf und die Gräfin de Peyrac nach Beaucaire, eine Stadt an der Rhône. Joffrey hatte einen berühmten Kaufmann aus Lyon dorthin bestellt, der mit einer regelrechten kleinen Karawane den Fluss herabgekommen war. Die schönsten Stoffe aus der Stadt der Seide waren für die Garderobe der jungen Gräfin verarbeitet worden. Es galt, nicht nur Vorkehrungen für die zahlreichen Zeremonien anlässlich der Hochzeit zu treffen, sondern auch für den triumphalen Einzug des königlichen Paares in seine Hauptstadt.

Denn Angélique und ihr Gemahl wollten den Hof nach Paris begleiten.

Angélique fand, zwei prächtige Kutschen, drei Karren und zwei beladene Maultiere seien doch etwas wenig für ihr ganzes Gepäck.

Aber auch so bildeten sie einen beeindruckenden Trupp.

Sie verließen Toulouse am frühen Morgen, bevor es zu heiß wurde.

Natürlich begleitete sie auch Florimond auf die Reise, zusammen mit seiner Amme, seiner Wiegenfrau und dem kleinen Mohrenjungen, der ihn zum Lachen bringen sollte. Er hatte sich zu einem hübschen, gesunden Säugling entwickelt. Zwar war er ein wenig mager, aber mit seinen schwarzen Augen und den schwarzen Locken hatte er das entzückende Gesichtchen eines kleinen spanischen Jesuskinds.

Die unentbehrliche Marguerite reiste auf einem der Karren, wo sie die Garderobe ihrer Herrin bewachte.

Kouassi-Ba, für den drei prächtige Livreen angefertigt worden waren, thronte wie ein Großwesir auf einem Pferd, dessen Fell genauso schwarz war wie seine Haut.

Zu ihrem Tross gehörten außerdem der Haushofmeister Alfonso, vier Musiker, darunter ein junger Violinenspieler namens Giovani, den Angélique besonders gerne mochte, und ein gewisser François Binet, ein Barbier und Perückenmacher, ohne den Joffrey de Peyrac niemals verreiste. Diener, Mägde und Lakaien vervollständigten ihr Gefolge, dem die Dienerschaften von Bernard d'Andijos und Cerbalaud vorauszogen.

Vor lauter Aufregung über ihre Abreise bemerkte Angélique kaum, dass sie die Vororte von Toulouse hinter sich ließen.

Als ihre Kutsche auf einer Brücke die Garonne überquerte, stieß sie einen leisen Schrei aus und drückte die Nase an die Scheibe.

»Was ist denn los, meine Liebste?«, erkundigte sich Joffrey de Peyrac.

»Ich will noch ein letztes Mal Toulouse sehen«, antwortete Angélique.

Sie betrachtete die blassrote Stadt, die sich zu beiden Seiten des Ufers erstreckte, die hoch aufragenden Kirchturmspitzen und die strengen durchbrochenen Glockentürme.

Eine plötzliche Angst erfasste ihr Herz.

»Oh Toulouse!«, murmelte sie leise. »Oh Palast der Fröhlichen Wissenschaft!«

Und sie beschlich eine Ahnung, dass sie sie niemals wiedersehen würde.

Zweiter Teil

Saint-Jean-de-Luz

Kapitel 5

Weh mir! Muss ich in meinem grenzenlosen Schmerz auch noch von lauter hirnlosen Menschen umgeben sein? Wäre ich mir nicht meines Standes bewusst, könnte mich nichts davon abhalten, mich über diese Brüstung zu stürzen, um meinem Leben ein Ende zu bereiten!«

Diese bitteren, von einer herzzerreißenden Stimme ausgestoßenen Worte lockten Angélique eilends auf den Balkon ihres Zimmers. Dort angekommen, erblickte sie auf einem benachbarten Balkon eine groß gewachsene Frau im Nachtkleid, die ihr Gesicht in einem Taschentuch vergrub.

Eine Dame näherte sich der schluchzenden Gestalt, doch diese fuchtelte mit den Armen, als seien es Windmühlenflügel, um sie abzuwehren.

»Lasst mich in Ruhe, Ihr hirnlose Person! Fort mit Euch, sag ich! Dank Eurer Dummheit werde ich niemals rechtzeitig fertig sein. Aber das ist ja ohnehin unwichtig. Ich trage Trauer, ich brauche mich nur in meinen Schmerz zu hüllen. Wen kümmert es, dass ich frisiert bin wie eine Vogelscheuche!«

Sie zerraufte sich das üppige blonde Haar, was Angélique Gelegenheit gab, ihr tränenüberströmtes Gesicht zu sehen. Es gehörte einer etwa dreißigjährigen Frau mit schönen, wenn auch ein wenig füllig gewordenen, aristokratischen Zügen.

»Wer soll mir bloß das Haar richten, wenn Madame de Valbon krank ist?«, fuhr sie theatralisch fort. »Ihr habt doch alle miteinander plumpere Pfoten als ein Bär auf dem Jahrmarkt von Saint-Germain!«

»Madame...«, mischte sich Angélique ein.

Die beiden Balkone berührten einander beinahe in dieser schmalen Gasse von Saint-Jean-de-Luz, wo die kleinen Häuser zum Bersten voll mit Höflingen waren.

Jeder nahm Anteil an dem, was bei seinen Nachbarn vor sich ging. Und obwohl gerade erst ein milchiger, anislikörfarbener Morgen heraufdämmerte, summte die Stadt bereits wie ein Bienenstock.

»Madame«, versuchte es Angélique erneut, »kann ich Euch vielleicht behilflich sein? Wenn ich recht verstehe, seid Ihr wegen Eurer Frisur in Verlegenheit. Ich habe hier einen geschickten Perückenmacher mit seinen Eisen und Pudern. Er steht zu Eurer Verfügung, wenn Ihr mögt.«

Die Dame tupfte sich die etwas lang geratene, gerötete Nase und stieß einen tiefen Seufzer aus.

»Ihr seid zu freundlich, meine Liebe. Ich nehme Euer Angebot gerne an. Heute Morgen ist mit meinen Leuten einfach nichts anzufangen. Die Ankunft der Spanier bringt sie so sehr aus dem Häuschen, als befänden sie sich auf einem flämischen Schlachtfeld. Und bitte sagt mir, was ist schon der König von Spanien?«

»Nun ja, er ist der König von Spanien«, entgegnete Angélique lachend.

»Pah! Alles in allem ist seine Familie längst nicht von so hohem Adel wie die unsere. Schön, sie sitzen auf Bergen von Gold, aber sie essen Rüben und sind lästig wie Raben.«

»Ach, Madame, nehmt mir nicht meine Freude. Ich bin so gespannt darauf, all diese Fürsten zu sehen. Angeblich sollen Philipp IV. und seine Tochter, die Infantin, heute am spanischen Ufer eintreffen.«

»Das ist durchaus möglich. Ich jedenfalls werde sie nicht begrüßen können, denn bis dahin werde ich ganz bestimmt nicht fertig angekleidet sein.«

»Nur Geduld, Madame, ich ziehe mir rasch etwas Schickliches an und bringe Euch dann gleich meinen Friseur.«

Angélique kehrte hastig ins Zimmer zurück, wo ein unbeschreibliches Durcheinander herrschte. Marguerite und die Dienerinnen legten gerade letzte Hand an das prächtige Kleid ihrer Herrin. Alle Truhen und Schmuckschatullen standen offen, und Florimond krabbelte mit bloßem Hintern auf allen vieren begierig durch die ganze Pracht.

Joffrey muss mir sagen, welchen Schmuck ich zu diesem Kleid aus Goldstoff tragen soll, dachte Angélique, während sie ihr Hauskleid auszog und gegen eine schlichte Robe und einen Umhang tauschte.

Sie fand François Binet im Erdgeschoss ihrer Unterkunft, wo er die Nacht damit verbracht hatte, nicht nur mit Angélique befreundeten Toulouser Damen, sondern sogar noch den Dienerinnen, die sich ebenfalls herausputzen wollten, die Haare zu kräuseln.

Er nahm sein Kupferbecken, falls auch ein paar Herren rasiert zu werden wünschten, und sein von Kämmen, Eisen, Salben und falschen Zöpfen überquellendes Kästchen und folgte Angélique, zusammen mit einem kleinen Jungen, der seinen Kocher trug, ins Nachbarhaus.

Dieses schien noch überfüllter zu sein als das, in dem der Graf de Peyrac von einer alten entfernten Verwandten aufgenommen worden war.

Angélique bemerkte die schönen Livreen der Domestiken und vermutete, dass die verzweifelte Dame von hohem Stand sein müsse. Vorsichtshalber sank sie in einen tiefen Knicks, als sie vor ihr stand.

»Ihr seid so reizend«, sagte die Dame in schmerzlichem Ton, während der Friseur seine Utensilien auf einem Schemel anordnete. »Ohne Euch hätte ich vor lauter Weinen mein Gesicht ruiniert.«

»Heute ist doch kein Tag zum Weinen«, widersprach Angélique.

»Was wollt Ihr, meine Liebe, für mich ist nun einmal nicht die rechte Zeit für solche Lustbarkeiten.«

Sie verzog schmerzlich den Mund.

»Habt Ihr mein schwarzes Kleid nicht bemerkt? Ich habe vor kurzem meinen Vater verloren.«

»Oh, das tut mir furchtbar leid …«

»Wir haben einander so heftig verabscheut und uns so oft gestritten, dass es meinen Schmerz geradezu verdoppelt. Wie ärgerlich, ausgerechnet bei einem solchen Fest Trauer tragen zu müssen! Aber wie ich den boshaften Charakter meines Vaters kenne, habe ich den Verdacht …«

Sie verstummte kurz, um das Gesicht in den Kartontrichter zu stecken, den Binet ihr hinhielt, während er das Haar seiner Kundin ausgiebig mit einem duftenden Puder bestäubte. Angélique nieste.

»… Ich habe den Verdacht, dass er es absichtlich gemacht hat«, fuhr sie fort, als sie wieder zum Vorschein kam.

»Dass er es absichtlich gemacht hat? Was denn, Madame?«

»Sterben natürlich! Aber ich vergesse alles. Ich war schon immer ein sehr großmütiger Mensch, obwohl manche anderes behaupten. Und mein Vater ist einen christlichen Tod gestorben … Das ist mir ein großer Trost. Mich ärgert bloß, dass sein Leichnam ohne jeden Prunk und Aufwand, lediglich von ein paar Gardisten und Priestern begleitet, nach Saint-Denis gebracht worden ist. Findet Ihr das etwa akzeptabel?«

»Ganz bestimmt nicht«, stimmte ihr Angélique zu, die sich vor einem Fauxpas zu fürchten begann.

Bei diesem Toten, den man in Saint-Denis zu Grabe getragen hatte, musste es sich um ein Mitglied der königlichen Familie handeln. Es sei denn, sie hätte sich vielleicht verhört …

»Wenn ich dabei gewesen wäre, wäre das Ganze anders verlaufen, das könnt Ihr mir glauben«, erklärte die Dame mit einer hochmütigen Bewegung des Kinns. »Ich liebe Prunk und lege Wert darauf, dass man sich seinem Stand entsprechend verhält.«

Sie verstummte, um sich in dem Spiegel zu betrachten, den der vor ihr kniende François Binet ihr hinhielt, und ihre Miene hellte sich auf.

»Das ist ja wunderbar«, rief sie. »Was für eine kleidsame und schmeichelnde Frisur. Euer Friseur ist ein wahrer Künstler, meine Schöne. Denn mir ist sehr wohl bewusst, dass ich schwieriges Haar habe.«

»Eure Hoheit besitzt sehr feines Haar, aber es ist geschmeidig und voll«, erwiderte der Perückenmacher belehrend. »Mit solchem Haar kann man die schönsten Frisuren formen.«

»Wirklich, Ihr schmeichelt mir. Ich werde Euch hundert Ecus aushändigen lassen. Mesdames! Mesdames...! Dieser Mann muss unbedingt auch noch den Kleinen die Haare kräuseln.«

Mit Mühe zerrte man die »Kleinen«, zwei halbwüchsige Mädchen, aus einem angrenzenden Zimmer, wo Ehrendamen und Kammerfrauen schwatzten.

»Das sind gewiss Eure Töchter, Madame?«, erkundigte sich Angélique.

»Nein, das sind meine jüngeren Schwestern. Sie sind unausstehlich. Schaut Euch nur die Kleine an: Das einzig Schöne an ihr ist ihr Teint, und sie hat es doch tatsächlich fertiggebracht, sich so sehr von Stechmücken zerfleischen zu lassen, dass sie völlig verquollen ist. Und jetzt heult sie auch noch.«

»Sie ist bestimmt auch bekümmert über den Tod ihres Vaters?«

»Aber nicht doch. Man hat ihr nur zu oft gesagt, sie werde eines Tages den König heiraten; alle nannten sie bloß noch die ›Kleine Königin‹. Und jetzt ist sie beleidigt, weil er eine andere heiratet.«

Während sich der Friseur um die beiden jungen Mädchen kümmerte, drang plötzlich Lärm von der schmalen Treppe her, und ein junger Edelmann erschien auf der Schwelle. Er war mittelgroß und hatte ein stark geschminktes Gesicht, das aus einem üppigen Spitzenjabot hervorschaute. Darüber hinaus trug er mehrere Reihen von Spitzenrüschen an den Ärmeln und den Knien. Trotz der frühen Stunde war er sehr sorgfältig gekleidet.

»Meine liebe Cousine«, erklärte er mit gezierter Stimme, »ich habe gehört, Ihr hättet hier einen Perückenmacher, der wahre Wunder vollbringt.«

»Ach, Philippe, wenn es um solche Neuigkeiten geht, seid Ihr hellhöriger als eine hübsche Frau. Sagt wenigstens erst, dass Ihr mich schön findet.«

Ihr Gegenüber kräuselte die sehr roten, vollen Lippen und musterte mit zusammengekniffenen Augen ihre Frisur.

»Ich muss zugeben, dieser Künstler hat mehr aus Eurem Gesicht herausgeholt, als man hoffen durfte«, erwiderte er mit einer Unverschämtheit, der er durch ein kokettes Lächeln die Spitze nahm.

Dann kehrte er ins Vorzimmer zurück und beugte sich über das Geländer.

»Guiche, mein Liebster, kommt herauf. Hier sind wir richtig.«

In dem Adligen, der kurz darauf ins Zimmer trat – einem hübschen, gut gebauten Jüngling mit dunklem Haar und dunklem Teint –, erkannte Angélique den Grafen de Guiche, den ältesten Sohn des Herzogs von Gramont, des Gouverneurs des Béarn. Der als Philippe Angesprochene ergriff den Arm des Grafen de Guiche und lehnte sich zärtlich an seine Schulter.

»Ach, ich bin ja so glücklich. Wir werden ganz bestimmt die am besten frisierten Männer des ganzen Hofes sein. Péguilin und der Marquis d'Humières werden grün anlaufen vor Neid.

Ich habe eben gesehen, wie sie verzweifelt nach ihrem Barbier suchten, den Vardes ihnen mit Hilfe einer prall gefüllten Börse abspenstig gemacht hat. Den beiden ruhmreichen Hauptleuten der Gentilshommes en bec-de-corbin[4] wird wohl nichts anderes übrig bleiben, als mit einem Kinn vor dem König zu erscheinen, das so stachelig ist wie eine Kastanienschale.«

Er brach in ein etwas zu hohes Gelächter aus, strich sich über das frisch rasierte Kinn und streichelte dann mit anmutiger Geste auch die Wange des Grafen de Guiche. Voller Hingabe lehnte er sich an den jungen Mann und blickte schmachtend zu ihm auf. Mit einem selbstgefälligen Lächeln ließ sich der Graf diese Huldigung ungeniert gefallen.

Angélique hatte noch nie zwei Männer so miteinander umgehen sehen und geriet darüber fast in Verlegenheit. Ihr Treiben schien auch der Hausherrin zu missfallen.

»Oh Philippe, lasst es Euch ja nicht einfallen, Euer zärtliches Getue in meiner Gegenwart fortzuführen«, rief sie unvermittelt. »Eure Mutter würde mir wieder einmal vorwerfen, ich leistete Euren perversen Trieben Vorschub. Seit jenem Fest in Lyon, als wir beide und Mademoiselle de Villeroy uns als bressanische Bäuerinnen verkleidet haben, überhäuft sie mich mit Vorhaltungen. Und sagt mir nicht, dass der kleine Péguilin in Schwierigkeiten steckt, sonst schicke ich jemanden los, der ihn suchen und herbringen soll. Ich will doch gleich schauen, ob ich ihn nicht irgendwo sehe. Er ist der bemerkenswerteste Junge, den ich kenne, und ich finde ihn einfach bezaubernd.«

Auf ihre übliche lärmende, impulsive Art stürmte sie erneut hinaus auf den Balkon und wich sofort wieder zurück, eine Hand auf ihren mächtigen Busen gelegt.

»Großer Gott, da ist er!«

»Péguilin?«, wollte der junge Edelmann wissen.

»Nein, dieser Adlige aus Toulouse, der mir solche Angst macht.«

Da trat auch Angélique hinaus auf den Balkon und erblickte ihren Gemahl, den Grafen Joffrey de Peyrac, der, gefolgt von Kouassi-Ba, die Straße herabkam.

»Das ist ja der Große Hinkefuß aus dem Languedoc!«, rief der junge Mann, der sich ebenfalls zu ihnen gesellt hatte. »Liebste Cousine, warum fürchtet Ihr Euch vor ihm? Er hat die sanftesten Augen, die man sich nur denken kann, und verfügt über eine zärtliche Hand und einen sprühenden Geist.«

»Ihr redet wie eine Frau«, erwiderte die Dame angewidert. »Es heißt, alle Frauen seien verrückt nach ihm.«

»Alle außer Euch.«

»Ich habe mich nie von albernen Sentimentalitäten in die Irre leiten lassen. Ich sehe, was ich sehe. Findet Ihr denn nicht, dass dieser düstere, hinkende Mann mit seinem höllenschwarzen Mohren etwas Furchterregendes an sich hat?«

Der Graf de Guiche warf Angélique entsetzte Blicke zu, und zwei Mal öffnete er den Mund, um etwas zu sagen. Doch sie bedeutete ihm zu schweigen. Diese Unterhaltung amüsierte sie sehr.

»Aber das ist es ja gerade. Ihr seid nicht in der Lage, Männer mit den Augen einer Frau zu betrachten. Ihr erinnert Euch daran, dass dieser Edelmann sich geweigert hat, vor Monsieur d'Orléans das Knie zu beugen, und das genügt, um Euch zu erzürnen.«

»Er hat damals aber auch wirklich eine unglaubliche Unverschämtheit bewiesen.«

In dem Moment blickte Joffrey zu ihrem Balkon auf. Er blieb stehen, nahm seinen Federhut ab und verneigte sich mehrmals tief zum Gruß.

»Seht Ihr, wie ungerecht das Gerede ist?«, fuhr Philippe fort. »Alle behaupten, dieser Mann sei voller Arroganz, aber kann man denn anmutiger grüßen? Was sagt Ihr dazu, mein Liebster?«

»Nun, die höflichen Umgangsformen des Grafen de Peyrac

de Morens werden allseits gerühmt«, antwortete de Guiche hastig, der nicht wusste, wie er die Taktlosigkeiten, deren Zeuge er gerade geworden war, wiedergutmachen sollte. »Und erinnert Euch doch nur an den herrlichen Empfang, den er uns in Toulouse bereitet hat.«

»Obwohl der König im Nachhinein darüber ein wenig verstimmt war. Trotzdem kann Seine Majestät es kaum erwarten, zu sehen, ob die Frau dieses Krüppels tatsächlich so schön ist, wie alle behaupten. Es scheint kaum vorstellbar, dass man ihn lieben könnte …«

Angélique zog sich diskret zurück, nahm François Binet beiseite und kniff ihn ins Ohr.

»Dein Herr ist zurück und wird gleich nach dir verlangen. Lass dich ja nicht von den Münzen dieser Leute gewinnen.«

»Seid unbesorgt, Madame. Ich frisiere noch diese junge Dame zu Ende und schleiche mich dann fort.«

Während sie die Treppe hinunterging und in ihre eigene Unterkunft zurückkehrte, dachte sie bei sich, dass sie diesen Binet gerne mochte. Nicht nur wegen seines guten Geschmacks und seines Geschicks, sondern auch wegen seiner verschmitzten Gerissenheit und der klugen Einstellung dieses Bediensteten. So redete er etwa alle Adligen mit »Hoheit« an, um nur ja nicht Gefahr zu laufen, jemanden zu kränken.

In ihrem Zimmer, in dem das Durcheinander in der Zwischenzeit noch größer geworden war, fand Angélique ihren Gemahl vor, der sich bereits ein Tuch um den Hals gebunden hatte und auf seinen Barbier wartete.

»Also wirklich, junge Dame!«, rief er. »Ihr verliert ja keine Zeit. Ich lasse Euch, noch halb verschlafen, zurück, um mich nach Neuigkeiten und dem Ablauf der Zeremonien zu erkundigen, und kaum eine Stunde später sehe ich Euch vertraut zwischen der Herzogin von Montpensier und Monsieur, dem Bruder des Königs, an der Balkonbrüstung lehnen.«

»Die Herzogin von Montpensier! Die Grande Mademoiselle!«[5], rief Angélique. »Mein Gott! Darauf hätte ich auch selbst kommen können, als sie mir erzählte, dass ihr Vater kürzlich in Saint-Denis beigesetzt worden ist.«

Während Angélique sich entkleidete, berichtete sie ihrem Gemahl, wie sie zufällig die Bekanntschaft der berühmten Streiterin der Fronde gemacht hatte, deren Vater Gaston d'Orléans, der Bruder von Ludwig XIII., vor kurzem gestorben war und die der Tod ihrer Mutter, Marie de Bourbon-Montpensier, die ihre Geburt nicht überlebt hatte, zur reichsten Erbin Frankreichs gemacht hatte.

»Ihre jüngeren Schwestern, Mademoiselle de Valois und Mademoiselle d'Alençon, sind also nur ihre Halbschwestern. Binet hat ihnen ebenfalls die Haare gerichtet.«

Da stürzte auch schon der atemlose Barbier ins Zimmer und begann das Kinn seines Herrn einzuseifen. Angélique stand im Unterkleid da, aber das kümmerte nun niemanden mehr. Sie mussten sich beeilen, um dem Ruf des Königs zu folgen, der verlangt hatte, dass die Adligen seines Hofes noch an diesem Morgen zur zeremoniellen Begrüßung vor ihm erschienen. Später wären alle so sehr mit den Vorbereitungen für das Treffen mit den Spaniern beschäftigt, dass den Franzosen keine Zeit mehr für offizielle Vorstellungen bleiben würde.

Den Mund voller Nadeln, streifte Marguerite Angélique einen ersten Rock aus schwerem Goldstoff über. Danach folgte ein zweiter Rock aus hauchzarter Goldspitze, deren Muster von Edelsteinen nachgezeichnet wurde.

»Und dieser weibische junge Mann soll tatsächlich der Bruder des Königs sein?«, fragte Angélique. »Er hat sich dem Grafen de Guiche gegenüber äußerst merkwürdig verhalten, man hätte allen Ernstes glauben können, er sei in ihn verliebt. Oh Joffrey, glaubt Ihr wirklich, dass sie … dass sie …«

»So etwas nennt man ›auf die italienische Art lieben‹«, antwortete der Graf lachend. »Unsere Nachbarn jenseits der Alpen sind so verwöhnt, dass sie sich nicht mehr mit den schlichten Freuden der Natur begnügen wollen. Wir verdanken ihnen zwar die Wiedergeburt der Literatur und der Künste und dazu noch einen Gauner von einem Minister, dessen Geschick Frankreich in der Vergangenheit durchaus nützlich gewesen ist, aber angeblich auch die Einführung dieser Sitten. Zu schade, dass ausgerechnet der einzige Bruder des Königs sie sich zu eigen macht.«

Angélique runzelte die Stirn.

»Der Prinz hat behauptet, Ihr hättet eine zärtliche Hand. Ich wüsste zu gerne, bei welcher Gelegenheit er das bemerkt hat.«

»Meine Güte, Monsieur genießt die Berührungen von Männern! Es kann gut sein, dass er mich einmal gebeten hat, ihm zu helfen, seinen Kragen oder seine Manschetten zu richten. Er lässt keine Gelegenheit aus, sich hätscheln zu lassen.«

»Er hat in solchen Worten von Euch gesprochen, dass ich beinahe eifersüchtig geworden wäre.«

»Ach, meine Liebste, wenn Ihr anfangt, Euch so etwas zu Herzen zu nehmen, werdet Ihr bald in Intrigen untergehen. Der Hof ist ein riesiges, klebriges Spinnenetz. Ihr werdet Euch hoffnungslos darin verheddern, wenn Ihr die Dinge nicht von einer sehr hohen Warte herab betrachtet.«

»Ich habe mir sagen lassen«, mischte sich François Binet ein, der so schwatzhaft war, wie es sein Beruf erforderte, »dass Kardinal Mazarin die Neigungen des Bruders des Königs gefördert hat, damit sich der Kleine Monsieur nicht irgendwann durch seinen Bruder zurückgesetzt fühlt. Er hat befohlen, ihn wie ein kleines Mädchen anzuziehen und seine kleinen Spielkameraden genauso zu verkleiden. Es steht immer zu befürchten, dass der Bruder des Königs eines Tages anfängt, sich an Verschwörungen zu beteiligen, genau wie dieser unerträgliche Monsieur Gaston d'Orléans, der vor kurzem gestorben ist.«

»Du urteilst hart über deine Fürsten, Barbier«, bemerkte Joffrey de Peyrac.

»Das ist mein einziger Besitz, Graf. Meine Zunge und das Recht, sie zu benutzen.«

»Lügner! Durch mich bist du reicher geworden als der Perückenmacher des Königs.«

»Das stimmt schon, Graf, aber ich rühme mich dessen nicht. Es ist nie klug, sich Neider zu schaffen.«

Joffrey de Peyrac tauchte das Gesicht in eine Schüssel mit Rosenwasser, um seine vom Rasiermesser glühende Haut zu kühlen. Bei seinem von Narben entstellten Gesicht war das Rasieren immer eine langwierige und heikle Angelegenheit, für die es der geschickten Hand von Binet bedurfte. Er warf den Hausmantel ab und begann sich, unterstützt von seinem Kammerdiener und Alfonso, anzukleiden.

Unterdessen hatte Angélique ein Mieder aus Goldstoff angezogen und stand reglos da, während Marguerite den Brusteinsatz befestigte, ein wahres Kunstwerk aus Goldfäden und Seide. Goldene Spitze bauschte sich wie funkelnder Schaum um ihre entblößten Schultern und verlieh ihrer Haut eine leuchtende Blässe wie von durchscheinendem Porzellan. Zusammen mit dem rosigen Feuer ihrer Wangen, ihren dunkel geschminkten Wimpern und Augenbrauen, ihrem lockigen Haar, das in der gleichen Farbe schimmerte wie ihr Kleid, und der erstaunlichen Klarheit ihrer grünen Augen, wirkte sie im Spiegel wie ein seltsames Kultbild, das nur aus den kostbaren Materialien Gold, Marmor und Smaragden geschaffen worden zu sein schien.

Plötzlich stieß Marguerite einen Schrei aus und stürzte sich auf Florimond, der gerade einen sechskarätigen Diamanten in den Mund stecken wollte.

»Joffrey, welchen Schmuck soll ich dazu nehmen? Die Perlen erscheinen mir zu schlicht und die Diamanten zu kalt.«

»Smaragde«, antwortete er. »Passend zu Euren Augen. Dieses

ganze Gold ist aufdringlich, sein Glanz etwas zu schwerfällig. Eure Augen lockern ihn auf und verleihen ihm Leben. Jetzt fehlen nur noch zwei Ohrgehänge und das Collier aus Gold und Smaragden. Unter Eure Ringe könnt Ihr dann ein paar Diamanten mischen.«

Über ihre Schmuckschatullen gebeugt, versenkte sich Angélique in die Auswahl ihrer Geschmeide. Sie war noch nicht zu verwöhnt, und diese ganze Fülle versetzte sie jedes Mal aufs Neue in Entzücken.

Als sie sich wieder umdrehte, befestigte der Graf de Peyrac gerade sein Schwert an dem mit Diamanten besetzten Wehrgehänge.

Sie betrachtete ihn eine Weile, und ein ungewohnter Schauer durchlief sie.

»Ich glaube, die Grande Mademoiselle hat nicht ganz unrecht, wenn sie sagt, dass Ihr furchterregend ausseht.«

»Es wäre sinnlos, meine Missgestalt verbergen zu wollen«, entgegnete der Graf. »Wenn ich versuchte, mich wie ein Geck zu kleiden, würde ich lächerlich und jämmerlich wirken. Also kleide ich mich meinem Gesicht entsprechend.«

Sie musterte dieses Gesicht. Es gehörte ihr. Sie hatte es liebkost und kannte jede noch so kleine Furche darin. »Mein Geliebter!«, flüsterte sie mit einem Lächeln.

Der Graf de Peyrac war von Kopf bis Fuß in Schwarz und Silber gekleidet. Sein Umhang aus schwarzem Moiré war mit einer von Diamantnadeln gehaltenen Spitze bedeckt. Darunter wurde ein mit erlesenster schwarzer Spitze verziertes Wams aus Silberbrokat sichtbar. Die gleiche Spitze fiel am Knie in drei Rüschenreihen unter der Rhingrave aus dunklem Samt herab. Die Halsbinde, die nicht zu einem Kragen gelegt, sondern zu einem breiten Knoten geschlungen war, war ebenfalls mit winzigen Diamanten bestickt. An seinen Fingern blitzten unzählige Diamanten und ein sehr großer Rubin.

Er setzte seinen mit weißen Federn geschmückten Hut auf und erkundigte sich vorsorglich, ob Kouassi-Ba auch die Geschenke bereithielt, die von den Gästen für die Braut des Königs erwartet wurden.

Der Mohr wartete draußen vor der Tür, wo er in seinem kirschroten samtenen Wams sowie Pluderhose und Turban aus weißem Satin die Bewunderung der Schaulustigen erregte. Man deutete auf sein Krummschwert. Auf einem Kissen trug er eine goldbeschlagene Schatulle aus herrlichem rotem Leder.

Zwei Sänften erwarteten den Grafen und Angélique.

Eilig begaben sie sich zu dem Haus, in dem der König, seine Mutter und der Kardinal abgestiegen waren. Wie alle vornehmen Häuser von Saint-Jean-de-Luz war es schmal und in spanischem Stil erbaut. Die Fassade quoll über von in sich gedrehten Balustern und Handläufen aus vergoldetem Holz. Die Höflinge standen bis auf den Platz hinaus, wo der vom Meer herüberwehende Wind an ihren Hutfedern zerrte und den salzigen Geschmack des Ozeans herantrug.

Angélique spürte ihr Herz wild klopfen, als sie die Stufen zur Tür hinaufschritten.

Gleich werde ich den König sehen, dachte sie, die Königinmutter! Den Kardinal!

Dieser junge König, von dem die Amme ihr erzählt hatte, war immer schon ein Teil ihres Lebens gewesen. Bedrängt vom böswilligen Pariser Pöbel, war er quer durch das von der Fronde verwüstete Frankreich geflohen, je nach Sinneswandel der rebellischen Prinzen von Stadt zu Stadt, von Schloss zu Schloss gehetzt, verraten, verlassen und letztlich doch siegreich. Jetzt erntete er die Früchte seiner Kämpfe. Und mehr noch als der König genoss die schwarz verschleierte Frau mit dem blassdunklen spanischen Teint, der gleichzeitig distanzierten und liebenswürdigen Miene und den kleinen, perfekten auf dem dunklen

Kleid ruhenden Händen, die Angélique am Ende des großen Raums erblickte, die Stunde des Triumphs.

Angélique und ihr Gemahl durchquerten den mit glänzendem Parkett ausgelegten Saal. Zwei kleine, junge Mohren trugen den prunkvollen, auch Manteau genannten Oberrock der jungen Frau, der in einer ausladenden Schleppe endete. Dahinter folgte der riesige Kouassi-Ba. Wegen der Wandbehänge und der dicht gedrängten Menge war es sehr warm, und man konnte kaum etwas sehen.

»Graf de Peyrac de Morens d'Irristu«, verkündete der Erste Offizier des Königlichen Haushalts.

Angélique versank in einen Hofknicks. Das Herz schlug hart in ihrer Brust. Vor sich sah sie undeutlich eine schwarze und eine rote Gestalt: die Königinmutter und der Kardinal.

Joffrey sollte sich tiefer verneigen, dachte sie bei sich. Mademoiselle hat er eben so vollendet gegrüßt. Aber vor dem Allerhöchsten zieht er lediglich ein wenig den Fuß zurück ... Binet hat schon recht, wenn er ... Binet hat schon recht ...

Was für ein Unsinn, in dieser Situation an den guten Binet zu denken und sich einzureden, er habe recht mit seinem Verhalten. Warum überhaupt?

»Wir freuen uns, Euch wiederzusehen, Graf«, hörte sie eine Stimme. »Und Madame zu begrüßen, nein, zu bewundern, von der wir schon so viel Gutes gehört haben. Aber im Gegensatz zu sämtlichen Gepflogenheiten stellen wir fest, dass alles Lob in diesem Fall der Wirklichkeit nicht gerecht wird.«

Angélique hob den Blick. Sie schaute in braune, leuchtende Augen, die sie aufmerksam musterten: die Augen des Königs.

Er war kostbar gekleidet und hielt sich so aufrecht, dass er eindrucksvoller wirkte als alle seine Höflinge. Angélique sah, dass sein Gesicht leicht vernarbt war, da er in seiner Kindheit an den Blattern erkrankt war. Seine Nase war zu lang, aber sein Mund war stark und sinnlich unter der kaum sichtbaren braunen Linie eines schmalen Schnurrbarts. Das kastanienbraune Haar, das ihm in üppigen Locken über die Schultern fiel, verdankte seine Fülle keinem künstlichen Haarteil. Ludwig XIV. hatte wohlgeformte Beine und elegante Hände. Unter den Spitzen und Bändern erahnte man einen geschmeidigen, kräftigen, durch die Jagd und die militärischen Übungen gestärkten Körper.

Nounou würde sagen, was für ein schöner Mann, sie tun gut daran, ihn zu verheiraten, dachte Angélique.

Und abermals schalt sie sich im Stillen für solch gewöhnliche Gedanken in einem so feierlichen Moment ihres Lebens.

Die Königinmutter wünschte den Inhalt der Schatulle zu sehen, die Kouassi-Ba ihr gerade, kniend und mit der Stirn den Boden berührend wie einer der drei Heiligen Könige, dargeboten hatte.

Laute Rufe des Entzückens erschallten, als die Umstehenden das aus massivem Gold und Schildpatt gefertigte Accessoire-Kästchen mit seinen Schächtelchen, Kämmen, Scheren, falschen Locken und Petschaften erblickten. Doch vor allem der kleine Reisealtar begeisterte die frommen Damen aus dem Gefolge der Königinmutter. Diese lächelte und bekreuzigte sich. Das Kruzifix und die beiden Statuetten spanischer Heiliger sowie das Nachtlicht und das kleine Weihrauchfässchen bestanden aus Gold und feuervergoldetem Silber. Außerdem hatte Joffrey de Peyrac von einem italienischen Künstler ein Triptychon auf vergoldetem Holz malen lassen, das die Szenen der Passion Christi darstellte. Die Miniaturen waren zart und die Farben von großer Frische. Dazu gab es noch zwei Rosenkränze, einen aus Bernstein und Gold, den anderen aus rosafarbenem Elfenbein an einer silbernen Kette.

Anna von Österreich erklärte, dass die Infantin in dem Ruf stehe, sehr fromm zu sein, und von einem solchen Geschenk sicherlich entzückt sein werde.

Sie wandte sich an den Kardinal, um ihn die Malereien bewundern zu lassen, aber dieser spielte immer noch mit den kleinen Gerätschaften aus dem Accessoire-Kästchen, die er im Licht aufblitzen ließ, indem er sie behutsam zwischen den Fingern drehte.

»Es heißt, das Gold fließe Euch aus der hohlen Hand, Monsieur de Peyrac, wie das Quellwasser aus dem Felsen ...«

»Das ist ein zutreffendes Bild, Eminenz«, entgegnete der Graf leise. »Wie das Quellwasser aus dem Felsen ... Aber aus einem Felsen, in den zuvor mit viel Zündschnur und Pulver Stollen in ungeahnte Tiefen getrieben wurden und den man anschließend umgewälzt, zerstoßen und zermahlen hat. Dann kann es tatsächlich sein, dass nach viel harter Arbeit, Schweiß und Mühe Gold, sogar viel Gold, daraus hervorsprudelt.«

»Was für eine schöne Parabel über Arbeit, die ihre Früchte trägt. Wir sind es nicht gewohnt, Leute Eures Standes so reden zu hören, aber ich muss gestehen, dass es mir ganz und gar nicht missfällt.«

Mazarin lächelte immer noch. Er hob einen kleinen Spiegel aus der Schatulle vors Gesicht und warf einen raschen Blick hinein. Trotz der Schminke und des Puders, mit dem er seinen gelblichen Teint zu verbergen suchte, glänzten seine Schläfen vor Schwäche feucht, und das lockige Haar unter seinem roten Kardinalskäppchen war verklebt.

Seit Monaten schon zehrte die Krankheit an ihm; er zumindest hatte nicht gelogen, als er seinen Harngrieß als Vorwand dafür genommen hatte, nicht als Erster vor den spanischen Minister Don Luis de Haro treten zu müssen. Angélique bemerkte den Blick, den die Königinmutter dem Kardinal zuwarf. Es war der Blick einer ängstlichen, besorgten Frau. Zweifellos brannte sie darauf, ihm zu sagen: »Redet nicht so viel, das strengt Euch zu sehr an. Es ist Zeit für Euren Kräutertee.« Stimmte es, dass die so lange von ihrem allzu keuschen Gemahl verschmähte Königin ihren Italiener innigst geliebt hatte…? Alle behaupteten es, aber niemand wusste es mit Bestimmtheit. Die versteckten Treppen der königlichen Paläste wahrten ihr Geheimnis. Ein einziger Mensch kannte es vielleicht, und das war ihr Sohn, der König, für den sie so erbittert gekämpft hatte. Nannten der Kardinal und die Königin ihn in ihren Briefen nicht den »Eingeweihten«? Worin war er eingeweiht…?

»Bei Gelegenheit würde ich mich gerne einmal mit Euch über Eure Arbeiten unterhalten«, fügte der Kardinal hinzu.

»Ich ebenfalls«, ergänzte der junge König. »Was ich darüber gehört habe, hat meine Neugier geweckt.«

Sei es, weil der König gesprochen hatte, und das mit einer für ihn ungewohnten Vehemenz, oder vielleicht auch aus irgendeinem anderen Grund, doch mit einem Mal hatte Angélique das Gefühl, als senkte sich ein bleierner Mantel auf den Raum herab und ließe alle erstarren, sodass sie sich ängstlich fragte, ob sie sich wohl jemals wieder bewegen würden.

Da erklang plötzlich die Stimme von Monsieur, dem Bruder des Königs.

»Oh mein Bruder, ist das nicht ein Wunder!? Seht doch nur Madame de Peyracs Kleid. Gold! Alle Arten von Gold sind darin enthalten: Krausgespinst, gesponnenes Gold und Goldlahn!«

Und wie unter der Berührung eines Zauberstabs kehrte das Leben in die Szene zurück.

Der frivole Einwurf von Monsieur hatte einen kurzen peinlichen, verlegenen Moment verscheucht, der durch die Befangenheit oder die Überraschung des Königs ausgelöst worden war, eine Ungeschicklichkeit, die dieser sich nicht vergeben würde.

Als sich Angélique nach einem erneuten Hofknicks wieder aufrichtete, bemerkte sie den Blick, den der König seinem Bruder zuwarf. Und sie sah, wie in seinen Augen flüchtig Eifersucht und Neid aufblitzten.

Es gab so vieles, worin sein jüngerer Bruder besser war als er.

Oft kamen dem Herrscher Szenen aus ihrer Kindheit ins Gedächtnis. Er sah sich selbst, stotternd, unfähig, die Worte auszusprechen, die man ihm eingetrichtert hatte, ehe man ihn ans Bett jenes Vaters führte, der ihn stets in Angst und Schrecken versetzt hatte und dessen wächsernes, tief in die Kissen eingesunkenes Gesicht ihm nun noch mehr Furcht einflößte. Wohingegen sein kleiner, kaum drei Jahre alter und von seiner Gouvernante gebührend zurechtgewiesener Bruder einfach »Adieu, Vater!« gerufen hatte. Und seine Unbefangenheit hatte ein Lächeln auf die Züge des Sterbenden gelockt.

Angélique erschauerte.

Der König sah sie an.

Doch gleich darauf sagte sie sich, dass sie sich irren müsse. Mit der Zeit sollte sie erkennen, dass der König immer so schaute, mit seinem Blick jeden Einzelnen zu umfangen schien. Und vielleicht fixierte er ja auch einfach nur die Versammelten vor ihm, ohne sich weiter Gedanken darüber zu machen?

Außerdem hatte dieser ganze subtile Austausch von Worten, Empfindungen, Eindrücken und Reaktionen nicht länger als eine Minute, ja kaum ein paar Sekunden gedauert. Sie hatte gehört, wie Joffrey mit seiner schönen, wohlklingenden, höflichen Stimme, in der gerade die nötige Ehrerbietung, aber auch ein diskreter, schmeichelnder Charme mitschwangen, antwortete: »Ich stehe Eurer Majestät und Eurer Eminenz jederzeit zur Verfügung.«

Die Audienz war beendet.

Angélique und ihr Gemahl gingen hinüber zu Monseigneur de Fontenac, den sie im unmittelbaren Gefolge des Kardinals entdeckt hatten, und begrüßten ihn.

Anschließend machten sie die Runde bei den anwesenden

Vertretern des Hochadels und ihren Bekannten. Vor lauter Knicksen tat Angélique der Rücken weh, aber gleichzeitig war sie so aufgeregt, dass sie die Erschöpfung gar nicht spürte. Endlich war es so weit. Sie hatte den König und seine Familie gesehen.

Bei all den Komplimenten, die man ihr machte, konnte sie nicht daran zweifeln, dass sie ihre Rolle ausgefüllt und der Provinz Languedoc Ehre gemacht hatte. Ganz offensichtlich erregten sie und ihr Gemahl Aufmerksamkeit. Doch niemand schien bemerkt zu haben, dass während ihrer Vorstellung etwas Ungewöhnliches vorgefallen war, und sie fragte sich, ob sie die Einzige gewesen war, die diesen kurzen Moment der Beklommenheit empfunden hatte. Wahrscheinlich war es nur eine Folge ihrer Aufregung gewesen, eine ganz natürliche Reaktion während einer so lange herbeigesehnten Zeremonie, bei der sich in einem einzigen Augenblick die Begegnung mit solch ruhmreichen Menschen vollzieht.

Während sich ihr Gemahl mit dem Marschall de Gramont unterhielt, stellte sich ein noch junger Mann mit sympathischen Zügen direkt vor Angélique.

»Erkennt Ihr mich wieder, o Göttin, die Ihr soeben erst dem Wagen des Sonnengottes entstiegen seid?«

»Aber natürlich«, rief sie erfreut, »Ihr seid Péguilin.«

Dann entschuldigte sie sich: »Verzeiht die vertrauliche Anrede, Monsieur de Lauzun, aber was wollt Ihr, überall höre ich nur Péguilin dies, Péguilin das! Alle empfinden für Euch eine so zärtliche Zuneigung, dass ich mich dem, ohne Euch wiedergesehen zu haben, einfach anschloss.«

»Ihr seid hinreißend, und Ihr erfüllt nicht nur meine Augen, sondern auch mein Herz mit Freude. Seid Ihr Euch darüber im Klaren, dass Ihr die außergewöhnlichste Frau in dieser ganzen Gesellschaft seid? Ich kenne ein paar Damen, die gerade vor Neid auf Euer Kleid ihre Fächer zerbröseln und ihre Taschentücher zerfetzen. Wie werdet Ihr erst am Tag der Hochzeit geschmückt sein, wenn Ihr schon so anfangt?«

»Oh, an dem Tag werde ich neben den prunkvollen Umzügen verblassen. Aber heute bin ich dem König vorgestellt worden … Ich bin noch völlig aufgewühlt von diesem Erlebnis.«

»Und fandet Ihr ihn charmant?«

»Wie könnte man den König nicht charmant finden?«, entgegnete sie lachend.

»Ich sehe, Ihr seid bereits vertraut damit, was man bei Hof sagen sollte und was nicht. Ich weiß nicht, durch welches Wunder ich immer noch dazugehöre. Und vor kurzem bin ich sogar zum Hauptmann der Gentilshommes en bec-de-corbin berufen worden.«

»Eure Uniform ist sehr schön.«

»Ja, sie steht mir nicht schlecht … Der König ist ein liebenswürdiger Freund, wohl wahr. Aber Vorsicht, man sollte ihn nicht zu stark kratzen, wenn man mit ihm spielt.«

Er beugte sich zu ihrem Ohr hinab.

»Wisst Ihr, dass ich einmal fast in die Bastille gesperrt worden wäre?«

»Was hattet Ihr getan?«

»Ich erinnere mich nicht mehr. Ich glaube, ich hatte die kleine Maria Mancini, in die er bis über beide Ohren verliebt war, ein wenig zu fest an mich gezogen. Der königliche Verhaftungsbefehl war schon unterzeichnet, aber ich wurde rechtzeitig gewarnt. Also habe ich mich Seiner Majestät unter Tränen zu Füßen geworfen. Daraufhin hat er mir verziehen, und statt mich in das finstere Gefängnis zu verbannen, hat er mich zum Hauptmann befördert. Ihr seht, er ist ein äußerst liebenswürdiger Freund … Wenn er nicht Euer Feind ist.«

»Warum erzählt Ihr mir das?«, fragte Angélique hastig.

Péguilin de Lauzun riss die hellen Augen auf, mit denen er so schmachtend zu schauen verstand.

»Ach, bloß einfach so, meine Teuerste.«

Ungezwungen griff er nach ihrem Arm und zog sie mit sich.

»Kommt, ich muss Euch unbedingt ein paar Freunden vorstellen, die es kaum erwarten können, Euch kennenzulernen.«

Seine Freunde waren junge Männer aus dem Gefolge des Königs. Angélique war entzückt, geradewegs in die ersten Kreise des Hofes eingeführt zu werden. Saint-Thierry, Brienne, Cavois, der Marquis d'Humières, den Lauzun ihr als seinen erbittertsten Widersacher vorstellte, Louvigny, der zweite Sohn des Herzogs von Gramont – sie alle wirkten ausgesprochen fröhlich und galant und waren prächtig gekleidet. Sie entdeckte auch de Guiche, an dessen Arm sich immer noch der Bruder des Königs klammerte. Dieser sah sie an, als würde er sie nicht erkennen, und wandte ihr den Rücken zu.

»Macht Euch nichts daraus, meine Liebe«, flüsterte Péguilin. »Für den Kleinen Monsieur sind alle Frauen Rivalinnen, und Guiche hat den Fehler begangen, Euch einen freundschaftlichen Blick zuzuwerfen.«

»Ihr wisst doch, dass er nicht mehr der Kleine Monsieur genannt werden will«, warnte ihn der Marquis d'Humières. »Seit ihm nach dem Tod seines Onkels Gaston d'Orléans dessen Apanage zugefallen ist, heißt er bloß noch Monsieur.«

Die Menge geriet in Bewegung. Es kam zu einem Gedränge, und gleich reckten sich mehrere eifrige Hände vor, um Angélique festzuhalten.

»Seht Euch vor, Messieurs!«, rief Lauzun und hob belehrend einen Finger. »Denkt an die berühmte Klinge aus dem Languedoc!«

Aber das Gedränge wurde so stark, dass Angélique, lachend und ein wenig verwirrt, unweigerlich gegen kostbare, nach Irispulver und Amber duftende Wämser gepresst wurde.

Die Offiziere der Königlichen Tafel verlangten Durchlass für eine Prozession von Lakaien mit silbernen Tabletts und Schüsseln. Es ging das Gerücht, Ihre Majestäten und der Kardinal hätten sich für einen Moment zurückgezogen, um einen Imbiss einzunehmen und sich ein wenig von den ununterbrochenen Vorstellungen zu erholen.

Lauzun und seine Freunde verabschiedeten sich, da ihre Pflichten riefen.

Angélique blickte sich suchend nach ihren Toulouser Bekannten um. Sie hatte schon befürchtet, sich unvermittelt der temperamentvollen Carmencita gegenüberzusehen, aber nun erfuhr sie, dass sich der unglückliche M. de Mérecourt, nachdem er den Kelch bis zur Neige geleert hatte, plötzlich doch noch auf seine Würde besonnen und seine Frau ins Kloster geschickt hatte. Wegen dieses Fehlers war er in tiefste Ungnade gefallen, da die Anwesenheit seiner spanischen Gemahlin bei Hof erwünscht gewesen war.

Angélique schlängelte sich zwischen den beieinanderstehenden Gruppen hindurch. Der Geruch von gebratenem Fleisch und verschiedensten Parfüms bereitete ihr Migräne. Die Hitze raubte ihr den Atem.

Sie merkte, dass sie Hunger hatte. Daraus folgerte sie, dass der Morgen bereits weit vorangeschritten sein müsse, und beschloss, allein in ihre Unterkunft zurückzukehren und sich Schinken und Wein servieren zu lassen, wenn sie ihren Gemahl nicht bald ausfindig machte. Die Leute aus ihrer Provinz hatten sich bestimmt bei einem von ihnen versammelt. Um sich herum sah sie nur fremde Gesichter. Die Stimmen, denen der Akzent des Südens fehlte, klangen so ungewohnt. Hatte auch sie sich in den Jahren, die sie nun schon im Languedoc lebte, diesen singenden Tonfall und das schnelle Reden angewöhnt?

Schließlich gelangte sie in einen stillen Winkel unter der Treppe und ließ sich auf eine Bank sinken, um wieder zu Atem zu kommen und sich ein wenig Luft zuzufächeln. Es war wirklich nicht leicht, aus diesen im spanischen Stil erbauten Häusern mit ihren versteckten Fluren und verborgenen Türen wieder ins Freie zu finden.

Tatsächlich blitzte nur ein paar Schritte von ihr entfernt in der mit Tapisserien bedeckten Wand ein Spalt auf. Ein Hund, der mit einem Hühnerknochen im Maul aus dem Nebenraum kam, vergrößerte die Öffnung.

Angélique warf einen Blick hinein. Sie entdeckte die königliche Familie, die in Gesellschaft des Kardinals, der beiden Erzbischöfe von Bayonne und Toulouse, des Marschalls de Gramont und von M. de Lionne am Tisch saß. Die Bediensteten des königlichen Haushalts, die den Herrschaften aufwarteten, kamen und gingen durch eine andere Tür.

Mehrmals warf der König sein Haar zurück und fächelte sich mit seiner Serviette Kühlung zu.

»Die Hitze in dieser Gegend verdirbt einem die schönsten Feste.«

»Auf der Fasaneninsel ist es angenehmer. Dort weht noch der Seewind«, entgegnete M. de Lionne.

»In diesen Genuss werde ich wohl kaum kommen, denn die spanische Etikette verbietet mir, vor dem Tag der Hochzeit auch nur einen Blick auf meine Braut zu werfen.«

»Aber Ihr werdet die Fasaneninsel besuchen, um dort Euren Onkel, den spanischen König, zu treffen, der bald Euer Schwiegervater sein wird«, informierte ihn die Königin. »Und bei dieser Gelegenheit wird der Friedensvertrag unterzeichnet.«

Sie wandte sich an ihre Ehrendame Mme. de Motteville.

»Ich bin so aufgewühlt. Ich habe meinen Bruder sehr geliebt und habe oft mit ihm korrespondiert! Aber denkt nur, dass ich fünfzehn Jahre alt war und er zehn, als ich hier an diesen Gestaden Spanien verließ, und seitdem habe ich ihn nicht mehr wiedergesehen.«

Alle verliehen ihrer Rührung Ausdruck. Niemand schien sich mehr daran zu erinnern, dass ebenjener Bruder, Philipp IV., der schlimmste Feind Frankreichs gewesen war und sein Briefwechsel mit Anna von Österreich dazu geführt hatte, dass diese von Kardinal Richelieu der Verschwörung und des Verrats verdächtigt wurde. Das alles lag weit zurück. Man setzte ebenso große Hoffnungen in diese neue Verbindung wie damals, als die beiden Länder hier am Bidassoa schon einmal junge Prinzessinnen mit runden Wangen in steifen Halskrausen ausgetauscht hatten: Anna von Österreich als Ehefrau des jungen Ludwig XIII. und Elisabeth von Frankreich als Gemahlin des zukünftigen Philipp IV., der seinem Vater im Alter von sechzehn Jahren auf den Thron folgen sollte. Die Infantin Maria Theresia, die heute erwartet wurde, war die Tochter dieser Elisabeth.

Neugierig beobachtete Angélique die Großen ihrer Welt in diesem intimen Rahmen. Der König aß mit herzhaftem Appetit, aber sehr würdevoll; er trank nur wenig und verlangte mehrmals Wasser in seinen Wein.

»Meiner Treu«, rief er plötzlich, »aber das Erstaunlichste, das ich während des gesamten Morgens gesehen habe, war dieses seltsame schwarz-goldene Paar aus Toulouse. Was für eine Frau, meine Freunde! Solch eine Pracht! Man hatte mir davon erzählt, aber ich konnte es nicht glauben. Und sie scheint ihn aufrichtig zu lieben. Um Euch die Wahrheit zu gestehen, dieser hinkende Graf verwirrt mich.«

»Er verwirrt jeden, der in seine Nähe kommt«, erwiderte der Erzbischof von Toulouse bissig. »Ich kenne ihn nun schon seit mehreren Jahren, und ich habe es aufgegeben, ihn verstehen zu wollen. In ihm steckt irgendetwas Dämonisches.«

Jetzt fängt er schon wieder mit seinem dummen Geschwätz an, dachte Angélique entmutigt.

Ihr Herz hatte bei den Worten des Königs freudig geschlagen, aber die Bemerkung des Erzbischofs weckte ihre Sorge. Der Prälat gab einfach nicht auf.

»Seinen eigenen Ehemann zu lieben! So etwas Lächerliches«,

höhnte einer der Adligen aus dem Gefolge des Königs mit einem spöttischen Lachen. »Dieses junge Ding sollte für eine Weile an den Hof kommen, da würde man ihm dieses törichte Vorurteil schon austreiben.«

»Ihr scheint zu glauben, Monsieur, der Hof sei ein Ort, an dem Ehebruch das einzige Gesetz ist«, wies ihn Anna von Österreich streng zurecht. »Dabei ist es gut und natürlich, wenn Ehegatten einander in Liebe zugetan sind. Das hat ganz und gar nichts Lächerliches.«

»Aber es kommt so selten vor«, seufzte Mme. de Motteville.

»Weil die Menschen so selten aus Liebe heiraten«, entgegnete der König desillusioniert.

Darauf folgte ein betretenes Schweigen. Die Königinmutter und der Kardinal wechselten rasch einen traurigen Blick. Monseigneur de Fontenac hob salbungsvoll die Hand.

»Lasst Euch nicht bekümmern, Sire. Die Wege der Vorsehung sind zwar unergründlich, aber die des kleinen Gottes Eros sind es nicht minder. Und da Ihr ein Beispiel erwähntet, das Euch berührt zu haben scheint, so kann ich Euch versichern, dass dieser Edelmann und seine Gattin einander vor dem Tag ihrer Trauung, die ich selbst in Toulouse vollzogen habe, nie begegnet sind. Und doch ist nach mehreren Jahren einer durch die Geburt eines Sohnes gekrönten Ehe für jeden Betrachter offensichtlich, wie sehr sie einander lieben.«

Anna von Österreich schenkte ihm einen dankbaren Blick, und Monseigneur plusterte sich auf vor Stolz.

Angélique fragte sich, ob er ein Heuchler war oder diese Worte tatsächlich aufrichtig gemeint hatte.

»Ich hatte heute Morgen das Gefühl, im Theater zu sein«, erhob sich daraufhin die leicht lispelnde Stimme des Kardinals. »Dieser Mann ist hässlich, entstellt und verkrüppelt, doch als er an der Seite seiner wunderschönen Frau und gefolgt von diesem großen, in weißen Satin gekleideten Mohren vor uns trat, dachte ich unwillkürlich: Wie schön sie sind!«

»Sie sind zumindest eine Abwechslung nach so vielen langweiligen Gesichtern«, entgegnete der König. »Trifft es zu, dass er eine herrliche Stimme hat?«

»Das wird immer wieder behauptet.«

Der gleiche Adlige wie zuvor lachte höhnisch auf.

»Wahrlich eine äußerst rührende Geschichte, fast schon ein Märchen. Man muss wohl in den Süden kommen, um so etwas zu hören.«

»Ihr seid unerträglich mit Eurem ewigen Spott«, rügte ihn die Königinmutter erneut. »Euer Zynismus missfällt mir, Monsieur.«

Der Höfling neigte den Kopf, und während die übrigen Tischgenossen ihre Unterhaltung wieder aufnahmen, gab er vor, vom Treiben des Hundes angelockt zu werden, der in der Türöffnung an seinem Knochen nagte. Als Angélique sah, wie er sich ihrem versteckten Beobachtungsposten näherte, stand sie hastig auf, um sich zurückzuziehen.

Sie ging ein paar Schritte durch das Vorzimmer, aber ihr schwerer Manteau verhakte sich in den Griffen einer Konsole.

Während sie sich bückte, um sich zu befreien, stieß der junge Mann den Hund mit dem Fuß zur Seite, kam heraus und schloss die kleine, von dem Wandbehang verdeckte Tür hinter sich. Nachdem er das Missfallen der Königinmutter erregt hatte, hielt er es für klüger, sich für eine Weile aus ihrem Blickfeld zu entfernen.

Achtlos ging er an Angélique vorbei, drehte sich dann aber noch einmal um und betrachtete sie genauer.

»Das ist ja die Frau in Gold!«

Sie sah ihn hochmütig an und wollte hinausgehen, aber er versperrte ihr den Weg.

»Nicht so schnell! Lasst mich dieses Phänomen erst einmal

näher in Augenschein nehmen. Ihr seid also die Frau, die ihren Ehemann liebt? Und was für einen Ehemann! Ein wahrer Adonis!«

Sie musterte ihn mit stummer Verachtung. Er war größer als sie und sehr gut gebaut. Seinem Gesicht mangelte es nicht an Schönheit, aber seine schmalen Lippen umspielte ein Hauch von Bosheit, und seine mandelförmigen Augen waren gelb mit kleinen braunen Tupfen. Diese unbestimmte und ziemlich gewöhnliche Farbe entstellte ihn ein wenig. Er war geschmackvoll und teuer gekleidet, und seine weißblonde Perücke bildete einen reizvollen Kontrast zu seinen jugendlichen Zügen.

»Tatsächlich könnt Ihr einem Vergleich mit ihm kaum standhalten«, entgegnete Angélique kühl, obwohl sie nicht umhinkonnte, sein stattliches Äußeres ansprechend zu finden. »In meiner Heimat werden Augen wie die Euren als ›fleckige Äpfel‹ bezeichnet. Versteht Ihr, was ich sagen will? Und was die Haare betrifft, so sind die meines Gemahls wenigstens echt.«

Ein Ausdruck verletzter Eitelkeit verdunkelte die Züge des Adligen.

»Ihr lügt!«, rief er. »Er trägt eine Perücke.«

»Ihr könnt ja zu ihm gehen und daran ziehen, wenn Ihr Euch traut.«

Sie hatte seinen wunden Punkt berührt und vermutete, er trage eine Perücke, weil sein eigenes Haar schütter zu werden begann. Doch schon bald hatte er sich wieder in der Gewalt. Seine Augen verengten sich zu zwei funkelnden Schlitzen.

»Ihr wollt also beißen? Das ist nun wirklich zu viel Talent für eine kleine Provinzlerin.«

Er schaute sich hastig um, dann packte er sie bei den Handgelenken und drängte sie in den Treppenwinkel.

»Lasst mich los!«, verlangte Angélique.

»Gleich, meine Schöne. Aber zuerst haben wir beide noch eine kleine Rechnung zu begleichen.«

Ehe sie auch nur ahnen konnte, was er vorhatte, hatte er schon ihren Kopf nach hinten gezogen und sie brutal in die Lippen gebissen. Angélique schrie auf. Ihre Hand traf mit voller Wucht die Wange ihres Peinigers. Die langen Jahre, in denen sie sich guter Manieren befleißigt hatte, hatten einen letzten Rest bäuerlichen Ungestüms nicht ausmerzen können, und in ihrem Zorn reagierte sie genauso wie einst, als sie mit gesunder Kraft auf ihre kleinen Spielkameraden losging. Sie versetzte ihm eine schallende Ohrfeige, und er musste Sterne funkeln sehen, denn er wich zurück und hob eine Hand an die schmerzende Stelle.

»Alle Achtung, das war die Ohrfeige eines echten Waschweibs!«

»Lasst mich durch«, wiederholte Angélique, »oder ich richte Euch so zu, dass Ihr nicht mehr vor dem König erscheinen könnt.«

Er spürte, dass sie es ernst meinte, und trat einen Schritt zurück.

»Euch hätte ich zu gerne eine Nacht lang in meinem Bett!«, stieß er zwischen zusammengebissenen Zähnen hervor. »Ich verspreche Euch, bis zum Morgengrauen hätte ich Euch gebändigt, Ihr wärt erledigt…!«

»Recht so«, versetzte sie lachend, »träumt nur von Eurer Rache… während Ihr Euch die Wange haltet.«

Sie ließ ihn stehen und bahnte sich rasch einen Weg zum Ausgang. Das Gedränge hatte nachgelassen, weil viele Leute gegangen waren, um irgendwo anders zu speisen.

Empört und gedemütigt tupfte sich Angélique mit ihrem Taschentuch die schmerzende Lippe.

Hoffentlich sieht man es nicht zu sehr… Was soll ich bloß sagen, falls Joffrey mich danach fragt? Er darf auf keinen Fall losziehen und diesen unverschämten Kerl mit seinem Schwert durchbohren. Aber vielleicht lacht er auch nur darüber… Er ist bestimmt der Letzte, der sich über die Manieren dieser feinen Herren aus dem Norden Illusionen macht ... Jetzt verstehe ich, was er meint, wenn er sagt, dass man dem Hof ein kultivierteres Betragen beibringen müsse ... Aber auf diese Aufgabe habe ich ganz bestimmt keine Lust ...

Draußen angekommen, blickte sie sich suchend nach ihrer Sänfte um.

Nachdem sie sie entdeckt hatte, ließ sie sich in ihre Unterkunft zurückbringen.

In den Straßen herrschte ein dichtes Gewühl. Die Stadt glich einem Ameisenhaufen. Doch je näher sie dem Haus ihrer Gastgeberin kam, desto ruhiger wurde es.

Stück für Stück streifte man ihr das herrliche goldene Kleid ab. Da sie beabsichtigte, Joffrey zu suchen, zog sie ein schlichteres, aber dennoch elegantes Kleid an, in dem sie sich ungehinderter bewegen konnte. Doch zuvor nahm sie sich noch die Zeit für einen kleinen kalten Imbiss, den Marguerite für sie hatte zubereiten lassen.

Aber kaum hatte sie zu essen begonnen, als vor der Tür Rufe laut wurden. Es waren Boten aus dem Haushalt der Herzogin von Montpensier, die die Gräfin de Peyrac bat, sie im Zentrum von Saint-Jean-de-Luz zu treffen, vor dem Haus, in dem Königin Anna von Österreich abgestiegen war.

Und so fand sich Angélique erneut in einer Sänfte wieder, diesmal getragen und eskortiert von den Lakaien der Prinzessin, deren Anblick unterwegs immer wieder Applaus und Hochrufe auslöste.

Die buntgemischte Menge aus Einheimischen und Neuankömmlingen aus allen Winkeln des Königreichs erkannte mittlerweile die verschiedenen Equipagen der hohen Damen und Herren, denen zu applaudieren sich ihnen nur höchst selten die Gelegenheit bot. Sie alle kannten den Ruf von Mlle. de Montpensier, der Cousine des Königs, und wie auch immer man über ihre kriegerischen Heldentaten während der Fronde denken mochte, Saint-Jean-de-Luz fühlte sich geehrt, sie in seinen Mauern zu beherbergen.

Der Bote, der Angélique abgeholt hatte, bat sie, auf dem Platz im Zentrum des Marktfleckens zu warten. Die Häuser ringsum waren offensichtlich zum Bersten voll, und inmitten des lärmenden Durcheinanders der Lakaien und Kammerfrauen, die sich bemühten, Ordnung zu schaffen, schwärmten ihre Herrschaften draußen herum, eilten hin und her und bildeten Kreise, um die Gespräche und Diskussionen fortzuführen, die sie in den Salons und Räumen begonnen hatten, aus denen sie nun verjagt worden waren.

Angélique beobachtete sie neugierig, während sie vor dem schönen, aus roten Ziegeln erbauten Wohnhaus wartete, das Château Haraneder genannt wurde.

Da schob sich plötzlich ein Arm unter den ihren.

»Meine Liebe, ich habe Euch schon gesucht«, sagte die Grande Mademoiselle, die Herzogin von Montpensier, deren hochgewachsene, kräftige Gestalt unvermittelt neben ihr aufgetaucht war. »Ich komme um vor Sorge, wenn ich an all die Dummheiten denke, die ich heute Morgen in Eurer Gegenwart gesagt habe, ohne zu wissen, wer Ihr wart. Ach je! Wenn man an einem solchen Festtag nicht seine gewohnten Annehmlichkeiten hat, verliert man gelegentlich die Nerven und redet einfach so daher, ohne auf seine Worte zu achten.«

»Eure Hoheit braucht sich keine Gedanken zu machen, sie hat nichts gesagt, was nicht wahr oder schmeichelhaft gewesen wäre. Ich erinnere mich nur an Letzteres.«

»Ihr seid die Güte in Person. Ich freue mich so, Euch als Nachbarin zu haben ... Ihr werdet mir Euren Friseur doch noch einmal ausleihen, nicht wahr? Habt Ihr ein wenig Zeit? Diese Spanier lassen ja ewig auf sich warten ...«

»Ich stehe Eurer Hoheit zur Verfügung«, antwortete Angélique mit einem raschen Knicks.

»Dann lasst uns in diese Richtung gehen! Ich möchte ans Meer …«, entschied die Grande Mademoiselle.

Sie schien entzückt zu sein, eine charmante, gutwillige Begleitung gefunden zu haben.

»Ach, meine Liebe! Man wohnt hier so beengt, dass man keinen anderen Gedanken mehr kennt, als aus diesen Häusern zu fliehen, um die herrliche Luft zu atmen und die schönen Ausblicke zu genießen. Saint-Jean-de-Luz ist eine reiche kleine Stadt, weil die Eigner der Walfangschiffe sich hier schöne Häuser haben bauen lassen. Allerdings genügt das nicht, damit die Stadt auf einen Schlag zu einer prunkvollen improvisierten Hauptstadt werden könnte. Also sieht man hier alles Mögliche: Federgeschmückte Reiter, die die Kutschen der Damen belagern wie auf dem Cours la Reine … Da hinten stehen drei Bischöfe und halten eine Synode ab … Und gerade eben sind wir an einem Gelehrten vorbeigekommen, der dabei war, ein Madrigal für seinen Gönner zu verfassen oder eine Ansprache, die ein Marschall vor dem König halten soll. Man kann nicht einmal behaupten, dass man sich in die schlichte Herzlichkeit einer Provinzstadt versetzt fühlte, wo jedermanns Stand Rechnung getragen würde … Nein! Herzöge und Pairs wohnen in armseligen Löchern, die sie unter normalen Umständen nicht einmal ihren Lakaien zumuten würden. Aber was soll man da machen …? Wie soll man das rechte Maß bei den guten Manieren wahren? Alles zerbricht! Alles löst sich auf.

Aber ich habe Euch ja gesagt, ich fühle mich unter solchen Umständen recht wohl. Eine vorübergehende Gleichheit verringert die Distanz. Stellt Euch bloß vor, kaum waren wir hier eingetroffen, als einer der Schauspieler aus dem Gefolge des Königs Vater geworden ist. Nun, der Herzog von Orléans und ich selbst haben uns erboten, Pate und Patin des Kleinen zu werden. Das Kind hat daraufhin den schönen Namen Philippe-Louis erhalten …! Manche haben uns Vorwürfe gemacht, weil wir diese Ehre einfachen Komödianten erwiesen haben, von denen es heißt, sie stünden außerhalb der Kirche. Aber ich sehe das nicht so.

Die französischen Schauspieler sind höchst unterhaltsam. Sie waren die Ersten, die den großen Corneille aufgeführt haben, was ihnen selbst Größe verleiht. Wir gehen jeden Abend ins Theater, um ihnen zu applaudieren… Königin Anna zieht die spanischen Komödianten vor, die sie hier nach langer Zeit wiedergefunden hat. Zweifellos genießt sie es, ihre heimische Literatur aufgeführt zu sehen. Aber ich teile ihre Begeisterung nicht. Ich will Euch sogar gestehen, dass ich bei einem Besuch dort verstanden habe, was uns Franzosen von den Spaniern trennt. Vielleicht nutzen die spanischen Erzieher und Hofmeisterinnen dieses Theater zur Erziehung der Infanten und Infantinnen, die angeblich wie Gefangene in ihren Palästen leben. Mag sein. Aber für meinen Geschmack waren diese Pantomimen einfach nur skandalös, fast schon eine Entweihung der Mysterien der Religion. Wir Franzosen sind diese unflätige Art einfach nicht gewohnt…«

Mademoiselle verstummte und schüttelte mehrmals verständnislos und verwundert den Kopf.

»Ich begleite Königin Anna jeden Abend, um ihr eine Freude zu machen«, fuhr sie schließlich fort. »Das bin ich ihr schuldig. Sie ist meine Tante. Und wir haben gemeinsam so viel durchgemacht. Die Flucht nach Saint-Germain zum Beispiel, wo es keine Betten gab und furchtbar kalt war! Zum Glück war die Pariser Bevölkerung mir immer wohlgesinnt und hat mein Gepäck und meine Möbel durchgelassen! Die Königin und der kleine König waren mir damals sehr dankbar dafür, dass ich sie ihnen zur Verfügung stellte. Der Kleine Monsieur lag krank im Palais-Royal und war in dem ganzen Durcheinander vergessen worden. Glücklicherweise hat sich Monsieur de Feuillange an ihn erinnert und sich bemüht, ihn aus Paris herauszubringen. Er hat ihn in einen Umhang gewickelt und in eine Truhe gepackt, so konnte er die Barrikaden an der Porte Saint-Honoré passieren, ohne Verdacht zu erregen … Weder die Königin noch ich selbst oder meine Schwestern, die damals noch Säuglinge waren, werden jemals vergessen, was uns eint … Über die spanischen Schauspieler werde ich öffentlich kein Wort verlieren, um meine liebe Tante nicht zu bekümmern …«

Bei Mademoiselle brauchte man keine Sorge zu haben, dass ihr die Gesprächsthemen ausgingen.

Dennoch nutzte Angélique eine kleine Pause, um ihr zu erzählen, welchen Eindruck der König auf sie gemacht hatte, als sie zum ersten Mal vor ihm stand. Zum einen hatte sie ihn sich nicht so jung vorgestellt, obwohl sie wusste, wie alt er war. Und dann hatte sie sein hoheitsvolles Auftreten beeindruckt, das in so scharfem Widerspruch zu seiner Jugend stand. Lag der Grund dafür womöglich in seinem Blick, mit dem er zu schauen schien, ohne etwas zu sehen, und dabei trotzdem offenbar jedes noch so kleine Detail wahrnahm?

»So war er schon immer«, gab die Grande Mademoiselle zu. »Schon als Säugling hat die Art und Weise, wie er die Menschen in seiner Umgebung anschaute, manchen missfallen. Darum gab es auch so viele, die ihn nicht mochten und die es sich nicht versagten, seine Haltung mit der Liebenswürdigkeit seines Bruders zu vergleichen, der uns alle bezauberte. Aber ich habe mich nie einschüchtern lassen, schon gar nicht von ihm, auch nicht, als er noch in den Windeln lag. Stellt Euch nur einmal vor! Ein wahres Wunder, dieses Kind! Die Frucht eines Wunders …! Nach fünfundzwanzig Jahren kinderloser Ehe! Die Königin war zwei- oder dreimal schwanger. Aber jedes Mal wurden ihre Hoffnungen enttäuscht. Die Leute wusste schon gar nicht mehr, vor welchen Heiligen sie noch Kerzen anzünden sollten! Ich weiß noch, wie glücklich ich war, als ich mit fast zehn Jahren den kleinen Dauphin im Arm halten durfte. Ich hätschelte ihn und nannte ihn ›mein kleiner König‹ und ›mein kleiner Gemahl‹. Davon war ich vom ersten Tag an überzeugt. Er war gesandt worden, um mein Gemahl zu werden. Welcher Prinz außer ihm wäre meines Ranges würdig gewesen? Und mit meinem Vermögen würde Seine Majestät nie wieder über Armut zu klagen brauchen.«

Die Prinzessin verstummte erneut und blieb, in ihre Erinnerungen versunken, stehen.

»Doch dann kam der Kardinal. Er hat mich scharf zurechtgewiesen und mir gesagt, ich solle mir ja nicht einbilden, dass dieser Dauphin für mich bestimmt sei. Ich spreche vom großen Kardinal, dem seines Vaters. Kardinal Richelieu. Wie grausam von ihm, mich kleines Mädchen daran zu hindern, dieses hübsche Kind zu herzen. Aber auf eine Grausamkeit mehr oder weniger kam es ihm nicht an! Dieser Monsieur de Richelieu war ein fürchterlicher Mensch! Er kannte nur einen Götzen: das Königreich. Als hätte mein Vermögen Frankreich, um dessen Finanzen es so schlecht bestellt war, nicht helfen können … Ich habe ihm die Stirn geboten, das könnt Ihr mir glauben! Aber das hat ihn nicht daran gehindert, mich aus Saint-Germain fortzuschicken.

Die Königin und Madame de Hautefort haben alles in ihrer Macht Stehende getan, damit ich bleiben durfte, aber sie konnten sich nicht durchsetzen. Sogar der König hat sein Bedauern darüber geäußert, dass ich gehen müsse.

Aber damit war ich den Kardinal noch nicht los. Er ließ mich einen Umweg über Rueil machen, wo er für gewöhnlich wohnte, wenn sich der König in Saint-Germain aufhielt. Er hatte es immer noch nicht verwunden, dass ich den Dauphin ›meinen kleinen Gemahl‹ genannt hatte, und schalt mich weiter aus.

Wer den Herzog von Richelieu nicht gekannt hat, kann nicht

nachvollziehen, wie Furcht einflößend er war. Er hatte grausame Augen. Schließlich brach ich in Tränen aus. Um mich zu trösten, ließ er mir etwas zu essen bringen. Aber nichts half. Als ich fortging, weinte ich immer noch. So zornig war ich.

Nach diesem Vorfall durfte ich nur noch alle zwei Monate zu Besuch an den Hof kommen, und Ihr wisst, was das bedeutet. In Saint-Germain gab es kein Bett für mich, und für eine einzige Übernachtung konnte ich nicht jedes Mal meine ganzen Möbel mitnehmen. Also blieb mir gerade genug Zeit, um mit der Königin zu Abend zu essen, ehe ich mich wieder auf den Weg nach Paris machen musste …

Warum war Monsieur de Richelieu bloß so unnachgiebig? Warum machte er so viel Aufhebens um das Alter, wenn es um die Verbindung zweier so angesehener Familien ging? Philipp II., der Großvater des gegenwärtigen spanischen Königs, hat ja schließlich auch Mary Tudor geheiratet, die Tochter von Heinrich VIII. von England. Sie war ebenfalls zehn Jahre älter als er und darüber hinaus noch seine Tante. Ich hingegen bin nur Ludwigs Cousine ersten Grades. Mein Vater war der Bruder seines Vaters. Gott weiß, die beiden waren einander ganz und gar nicht ähnlich. Der verstorbene König Ludwig XIII. war so mürrisch und höchst moralisch, während mein Vater …«

Mademoiselles Stimme brach.

»Ich sehe ihn noch vor mir, wie er in den schlimmsten Momenten fröhlich vor sich hin pfiff, während alle anderen flohen …

Obwohl ich selbst immer darauf geachtet habe, nie Anlass zu Klatsch und Tratsch zu geben, werde ich mich hüten, mich den Vorwürfen anzuschließen, mit denen man die Regentin überhäuft. Als Gemahlin von Ludwig XIII. hat Königin Anna in ihrem Leben nicht viel Glück kennengelernt. Und um das Zerwürfnis zwischen ihr und dem König noch zu steigern, konnte sie es auch nicht lassen, mit ihrem Bruder, dem König von Spanien, zu korrespondieren, weshalb man sie des Verrats bezichtigte. Es stimmt ja auch, dass sie in zahlreiche Komplotte verwickelt war … die zum größten Teil von meinem Vater ausgeheckt wurden.«

Sie blieb erneut stehen. Der Wind wurde stärker und umwehte sie mit seinem salzigen Geruch. Für Angélique war das eine angenehme, neue Empfindung.

Als Mademoiselle weiterging, schüttelte sie in einer Mischung aus Resignation und Bedauern den Kopf.

»Warum ist Frankreich das einzige Königreich, das Frauen den Zugang zum Thron verwehrt? Dann hätte ich in der Thronfolge an erster Stelle gestanden, wenn Ludwig nicht geboren wäre. Ich weiß nicht mehr, seit welchem Herrscher diese Regelung angewandt wird. Ich glaube, es war beim Tod von Ludwig X., der der Zänker genannt wurde und nur eine stark von Inzucht gezeichnete Tochter hinterließ. Die Barone weigerten sich, sie als ihre Königin anzuerkennen, da ihre Mutter jene Margarete von Burgund gewesen war, die nachts hübsche junge Männer in der Tour de Nesle empfing und sie anschließend in die Seine werfen ließ.«

Mademoiselle verstummte und blieb wieder stehen, diesmal, um den Schleier, den sie über ihr Haar gelegt hatte, energisch unter ihrem Kinn zu verknoten. Der Wind blies unvermittelt mit doppelter Kraft. Das Tuch, das Angélique um die Schultern trug, flog davon.

Sie erreichten ihr Ziel.

Der Wind peitschte um sie herum, und sie mussten sich gegen ihn stemmen, um nicht in einen Strudel mitgerissen zu werden, in den selbst der Geist sich bereitwillig ergab.

Angélique hatte den Eindruck, als würden Himmel und Erde tanzen und in einem seltsamen Ballett aufeinanderprallen, während die weißen Wolken plötzlich in schaumigen Massen zerstoben und mit rasender Wucht auf den Steilhang zustrebten, um sich dann wieder mit einer Geschwindigkeit zurückzuziehen, die Furcht einflößend war, wenn man daran dachte, mit welcher Kraft sie bald wieder zurückkehren würden. Sie erkannte, dass sie zum ersten Mal vor dem Ozean stand und dass über diesem das beeindruckende Schauspiel eines Sturms tobte.

Vögel flogen taumelnd durch den Wind, und ihre schrillen Rufe vermischten sich mit einem Geräusch, das die beiden Frauen erst nach einer Weile aus den peitschenden Böen heraushörten. Es war das unbeherrschbare Gelächter einer Gruppe junger Frauen, die in einiger Entfernung standen. Ihre prächtigen Kleider und eleganten Umhänge wiesen sie als Damen des Hofes aus.

Die Grande Mademoiselle ging auf sie zu. Sie war schon früher an den Strand gekommen und hatte bereits andere Stürme erlebt.

»Was ist denn los, Mesdames?«

Immer noch lachend, deuteten sie auf eine Frau, die ein paar Schritte von ihnen entfernt mit weit ausgebreiteten Armen im Sand kniete. Sie war der Auslöser für ihre Heiterkeit. Eine der Damen trat vor und erklärte ihnen, immer wieder von Gelächter und dem Brausen des Winds unterbrochen, dass sie in größerer Gesellschaft hergekommen seien. Drei der Herren, die sie begleiteten, seien hinunter an den Strand gegangen, um im Meer zu baden, und von den tosenden Fluten des Ozeans mitgerissen worden.

Daraufhin sei Mme. de Bréssigny auf die Knie gefallen. Sie habe die Arme ausgebreitet wie ein Votivbild für den heiligen Antonius von Padua und mit lauter Stimme für das Seelenheil der drei Toten zu beten begonnen… Es war ein zum Schreien komischer Anblick!

Alle ihre Gefährtinnen waren sich einig, dass die Ärmste völlig verrückt geworden war.

»Ihr seid hier doch wohl diejenigen, die verrückt geworden

seid, Mesdames«, rief Angélique empört, nachdem sie die Fäden dieses seltsamen Berichts entwirrt hatte. »Wenn diese drei Herren tatsächlich ertrunken sind, dann beweist Madame de Bréssigny als Einzige von Euch allen Würde, indem sie für ihr Seelenheil betet!«

Mit einem Mal schienen die Frauen vor ihr aufzuwachen, und als sie die Herzogin von Montpensier erkannten, begannen sie stammelnd nach Ausreden zu suchen.

»Aber Madame de Bréssigny bildet sich ein, sie stünde sich so gut mit Gott, dass sie sie wieder zum Leben erwecken könnte ...«

»Kommt, meine Liebe«, sagte Mademoiselle und zog Angélique zur Seite. »Sie haben den Verstand verloren. Lasst uns in die Stadt zurückgehen. Vielleicht können wir noch etwas tun.«

Eine Gruppe von Männern, zu denen auch M. de Roquelaure gehörte, kam ihnen im Laufschritt entgegen. Die an ihren großen, flachen, meist roten Mützen zu erkennenden Einheimischen hatten Bootshaken und Seile dabei und dazu noch etwas, das aussah wie aus Binsen und Stroh geflochtene Kronen.

Als sie die Prinzessin bemerkten, blieben sie stehen, um sie zu begrüßen und ihr von dem Drama zu berichten, das sich am Strand zugetragen hatte.

»Diese Herren wurden Opfer ihrer soldatischen Tapferkeit«, erklärte M. de Roquelaure. »In ihren Augen stellten die tosenden Wellen keine größere Gefahr dar als der Ansturm der gegnerischen Kavallerie. Dabei ist diese Gefahr hier sicher um ein Vielfaches tödlicher, denn den mächtigen Wogen des Ozeans kann man weder Waffen noch Rüstung entgegensetzen.«

Jemand übersetzte die Erklärungen der Basken, die ihn begleiteten.

»Die Bauern, die Ihr hier seht, sind gleichzeitig auch Fischer, und sie sagen, dass es für die drei unvorsichtigen Herren in der Tat keine Hoffnung mehr gibt.«

»Bis weit aufs Meer hinaus ist nichts zu sehen«, informierte ihn Mademoiselle.

»Nach Aussage der Einheimischen wäre es höchstens noch möglich, dass ihre Leichen von der Strömung an verschiedene ihnen bekannte Stellen an der Küste getrieben werden. Sie wollen uns später dorthin führen, damit die Ärmsten zumindest ein christliches Grab bekommen. Aber sie können nichts versprechen. Das Meer sei gefräßig, sagen sie, und gebe seine Opfer nur selten wieder her... Aber wir gehen trotzdem noch einmal an den Strand. Ich will ihren Freunden Bericht erstatten können, und vielleicht auch dem König, falls sie zu seinen Bekannten gehörten.«

Mlle. de Montpensier und Angélique gingen weiter zurück in die Stadt. Unterwegs fand Angélique ihren Schal wieder, der sich an einem Pflanzenbüschel verhakt hatte. Sie band ihn ebenso energisch unter ihrem Kinn fest wie kurz zuvor Mlle. de Montpensier. Die Prinzessin griff erneut nach dem Arm ihrer Begleiterin.

»Seht Ihr, was ich eben zu Euch sagte. Die Leute verlieren hier regelrecht den Verstand! Sie befinden sich außerhalb ihrer gewohnten Umgebung. Niemand ist da, der ihnen sagt, was sie zu tun haben und wohin sie gehen sollen... Nicht einmal der König weiß, was er ihnen zur Zerstreuung vorschlagen soll. Solange nicht die Ankunft des Königs von Spanien und seiner Tochter angekündigt wird, sitzen wir hier wie Vögel, die im Seewind mit den Flügeln schlagen... Warum lächelt Ihr?«

Angélique gestand, dass ihr das von der Prinzessin heraufbeschworene Bild äußerst treffend erschien! Vögel, die im Seewind mit den Flügeln schlugen. Genauso war es.

»Ja, ich sehe sogar die unerwartetsten und tragischsten Ereignisse immer wie ein Bild vor mir, das sich mir wie auf einer Theaterbühne darbietet, wo jeder seine Rolle spielt«, gab Mademoiselle zu. »Oft verstehen die Leute mich nicht. Aber ich war beeindruckt, wie Ihr vorhin diesen hysterischen Puten den Schnabel gestopft habt. Ihr gefallt mir, Madame de Peyrac …«

»Eure Hoheit ehrt mich. Und gestattet mir, zu bemerken, dass es für mich eine große Freude ist, den Ansichten einer Prinzessin lauschen zu können, deren Ruhm und Mut im ganzen Land bekannt sind.«

Angélique erlaubte sich, ihrer erhabenen Begleiterin dieses Kompliment zu machen, weil es tatsächlich aufrichtig gemeint war. Der Charakter von Mlle. de Montpensier, der so sehr dem entsprach, was sie stets von ihr gehört hatte, enttäuschte sie nicht. Es war schwierig, die Prinzessin anhand der Rolle zu beurteilen, die sie während der Fronde gespielt hatte. Denn die noch gar nicht so lange zurückliegende Vergangenheit präsentierte sich in dem gleichen zerzausten Durcheinander, unter dem auch die spontane Versammlung sämtlicher illustrer Vertreter des französischen Hochadels zu leiden schien. Sie alle hatten sich in diesem äußerst beengten Marktflecken an der Küste des für seine Stürme berüchtigten Golfs von Biskaya zusammengefunden, wo immer wieder die Wale vorbeizogen, die die Bewohner dieses Landstrichs bis ins ferne Amerika gelockt hatten.

Je näher sie der Stadt kamen, desto belebter wurden die Straßen. Drei Geistliche in weltlicher Kleidung sprachen sie an und wollten wissen, ob sie einen angenehmen Spaziergang gehabt hätten. Einer von ihnen jedoch, M. de Valence, bat sie nach einem kurzen Gruß gleich wieder, ihn zu entschuldigen.

»Ich muss sofort zu Kardinal Mazarin und ihm beichten, was ich und meine Freunde hier Schlechtes über ihn gesprochen haben. Denn es ist für uns alle besser, wenn er es von mir selbst erfährt und nicht vom Abbé de Bonzi, seinem eifrigsten Spion …«

Kapitel 6

Eine vorbeifahrende Kutsche hielt neben ihnen an. Die Insassen streckten den Kopf aus dem Fenster und beschworen Mlle. de Montpensier, sich ihnen anzuschließen. Sie waren auf dem Weg zum Bidassoa, um sich den berühmten Pavillon anzuschauen, der dort nicht bloß für die ersten Verhandlungen, sondern bereits in Erwartung feierlicherer Begegnungen errichtet worden war. Wenn die Könige und ihr Hof dort erst einmal zusammentrafen, würde es nicht mehr möglich sein, die luxuriöse Ausstattung in Ruhe zu bewundern.

Da sie wussten, dass Mademoiselle und Monsieur den Pavillon am Vortag besucht hatten, hofften sie, sie könne sie dem spanischen Aufseher der Arbeiten vorstellen, der für das Bauwerk und dessen Ausschmückung verantwortlich war.

Mademoiselle und Angélique stiegen ein. Während die fröhliche Gesellschaft die wenigen Meilen zurücklegte, die Saint-Jean-de-Luz vom Ufer des Grenzflusses trennte, berichtete ihnen Mademoiselle von den Dingen, auf die sie bei ihrem allzu kurzen Besuch am Vortag bereits einen flüchtigen Blick hatte werfen können, unter anderem herrliche Wandteppiche, die im Inneren aufgehängt worden waren, um den Räumen die majestätische Anmutung und Pracht eines königlichen Palastes zu verleihen. Sie hatte auch gesehen, wie zwei Schreibkästen aus Tropenholz und Schildpatt mit Beschlägen, Schlössern und Zubehör aus reinem Gold hereingebracht und aufgestellt worden waren.

»In allen Räumen sind die Decken mit gewässertem Taft bezogen, und die Wände wurden mit Blumenstoffen und prunkvollen farbigen Tapisserien bedeckt. Auf dem Boden sind mir nur die Teppiche im Konferenzsaal aufgefallen, wo die beiden Könige den Schwur leisten werden. Mein Gott, wird das ein ergreifender Tag! Die Ränder der Teppiche markieren die Grenze der beiden Nationen, die die Herrscher nicht überschreiten dürfen.«

Diese Stelle am Ufer des Bidassoa hatte bei unerlaubten, diplomatischen oder auch mystischen Begegnungen – etwa für die Pilger auf dem Weg nach Santiago de Compostela – schon immer als Übergang in das hinter seinem Wall aus hohen Bergen nahezu unerreichbare Spanien gedient. Hier endeten die westlichen Ausläufer der Pyrenäen kurz vor dem Ozean. Die Gezeiten waren noch spürbar, aber das Wasser war nicht mehr ganz so salzig, und der Bidassoa verdiente die Bezeichnung Fluss oder gar Strom.

Als sich die kleine Gesellschaft, die Mademoiselle unter ihre Fittiche genommen hatte, von französischer Seite her dem Fluss näherte, entdeckte sie entzückt den versprochenen kleinen Palast, der sich im fast reglosen Wasser spiegelte. Auf seiner Insel glich er einem Märchenschiff, das sich von der Strömung treiben ließ.

Dieses fragile, provisorische Bauwerk ermöglichte den Empfang der Mitglieder sowohl der spanischen als auch der französischen königlichen Familie mitsamt ihrem jeweiligen Hof, ihren Ministern, ihrem Gefolge, ihren Gästen und einem Mindestmaß an Leibgarden. Denn der Pavillon war nach dem Grundsatz errichtet worden, dass der König von Spanien während der gesamten Dauer seines Besuchs nicht einen Fuß außerhalb seines Königreichs setzen sollte.

Die Begegnungen der beiden Herrscher würden also zu beiden Seiten einer Grenze stattfinden.

Es verstand sich von selbst, dass keine der beiden Nationen versuchen durfte, die andere durch übermäßige Prachtentfaltung auszustechen. Daraus ergab sich die Notwendigkeit, im Inneren des Gebäudes nicht nur die praktisch unüberwindliche Grenzlinie nachzuzeichnen, sondern auch den beiden vertretenen Mächten genau die gleiche Anzahl Räume in genau der gleichen Größe zuzuweisen. Aber der spanische Verantwortliche für die Arbeiten, der Aposentador mayor, der mit dieser heiklen Aufgabe betraut worden war, hatte es geschafft, einen Grundriss zu entwickeln, in dem, wie Mademoiselle nach ihrem ersten Besuch lobend erwähnte, »alles gleichwertig und wohlbemessen ist«.

Zwar lag die Fasaneninsel nicht genau in der Mitte des Flusses, sondern ein wenig näher zum spanischen Ufer hin, sodass die überdachte Galerie und die schwimmende Brücke, über die man auf die Insel gelangte, auf französischer Seite zwangsläufig ein wenig länger war. Doch der Vorteil der Spanier, näher an der Insel zu sein, wurde durch die Tatsache ausgeglichen, dass der Strand auf ihrer Seite, über dem die letzten Ausläufer des Gebirges aufragten und wo man an diesem Morgen ein paar exerzierende Kürassiere erkennen konnte, sehr schmal und auch kürzer war als der der Franzosen.

Während der vorbereitenden Verhandlungen hatten sich die Minister mit mehr oder weniger schwankenden, aus aneinandergereihten Booten gebildeten Brücken begnügen müssen, um auf die Insel zu kommen.

Inzwischen gab es neben diesen unbequemen, Wind und Regen ausgesetzten Stegen zwei lange, geschlossene Galerien, die auf ins Flussbett gerammten Pfählen über dem Wasser verliefen. Sie waren auf ihrer gesamten Länge mit Glasfenstern versehen und würden allein den Herrschern und ihren Verwandten vorbehalten sein. Die Prinzessin berichtete, dass der Aufseher über die Arbeiten, ein Spanier, der ihnen als der »Aposentador real« vorgestellt worden sei, mit sicherem Instinkt ihren Rang erkannt und Mademoiselle und Monsieur durch die komfortablen verglasten Galerien habe gehen lassen.

Auf spanischer Seite bildete die verglaste Galerie einen rechten Winkel und endete an einem in Stufen ansteigenden Landungssteg. Der Grund dafür war, dass der spanische König nicht von der Landseite aus, sondern nur über das Meer auf die Fasaneninsel gelangen konnte.

Wohingegen die in Saint-Jean-de-Luz abgestiegenen Franzosen nach einer angenehmen Fahrt durch die liebliche Landschaft all ihre prunkvollen vier- oder sechsspännigen Karossen, die Leibgarden der Königin und des Königs, die Musketiere, die Hundertschweizer sowie die Garden der Prinzen und Prinzessinnen von Geblüt auf ihrer Seite des Ufers versammeln konnten, unmittelbar vor dem aus Booten gebildeten Steg und dem von den Wappen des Allerchristlichsten Königs Ludwig XIV. eingerahmten, mit schlanken Türmchen verzierten Torbau, der den Eingang zur geschlossenen Galerie bildete.

Wenn man die Vor- und Nachteile für jede der beiden Nationen gegeneinander abwog, stellte das, was beschlossen und erbaut worden war, alle zufrieden, und die Ehre der beiden mächtigen Herrscher blieb gewahrt.

Die Galerie, durch die man von französischer Seite aus auf die Insel gelangte, war hundertsiebenundvierzig Fuß lang, aber die Galerie auf spanischer Seite, die lediglich hundertsiebenunddreißig Fuß maß, wurde durch den vierundvierzig Fuß langen Landungssteg und einen zweiten Torbau mit dem Wappen des Allerkatholischsten Königs vervollständigt.

Nachdem man, von der einen oder der anderen Seite kommend, das Ufer hinter sich gelassen und den Steg überquert hatte, gelangte man jeweils in einen großen Raum, in dem sich die Adligen beider Höfe versammeln sollten. Dahinter lag, durch einen schmalen Mittelgang voneinander getrennt, auf beiden Seiten eine Flucht von drei unterschiedlich großen Räumen, die in einen rechteckigen Raum mündete. In diesem sogenannten »Salon der Konferenz« oder »Salon der Begegnung« würden das Aufeinandertreffen der beiden Herrscher, die Eide, die Unterschriften und die Vorstellung der beiden Höfe erfolgen … Der Raum besaß vier Türen, eine davon aus Kristallglas. Durch vier große Oberlichter über den Türen fiel Tageslicht herein. Und durch das Fenster am Ende des Raumes war das Laub einiger Sträucher in einem Garten zu erkennen, der an der Spitze der Insel angelegt worden war, auch wenn es wenig wahrscheinlich war, dass die Teilnehmer der bedeutenden Zusammenkunft die Zeit finden würden, dort spazieren zu gehen.

Die Herzogin von Montpensier hatte sich am Vortag mit dem königlichen Aposentador angefreundet.

Und als er sie heute vor dem Torbau auf französischer Seite in Empfang nahm, versuchte sie ihm durch die Vermittlung des Spanisch sprechenden M. de Villemare alles zu entlocken, was er über die Ankunft des Königs von Spanien wusste.

War Seine Allerkatholischste Majestät schon unterwegs? Kam er in Begleitung seiner Tochter? In welcher Stadt wurde er inzwischen angekündigt? Würde er in Fuenterrabía logieren oder doch in Irún? Wann hätte dieses furchtbare Warten ein Ende?

Sie flehte ihn an, ihre Ängste zu zerstreuen. War er nicht von Beginn an, also nun schon seit einem Jahr, Zeuge der Verhandlungen hier an diesen Gestaden gewesen, wo man ihn beauftragt hatte, einen Ort herzurichten, an dem sich die Minister begegnen konnten. Und der Vertrag war ja auch schon im Herbst unterzeichnet worden! Aber es schien, als hätten solche Unterschriften in diplomatischen Angelegenheiten nicht allzu viel Bedeutung, solange eine Fülle weiterer Details nicht in beiderseitigem Einvernehmen geklärt wären. Aber jetzt war doch alles sicher, das bewiesen diese außerordentlichen Vorbereitungen. Mademoiselle beschwor den Aposentador real, der für die gesamte logistische Vorbereitung zuständig war, ihre Sorge zu beschwichtigen. Sie ließ nicht locker. Der ganze Aufwand konnte doch nicht vergebens gewesen sein?

War er denn nicht ihrer Ansicht? Man konnte doch nicht den gesamten Adel eines Landes umsonst an die Ufer des Ozeans strömen lassen, nachdem er sich für die nächsten Jahre verschuldet hatte, um mit allem gebotenen Prunk die Hochzeit zu feiern, die den politischen Erfolg dieses Vertrages besiegeln würde: die Hochzeit zwischen den beiden jungen und schönen Erben der beiden größten Nationen der Erde?

Ihr Gegenüber hörte ehrerbietig zu und antwortete auf das Flehen der Grande Mademoiselle mit dem beharrlichen Schweigen eines Dieners, der sich, obwohl mit einem wichtigen Amt betraut, nicht zu den Eingeweihten zählte. Der Aposentador erwies sich als ein stattlicher, aber äußerst wortkarger Mann. Es war ihm anzumerken, dass er es gewohnt war, mit den Mächtigen umzugehen, und sich auf die Kunst verstand, sich ihren Launen zu widersetzen.

Aber Mademoiselles liebenswürdiger Art gelang es, ihn zu erweichen, und er gab zu, dass er vor zwei Monaten hierher zurückbeordert worden sei, um das Schloss von Fuenterrabía in den Stand zu versetzen, Seine Majestät den König von Spanien zu empfangen, und die Innenausstattung des Palasts auf der Fasaneninsel fertigzustellen, wo die beiden Herrscher einander gegenübertreten sollten.

Fast alle Wandbehänge hingen schon. Er lud Ihre Hoheit ein, hereinzukommen, um sie zu bewundern und zu interpretieren. Denn durch die Auswahl der Kunstwerke, die die beiden Nationen dazu ausersehen hatten, die großen Tage der Fasaneninsel zu schmücken, enthüllten sowohl Frankreich als auch Spanien fast schon arglos ihre Vorlieben, ihre Neigungen, ihre Leidenschaften und die Ideale, nach denen sie strebten.

So wurde man, wenn man über die Brücken in den spanischen Saal trat, von zwei herrlichen aus Seide, Wolle, Gold und Silber gewirkten Tapisserien empfangen, von denen die eine den »Sieg der Tugend über die Eitelkeit« und den »Abscheu vor der Sünde« zeigte und die andere die »Geschichte Noahs«.

Auf der gegenüberliegenden Seite, wo die Franzosen über ihre längere Brücke ankamen, hatten diese an der einen Wand zweiundzwanzig Bilder aus der Erzählung von Psyche und Amor, dem kleinen Gott der Liebe, aufgehängt und an der zweiten eine Darstellung der »Kriege des Scipio und Hannibal«.

Im ersten kleinen Raum, in den man auf spanischer Seite vom Eingangssaal aus gelangte, hing ein wunderschöner Bildteppich, auf dem die »Geschichte des heiligen Paulus« dargestellt war. Auf französischer Seite hingegen erblickte man in dem entsprechenden Raum eine Reihe von Wandteppichen in Gold und Silber mit einer Darstellung der »Geschichte des heiligen Johannes des Täufers«.

Im zweiten spanischen Raum folgte eine Allegorie der Dichtungen und Erzählungen über jene mehr oder minder von den Göttern geliebten Helden, deren Taten auch in diesen Tagen immer noch gerne besungen wurden: Ikarus, Achilles, Orpheus, Andromeda ... Und im dritten Raum auf spanischer Seite hielt man unwillkürlich inne, wie geblendet von den fünf goldenen Tapisserien der berühmten wundervollen Reihe der »Sphären oder Globen«, die man aus Portugal hergeschafft hatte.

Die Franzosen gegenüber priesen die Freuden der Natur. In ihrem zweiten Raum illustrierten sieben aus Gold und Seide gewirkte Wandbehänge »Die Monate des Jahres«, und im dritten Raum erblickte man einen mit Gold und bunter Seide bestickten Wandbehang mit dem Titel »Sträucher und Blumen«, vor dem man ewig hätte stehen bleiben mögen, um die perfekte Ausführung zu betrachten.

Und auch im Saal der Begegnung, wo die Übergabe der Verträge und die Ableistung der Friedensschwüre stattfinden würden, ein Raum, der beiden Kronen gemeinsam war, zeigte sich die gleiche Aufteilung in Farben, Wandteppichen und Schmuck. Vier Wandteppiche aus Gold, Silber und Seide mit Motiven aus der »Apokalypse« würden über den König von Spanien und seine Tochter wachen.

Auf französischer Seite entfalteten sich verschiedene Themen, darunter die »Metamorphosen des Ovid«.

Auf dem Boden wurde die Grenze zwischen Frankreich und Spanien durch die Ränder prunkvoller Perserteppiche auf spanischer und türkischer Teppiche auf französischer Seite angezeigt. Die französischen Teppiche wiesen großflächige dunkelrote Motive auf, die durch goldene Streifen voneinander getrennt waren, welche eine Art Fliesenmuster auf den Boden zeichneten.

M. de Méré war ein Gelehrter, und so machte er sich daran, seine Freunde über den lateinischen Dichter Ovid aufzuklären, einen Freund Vergils, der sich auf die Kunst verstanden hatte, hinter scheinbar unschuldigen Bildern subtile erotische Anspielungen zu verbergen. Seine Erläuterungen, denen alle mit größtem Interesse lauschten, wurden durch Arbeiter unterbrochen, die zwei Tische hereintrugen. Diese wurden zu beiden Seiten der durch die Teppichränder gebildeten Grenzlinie einander gegenüber aufgestellt. Sie vervollständigten ein recht nüchternes Mobiliar aus Lehnstühlen, Schemeln und bestickten viereckigen Kissen. Auf die Tische wurden schließlich die beiden Schreibkästen mit den goldenen Beschlägen und Schlössern gesetzt, die Mademoiselle am Vortag bereits bewundert hatte.

Wieder zurück am Ende ihrer verglasten Galerie, überhäuften sie den Aposentador des spanischen Königs ein letztes Mal mit Glückwünschen und Dank. Man könne gar nicht genug Bewunderung äußern angesichts der Sorgfalt und des sicheren

Geschmacks, mit denen die Räume ausgestattet worden seien. Das Ergebnis würde die Herrscher und ihr Gefolge unweigerlich zufriedenstellen.

Prächtige, nuancenreiche Farben wärmten den Blick, und die luxuriösen Materialien, die verwendet worden waren, würden keine Sorgen über die finanzielle Gesundheit der beiden Staaten aufkommen lassen. Die vielfältigen Motive kündeten mit Eleganz vom jeweiligen Geist der Völker. Kein Saal, Raum oder Salon wiederholte eines der Themen, das bereits in einem der anderen gewählt worden war. Außer – und Angélique war gewiss die Einzige, der dies aufgefallen war – in den kleinen Kabinetten an den beiden Ecken des Salons der Begegnung, in die man gelangte, nachdem man einen schmalen, auf spanischer Seite mit Darstellungen aus der Erzählung von »Romulus und Remus« und auf französischer Seite mit einer Abfolge »Illustrer Matronen« ausgeschmückten Flur hinter sich gebracht hatte. Dorthin würden sich die Minister mit ihren Schreibern zurückziehen, um die unzähligen Schriftstücke der Akte zusammenzustellen und zu ordnen, die noch einmal vollständig gelesen und vorbereitet werden musste, und dort würden sie sich schließlich zu gegebener Zeit allein mit ihrem jeweiligen Herrscher einfinden, sodass dieser fernab aller neugierigen Blicke seine erhabene Unterschrift leisen könnte.

In diesen verschwiegenen Räumen, in denen sich alles entscheiden würde, zeigten die Bildteppiche das gleiche, wenn auch von unterschiedlichen Künstlern ausgeführte Motiv, nämlich die verschiedenen Stationen der »Passion unseres Herrn Jesus Christus«.

Die gleiche feinfühlige, geistreiche Aufmerksamkeit schien der Ansicht gewesen zu sein, dass kein profanes oder sonstiges Thema in diesem entscheidenden Moment die Vertreter der beiden Nationen ablenken dürfe, die so lange verfeindet gewesen waren und sich an diesem Tag unter dem Zeichen des Kreuzes, dem Symbol ihres gemeinsamen katholischen Glaubens, miteinander versöhnten.

Unter den ersten Bäumen fraßen vier riesige, von ebenso kräftig gebauten Fuhrleuten beaufsichtigte Pferde ihre Haferration.

Schon vor Monaten hatten sich Fuhrwerke von den verschiedenen Manufakturen aus auf den Weg gemacht, um die Vorhänge und Tapisserien, jene schweren Rollen aus mit Gold- und Silberfäden durchwirkten Seiden- und Wollstoffen, hierherzubringen. Gezogen wurden sie von Boulonnais-Pferden, die auch jeden Tag die frisch gefangenen Fische und Meeresfrüchte von der Küste in die Pariser Fischhalle brachten.

Warum Boulonnais? Warum nicht unsere Poitevins, fragte sich Angélique im Stillen.

Auf der Rückfahrt nach Saint-Jean-de-Luz bedankte sich die kleine Gesellschaft, die das Privileg genossen hatte, die Vorbereitungen auf der Fasaneninsel besichtigen zu dürfen, überschwänglich bei Mlle. de Montpensier.

Sie hatten einen unverhofften Eindruck von den ernsten und folgenschweren Begegnungen, den politischen Verpflichtungen und den Zeremonien gewonnen, die in diesem mit so viel Geschmack und Sorgfalt eingerichteten Rahmen stattfinden sollten und die nicht bloß feierliche Momente, sondern ernsthafte Diplomatie bedeuteten. Wie bei solchen Veranstaltungen üblich, würden sich die Höflinge und sonstigen Beteiligten im Hintergrund darauf einstellen müssen, lange untätig abzuwarten, während die rituellen Eide und Unterschriften geleistet wurden, nachdem zuvor ausgedehnte offizielle Gespräche oder private Unterhaltungen zwischen den Mitgliedern einer königlichen Familie geführt worden waren, die einander begegneten, wiedersahen oder gar erst kennenlernten. So etwa König Ludwig XIV., der zum ersten Mal einer Gemahlin gegenübertreten sollte, die er würde lieben müssen.

Die Höflinge würden sich lange gedulden müssen, und die ausgiebige Betrachtung der herrlichen Wandteppiche würde ihnen dabei helfen, sich die Zeit zu vertreiben.

Das Einzige, was man bedauern könnte, war, dass die »Metamorphosen des Ovid« im Konferenzsalon aufgehängt worden waren, was die beiden Höfe um den Genuss brachte, sich die Wartezeit damit zu verkürzen, den Erläuterungen von M. de Méré über die erotische Symbolik dieser herrlichen Wandbehänge zu lauschen. Da sie auf französischer Seite hingen, wurden sie lediglich vom spanischen König und seiner Tochter, der Infantin, gesehen, die in einem solchen Moment jedoch kaum dazu aufgelegt sein würden, ihre verborgenen Reize zu erkunden.

Doch damit sie diese unvergesslichen Tage, die sich vor ihnen abzeichneten, überhaupt erleben konnten, mussten zunächst Seine Allerkatholischste Majestät Philipp IV. von Spanien und seine Tochter, die Infantin Maria Theresia, am Horizont auftauchen.

Während Saint-Jean-de-Luz immer näher kam, plauderten sie auch über den Aposentador, dessen Geschick bei der Ausschmückung der Räume sie alle beeindruckt hatte. M. de Bar, der zu der Gesandtschaft gehört hatte, die nach Madrid gereist war und um die Hand der Infantin angehalten hatte, erklärte, der Mann heiße Don Diego Velázquez und habe am spanischen Hof die herausgehobene Stellung eines königlichen Hofmalers inne. Der Ruf seines großen Talents war weit über die spanischen Grenzen hinaus an die europäischen Herrscherhöfe gedrungen, doch er weigerte sich, seine Werke zu verkaufen und für einen anderen Auftraggeber als den König zu arbeiten. Da er sehr stolz und sich seines Wertes durchaus bewusst war, hatte er um die Ehre der Aufnahme in den Santiago-Orden ersucht, einen der größten spanischen Ritterorden. Aber obwohl Philipp IV. ihm die Gewährung seiner Bitte zugesichert hatte, hatten sich die Mitglieder des Ordenskapitels dem Wunsch des Königs widersetzt und sich geweigert, ihn aufzunehmen. Es gab Zweifel an der Reinheit seines Blutes, der »limpieza de sangre«, die in Spanien von eminenter Wichtigkeit war, denn nichts war schlimmer, als in dem Verdacht zu stehen, von Juden oder konvertierten Mauren abzustammen, lägen diese Wurzeln auch zwei oder drei Jahrhunderte zurück.

Vor allem aber betrachtete man Diego Velázquez als einen Handwerker, was jede Möglichkeit einer Erhebung in den Adelsstand von vornherein ausschloss. Und wie sehr er auch beteuern mochte, dass er sein Talent nur in den Dienst des Königs stellte, das Ordenskapitel des Santiago-Ordens wollte ihn nicht aufnehmen.

Während ihres Besuchs war Angélique aufgefallen, dass er oft hustete. Obwohl er sie beharrlich unterdrückte, wurde er immer wieder von heftigen Hustenanfällen geschüttelt. Offensichtlich waren ihm das neblige Winterwetter an der Flussmündung und die Seewinde in dieser Region nicht gut bekommen.

Sie dachte an ihren Bruder Gontran, der mit einer solch finsteren Verbissenheit danach strebte, Maler zu werden, dass er schon im Voraus alle Kränkungen akzeptierte, die mit dem Dasein eines mittellosen Handwerkers verbunden waren, der von seiner eigenen Hände Arbeit lebte.

Vor ihrem geistigen Auge zogen weitere Erinnerungen vorbei, die sicherlich von der plötzlichen Begegnung mit den Vertretern jener französischen Provinzen hervorgerufen worden waren, von denen sie seit ihrer Hochzeit abgeschnitten gewesen war. Zum Beispiel den Adligen aus der Île-de-France, dem Lehen der Könige, mit der Hauptstadt Paris, die wie ein Juwel auf ihr Herz geheftet war. Und dann die aus den Provinzen des Westens: ein wenig Normandie, Anjou, ihr heimatliches Poitou zwischen der Bretagne und Maine, und Aunis mit La Rochelle und der Saintonge. Und das war bloß ein kleiner Vorgeschmack auf die Angehörigen der großen französischen Familien, die sich hier bald im Angesicht der spanischen Granden drängen würden.

Nach dem Sonnenstand zu schließen, war der Nachmittag bereits weit vorangeschritten, doch der Tag war noch lange nicht zu Ende. Das Mittagessen hatten sie verpasst, aber man sprach davon, einen kleinen Imbiss bei M. de Lionne einzunehmen.

Angélique erwähnte, dass sie sich in ihre Unterkunft zurückziehen müsse, um sich etwas Eleganteres für den Abend anzuziehen. Außerdem wollte sie sich vergewissern, dass es ihrem Sohn gut ging. Mademoiselle ließ sie nur mit Bedauern ziehen und stellte ihr ihre Sänfte und ihre Träger zur Verfügung, damit sie schneller wieder zurückkommen könne.

»Kommt Ihr heute Abend zum Spiel bei der Königin?«, hatte sie sie zum Abschied gefragt. »Ihre Majestät legt großen Wert darauf, all ihre Damen dort zu sehen, auch diejenigen, die ihr heute Morgen vorgestellt wurden. Das gibt ihr die Gelegenheit, die Gemahlinnen all dieser Großen besser kennenzulernen, die sie häufig eher als Gegner denn als Freunde betrachtet hat. Zögert nicht, mit hohem Einsatz zu spielen. Sie will, dass ihre Gäste sich bei ihr wohlfühlen. Und anschließend begleitet Ihr uns ins spanische Theater … Ich flehe Euch an. Ich bin so gespannt auf Euer Urteil. Ich kann es kaum erwarten, zu hören, wie Ihr über diese ganzen Abscheulichkeiten denkt …«

Mademoiselles Sänfte brachte Angélique zurück zu ihrer Unterkunft, und die Träger hatten Anweisung, sie anschließend wieder zum Haus der Königinmutter zu bringen.

Angélique fand ihr Haus verlassen vor, niemand schien mehr da zu sein, um zu verhindern, dass Fremde hereinkamen.

Auf der Schwelle des gegenüberliegenden Hauses saß ein Küchenjunge aus einer herrschaftlichen Küche, die vorübergehend das Erdgeschoss mit Beschlag belegt hatte, und putzte mit flinken Fingern Gemüse.

Er berichtete ihr, dass alle Mitglieder ihres Haushalts, auch die alte Dame, fortgegangen seien, um den kleinen Herrn auf seinem täglichen Spaziergang zu begleiten und sich die Stadt anzuschauen.

Angélique schloss, dass der »kleine Herr« Florimond sein müsse. Sie war beruhigt und verzichtete darauf, sich noch länger darüber Gedanken zu machen, dass alle Türen offen standen. So war das im Moment nun einmal. Sie würden sich später Sorgen um mögliche Einbrecher machen, doch im Augenblick hatte man anderes im Kopf, während die Stadt überschwemmt war von all den großen Namen des Königreichs, von berühmten Persönlichkeiten, die alle von einem Heer von Lakaien, Dienern und Leibgarden begleitet waren, die sich gegenseitig überwachen und ihre Herren notfalls mit der Pike oder dem Schwert verteidigen sollten.

Rasch wechselte sie ihr Mieder, legte für den Abend einen eleganteren Oberrock an, tauschte ihre Ohrringe und Halsketten aus, füllte ihre Börse mit ein paar Gold- und Silbermünzen für das Spiel und stieg erneut in die wartende Sänfte.

Sie hoffte, noch rechtzeitig zum Imbiss zu kommen, da sie allmählich fürchterlichen Hunger bekam. Außerdem litt sie in der glühenden Hitze, die vom Wind lediglich ein wenig umgewälzt wurde, unter schrecklichem Durst, obwohl sie bei ihrem Zwischenhalt hastig etwas getrunken hatte.

Aber gleich nach ihrer Ankunft auf dem Platz wurde sie von einer Gruppe Adliger umringt, zu der auch M. de la Meilleraye, M. de Méré, M. de Courcillon und mehrere andere gehörten, die mit ihr zusammen am Bidassoa gewesen waren. Sie zogen sie mit sich ins Haus von Anna von Österreich, die dort Hof hielt und sich in keinster Weise an dem Trubel und der Hektik um sich herum zu stören schien. Offensichtlich besaß die

Königin genügend Erfahrung und Intuition, die beiden Grundpfeiler gesellschaftlichen Umgangs. Sie beherrschte die Kunst, auf den ersten Blick zu erkennen, welche Absichten, Pläne oder Hoffnungen ihre Gäste hegten, und das half ihr dabei, jedem den passenden Platz und die passende Rolle zuzuweisen, ohne Zeit mit unnötigen Fragen, Erklärungen oder Einleitungen zu vergeuden.

Kaum war Angélique in ihren Hofknicks versunken, als die Königin, die manche noch die Regentin nannten, während die Ersten bereits begonnen hatten, sie als Königinmutter zu bezeichnen, sie auch schon mit einem Lächeln und einem anmutigen Wink ihres Fächers wieder in die Obhut der Herren zurückschickte, die sie im allgemeinen Taumel mitgerissen hatten.

Der Raum, in dem sich Angélique kurz darauf wiederfand, war klein und zum Bersten voll, aber es war das einzige Zimmer, das man als Spielsalon hatte auftreiben können. Und obwohl die meisten rings um die Tische stehen blieben, hinderte sie das nicht daran, sich als die Mitglieder ein und derselben Familie zu erkennen: der Spieler. Angélique gewann die dankbare Zuneigung all derer, die ihr ganzes Leben in der Furcht verbrachten, keine Partner für ihre abendliche Partie zu finden.

Die aufmerksamen Chronisten, die darauf bedacht waren, so viele verwunderliche Informationen wie möglich zu sammeln, hätten vermerken können, dass Mme. de Peyrac an jenem Abend an den Spieltischen der Königin den französischen Hof durch den subtilen Zauber ihrer Schönheit, ihres Lachens, ihrer Lebensfreude, ihrer ungezwungenen Fröhlichkeit und vieler anderer Details eroberte, die auf der Magie des Unerwarteten und des Neuen beruhten. Und auch durch eine leise Keckheit, die sie sich nicht nur in Anbetracht des Ranges ihres Gemahls erlauben konnte, sondern auch wegen der Bravour, mit der sie am Morgen die unausgesprochene, beinahe heimtückische Herausforderung des französischen Adels angenommen hatte. Die zeremonielle Vorstellung vor dem König und dem Hof war eine jener Heldentaten, die sich auf einer Theaterbühne abspielten, auf der ohne Unterlass neue Intrigen gesponnen wurden, die zu neuen Siegen oder Niederlagen führten. Einer Bühne, auf der Ehren gleichbedeutend waren mit Reichtum, aber wo Reichtum nicht immer auch Macht bedeutete. Und darin lag die Ungewissheit einer Zukunft, die Erfolg, aber auch vollständiges Verschwinden bringen konnte.

Sie jedoch hatte sich dieser Herausforderung mit umso größerer Leichtigkeit gestellt, als sie das wahre Ausmaß ihrer Bedeutung gar nicht ahnte.

Sie erklärte sich nur unter der Bedingung zu einer weiteren Partie bereit, dass man ihr etwas zu trinken bringe. Sofort wurde sie von den verschiedensten Getränken bis hin zu Fruchtsorbets umworben, lehnte sie jedoch genauso ab wie Weine und Liköre und begnügte sich mit einem Glas perlendem Wasser, das aus einer Quelle in den Bergen stammte, wie man ihr sagte. Die Enttäuschung ihrer Mitspieler darüber, dass sie nur Wasser trinken wollte, entlockte ihr ein Lachen.

»Messieurs, das Spiel verlangt meine ganze Aufmerksamkeit. Ich bin es mir und Euch schuldig, einen klaren Kopf zu bewahren. Jetzt ist nicht der rechte Moment, um mich zu betrinken …«

Alle amüsierten sich, und die eingefleischten Spieler hatten vergessen, wie weit sie von den vertrauten Orten entfernt waren, wo sie sonst ihre Karten mischten oder die Würfel schüttelten wie auf einem beruhigenden Planeten, wo das Glück ihnen aus Gewohnheit hold war: der Louvre, das Palais-Royal, die Tuilerien, das Palais du Luxembourg und all die verschwiegenen Winkel von Paris, die sie nicht verraten konnten.

Mitten in der Partie bemühte sich ein Page verzweifelt, Angéliques Aufmerksamkeit zu erregen. Er hatte eine Nachricht des Grafen de Peyrac für sie. Um ihr einen Gefallen zu tun, öffnete jemand den Brief für sie, und ein anderer hielt ihn ihr vor die Augen.

»Madame«, las sie, »zu meinem größten Bedauern werde ich heute Abend nicht bei Euch sein können. Ich sehe Euch morgen früh bei Tagesanbruch.«

Die Hand voller Karten, verstand sie die Botschaft zunächst nicht, auch wenn sich unwillkürlich eine bittere Enttäuschung in ihr ausbreitete. Dann erkannte sie seine Handschrift und die Unterschrift, und es gelang ihr, das Blatt an sich zu nehmen. Also würde sie ihn heute Abend nicht sehen. Und dieser Gedanke erschien ihr vollkommen unerträglich. Am liebsten hätte sie die von ihm geschriebenen Zeilen an ihre Lippen geführt, aber er hatte sie auch gelehrt, nie zu vergessen, wo und in welcher Gesellschaft sie sich befand. So schob sie das zusammengefaltete Papier in die Tasche ihres Blankscheits. Ihr gegenüber verzog M. de Marty-Boissot das Gesicht zu einer hässlichen Grimasse, während andere bei diesem Anblick laut auflachten. Manche applaudierten dezent mit den Fingerspitzen.

Sie verstand erst, was diese Pantomime zu bedeuten hatte, als sie sah, wie M. de Marty-Boissot ihr mit finsterer Miene eine ansehnliche Zahl von Ecus herüberschob. Sie hatte mit Leichtigkeit gewonnen. Was sie im Übrigen nicht überraschte, denn sie hatte immer Glück im Spiel und ein einzigartiges Gespür dafür, wie sie ihre Gegner in die Falle locken konnte, wenn es sich nicht um reines Glücksspiel handelte.

Anschließend nahm Angélique am Souper des Königs teil.

Endlich hatte sie Gelegenheit, eine Erfrischung zu sich zu nehmen. Der König war nicht zu sehen. Er hatte es vorgezogen, allein in einem zurückgezogenen Winkel zu speisen, wie er es gelegentlich tat.

Angesichts der beeindruckenden Zahl von Sorbets und geeisten Früchten, Crèmes und Suppen erzählte ihr der Marquis de la Meilleraye, der bereits auf der Fasaneninsel mit interessanten Erläuterungen über die spanischen Sitten aufgewartet hatte, dass bei den Spaniern Eis oder »Schnee«, wie sie dazu sagten, in ihrer Ernährung den gleichen Stellenwert habe wie das Brot bei den Franzosen. Überall gaben sie es dazu, sogar zu Brühen, Braten und verschiedenen Gemüsen.

Als Beispiel erwähnte jemand den Fall eines »hidalgo«, der sich vom Ordensleben angezogen fühlte und darauf bedacht war, sich den Himmel zu verdienen, aber von dem Vorhaben, ins Kloster einzutreten, absah, als er erfuhr, dass dort kein »Schnee« gereicht wurde. Er war zu allen Entbehrungen bereit, selbst zu ausgedehntem Fasten oder Geißelungen, aber das brachte er nicht über sich. Er wählte schließlich die Armee, die dafür bekannt war, sich mit allem Nötigen zu versorgen, ohne lange zu fragen.

Das Souper, welches in dem Haus serviert wurde, in dem der König abgestiegen war und das gleich neben dem der Königin lag, mit solchen Anekdoten zu begleiten, war keine geringe Leistung. In diesem Gedränge mit vollen Gläsern und beladenen Tellern in der Hand auch noch Konversation zu treiben, war ein echtes Meisterstück. Aber der französische Hof war in dieser Kunst bewandert. Es war ein schwatzhafter Hof, der sich von jeder geistreichen Bemerkung, pittoresken Schilderung oder interessanten Enthüllung bezaubern ließ. Man amüsierte sich über alles, manchmal auch voller Unschuld, genoss die Gesellschaft, und die Männer nutzten gerne die Gelegenheit, einem neuen Publikum von ihren Heldentaten zu berichten oder neue Eroberungen zu machen.

Für viele bedurfte es nicht mehr als der Einführung einer hinreißenden, unbekannten jungen Frau – auch wenn sie einen gewissen Ruf genoss, denn wer hatte noch nicht die beinahe legendären Berichte über die Hochzeit des Mannes gehört, den alle den Großen Hinkefuß aus dem Languedoc nannten? –, in dieses feste und doch geschmeidige Gewebe, wo jede Verhaltensnuance, und sei sie noch so unbedacht, Folgen nach sich zog, damit dieses Souper des Königs zu einem gelungenen gesellschaftlichen Ereignis wurde. Die junge Gräfin war genauso schön, wie alle behauptet hatten. Sie konnte an einem Spieltisch nicht nur lachen, sondern beherrschte auch alle Regeln und Kniffe. Und im Kreis der zahlreichen Kavaliere, die sich um sie drängten, wusste sie sowohl ihren Flunkereien als auch – und das war selten für eine Frau – den Schilderungen ihrer militärischen Heldentaten zu lauschen und ihnen schlagfertig zu antworten.

Als Angélique die schmale, ebenfalls von Menschen bevölkerte Treppe hinunterging, berührte sie kaum den Boden, so sehr wurde sie von einer Umgebung getragen, die für sie beinahe vertraut und aufrichtig freundschaftlich geworden war. Zum Glück hatte sie den Marquis de Vardes nirgendwo gesehen. Sie wurde gefragt, warum sie schon so früh aufbrach. Das Souper des Königs, eine begehrte, »intime« Veranstaltung, auch wenn er selbst nicht erschien, war noch nicht zu Ende. Aber sie hatte der Herzogin von Montpensier versprochen, zu ihr ins spanische Theater zu kommen, wo die Vorstellung bald beginnen würde.

Vor dem schmalen Eingang eines unauffälligen Gebäudes, in dem jeden Abend eine neue Zerstreuung geboten wurde, drängten sich bereits die Menschen. Angélique wurde ins Innere mitgerissen. Im Theatersaal herrschte fast völlige Dunkelheit. Sie stolperte über sitzende Leute und taumelte gegen stehende Besucher, die noch darauf warteten, dass man ihnen einen Platz zuwies. Rings um den Raum zog sich ein in zwei Stufen erhöhter Bereich, auf dem die Mitglieder der königlichen Familie und ihr Gefolge Platz genommen haben mussten. Angélique versuchte, sich dorthin vorzukämpfen, doch jemand packte sie beim Handgelenk, was ihr äußerst unangenehm war. Unversehens fand sie sich auf einer Bank im Parterre wieder, ohne zu wissen, neben wem sie saß. Bis auf den matten Schein einiger Öllampen und Laternen, die hier und da flackerten, war es stockfinster. Weiter vorn erkannte sie undeutlich die noch leere Bühne, auf der das Stück aufgeführt werden sollte. Das Publikum, das auf den Beginn der Vorführung wartete, schwatzte munter auf Spanisch durcheinander.

Plötzlich bemerkte sie eine Bewegung auf der Bühne, und tanzende, gespenstergleiche Schemen stellten beinahe verstohlen an den Seiten kurze Fackeln auf, die das Bühnenpodest erhellten. Der Zuschauerraum jedoch blieb weiterhin dunkel.

Dann begann das Stück. Angélique konzentrierte sich und versuchte, dem Geschehen auf der Bühne zu folgen, denn das Thema der möglicherweise etwas archaischen spanischen Komödie war ihr nicht vertraut.

Auf dem Podium wirbelten die Mitglieder einer Schauspieltruppe umher, deren Sprünge und Kapriolen etwas Burleskes an sich hatten, da die meisten von ihnen lange Gewänder trugen. Angélique verstand Mademoiselles Bedenken, als sie bemerkte, dass sie Mönche und Priester darstellten. Sie konnte nicht beurteilen, ob es sich um eine Parodie der Hölle handelte oder um eine Szene aus dem Jüngsten Gericht. Sie sah Bischofsmitren und gehörnte Teufel. Über allem lag eine misstönende Musik und lärmende Rufe. Angélique hörte Anna von Österreich so fröhlich lachen wie eine Klosternovizin während der Rekreation.

Plötzlich geschah etwas Seltsames, und sie überkam das gleiche Gefühl wie bereits am Morgen während der Vorstellung beim König. Alle Lichter schienen zu verlöschen, und eine Welle der Dunkelheit breitete sich im Saal aus, bis sie schließlich die Bühne erreichte.

Angélique sah nur noch zwei einzelne grelle, flackernde Lichter. Wie gebannt starrte sie sie an, bis sie erkannte, dass die beiden Lichter die Augen eines der Schauspieler waren, eines als Mönch verkleideten Mannes, dessen zappelnden, gestikulierenden Umriss sie im Halbdunkel ausmachen konnte. Es war also gar nicht so finster! Das Publikum lachte immer noch laut.

Angélique wollte aufstehen und gehen. Aber mit einem Mal wurde es stockfinster, und sie sah nur noch die leuchtenden Augen, diesen Blick, der durch die Dunkelheit schwebte und sie fixierte. Angélique spürte, wie ihr die Sinne schwanden.

Man hat mir etwas ins Getränk gegeben, dachte sie. Vorhin … beim Souper des Königs.

Erneut versuchte sie, aufzustehen und sich zum Ausgang zu bewegen. Ein kräftiger Männerarm stützte sie, und sie hörte ein Flüstern: »Ich helfe Euch, Madame de Peyrac.«

Angélique verschob es auf später, herauszufinden, wem der Arm gehörte. Der Mann führte sie zum Ausgang, und das war alles, was sie in diesem Augenblick wollte.

»Was für ein günstiger Zufall«, flüsterte die Stimme weiter. »Ich soll Euch eine Bitte von Monsieur, dem Bruder des Königs, übermitteln …«

Doch plötzlich rissen andere Arme Angélique von ihm fort, und sie wurde davongetragen, ausgestreckt, als schwebte sie über den Köpfen, die unter ihr wogten wie ein finsteres Meer, bereit, sie zu verschlingen. Ich bin verloren, dachte sie, unfähig, sich zu wehren.

Ein Schwall frischer Luft wehte ihr ins Gesicht und brachte sie wieder zu sich.

Sie war nicht länger ohnmächtig, von mehreren Armen getragen, ausgestreckt auf einem Ozean aus wogenden Köpfen.

Sie stand an der Schwelle des Saals, dessen Tür sich hinter ihr wieder geschlossen hatte. Vor sich sah sie einen kleinen Platz, der von einigen an Ladenschildern hängenden schwachen Laternen beleuchtet wurde. Für diese späte Stunde war er noch recht belebt. Zahlreiche Passanten kamen und gingen, manche begannen sogar zu rennen.

Auch sie erschienen ihr durch den Schleier eines Nebels, den sie im ersten Moment auf ihr Unwohlsein zurückführte, wie gespenstische Schemen. Doch es war kein Nebel, der ihr die Sicht raubte, sondern ein plötzlicher Regenschauer. Es regnete nicht sehr stark, und sie spürte die Kühle wie ein leises Streicheln auf ihrem Gesicht, als sie sich einen Schritt hinauswagte. Aber jemand hielt sie am Arm zurück, und sie erkannte neben sich den Grafen de Guiche, einen der Söhne des Herzogs von Gramont.

»Ich danke Euch, dass Ihr mir nach draußen geholfen habt, Monsieur. Mir war plötzlich nicht ganz wohl.«

»Ich begleite Euch nach Hause«, entgegnete er. »Man weiß nie, ob der Regen nachlässt oder doppelt so stark wird. So ist das hier in dieser Gegend im Frühling ... Lasst uns noch einen Moment abwarten.«

Auf den Zügen des Edelmannes lag ein heiterer, freundlicher und vollkommen natürlicher Ausdruck. Angélique fragte sich, ob sie diesen entsetzlichen Moment wirklich erlebt hatte, diesen Blick, der sie von der Bühne aus angestarrt und die eisige Anspannung in ihrem Magen bewirkt hatte, die sie auch jetzt noch spürte. Sie versuchte, ihren Zustand zu erklären.

»Ich fürchte, ich habe mich beim Souper des Königs dazu verleiten lassen, zu viel Wein zu trinken. Oder man hat mir ein Getränk eingeschenkt, das ich nicht gewohnt bin ...«

Das fein geschnittene Profil des jungen Mannes neigte sich ihr zu. Unwillkürlich erinnerte sie diese Geste an den Marquis de Vardes, und sie zuckte zurück. Aber er bemerkte es kaum, denn er hatte Prosaischeres im Sinn.

»Wie kommt Ihr darauf, dass Ihr zu viel getrunken hättet? Ich rieche überhaupt keinen Wein oder sonstigen Alkohol in Eurem Atem. Die Hitze und das Gedränge haben Euch benommen gemacht.«

»Ich danke Euch, dass Ihr mich gestützt habt. Ich war kurz davor, ohnmächtig zu werden.«

»Ich hatte bemerkt, dass Ihr gehen wolltet. Diese spanischen Stücke sind so derb und unerfreulich. Und da ich ohnehin eine eilige Nachricht von Monsieur für Euch habe…«

Er musterte sie seelenruhig. Angélique hingegen war sich immer noch nicht sicher, welche Rolle er vorhin gespielt hatte. Sie hatte ihn nicht einmal erkannt, als sie sich neben ihn gesetzt hatte. Aber vielleicht war er ja auch auf sie zugekommen, als er sie bemerkt hatte. Er musste wahre Katzenaugen haben.

»Ich habe ein paar Freunde gebeten, Euch zu tragen«, sagte er, »damit Ihr schneller nach draußen an die frische Luft kommt.«

Freundschaftlich legte er ihr einen Arm um die Schultern und hüllte sie in seinen weiten Umhang, um sie vor dem Regen zu schützen, der immer noch sacht vom Himmel fiel.

Sie gingen los.

»Wo bringt Ihr mich hin?«

»Zu Eurer Unterkunft.«

»Aber ich weiß nicht, wie wir dorthin kommen.«

»Keine Sorge, ich kenne den Weg.«

Er blieb stehen, um einen Mann anzuhalten, der gerade vorbeikam. Dieser trug einen Stab über der Schulter, an dem verschiedene kleine Fläschchen und mehrere Becher hingen, die er mehr schlecht als recht unter der Krempe eines riesigen Huts vor dem Regen zu schützen versuchte. Es war ein fliegender Getränkeverkäufer. Rund um die Uhr drängte sich in den Straßen von Saint-Jean-de-Luz seine Kundschaft. Die Leute hatten Durst.

Der Graf de Guiche verlangte einen Likör aus Pflanzen der Region. Sie diskutierten, welcher wohl am besten für eine Dame geeignet wäre, die nach einem langen Tag voller Zerstreuungen erschöpft war: der grüne oder doch eher der gelbe Likör? Schließlich einigten sie sich auf den gelben, und nachdem Angélique den in ein winziges Glas eingeschenkten wärmenden Likör getrunken hatte, ging es ihr tatsächlich wieder besser.

Sie gingen weiter.

Der Regen fiel sanft und gleichmäßig, nicht stark, aber dennoch nässend, ein wenig wie Nebel, und Angélique war froh über den schützenden Umhang des Grafen de Guiche. Er war aus schönem, festem Tuch und duftete nach jenem Parfüm, das die adligen Herren, wie es hieß, sehr schätzten, wenn sie von den Schlachtfeldern in die Disziplin der königlichen Feste wechselten.

»Also, es geht um Folgendes«, erklärte der junge Mann im entschlossenen Ton eines Menschen, der eine heikle und schwierige Mission zu erfüllen hat. »Monsieur war heute Morgen außerordentlich beeindruckt von der Schönheit der Rosenkränze, die Ihr dem König als Begrüßungsgeschenk für unsere zukünftige Königin überreicht habt. Außerdem hat ihm die wundervolle originelle Idee gefallen, einer Dame, die zwar hübsche Dinge mag, aber gleichzeitig auch tugendhaft und fromm ist, ein solches Geschenk zu machen. Und deshalb würde er seine Mutter, Ihre Majestät Anna von Österreich, gerne mit einem ähnlichen Geschenk überraschen. Er hat mich beauftragt, jemanden zu suchen, der ihm diese Gegenstände beschaffen kann, aber das erweist sich als ausgesprochen schwierig, vor allem hier, so weit fort von Paris. Ich habe mich bei Händlern erkundigt, die im Gefolge des Königs oder verschiedener Haushalte als ›Juwelenwarte‹ fungieren und in deren Truhen man ein paar hübsche Geschmeide finden kann, aber sie behaupten, die Fertigung solch prächtiger Rosenkränze, wie Ihr sie verschenkt habt, falle nicht in die Zuständigkeit ihrer Zunft der Goldschmiede und Juweliere …«

Angélique hörte ihm aufmerksam zu, während sie gleichzeitig darauf achtete, dass ihre feinen Schuhe nicht allzu nass wurden. Seit den ersten zögerlichen Worten des jungen Mannes hatte sie sich gefragt, worauf er wohl hinauswollte. Aber er verstummte, und es schien, als habe er dem Gesagten nichts mehr hinzuzufügen.

Sie fasste sich wieder und bemühte sich, das Ansinnen des Grafen de Guiche ganz einfach als das zu betrachten, was es war. Und so antwortete sie ihm, dass ihr Mann sich um die Geschenke gekümmert habe, die sie nach Saint-Jean-de-Luz mitgebracht hatten, und dass sie nicht wisse, welche Handwerker, ob Juweliere oder Goldschmiede, mit ihrer Anfertigung beauftragt worden seien. Wahrscheinlich fiel dies eher in den Bereich einer eigenen Zunft, in deren Reihen man hoffen konnte, den gewünschten Gegenstand zu finden oder anfertigen zu lassen. Sie spürte, dass der Graf über diese kaum hilfreiche Antwort enttäuscht war. Da kam ihr plötzlich ein Gedanke, den sie unverzüglich mit ihrem Begleiter teilte.

Als sie heute zum Bidassoa gefahren waren, um den kleinen Palast auf der Fasaneninsel zu besuchen, hatte sie nicht weit von der Insel entfernt auf der französischen Seite des Ufers ein großes Lager von Marketendern und Händlern bemerkt, wie sie sich immer im Gefolge von Armeen oder an Orten fanden, an denen viele Menschen zusammenkamen, regelmäßig oder zu besonderen Anlässen abgehaltenen Märkten etwa, politischen Begegnungen oder religiösen Festen. Unter diesen Leuten gab es sicherlich auch einen oder zwei Vertreter der besonderen Zunft der Paternostermacher, die Devotionalien, Rosenkränze, Medaillen und Kreuze fertigten und verkauften. Sie würden ihm gewiss weiterhelfen und ihm einen Meister nennen können, der für die Herstellung besonders prächtiger Rosenkränze bekannt war. Wenn man sich nur bei den richtigen Leuten erkundigte, war alles aufzutreiben, vor allem, da diese Region auf dem Weg der Jakobspilger lag und somit stark religiös geprägt war. Hier war die einzige Stelle im Westen der schroffen Pyrenäenkette, wo alte oder durch Krankheit geschwächte Pilger nach Spanien gelangen konnten, auch wenn sie durch zusätzliche Gebete ausgleichen mussten, dass sie bei ihren Kasteiungen den Aufstieg zum fürchterlichen Somport-Pass ausgelassen hatten, dem höchsten Punkt ihrer Mühen und ihrer Buße.

Monsieurs Favorit hatte ihr aufmerksam zugehört, und nach diesen Worten schien er neue Hoffnung zu schöpfen. Als rettete sie ihn aus einer ernsten Zwangslage, von der seine weitere Laufbahn, wenn nicht sogar sein Leben abhing.

Die ruhige Heiterkeit eines abschüssigen, menschenleeren und kaum beleuchteten Gässchens verriet ihr, dass sie sich ihrem Viertel näherten, welches glücklicherweise außerhalb des Zentrums lag, wo die Menschen zu keiner Tages- oder Nachtzeit das Bedürfnis nach Schlaf zu verspüren schienen.

Erleichtert erkannte Angélique die Tür ihres Hauses wieder. Aus dem gedämpften Licht, das hinter den kleinen Fenstern hervorschimmerte, und der Stille im Inneren schloss sie, dass die Mitglieder ihres Haushalts wieder zurück waren und alle, Florimond eingeschlossen, tief und fest schliefen.

Der ruhige Spaziergang hatte ihr gutgetan. Ihr Unwohlsein verflog allmählich. Sie vergaß, was die Ursache dafür gewesen war. Trotzdem kamen ihre Gedanken nicht zur Ruhe.

Desillusioniert nach einem Tag voller unerwarteter Entdeckungen und seltsamer Reaktionen und verwirrt durch die nächtliche Stunde, in der alles ins Wanken gerät, begann sie an ihrer eigenen Urteilskraft zu zweifeln und war nicht mehr sicher, richtig verstanden zu haben, worum es überhaupt ging, denn es verunsicherte sie, zu sehen, wie ein Adliger auf die Suche nach besonderen Devotionalien eine so übertriebene Energie aufwandte, als schickte er sich an, eine Redoute zu erstürmen.

»Ist das alles, was Ihr mir zu sagen habt?«, wollte sie wissen. »Diese Rosenkranzgeschichte? Ist das Euer Ernst?«

»Kennt Ihr ein ernsteres Thema auf der Welt als die Frömmigkeit, Madame …? Warum misstraut Ihr mir? Wäre es Euch lieber, ich würde Euch wie alle anderen den Hof machen, was ich auch gerne tun würde, hielten mich nicht meine freundschaftlichen Gefühle für Monsieur de Peyrac davon ab.«

»O nein! Nein …! Sicher nicht!«, rief Angélique. »Ihr seid reizend, Monsieur de Guiche! Ich mag Euch sehr!«

Sie hätte ihn gerne auf beide Wangen geküsst, hätte sich nicht in diesem Moment hinter ihr die Tür geöffnet. Es war Marguerite, die ihr über die Schwelle half.

Angélique blieb nur noch die Zeit, dem Grafen zum Abschied zuzuwinken. Sie wunderte sich, als sie merkte, dass sie schwankte, denn sie hatte tatsächlich nicht den Eindruck, beim Souper des Königs so viel getrunken zu haben.

Schweigend half ihr Marguerite die Treppe hinauf in den ersten Stock, wo ihr Zimmer lag.

Joffrey war nicht da. Aber das hatte er ihr ja auch geschrieben. Und sie war nicht in der Verfassung, sich irgendwelche Gedanken über seine Abwesenheit zu machen. Sie fühlte sich so zerschlagen, als sei sie den ganzen Tag zu Fuß eine Straße entlanggewandert oder über die Bergpfade der Montagne Noire oder der Corbières geritten. Schlimmer noch, denn es war eine andere, ungewohnte Art der Erschöpfung. Durchzogen von einer leisen Furcht, die sie nicht verscheuchen konnte und über die sie lieber auch nicht näher nachdenken wollte.

Nachdem Marguerite sie mit flinken Fingern aus ihren Kleidern befreit hatte, wusch sie ihren ganzen Körper mit feuchten, parfümierten Tüchern ab und half ihr anschließend, ein hauchdünnes Leinenhemd überzustreifen.

Angélique ließ sich auf ihr etwas zu schmales Bett fallen. Sie schlief wie ein Stein. Und nichts ist für einen jungen Menschen heilsamer als der Schlaf.

Als sie wieder erwachte, war alle Erschöpfung, die die Schrecken und Freuden des vergangenen Tages hervorgerufen hatten, verflogen. Sie fühlte sich vollkommen gesund und voller Lebensfreude.

Hastig stand sie auf und eilte barfuß hinaus auf den Balkon.

Von oben aus bemerkte sie eine Bewegung in der Straße, und kurz darauf war er da. Durch das noch schlafende Haus kam er die Treppe herauf und umarmte sie mit der Freude eines jungen Liebhabers, dem es gelungen war, kurz zu entwischen, um seine Schöne wiederzusehen.

Sie selbst hatte das Gefühl, ihn schon seit Tagen nicht mehr gesehen zu haben. Joffrey, ihren Geliebten.

Lachend küssten sie sich.

Der Geschmack der Sonne, vermischt mit ein wenig morgendlicher Kühle, berauschte sie. Von plötzlichem Verlangen erfüllt, liebten sie sich beinahe flüchtig in einem versteckten Winkel des Stockwerks, wo sie nicht einmal genug Platz hatten, um sich hinzulegen, voller Angst, ihre Gastgeberin aufzuwecken.

Sie spürte seine schönen Hände auf ihrem Rücken, auf ihrem Gesäß. Sie vergrub ihre Finger in seinem dichten Haar und fand Gefallen an einer Vertrautheit, für die sie nicht immer den Mut aufbrachte. In solchen Momenten dachte sie stets verwundert und verzückt an ihre anfänglichen Ängste zurück. Er hatte sie immer noch vollkommen in seiner Hand! Wenn er fort war, sehnte sie sich nach ihm, und wenn er bei ihr war, konnte sie gar nicht genug bekommen von seiner Gegenwart, seiner Stärke, seinem Verlangen … Er ist allen anderen Männern überlegen, dachte sie wie im Rausch. Sie verlor sich in ihm, gab sich ganz ihrer Leidenschaft hin, und gemeinsam stahlen sie den Verpflichtungen, die auf sie warteten, diesen einen Moment der Lust und Ekstase. Sie mussten den allzu kurzen Bann nutzen, mit dem der Schlaf nach den Anstrengungen des vergangenen Tages die Stadt noch umfangen hielt.

Die Sonne stieg höher, begleitet von einem fremdartigen Rumoren, dem fernen, über die Dächer heranklingenden Grollen des Atlantischen Ozeans, der jahrhundertelang das Meer der Finsternis genannt worden war, als noch niemand das Geheimnis seines endlosen Horizonts gelüftet hatte.

Während sie sich gegenseitig beim Ankleiden halfen – heute war keine prunkvolle Hofzeremonie vorgesehen –, wurde Angélique bewusst, dass von all dem, was sie am Vortag getan oder erlebt hatte, die Begegnung mit den drei Priestern den größten Eindruck auf sie gemacht hatte, von denen M. de Valence als Erster aufgebrochen war, um dem Kardinal zu beichten, dass er schlecht über ihn gesprochen hatte, damit dieser nicht von einem seiner Spione, unter anderem dem Abbé de Bonzi, davon erfuhr. Das Verhalten dieses Mannes, der ihr nicht von sonderlich ängstlichem Gemüt erschienen war, einem Bischof überdies und darüber hinaus in der Kraft der Jugend – er war nicht einmal dreißig Jahre alt –, entlockte ihr kein Lächeln, im Gegenteil. Es enthüllte ihr überdeutlich die Wahrheit über ein Klima der Furcht, das von allen äußerste Aufmerksamkeit und Vorsicht verlangte.

Besorgt wandte sie sich nach diesen Überlegungen an ihren Gemahl.

»Joffrey, als wir gestern Morgen mit Binet plauderten, habt Ihr den Kardinal einen ›Gauner von einem Minister‹ genannt. Selbst Binet war darüber besorgt und hat uns zur Vorsicht geraten.«

Joffrey schlang die Arme um ihre Taille und wirbelte sie lachend herum.

»Meine kleine Fee! Meine kleine Hexe! Ich bete Euch an, wenn Ihr mir eine Strafpredigt haltet!«

Er musterte sie mit jenem neugierigen, belustigten, aber gleichzeitig von tiefer Liebe erfüllten Blick, mit dem er sie hin und wieder betrachtete.

»Ihr werdet nie aufhören, mich zu überraschen und zu begeistern. Dann habt Ihr Euch also nicht vom glitzernden Flitter des Hofes blenden lassen, sondern erkennt die Dolche, die sich dahinter verbergen! Und was Ihr in Wahrheit sagen wollt, ist: ›Seid vorsichtig …!‹«

Angélique hatte recht. Diese Zusammenkunft würde für viele eine Gelegenheit sein, einander besser kennenzulernen, aber auch, sich gegenseitig zu belauern und den Ruf der anderen auf seinen Wahrheitsgehalt hin zu überprüfen. Joffrey erklärte ihr, dass für ihn offenbar alles zum Besten stand. Am Vortag sei er nach Siboure gerufen worden, wo der Kardinal abgestiegen war, und nachdem er lange mit ihm geplaudert habe, habe dieser ihn gebeten, zum Schloss zu reiten, wo sich einige der angesehensten Namen der Guyenne versammelt hätten, um ihnen die Einladung zur Hochzeit des Königs zu überbringen. Bisher seien sie nicht zu den Feierlichkeiten eingeladen worden, da der Erste Minister Zweifel an ihrer Treue hegte. Heute sollte er wieder dorthin zurückkehren, und zweifellos würde er auch an diesem Abend wieder nicht bei ihr sein können.

Genau wie Joffrey mit Kardinal Mazarin erging es Angélique mit Mlle. de Montpensier: Nachdem sie die Freundschaft eines der höchsten Mitglieder der königlichen Familie gewonnen hatte, ahnte sie, dass es ihr schwerfallen würde, abzulehnen, falls die Prinzessin sie ein weiteres Mal einladen sollte, sie zu begleiten.

Mademoiselle flehte beinahe von ihrem Balkon herüber.

»Lasst mich nicht im Stich!«

Da sie – man hätte es ahnen können – die ganze Nacht in Gesellschaft von Anna von Österreich hatte verbringen müssen, hatte die Prinzessin seit dem vergangenen Abend kein Auge zugetan. Nun war sie zumindest kurz ins Nachbarhaus zurückgekehrt, um »sich ein wenig frisch zu machen«. Alle erwarteten voller Spannung und Sorge die Ankunft des spanischen Königs.

Mademoiselle musste an der Seite der Königin bleiben, um sie zu beruhigen. Und sie erwartete Angélique in Kürze. Sie würde ihr wieder ihre Sänfte schicken.

Im Licht des Tages versuchte Angélique, die Schatten und Schleier ihrer Erinnerung zu vertreiben und herauszufinden, was am vergangenen Abend im dunklen Theater geschehen war. Sie verspürte immer noch einen Rest von Angst, doch sie hätte nicht einmal sagen können, was genau ihr diese Furcht eigentlich eingeflößt hatte. Und diese lächerliche Ohnmacht hatte doch außer dem Grafen de Guiche bestimmt niemand bemerkt.

Doch da täuschte sie sich.

Ihr Schwächeanfall war trotz der Dunkelheit aufgefallen. Er hatte Neugier, Überraschung und Erschrecken hervorgerufen und das Gefühl einer Tragödie von der Bühne auf den Zuschauerraum übergreifen lassen. Und da es immer noch sehr dunkel war, reagierte man unterschiedlich auf den Vorfall, von der besorgten Königin Anna bis hin zum niedrigsten Pagen, der sich rühmte, die Ohnmächtige getragen zu haben.

Eine ganze Gruppe versammelte sich nach der Aufführung vor dem Theater. Da sie keine Lust hatten, sich in die engen Käfige ihrer Zimmer zurückzuziehen, beschlossen sie kurzerhand, ihren Mitternachtsimbiss im Freien einzunehmen. Und dabei plauderten die adligen Damen und Herren des Hofes, die sich in diesem abgelegenen Winkel des Königreichs nicht gerade mit sensationellen Überraschungen verwöhnt wähnten, über die erstaunliche Erscheinung, die ihrem doch recht begrenzten Kreis an diesem Tag durch die Vorstellung der Gräfin de Peyrac zuteilgeworden war. Bis hin zum König waren sie alle ihrem Zauber erlegen, und in der dunklen Nacht, die ihnen ein paar ruhige Stunden bescherte, verspürten sie den Drang, sich gegenseitig zu befragen. Was hielten die Damen von einer so makellosen und unerwarteten Schönheit?

Doch zunächst der Imbiss.

M. de Méré fachte die Glut unter dem Vordach einer im Freien aufgebauten Küche neu an und ließ verschiedene kleine Pasteten goldbraun backen. Wasser zog man aus einem Brunnen herauf. Der Likörverkäufer kam heran und schenkte seine grünen und gelben Getränke aus. Sie saßen alle zusammen am Rand einer Wiese, über die eine sanfte Brise strich, und wunderten sich. Den ganzen Tag über schon hatte sie das Geschick verblüfft, mit dem diese junge Frau es verstanden hatte, von allen bemerkt zu werden und den gesamten Hof zu beeindrucken.

Jedenfalls musste man zugeben, dass es ein großartiger Einfall gewesen war, mitten in einer Vorführung des spanischen Theaters ohnmächtig zu werden, in das der gesamte Hof strömte wie in die Kirche, um der Königinmutter zu gefallen! Anna von Österreich war besorgt und hatte sich nach ihr erkundigt. Und Mademoiselle, die wie üblich am besten informiert war, hatte voller Wärme von dieser bis dahin unbekannten Frau gesprochen, die sich nicht damit begnügt hatte, »in ihrem goldenen Kleid« einen geradezu überwältigenden Anblick zu bieten, sondern sie später auch ohne irgendwelche Umstände auf ihrem Spaziergang begleitet hatte. Aber alle wussten, dass die Prinzessin recht naiv war, und vielleicht war sie einfach nicht gegen ein neues Gesicht gewappnet, das in vollendeter Schönheit und Jugend aus diesen fernen Regionen des Südens aufgetaucht war, die als so gefährlich galten. Dieser Brutstätte der Ketzerei mit ihren uneinnehmbaren Festungen, der man vor vier Jahrhunderten das Herz herausgerissen hatte – denn noch immer bluteten die Herzen der Einheimischen, wenn sie an das Ende von Montségur dachten. Die Unterhaltung wandte sich der grausamen und ungerechten Geschichte der südlichen Ketzerei zu, die das Königreich immer noch in zwei Teile spaltete.

Viele der Plaudernden erinnerten sich nicht einmal mehr

daran, um welche Art von Ketzerei es sich überhaupt gehandelt hatte, man wusste nur, dass die blutigen Religionskriege zwischen Katholiken und Protestanten die Erinnerung daran nicht ausgelöscht, sondern sie im Gegenteil wieder neu angefacht hatten. Und so schillerte das außergewöhnliche Auftauchen dieser fremden Frau am Hof in zwei verschiedenen Facetten: vergangene und gegenwärtige Ketzerei und gleichermaßen greifbare wie geheimnisvolle Schönheit.

Und die erfahrensten Vertreter jener alten Kunst mit dem Namen »Wie schaffe ich es, von meinem ersten Auftreten bei Hof an den höchsten Kreisen, wenn möglich gar dem König selbst, aufzufallen und alle zu bezaubern?« mussten zugeben, dass sie vom ersten Augenblick an dem Bann dieser Fee aus dem Süden erlegen waren.

Während sie ihre gebackenen Leckereien verspeisten, an ihrem Likör, ihrer Limonade oder ihrem Fruchtsaft nippten und Dragees, Nüsse und frisches rohes Gemüse knabberten – auf einen üppigeren Mitternachtsimbiss hatte man keinen Appetit –, rätselten sie über die raffinierten Kunstgriffe, deren Opfer sie geworden waren.

War es ihr Blick? Ihr Lächeln? Die Art, wie sie die Lippen ein wenig öffnete, wenn sie einem zuhörte? Oder wie sie sich, als Krönung des Erfolgs, in ihrem goldenen Kleid voller Anmut aus einem tiefen Hofknicks erhoben hatte …?

Lag es daran, dass sie an der Seite eines mächtigen Mannes erschienen war, den kaum jemand kannte bis auf seinen Ruf und die widersprüchlichen, umstrittenen Geschichten, die über ihn in Umlauf waren? Der Große Hinkefuß aus dem Languedoc.

Doch das war es nicht allein.

Sie konnten nicht umhin, die Verführungskraft dieses neuen Sterns anzuerkennen, der am Himmel des französischen Hofes aufging, und sie wussten, dass sie sich eine genauere Meinung über sie bilden mussten, um zu entscheiden, welchen Empfang man ihr bereiten sollte.

Die Männer – nun ja, die Männer …! – hielten sie für eine junge Frau, die eine ausgezeichnete Erziehung genossen hatte und sich darauf verstand, deren Lehren in einer Situation anzuwenden, die von allen einen gewissen Mut erforderte: der zeremoniellen Einführung beim König. Die ehrgeizigen Träume und raffinierten Finten kämen erst später. Ihrer Meinung nach war sie einfach nur eine ungemein geistreiche, fröhliche junge Frau, die die Prüfung mit Bravour bestanden hatte. Und die noch schöner werden würde, wenn sie erst genügend Erfahrungen gesammelt hätte und sich ihrer Macht bewusst geworden wäre.

Doch nicht alle schlossen sich diesem Urteil an. Manche beharrten darauf, dass ihr vollendeter Auftritt unter solch schwierigen Umständen kein Zufall oder das Ergebnis ihrer Arglosigkeit sein konnte. Andere jedoch vertraten genau die entgegengesetzte Ansicht, zufrieden darüber, das Problem den Regeln der Philosophie und der pädagogischen Kenntnisse entsprechend gelöst zu haben: Die verführerische Gräfin de Peyrac handelte mit dem Instinkt der Jugend, ohne sich über alles Weitere Gedanken zu machen. Ehrgeiz und Strategie?

Das käme später, wiederholte man. Sie hatte die allgemeine Neugier befriedigt.

Anschließend wandte sich die Unterhaltung ihren Erfolgen am Spieltisch zu.

Und damit erwachten die ersten Verdächtigungen, die die Nacht, das Warten auf den spanischen König und diese von einem seltsamen, unverständlichen Volk mit übernatürlichen Neigungen bewohnte Region plausibel klingen ließen. Da musste Zauberei mit im Spiel sein. Man erwähnte das Languedoc, ein Land, in dem der Bann der Inquisition geherrscht hatte und wo diese sogar tote Ketzer wieder ausgegraben hatte, um sie zu verbrennen. Das Land der katharischen Hexen mit dem engelsgleichen Gesicht tugendhafter Frauen. Das Land der Gelehrten, die gleichzeitig auch Dämonen waren. Und zu diesen zählten das Gerede der Provinz und die Klagen eines Bischofs auch den beunruhigenden Grafen de Peyrac de Morens d'Irristu, der so sagenhaft reich war, so offen seinen Ausschweifungen frönte und so frei war von jeglicher Gottesfurcht. Denn in seinem Palast in Toulouse, der Stadt der okkulten Wissenschaften, standen nicht nur Öfen, in denen er durch alchemistische Kunst Gold machte, sondern dort veranstaltete er auch Festgelage, wahre Orgien, die »Minnehöfe« genannt wurden.

Und während man sich vergewisserte, dass nicht allzu viele Gascogner in der Nähe waren, sprach man mit leiser Stimme über die Gerüchte, die über ihn in Umlauf waren.

Von zahllosen liebeskranken Mätressen war die Rede, die einfach verschwunden waren. Vor allem das Schicksal der schönen Carmencita de Mérecourt beunruhigte ihre Freunde. Niemand wusste, was aus ihr geworden war …

Der Deckel der Büchse der Pandora begann sich zu heben, und gerade erst zeigten sich am Horizont die ersten Anzeichen des Morgengrauens, als eine sehr viel aufsehenerregendere Neuigkeit diese allzu fernen Enthüllungen und auch die Sorgen hinwegfegte, die all die Gäste von Saint-Jean-de-Luz plagten, die dicht gedrängt wie Schiffbrüchige an diesem schmalen, von den Fluten des Golfs von Biskaya bespülten Ufer versammelt waren.

Die Büchse der Pandora schloss sich wieder, und heimliche Erleichterung durchströmte die Herzen.

Der spanische König Philipp IV. und seine Tochter, die Infantin, waren mit ihrem Gefolge vor der Stadt Tolosa gesichtet worden, und diese lag nur noch ein paar Tagesreisen von der Küste der spanischen Baskenprovinzen entfernt.

Man schrieb den 11. Mai.

Kapitel 7

Unverzüglich strömte die Hälfte von Saint-Jean-de-Luz ans französische Ufer des Bidassoa, gleich gegenüber der Fasaneninsel. Doch das war ein wenig verfrüht.

Der spanische König hatte nicht die geringste Absicht, sich zu beeilen, um jenen Ort zu erreichen, an dem die Verträge unterzeichnet, die Freundschaftsschwüre geleistet und durch die Vermählung seiner Tochter, der Infantin Maria Theresia von Österreich, mit Ludwig XIV., dem König von Frankreich, die Bande eines jahrhundertealten Hasses gelöst würden. Noch waren viele Einzelheiten ungeklärt.

Immer mehr Neuigkeiten trafen auf den Flügeln des Windes ein. Man hätte fast glauben können, die Bewohner dieses Landstrichs, die französischen und die spanischen Basken, die eine gemeinsame Sprache einte, übermittelten sie einander über die Berge und Grenzen hinweg, denn kein einziger spanischer Bote wurde in Saint-Jean-de-Luz vorstellig. Man erfuhr lediglich, dass Ihre spanischen Majestäten in Tolosa, wo sie von eintausendzweihundert gut ausgerüsteten Soldaten erwartet wurden, im Haus von Don Francisco Fernández de Arodo abgestiegen seien.

Aber schon am nächsten Tag war der Herrscher in einen größeren Palast umgezogen, von wo aus man einen sehr schönen Ausblick auf den malerischen Fluss Oria genoss.

Sobald Ihre Majestäten dort angekommen waren, hatte auf einem angrenzenden kleinen Platz ein feierlicher Tanz begonnen, der von ausgewählten Honoratioren der Stadt getanzt wurde und die ganze Nacht hindurch gedauert hatte. Morgens folgte darauf der Schwerttanz.

Am nächsten Tag besuchten der König und sein Hof die berühmte Waffenmanufaktur der Stadt.

Anschließend hatten vor dem Palast wieder die feierlichen Tänze begonnen, und als es dunkel wurde, erhellten prächtige Illuminationen die Nacht.

»Feierliche Tänze! Getanzt von den Honoratioren der Stadt!«, berichtete Mademoiselle Angélique von ihrem Balkon aus. »Er besucht eine Waffenmanufaktur, während der König von Frankreich hier auf ihn wartet, um die Friedensverträge zu unterzeichnen! Was denkt dieser spanische König sich eigentlich?«

Doch die nächsten Nachrichten klangen wieder etwas ermutigender.

Seine Allerkatholischste Majestät hatte Tolosa verlassen, um in Hernani zu Mittag zu essen. Aber zwischen den beiden Städten war es zu einem bedauerlichen Unfall gekommen. Auf einer Straße, die am Fluss entlangführte, hatte ein Freund des spanischen Königs, dessen Name auch einigen Franzosen bekannt war – welche lautstark ihr Bedauern äußerten, als sie von dem Vorfall erfuhren –, zwischen der königlichen Kutsche und dem Straßenrand hindurchreiten wollen. Dabei hatte er sich aber so ungeschickt angestellt, dass er mit seinem Pferd ins Wasser gestürzt war und vor den Augen des gesamten Hofes ertrank!

»Was das Ertrinken angeht, steht die Unterzeichnung dieses Friedensvertrags auf beiden Seiten unter dem gleichen schlechten Stern«, erklärte die Grande Mademoiselle. »Das ist mir schon häufiger aufgefallen. Es hat fast den Anschein, als müssten solche hochherzigen großen Vorhaben mit einigen, wenn möglich menschlichen, Opfern erkauft werden, genau wie in alten Zeiten …«

Doch in Hernani erblickten die Spanier das Meer, und dort erwartete sie auch der Baron de Watteville, der königliche Statthalter von Guipúzcoa, einer der baskischen Provinzen auf spanischem Boden.

Kurz darauf zogen Philipp IV. und die Infantin unter dem Beifall der Menge in San Sebastián ein.

Den Exilierten in Saint-Jean-de-Luz erschien San Sebastián noch sehr weit entfernt.

Sie hatten gehofft, dass Seine Majestät Philipp IV. und seine Tochter wenigstens in Fuenterrabía absteigen würden, wo der königliche Aposentador Don Diego Velázquez alles für ihr Eintreffen vorbereitet hatte.

Doch anscheinend verspürte Philipp IV. den Wunsch, sein Königreich zu besuchen und sich seinem Volk zu zeigen.

Am Tag nach seiner Ankunft in San Sebastián wurde die Zeremonie des Handkusses abgehalten. Aus dem gesamten Gebirge, aus der ganzen Ebene und aus dem kleinsten Küstendorf strömten die Menschen herbei und zogen in langen Reihen an ihm vorbei, um vor ihm niederzuknien und die königliche Hand zu küssen, damit sie ihnen Kraft und Segen schenke bis ans Ende ihrer arbeitsreichen Tage.

Anschließend begaben sich der König und seine Tochter ins Hafenviertel La Marina, wo man zu ihrer Unterhaltung Wasserspiele vorbereitet hatte. In der allgemeinen Erregung kenterte ein kleines Boot voller einheimischer Kinder. Doch noch ehe sich die Infantin bekümmern konnte, »waren all die Kleinen gewandt zum Boot zurückgeschwommen und wieder hineingeklettert«.

»Das ist also die Waffe, mit der man sich gegen die tödlichen Wellen des Ozeans zur Wehr setzt«, bemerkte Mademoiselle. »Von der Wiege an schwimmen zu lernen.«

Am anderen Ufer des Bidassoa lauerten die Franzosen in Saint-Jean-de-Luz auf jede noch so unbedeutende Nachricht, auch wenn man immer noch nicht wusste, wie diese überhaupt in die Stadt gelangten.

Doch sie trafen ein. Und die Menschen diskutierten begierig die geringsten Schwankungen in der Befindlichkeit des spanischen Königs, denn für jeden, angefangen bei Ludwig XIV. bis hin zum letzten Küchenjungen aus den herrschaftlichen Haushalten, hing der weitere Verlauf dieses außerordentlichen Abenteuers nur noch von einem einzigen Menschen ab: Seiner Allerkatholischsten Majestät König Philipp IV.

Also kommentierte man in allen Einzelheiten seine Erklärung, dass er, »erfreut über den Empfang in der Stadt Tolosa«, deren Honoratioren die ganze Nacht hindurch unter seinem Fenster feierliche Tänze aufgeführt hatten, in ebenjener Nacht beschlossen habe, dass die Hochzeitszeremonie mit dem spanischen Vertreter des Königs von Frankreich, Don Luis de Haro, vom Bischof von Pamplona vollzogen werden solle. Eine bedeutende Diözese, denn die Stadt war einst Hauptstadt von Navarra gewesen, bevor das Königreich gespalten und in verschiedene französische und spanische Reiche aufgeteilt wurde. Mazarin erinnerte daran, dass der spanische König lange gewünscht hatte, die Heirat durch Prokuration solle in Burgos stattfinden. Das wäre eine Katastrophe gewesen, vor allem für Mademoiselle, die fest entschlossen war, daran teilzunehmen, obwohl sie Trauer trug und die empfindliche spanische Etikette es ablehnte, auch nur einen Franzosen zuzulassen, dessen Anwesenheit nicht unbedingt erforderlich war.

Am Freitag, den 14. Mai, hielten es die Franzosen nicht mehr aus. Begleitet von einer großen Eskorte, traf eine Gesandtschaft in San Sebastián ein und wünschte den König und die Infantin zu sehen. Angeführt wurden diese Gesandten von großen Namen, die der König persönlich ausgewählt hatte: Marschall de

Turenne, Marschall de Villeroy, der einst der Erzieher des jungen Ludwig XIV. gewesen war, Le Tellier, bereits unentbehrliche Stütze aller Funktionen, M. du Plessis-Praslin, der Herzog von Choiseul und so fort…

Als besondere Gunst wurde ihnen erlaubt, dem Mittagsmahl des Königs beizuwohnen, die Infantin jedoch bekamen sie nicht zu Gesicht, nicht einmal aus der Ferne auf ihrem Balkon. Man hätte fast glauben können, dass sie sich gar nicht in San Sebastián aufhielt.

Es schien offensichtlich, dass Philipp IV. in einer Angelegenheit, die in seinen Augen noch nicht endgültig beschlossen war, französische Gesandte nicht offiziell empfangen wollte. Und auch wenn er den französischen Hof nicht davon abhalten konnte, in die Stadt einzufallen, ermunterte er im Gegenzug die Spanier seines Gefolges nicht, es ihnen gleichzutun und nach Saint-Jean-de-Luz zu reiten.

Trotz des hohen Ansehens der Männer, die Ludwig XIV. nach San Sebastián geschickt hatte, um Philipp IV. seinen Gruß zu entbieten, tat dieser so, als sähe er sie nicht.

Auf der Suche nach einer Entschuldigung für diese beunruhigende Haltung äußerte jemand die Vermutung, M. de Turenne sei als Mitglied für diese erste Delegation vielleicht keine besonders glückliche Wahl gewesen.

Die Zeiten der erbitterten Schlachten in Flandern waren noch nicht fern, als der große Kriegsheld aus den berühmten »tercios« der spanischen Fußtruppen Hackfleisch gemacht hatte, wie der Volksmund sagte. Außerdem hielt M. de Turenne mit der gleichen Beharrlichkeit an der protestantischen Religion fest, die er auch allen anderen Dingen widmete, obwohl Ludwig XIV., der große Zuneigung zu ihm hegte und ihn gerne mit Ehren überhäuft hätte, ihn immer wieder bat, davon abzulassen. Und dass er der reformierten Religion angehörte, dürfte Ihrer Allerkatholischsten Majestät nicht unbekannt sein. König

Philipp IV. war vielleicht gar nicht so fern oder abwesend, wie es den Anschein hatte.

Genau wie sein Großvater Philipp II. galt er als ein Monarch, der über alles auf dem Laufenden war, ohne je sein Arbeitskabinett zu verlassen.

»Welch eine Dummheit aber auch! Was für ein Mangel an Feingefühl«, rief Mademoiselle, als man ihr von den spanischen Reaktionen auf den ersten Besuch der Franzosen berichtete.

»Warum hat man mich nicht gebeten, diese erste Delegation zusammenzustellen? Bloß weil Monsieur de Turenne Schlachten für ihn gewonnen hat, glaubt Ludwig, ein Offizier verfüge automatisch auch über diplomatisches Geschick. Ich hätte ihn ohne zu zögern ausgeschlossen … Aber dann hätten alle dahinter ungerechte Motive vermutet. Es ist ja kein Geheimnis, dass zwischen Monsieur de Turenne und mir immer noch Unstimmigkeiten herrschen. Er kann einfach nicht vergessen, dass er meinetwegen die Schlacht vom Faubourg Saint-Antoine verloren hat …«

Mit kleinen Schritten, den Arm unter den von Angélique geschoben, um sich auf sie zu stützen, das Profil leicht in die Sonne geneigt, schlenderte sie dahin und genoss die Gelegenheit, für ein aufmerksames Ohr die intensivsten Momente ihres Lebens wiederauferstehen zu lassen. Angélique konnte nicht umhin, sich durch die vertraulichen Bekenntnisse einer großen Heldin geehrt zu fühlen, über deren Großtaten im ganzen Land berichtet wurde, sodass sie fast schon als Legenden galten.

»Ich habe ihn angefleht«, fuhr die Prinzessin fort.

»Wen?«

»Meinen Vater natürlich! Schon wieder mein Vater! Was sich vor den Mauern von Paris abspielte, wo sich die Armee des Prinzen von Condé und die königlichen Truppen unter Monsieur de Turenne gegenüberstanden … es war einfach entsetzlich!

Ein Massaker, das reinste Gemetzel. Mein Vater hätte die Pflicht gehabt, seine Gefolgsleute zu retten. Aber er hatte sich einfach hingelegt, wie immer, wenn er nicht länger hören wollte, dass man von ihm eine Entscheidung verlangte … Oder er ließ mitteilen, dass er gerade dabei sei, sein Hemd zu wechseln, und niemand wagte es, ihn während dieses Vorgangs zu stören und Befehle von ihm zu fordern.

Konnte ich das denn einfach zulassen?« Mademoiselle stöhnte, als sie diese lange vergangenen Stunden noch einmal durchlebte. »Wer weiß, ob man mir nicht jetzt den Tod Tausender Adliger vorwerfen würde, die Monsieur de Turenne umgebracht hätte? Heute schätzt sie der König und hat vergessen, dass sie sich einst gegen ihn erhoben haben … Also bin ich hinausgegangen und habe im Namen meines Vaters, des Herzogs von Orléans, Befehle erteilt. Ich habe Euch bereits erzählt, wie freundlich die Pariser mich immer aufgenommen haben. Sie zögerten keine Sekunde, mir zu gehorchen, weder die Feuerwerker der Bastille noch die Bewacher der Porte Saint-Antoine.«

Mademoiselle verstummte kurz. Als sie weitersprach, lag ein Hauch von Wehmut in ihrer Stimme.

»Wie dem auch sei, im Namen meines Vaters, Monsieur d'Orléans, habe ich auf Monsieur de Turenne und die Armee des Königs feuern lassen, die in der Schlacht die Oberhand hatte. Und die Kugeln der Bastille zwangen sie zum Rückzug … Ich ließ die Porte Saint-Antoine öffnen, wo die Armee von Monsieur le Prince[6] in die Enge getrieben worden war, damit die Männer in die Stadt fliehten konnten. Ach, wenn Ihr bloß diesen großen Mann gesehen hättet! Mit Staub und Blut war er verkrustet, und er hatte nicht einmal mehr die Kraft, die Waffe in seiner Hand zu heben … Und Monsieur de La Rochefoucauld hing das Auge aus dem Kopf!

Der König war damals vierzehn Jahre alt. Zusammen mit der Regentin und dem Kardinal stand er ein Stück weiter entfernt auf einer Anhöhe. Er hat genau gesehen, was ich getan habe. Er hat gesehen, wie die Kugeln durch seine Armee flogen. Das ist ein beeindruckender Anblick, meine Kleine, glaubt mir! Und man kann verstehen, dass so etwas nicht verziehen wird … Anscheinend soll der Kardinal mit seinem italienischen Akzent vor sich hin gemurmelt haben: ›Mademoiselle hat soeben ihren Gemahl getötet.‹ Es war also nicht bloß eine Frage des Alters, dass man mich von ihm fernhielt.

Aber seine Minister wollten ihn aus eigenem Ehrgeiz für sich behalten! Und jetzt heiratet er diese Maria Theresia, die ebenso alt ist wie er selbst und über die wir nicht das Geringste wissen … Nichts …«

»Ihre Porträts sollen …«

»Porträts lügen immer.«

Trotz des kühlen Empfangs, der ihnen in San Sebastián bereitet wurde, dachten die Franzosen gar nicht daran, aufzugeben. Einige von ihnen blieben in der Stadt und begannen, dem König von Spanien und seiner Tochter schamlos auf Schritt und Tritt zu folgen, was ihnen vielleicht doch noch die Gelegenheit geben würde, einen Blick auf die Infantin zu werfen.

So wurden sie Zeugen eines Vorfalls zwischen Spaniern, der ihnen äußerst bemerkenswert erschien.

Ihre Majestäten besuchten an diesem Tag die berühmten pittoresken Dörfer von Pasajes, und die Nachricht von der Ankunft des spanischen Hofes gab Anlass zu einem Disput zwischen den Einheimischen, bei dem es um ein Haar zu Blutvergießen gekommen wäre. Als die Einwohner von Pasajes und Fuenterrabía mit Salutschüssen und wehenden Bannern wie eine siegreiche feindliche Armee auf das Gebiet von San Sebastián zu marschieren versuchten, hatten die Bewohner dieser Stadt ihnen als freiheitsliebende Basken Widerstand geleistet, indem sie ihnen zwei bewaffnete Kompanien entgegenschickten. Man hatte alle Mühe, sie daran zu hindern, handgreiflich zu werden. Außerdem kam es zu Verstimmungen, als der König und die Infantin die Flussmündung von Pasajes erreichten, über die man normalerweise nur in flachen Kähnen übersetzte, die von Frauen gesteuert wurden, denen die Rechtsprechung und die Kontrolle auf dem Wasser und entlang der Ufer oblag.

Aber auch dort einigte man sich, denn im Grunde waren alle glücklich, den König von Spanien zu sehen.

Die Ufer waren voller Menschen.

Der König und seine Tochter nahmen in einem großen, mit einem Zelt überdachten Boot Platz. Dieses wurde von zwei Barken gezogen, in denen jeweils sechs kräftige Ruderer saßen, die es über das Wasser dahinfliegen ließen. Dahinter folgten weitere Boote mit Hörnern, Violinen und anderen Musikinstrumenten sowie eine ganze Flotte flacher Boote, die von den Frauen aus den beiden Dörfern von Pasajes gesteuert wurden.

Am Eingang zum Hafen ankerten sieben Fregatten, eine Galeone mit dem Namen »Roncesvalles« und ein weiteres großes Schiff, die »Capitana«, die das Flaggschiff der Überseeflotte werden sollte.

Als das Boot des Königs, von seiner schwimmenden musikalischen Eskorte begleitet, über die Wellen heranflog, mischten sich Kanonensalven unter die Klänge der Instrumente.

»Ihre Majestäten gingen über eine äußerst bequeme, mit einem herrlichen Teppich bedeckte Treppe an Bord der Capitana und besichtigten das gewaltige Schiff«, notierte der spanische Chronist. »Dann kehrten sie zurück in das flache Boot, das sie hergebracht hatte, und nahmen Kurs auf die Hafenmündung, von wo aus man einen herrlichen Blick auf das Meer hat. Anschließend stiegen sie wieder in ihre Kutsche und fuhren zurück nach San Sebastián.«

Dort trafen sie auf den Bischof von Pamplona, der mit zwei seiner Würdenträger, sechs Kanonikern seines Domkapitels und einer Vielzahl von Dienern eingetroffen war, während sie sich auf ihrem Ausflug befanden.

Die Würfel waren gefallen.

Die Hochzeit durch Prokuration würde also in Fuenterrabía stattfinden, nah, ganz nah beim Ufer des Bidassoa und jener Insel in der Mitte des Flusses, auf der sich der künstliche Palast mit seiner unsichtbaren Grenze erhob, in dem irgendwann all die entscheidenden, umwälzenden Handlungen vollzogen werden sollten.

Am Montag, den 17. Mai, besuchten der König und die Infantin das Kloster San Telmo, wo sie die Messe hörten.

Nachmittags wurde eine »agiganoa«[7] getanzt, die nur zu ganz besonderen Anlässen gezeigt wurde: Fünfhundert prächtig gekleidete Männer führten märchenhafte Figuren aus.

An diesem Abend trieb die Neugier auch den Neffen von Kardinal Mazarin und mehrere seiner adligen Freunde nach San Sebastián.

Schon wieder ein Fehler!

Der fromme König von Spanien wusste ganz genau, dass der Neffe des Kardinals, der einzige, der diesem noch geblieben war, während der Kartage dieses Jahres in einen entsetzlichen gotteslästerlichen Skandal im Schloss Roissy verwickelt gewesen war, an dem möglicherweise sogar der Bruder des Königs beteiligt gewesen war oder fast beteiligt gewesen wäre.

Die Kartage, bemerkte Mademoiselle, übten auf solche liederlichen Menschen immer einen ganz besonderen Reiz aus. Sie wunderte sich darüber, dass dieser Neffe überhaupt zur Hochzeit des Königs eingeladen worden war.

»Aber nach der Kapitulation von Mardick hat der König ihn zum Hauptmann seiner Kompanie Musketiere befördert. Er ist der einzige überlebende Neffe und Erbe des Kardinals.

Der kleine Alphonse, in den er so große Hoffnungen setzte, hat sich auf dem Pausenhof seiner Schule das Genick gebrochen, und der Ältere gehörte zu den vielen, die bei der Schlacht vor der Porte Saint-Antoine gefallen sind. Er war damals erst fünfzehn Jahre alt, und das hat meinen Streit mit dem Kardinal natürlich noch verschärft.«

Dienstag, 18. Mai

Nachmittags verließen Ihre spanischen Majestäten ihren Palast, um beim Netzfischen zuzuschauen.

Am gleichen Tag traf M. de Lérin, der Erste Stallmeister des Königs, mit einem Brief der Königin Anna von Österreich ein. Bruder und Schwester hatten einander seit fünfundvierzig Jahren nicht mehr gesehen, auch wenn sie damals, in jenen unruhigen Jahren, als der König von Spanien als der größte Feind Frankreichs galt und die Gemahlin von Ludwig XIII. wegen ihrer Unfruchtbarkeit verstoßen zu werden drohte, trotz der Überwachung durch Kardinal Richelieu häufig miteinander korrespondiert hatten.

Heute war das alles anders.

Als M. de Lérin wieder fortritt, nahm er einen Brief des Königs für seine Schwester, Königin Anna, mit.

Besorgt vermerkte Philipp IV., dass die Niederschrift mehrerer Vereinbarungen noch nicht abgeschlossen war, Vereinbarungen, über die, wie er schrieb, im Friedensvertrag nicht endgültig entschieden worden war. Hatte man sie auf französischer Seite überhaupt schon angekündigt und zur Diskussion gestellt?

Aus diesem Grund schlug dem Bischof von Fréjus auch kategorische Ablehnung entgegen, als der vorsichtige Kirchenmann den Monarchen über seinen Auftrag informierte, der Infantin einen Brief zu überreichen, den ihr zukünftiger Gemahl ihr geschrieben hatte, als sei ihm ihre Hand bereits gewährt worden.

Unmissverständlich gab ihm der König von Spanien zu verstehen, dass die Infantin dem französischen König noch nicht versprochen sei. Verschiedene Änderungsklauseln im Friedensvertrag waren ihm noch nicht zur Entscheidung vorgelegt worden. Und somit war nichts geschehen, was den jungen König von Frankreich dazu berechtigen würde, der Infantin von Spanien einen Brief zukommen zu lassen.

Der Bischof von Fréjus fügte sich. Dennoch wollte er die Infantin zumindest einen kurzen Blick auf das verschlossene Schreiben werfen lassen, damit sie erkannte, wie ungeduldig ihr zukünftiger Gemahl die Vermählung herbeisehnte. Als ihm schließlich in seiner Eigenschaft als französischer Zeuge bei ihrer Hochzeit – falls sie denn stattfinden sollte! – eine Audienz bei ihr gewährt wurde, hielt er den Brief in der Hand, und nachdem er ihr die Grüße des Königs von Frankreich und ihrer Tante, der Königin, ausgerichtet hatte, flüsterte er: »Aber, Madame, ich muss Euch ein Geheimnis verraten.«

Bei dem Wort »secreto« schaute sie sich verstohlen um, um zu sehen, ob ihre Camarera mayor, die Gräfin de Priego, oder ihre Gouvernanten zuhörten, und gab ihm dann ein Zeichen zu sprechen.

Daraufhin zeigte er ihr den Brief und erklärte, dass sein Herr, der König, in dem Glauben, ihm sei mehr Glück beschieden, als tatsächlich der Fall war, ihr diesen Brief geschrieben habe, ihr Vater ihm jedoch verboten habe, ihr das Schreiben zu überreichen.

»Ohne die Erlaubnis meines Vaters kann ich ihn nicht annehmen« antwortete sie mit halblauter Stimme. »Aber er hat mir gesagt, dass die Verhandlungen bald abgeschlossen sein werden.«

Der Bischof von Fréjus platzte fast, als er mit dieser vertraulichen guten Nachricht nach Saint-Jean-de-Luz zurückkehrte.

19. und 20. Mai

Zwischen San Sebastián und Saint-Jean-de-Luz wurden die ersten engeren Bande geknüpft.

Der König von Spanien erklärte sich bereit, den Herzog von Bouillon und einige Adlige aus seinem Gefolge zu empfangen.

Am nächsten Tag sandte er Don Cristóbal de Gavirin mit einem weiteren Brief für die Königinmutter nach Saint-Jean-de-Luz. Sie empfand darüber größte Freude und Rührung. Ihr Bruder war tatsächlich da! Ganz in ihrer Nähe! Sie würde ihn wiedersehen!

In San Sebastián begegnete man den Abgesandten des französischen Königs inzwischen mit etwas mehr Aufmerksamkeit. Während der König und die Infantin ihre fast schon zur täglichen Gewohnheit gewordene Fahrt an den Hafen unternahmen, traf der Graf de Saint-Aignan ein, um sich nach ihrem Befinden zu erkundigen. Man brachte ihn und sein Gefolge beim Herzog von Fonseca unter, und er verließ San Sebastián erst wieder am nächsten Tag, nachdem er vom König empfangen worden war.

An diesem Tag konnten Ihre Majestäten wegen eines heftigen Sturms nicht beim Netzfischen zuschauen.

Die Verhandlungen dauerten an. Doch man war besorgt.

Es war offensichtlich, dass der König von Spanien, der den Gedanken, seine Tochter zu verlieren, kaum ertrug, in seiner Verzweiflung nach jedem noch so kleinen Vorwand Ausschau hielt, der es ihm ermöglichen würde, seinen Widerstand in die Länge zu ziehen oder gar Abkommen zu brechen, die ihm in vielerlei Hinsicht nicht zusagten.

22. Mai

Gleichzeitig mit dem aus Saint-Jean-de-Luz zurückkehrenden Don Cristóbal de Gavirin erreichte auch der Abbé de Montégut San Sebastián, ein Abgesandter von Charles II. Stuart, der vor kurzem zurück auf den englischen Thron berufen worden war.

Dass er mit dem Abbé de Montégut einen katholischen Geistlichen an die Spitze seiner Gesandtschaft gestellt hatte, konnte König Philipp IV. nicht vergessen machen, dass England inzwischen von diesem »protestantischen Gesindel« bevölkert war, dessen Aufkommen die ganze Welt ins Unglück gestürzt hatte.

Überdies rief das Eintreffen der englischen Delegation dem Monarchen bitteren Verrat in Erinnerung. Um ihn bezwingen zu können, hatte Mazarin 1657 – drei Jahre zuvor – nicht gezögert, ein Bündnis mit Cromwell zu schließen, diesem unverschämten Abenteurer der Reformation, der ein besserer Diener Gottes sein wollte als der Papst, diesem Bürgerlichen, der zum Lord Protector ernannt worden war und sich erdreistete, die Verteidiger der einzig wahren Kirche belehren zu wollen, jener Kirche, die sich auf die Worte stützte, die unser Herr Jesus Christus an den heiligen Petrus gerichtet hatte: »Du bist Petrus, und auf diesen Felsen will ich meine Kirche bauen …«

Um ungehindert die Küstenstädte der spanischen Niederlande angreifen zu können, hatte Mazarin – ein Kardinal! – diesem Cromwell wie verlangt Dünkirchen zurückgegeben und sich damit die Neutralität der englischen Flotte erkauft, was zur Niederlage der spanischen Truppen in der Schlacht in den Dünen geführt hatte.

Man mochte sich fragen, dachte der spanische König, warum die Franzosen die krankhafte Angewohnheit hatten, sich in ihrer Außenpolitik immer mit den schlimmsten Feinden der Christenheit zu verbünden!

Dafür gab es reichlich Beispiele. So hatte sich M. de Richelieu – noch ein Kardinal! – bei seinem Eingreifen in den Dreißigjährigen Krieg mit den deutschen Fürsten und dem schwedischen

König verbündet, alles unbelehrbare Lutheraner, während er in Frankreich die Hugenotten von La Rochelle zu Tode belagerte …

Und Franz I. hatte den Türken und ihren Galeeren ein ganzes Jahr lang Zuflucht im Hafen von Toulon gewährt, damit sie sich besser auf den Kampf gegen die spanische Flotte im westlichen Mittelmeer vorbereiten konnten!

Zum Glück hatte sie bei Lepanto gesiegt!

Der neue englische König hingegen war, um von den Engländern akzeptiert zu werden, zum Anglikanismus übergetreten, einer Art vom Protestantismus abgeleiteten religiösen Sekte, die die große Königin Elisabeth I. für ihre Untertanen entwickelt hatte. Sie hatte erkannt, dass die Massen immer noch für den Prunk liturgischer Zeremonien empfänglich waren, da sie nicht oft die Gelegenheit hatten, ihre Seelen an schönen Gottesdiensten mit funkelnden goldbestickten Gewändern und dem sanften Taumel der Weihrauchwolken zu wärmen.

Der spanische König sann weiter. Die Fronleichnamsprozession stand kurz bevor, bei der die leibhaftige Gegenwart Christi in der weißen Hostie verehrt wurde, welche, eingeschlossen in der strahlenden Monstranz aus Gold und feuervergoldetem Silber, vom Bischof unter einem Baldachin durch die Straßen getragen würde.

Er, der König aller spanischen Reiche, würde demütig dem auf Erden herabgekommenen Gott folgen.

Dann würde er sich in die Anbetung des Gekreuzigten versenken und darüber die Gründe für all das Leid vergessen, das er selbst als Opfer darbringen müsste.

Alle Kraft und aller Trost entsprangen dem Glauben an die Macht des Gekreuzigten. Wie viele Wunder und kaum glaubliche Phänomene wurden nicht jenen zuteil, die sich in Seine Barmherzigkeit ergaben.

Während der spanische König Philipp IV. darauf wartete, die

englischen Gesandten zu empfangen, schloss er die Augen und dachte an die Frau, mit der er seit über zwanzig Jahren eine Korrespondenz unterhielt, aus der er Kraft und Rat schöpfte, um sich seinen großen Kümmernissen und vielfältigen Pflichten zu stellen: María de Ágreda, die Äbtissin eines kleinen aragonischen Klosters am Fuß eines finsteren Berges, des Moncayo. Sie hatte ihren schmächtigen Körper scheinbar tot in ihrer kahlen Zelle zurückgelassen und die Indianer in einer Region des endlos weiten nördlichen Amerikas bekehrt, in die noch keine Missionare vorgedrungen waren und die damals »Teplac« genannt wurde. Heute sprach man von Texas. Indianer aus dem Stamm der Jumanos hatten um die Taufe gebeten, nachdem sie von der »weißen Göttin« im blauen Gewand ihres Ordens belehrt worden waren.

Philipp IV. hatte María de Ágreda kennenlernen wollen. Und es war ein Wunder geschehen. Sie hatte ihm neuen Mut geschenkt. Nach dieser ersten Begegnung hatten sie einander nicht mehr wiedergesehen, aber er und die Ehrwürdige Mutter führten seitdem eine rege Korrespondenz. Er schrieb ihr lange Briefe, die er mit »Ich, der König« unterzeichnete.

Schon seit langem besuchte sie die Neue Welt nicht mehr, wo aufgrund der wundersamen, durch zahlreiche Zeugen bestätigten Geschichte von der »blauen Nonne«, wie sie die Spanier nannten, unzählige franziskanische Missionen gegründet worden waren.

Die Jungfrau Maria, die ihr häufig erschien, hatte ihr ein Buch über das Leben der Mutter Gottes diktiert. Dieses Buch hatte den Zorn der Inquisition erregt, und nur die Intervention des Königs hatte die Äbtissin aus dem kleinen aragonischen Kloster vor dem Scheiterhaufen bewahrt. Philipp IV. betete, dass er noch lange genug leben würde, um sie zu beschützen.

So kann man auf Erden wandeln, wenn das Schicksal einen als König hat zur Welt kommen lassen und man bereit ist, die Grenzen des Unsichtbaren zu überschreiten und die Hilfe des Jenseits anzunehmen.

Kapitel 8

Abends nahmen der König von Spanien und seine Tochter die Einladung an, noch einmal vom Hafenviertel aus beim Netzfischen zuzuschauen. Ihr Anblick löste lauten Beifall aus, denn von Tag zu Tag wurde die Menge in San Sebastián größer. Sowohl übers Meer als auch von der Landseite her strömten die Menschen in die Stadt.

Die Franzosen aus Saint-Jean-de-Luz erkannten in der allgemeinen Begeisterung über dieses Netzfischen die Absicht Ihrer spanischen Majestäten, die freudige Nachricht über die Rückkehr von Charles Stuart auf den englischen Thron zu feiern.

Es war eine große Freude gewesen, als der französische Hof zwei Tage zuvor erfahren hatte, dass der König von England auf den Thron seines Landes zurückberufen worden war.

Seine Mutter, Königin Henrietta, eine Tochter Heinrichs IV., und auch seine hübsche, zierliche Schwester, die nie etwas anderes als das Exil gekannt hatte, hielten sich gegenwärtig in Saint-Jean-de-Luz auf.

Abends hatten die Engländer Feste und einen großen Ball veranstaltet.

»Auch diesen Charles hat man mir als Ehemann vorgeschlagen«, erklärte Mademoiselle Angélique. »Um die Wahrheit zu sagen, ich habe nie daran geglaubt, dass der Sohn eines Königs, dem sein eigenes Volk den Kopf abgeschlagen hat, jemals wieder seinen Thron besteigen könnte… Anscheinend hat dieser Charles das Ganze nicht schlecht vorbereitet, auch wenn der Kardinal ihn vor einigen Jahren aufgefordert hat, Frankreich zu verlassen, weil er es sich nicht mit Cromwell verderben wollte. Die Politik ist gelegentlich Zwängen unterworfen, denen es ein wenig an Eleganz mangelt.

Königin Henrietta ist durch ganz Europa gereist. Sie hat ihr gesamtes Vermögen ausgegeben und ihre Juwelen verkauft, um die Dynastie der Stuarts zu retten. Sie ist eine glühende Katholikin und hat ihren Gemahl stets dazu angehalten, nicht einen Reformierten in England zu dulden. Was den König schließlich aufs Schafott gebracht hat, nachdem die Puritaner gesiegt hatten. Sie mussten nach Frankreich in den Louvre fliehen und lebten dort in beklagenswerter Armut. Charles war nur drei Jahre jünger als ich. Seine Mutter ermunterte ihn, mir den Hof zu machen. Mit meinem Vermögen hätte er natürlich viel schneller neue Anhänger gefunden.

Aber seht Ihr, die Frage nach dem Altersunterschied enthüllt vor allem einen Unterschied in der geistigen Reife. Er war einfach zu linkisch, um mir gefallen zu können. Eines Abends fand im Louvre ein Ball statt. Da man ihn als einen herrschenden König betrachtete, hatte man für ihn einen Thron aufgestellt, auf den er sich setzen sollte. Aber er ist nicht einmal auf den Gedanken gekommen … Ich hingegen war nach einer Weile vom Tanzen erschöpft und nahm darauf Platz. Daraufhin kamen viele der Anwesenden zu mir, verneigten sich vor mir und sagten, dass ich alles hätte, was es brauchte, um Königin zu sein. Meinetwegen! Aber an der Seite eines Königs, der auch einer sein will und sich nicht scheut, seinen Anspruch allen kundzutun, selbst wenn er sich gerade im Exil befindet!

Je länger ich darüber nachdenke, desto mehr scheint mir, die Rückkehr auf den Thron seines Vaters verlangte viel mehr Format, als er überhaupt besaß. Er muss sich mit diesen eigenartigen Sekten eingelassen haben, die Zaubersprüche lehren, mit deren Hilfe man Heldentaten vollbringen und zu Macht gelangen kann. Es heißt, die Engländer hätten eine Vorliebe für solche obskuren Geheimnisse. Ihre Könige und Königinnen haben sie zu oft gezwungen, die Religion zu wechseln. Bei ihnen dient sie nur noch als Vorwand, um sich gegenseitig zu bekämpfen. Aber Charles muss katholisch bleiben. Seine Mutter würde nicht die geringste Abweichung dulden. Die Engländer andererseits auch nicht.«

Mademoiselle behauptete, Mme. de Peyrac sei die Einzige, mit der sie sich in diesen Tagen unterhalten könne, alle anderen warteten nur noch voller Ungeduld darauf, wie sich der spanische König entscheiden würde. Sie nahm Angélique mit zu einem kurzen Spaziergang auf dem weitläufigen Platz vor dem Rekollektenkloster.

Sie erzählte ihr, dass es in den Häusern, in denen die königliche Familie abgestiegen war, an Platz mangele und die Mönche sich bereit erklärt hätten, ihnen einen der großen Räume ihres Klosters zur Verfügung zu stellen, um dort die prächtigen Gewänder des Königs aufzuhängen und auszustellen, damit sie nicht länger in den Truhen knitterten. Privilegierte Gäste wurden eingelassen und durften sich die ganzen Herrlichkeiten anschauen, und das war doch ein hübsches Ziel für einen Spaziergang.

Bei einem ihrer Besuche im Kloster zeigte man Angélique die Gräfin de Soissons. Sie war eine geborene Mancini, Olympia, eine Nichte des Kardinals und lange die Favoritin des Königs, bis sich dieser von einem Tag auf den anderen ihrer Schwester Maria zugewandt hatte. Olympia, die mit Eugen von Savoyen-Carignan, dem Grafen de Soissons, verheiratet war, wirkte nicht allzu bekümmert über den Verlust ihres königlichen Liebhabers. Sie war noch da. Der König bewahrte ihr seine Freundschaft. Sie bewegte sich am Hof, als wäre es ihr Zuhause. Dort war sie erzogen worden, und dort stolzierte sie auch heute noch gerne herum.

»Meine Liebe«, hörte Angélique sie zu einer ihrer Freundinnen sagen, »ich bin ja so stolz auf die neuen Läufer, die ich hier gefunden habe. Ich hatte bereits gehört, dass die Basken flinker sein sollen als der Wind. Sie legen über zwanzig Meilen am Tag zurück. Findet Ihr nicht auch, dass es ungemein eindrucksvoll ist, wenn Läufer der Kutsche vorauseilen und einen überall ankündigen, während bellende Hunde das gemeine Volk auseinandertreiben?«

Diese Worte erinnerten Angélique daran, dass Joffrey, der ansonsten großen Gefallen an prunkvollem Auftreten fand, die Sitte, Läufer vor den Kutschen herrennen zu lassen, nicht mochte.

Wo war Joffrey überhaupt?

24. Mai

Der König von Spanien empfing den Grafen de Marcin, einen Franzosen, den er gut kannte, da er zu Condés Gefolgsleuten gehört und für ihn in Flandern gekämpft hatte.

Einige Franzosen, die in der Umgebung herumstrichen, grüßten ihn kühl.

Der Graf de Marcin fühlte sich nicht recht wohl in seiner Haut, denn er wusste nicht, ob die Begnadigung, die Condé zuteilgeworden war, sich auch auf ihn erstreckte ...

Seine Majestät König Ludwig XIV. schickte auch an diesem Tag wieder einen Boten mit seinen besten Wünschen zum König von Spanien und sandte ihm frische Erdbeeren, Kirschen, Äpfel und Birnen als Geschenk.

Seit zehn Tagen waren der König von Spanien und seine Tochter, die Infantin, nun schon in San Sebastián.

25. und 26. Mai

Anna von Österreich ließ ihrer Unruhe schließlich freien Lauf.

Keiner der Franzosen, die nach San Sebastián fuhren, um sich dort im Gefolge des spanischen Hofes bei dessen Wasserspielen, seinen Tänzen, seinen Mahlzeiten, seinem »Netzfischen« und den Besuchen auf den Galeonen aus Amerika zu vergnügen, war in der Lage, ihr eine genaue Beschreibung der Infantin, ihrer Nichte und zukünftigen Schwiegertochter, zu liefern.

Sorge bemächtigte sich der Herrscherin, die bald endgültig zur Königinmutter werden sollte. Verheimlichte man ihr womöglich einen unansehnlichen Zug im Äußeren der spanischen Prinzessin? Waren die Porträts etwa trügerisch? Wies die Infantin im Gesicht oder am Körper einen Makel auf, der eine katastrophale Ehe verheißen würde?

Man gab zu, dass ihre Ahnungen nicht unbegründet waren, da tatsächlich niemand die Infantin eindeutig beschreiben und die Königin dadurch beruhigen konnte. Die meisten Franzosen hatten sie nur aus der Ferne gesehen, wenn sie sich an der Seite ihres Vaters irgendwohin begab, nicht einmal an ihrem Fenster zeigte sie sich ihnen.

Der herbeigerufene M. de Fréjus zeigte sich verwundert. Er hatte sich von Angesicht zu Angesicht mit der Infantin unterhalten und sie ausgesprochen reizvoll gefunden. Sie hatte hübsche Augen und einen »bewundernswerten« Teint... Aber da er bei den prächtigen Feierlichkeiten in Saint-Jean-de-Luz die Hochzeitsmesse lesen und die Ehe segnen sollte, nachdem er zuvor bei der in Spanien stattfindenden Trauung die wichtige Aufgabe erfüllt hatte, die Prokurationsunterlagen des Königs von Frankreich vorzulegen, verstand es sich von selbst, dass er seine eigenen Interessen vertrat.

Die Gräfin de Praty, die ihren Gemahl vor einiger Zeit für eine Weile an den spanischen Hof in Madrid begleitet hatte, lieferte eine Erklärung für eine Reaktion, die sie zu Beginn ihres Aufenthalts in Spanien ebenfalls verspürt hatte.

Ihrer Ansicht nach waren die Franzosen nur deshalb nicht in der Lage, von der Schönheit der Infantin zu sprechen, weil sie alle zunächst so überrascht, verblüfft und fast atemlos vor Schreck waren angesichts ihrer entsetzlichen Kleidung. Man musste zugeben, dass das, was die spanische Mode als »guarda infantes« bezeichnete, jedes Urteil über die Gestalt einer Frau unmöglich machte. Sie bat ihre Kammerfrau Mlle. de Volay, die sie auf die Reise begleitet hatte, ihr zu helfen, zu beschreiben, wie und woraus dieses von den spanischen Adligen so geschätzte Gerät zusammengesetzt war, das ihren Frauen ihrer Ansicht nach wohl eine zusätzliche Erhabenheit verlieh. Es war eine halbrunde, monströse Apparatur, so als seien mehrere Fassreifen in ihre Röcke eingenäht. Der einzige Unterschied bestand darin, dass Fassreifen rund waren, während die der »guarda infantes« vorn und hinten ein wenig abgeflacht waren und sich zu den Seiten hin verbreiterten, was die adligen Damen gelegentlich zwang, sich seitlich zu drehen, um durch die Tür zu passen. Wenn sie gingen, hob und senkte sich diese Apparatur, wiegte sich und »sah furchtbar hässlich aus«.

Man ließ M. de Gramont kommen, der die französische Gesandtschaft angeführt hatte, die beim König von Spanien um die Hand der Infantin angehalten hatte.

Um französische Eleganz bemüht, war er mit zahlreichen Begleitern in Madrid eingeritten. Sie alle waren in rosafarbenen, mit Gold und Silber bestickten Satin gekleidet, und auf ihren Hüten wogten weiße Federn. In der spanischen Hauptstadt jedoch war er auf die reglose Starre eines schwarz gewandeten Hofes gestoßen, der sich mit kleinwüchsigen, ebenfalls von Kopf bis Fuß schwarz gekleideten Dienern umgab. Diese Zwerge, die wegen ihrer flinken kurzen Beine und ihrer wachen

Intelligenz sehr geschätzt wurden, rannten unablässig hin und her, um Befehle und Nachrichten zu überbringen.

Durch ein wahres Labyrinth von Gängen hatte man ihn vor den König geführt, eine so starre, reglose Erscheinung, dass man nach einer Weile begann, anderswo nach ihm Ausschau zu halten, weil man vor einer Statue zu stehen glaubte. Die Infantin war ihm auf ihrem hohen, prunkvollen Thron wie eine ferne kleine Gottheit erschienen. Kurzum, auch er hatte nichts gesehen.

Man fragte sich, warum der Bischof von Fréjus sich nicht von der »guarda infantes« hatte beeindrucken lassen.

Entweder lag es daran, dass er ein Bischof war und somit gewohnt, eine Robe und sperrige Stoffbahnen zu tragen, oder aber der Grund dafür war, dass er mit der Infantin geplaudert hatte, als sie gerade ihr Mittagessen einnahm, und er daher nur ihren Oberkörper und ihr Gesicht gesehen hatte, dem es nicht an Reizen mangelte: Sie hatte sehr schöne Augen, einen lilienweißen Teint und wohlgeformte Lippen, deren Röte keiner künstlichen Farbe bedurfte.

Trotzdem hatten diese Erklärungen nicht alle Sorgen hinsichtlich der zukünftigen Gemahlin des Königs zerstreuen können.

Kapitel 9

27. Mai

Erst als Louvigny vorschlug, dem König von Spanien in einem nahe gelegenen Palast beim Essen zuzusehen, wurde Angélique bewusst, dass sie sich tatsächlich in San Sebastián und auf spanischem Boden befand. Alles wirkte anders und beeindruckend.

Der Seewind verriet, dass es eine Hafenstadt war, in die sie und ihre Freunde gekommen waren. Und sie waren hier Fremde. Doch Angélique war sicherlich die Einzige, die dieses Gefühl verspürte, denn an diesem Tag hielten sich bestimmt ebenso viele Franzosen und Fremde in der Stadt auf wie Einwohner, und ganz offensichtlich fühlten sie sich dort wie zu Hause.

Dieser 27. Mai war ein sehr feierlicher Tag, der Tag des Fronleichnamsfests.

Offiziell erst im Jahr 1264 durch Papst Urban IV. eingeführt, um die leibhaftige Gegenwart Jesu Christi in der Eucharistie zu preisen, war das Fronleichnamsfest angeblich schon in der römischen Kirche des fünften Jahrhunderts gefeiert worden. An diesem Feiertag zogen Prozessionen durch die Städte und brachten die Gegenwart und den Segen Gottes an alle Schwellen und vor alle Türen.

1246 war im Bistum Lüttich ein erstes Messformular eingeführt worden. Es war typisch für das Fürstbistum Lüttich, das sich zu allen Zeiten seine Unabhängigkeit bewahrt hatte, in diesem Bereich voranzugehen. Die Lütticher hatten Spanien mit ihrer Begeisterung für diesen Feiertag angesteckt, der hier mit Umzügen von Riesenfiguren[8] im Gewand der maurischen Könige, die einst in Spanien eingefallen waren, und anderer symbolischer Gestalten aus der Geschichte des Landes begangen wurde.

Angélique erinnerte sich, dass dieses Fest auch in Frankreich in den Städten und Dörfern gefeiert wurde. Als Kinder hatten sie in Monteloup immer die Blätter der ersten Rosen aus dem Garten von Mme. de Sancé auf den Weg der Prozession gestreut.

Hier war Fronleichnam ein sehr bedeutendes Fest. Wie man sich denken konnte, wurden die Prozessionen von den schönsten und eindrucksvollsten Tänzen des Baskenlands begleitet.

Der Abbé de Montreuil hatte für seine Freunde die Fenster einer ganzen Etage im Haus einer spanischen Gastgeberin reserviert. Er hatte die Nacht in San Sebastián verbracht, um alles vorzubereiten, und war dann im Morgengrauen nach Saint-Jean-de-Luz zurückgekehrt, um eine Gruppe begeisterter Franzosen abzuholen, in die auch Angélique eher zufällig geraten war. Wahrscheinlich hatte Louvigny sie dazu eingeladen, ein Bruder des Grafen de Guiche, den sie ebenfalls kannte, und sie war gerne mitgefahren, denn die Beschreibung der Feierlichkeiten hatte sie neugierig gemacht.

Nachdem sie bei Hendaye auf Booten den Bidassoa überquert hatten, begab sich die Gesellschaft, teils in zwei offenen Kutschen, teils zu Pferde, weiter nach San Sebastián.

Die Landschaft war völlig verändert. Die Welt lebte dort nach anderen Regeln.

Mehrmals wurden sie unterwegs von Gruppen aufgehalten, die ebenfalls auf dem Weg zur Prozession waren und ihnen Erfrischungen anboten: eisgekühltes, mit Zimt, Sauerkirschen oder Jasmin aromatisiertes Wasser in blitzsauberen Gläsern. Nirgendwo sah man Betrunkene. Sie erfuhren, dass die Trunksucht in Spanien als das verachtenswerteste Laster galt.

Die meisten dieser Gruppen bestanden aus Frauen und einigen jungen Leuten unter der Aufsicht eines Priesters. Sie waren auf Wagen, Karren oder zu Fuß unterwegs. Denjenigen, die zu Fuß gingen, boten die Franzosen an, sie ein Stück mitzunehmen, und man unterhielt sich angeregt. Alle Getränke waren eisgekühlt. Angélique sah bestätigt, was man ihr bereits erzählt hatte, dass nämlich der »Schnee« für die Spanier kostbarer war als das Brot für die Franzosen.

Den Bemerkungen und Erläuterungen zufolge, die sie hier und da aufschnappte, hatten die Spanier ein ganz besonders ausgeprägtes Ehrgefühl, und der Abbé de Montreuil, der sich als guter Beichtvater für die feinsten Nuancen der menschlichen Seele interessierte, erklärte seinen Begleitern, was ihm als ein wesentlicher Charakterzug der Spanier erschien und für einen Franzosen doch so schwer nachzuvollziehen war. Mochte ein Spanier, so hatte man ihm erzählt, auch in bitterster Armut leben und wochenlang nichts zu essen haben, wenn er ein »hidalgo« war, das heißt, der »Sohn von jemandem«, also ein Adliger, und aus einer alten christlichen Familie ohne einen Tropfen maurischen oder jüdischen Blutes stammte, fühlte er sich immer noch jedem vor Geld stinkenden Großkaufmann weit überlegen. Deshalb fand man in Spanien auch keinen dicken oder auch nur wohlbeleibten Adligen. Jemand widersprach und verwies auf den Bischof von Pamplona, der, obwohl Spanier, durchaus recht beleibt sei, doch ihm wurde geantwortet, dass dieser Spanier nun gerade aus der Franche-Comté stamme.

Einige Franzosen gaben zu, dass diese Denkweise ihnen doch recht fremd sei. In Frankreich war vom höchsten Prinzen bis hin zu den Menschen auf der niedrigsten Stufe der gesellschaftlichen Leiter jeder davon überzeugt, dass das Königreich, ja die ganze Welt, ohne ihn zusammenbrechen würde. Und das machte Frankreich letztlich zu einer sehr selbstgefälligen Nation.

Unter solchen Plaudereien und Scherzen war die Fahrt wie

im Flug vergangen. Doch plötzlich hatte Angélique das Gefühl, sehr weit von Saint-Jean-de-Luz entfernt zu sein.

San Sebastián war eine große Stadt mit einem bedeutenden Hafen, wo die Galeonen aus Amerika Anker warfen und erneut in See stachen.

Der König von Spanien empfing dort sein Volk und richtete damit seine Aufmerksamkeit auf die baskischen Provinzen, die so selten von ihren Herrschern besucht wurden. Verglichen mit dem regen Treiben der Spanier in San Sebastián, wirkte das Leben der wartenden Franzosen in Saint-Jean-de-Luz, diesem Walfängernest auf der anderen Seite des Bidassoa, trotz der schönen Wohnhäuser seiner reichen Reeder und Kaufleute recht beengt.

Abgesehen davon, dass ein Großteil des französischen Adels an diesem Fronleichnamsfest, das fast wie ein nationaler Feiertag begangen wurde, ohnehin die Straßen von San Sebastián bevölkerte.

Die Straßen, durch die die Prozession ziehen sollte, waren mit grünen Zweigen und Laub bedeckt, während die Menschen ihre Häuser mit prächtigen Stoffen geschmückt hatten. Unter diesen stachen vor allem die Paläste des Marqués de San Millán, der Familie Echeberri, des Marqués de Mortara und des Grafen de Villalcázar sowie in der Calle Mayor die Casa Balangui hervor. Manche Häuser zierten die Standarten und Banner des Herzogs Antonio de Oquendo, des Generals Don Juan Echeberri, Marqués de Villarubia, und vieler anderer hochrangiger Persönlichkeiten aus San Sebastián.

Die Infantin sollte erst erscheinen, wenn das Allerheiligste vor dem Palacio Saureguy vorbeigetragen wurde, in dem sie wohnte. Dieser lag etwa zwanzig Schritt von der Kirche Santa María entfernt, der Pfarrkirche, vor der die Prozession beginnen sollte.

Doch da zahlreiche, recht wohlgestaltete französische Edelmänner sowie vier, fünf Damen des französischen Hofes mit ihren großen federgeschmückten Hüten unablässig in der Nähe des Palastes herumstrichen, »wurde sie von Ungeduld ergriffen und zeigte sich zwei oder drei Mal an ihrem Fenster«.

Die Balkonbrüstung, hinter die sie trat, bestand aus blau gestrichenem Eisen, und auf der gesamten Länge des Handlaufs waren mit blauen Bändern weiße Rosen festgebunden worden. Unter ihren Füßen lag ein Teppich aus leuchtend rotem Samt, und rings um sie herum waren fünf oder sechs Kissen mit goldenem Bezug verstreut. Sie trat allein ins Freie, keine ihrer Damen begleitete sie.

In diesem Moment wurde Angélique plötzlich von ihren Freunden getrennt.

Da der Abbé de Montreuil nichts von der seltsamen Zeremonie verpassen wollte, die als der Umzug der Maurenkönige angekündigt worden war, hastete er, gleich nachdem er die zukünftige Königin von Frankreich gesehen hatte, mitsamt seinen Gefährten zu dem Haus, in dem er die Nacht verbracht und in dem seine Gastgeberin einen Balkon und mehrere Fenster für ihn reserviert hatte.

Die gleiche Erregung erfasste allmählich die ganze Stadt, und diejenigen, die den Weg der Prozession kannten, wurden mit einem Mal Herren der Menge, lenkten und bündelten sie. An den vor verschiedenen Häusern aufgebauten Stationsaltären sammelten sich die Menschen, fest entschlossen, sich bis zur Ankunft der Monstranz nicht mehr von der Stelle zu rühren, und es kam zu heftigem Gedränge, weil andere an ihnen vorbei zu einem anderen Altar strebten.

Als Angélique bemerkte, dass Louvigny nicht mehr an ihrer Seite war, blieb sie kurz stehen. Schon im nächsten Moment verlor sie den Abbé de Montreuil aus den Augen, und ihre Gruppe verschwand in der Menge. Sie ließ sich von dem Gedränge mitschieben. Irgendwo würde sie schon diese berühmte Prozession anschauen können.

San Sebastián war zwar größer als Saint-Jean-de-Luz, aber die verschiedenen Straßen und Plätze führten einen immer wieder zu Punkten, an denen man sich orientieren konnte.

Die ganze Stadt war erfüllt von einer lärmenden, freundschaftlichen Invasion. Doch der baldige Beginn der Fronleichnamsprozession verlangte von allen Zuschauern frommste Teilnahme und gestattete ihnen nicht, sich von dem allgemeinen Durcheinander beherrschen zu lassen.

Im Laufe der vergangenen Tage hatten sich Fremde und Einheimische zunehmend vermischt. Ein Teil der Einwohner fürchtete immer noch, dass es nicht genug Blütenblätter gäbe, um sie auf den Weg der Prozession zu streuen, während die nächsten sich darum kümmerten, die Ecken ihrer Häuser zu schützen, die von den Wagen angestoßen werden würden, und wieder andere immer noch mehr Blumensträuße auf ausgebreitete weiße Tücher legten.

Ein wenig gegen den allgemeinen Strom bahnte sich Angélique einen Weg in die Richtung, in der sie ihre Freunde vermutete.

Da hörte sie plötzlich ihren Namen. Französische Rufe klangen von weit oben zu ihr herunter und übertönten den Klangteppich aus Rufen und Musik, der an diesem Fronleichnamsfest wie eine natürliche Ausdünstung über Einwohnern und Besuchern von San Sebastián hing.

»Madame de Peyrac! Madame de Peyrac!«

Sie entdeckte den Abbé de Montreuil und einen Großteil ihrer Gefährten an den breiten Fenstern mit vorgelagertem Geländer im zweiten und dritten Stock eines sehr schönen Hauses, dessen Fassade über und über mit goldenen und weißen Tüchern, Wandbehängen und Blumensträußen geschmückt war. Nur die Fenster- und Türöffnungen hatte man freigelassen.

»Da unten geht es rein!«

Gestikulierend deuteten sie auf die Eingangstür, die, wie alle anderen Haustüren von San Sebastián, an diesem Tag offen stand. Sie zwängte sich durch die Menge, bis sie vor dem Haus stand. Es glich einem Bienenstock, ununterbrochen kamen Menschen heraus oder gingen hinein. Es gelang ihr, durch die Tür zu schlüpfen, und sie stieg die ersten Stufen einer schmalen gekrümmten Treppe hinauf.

Und als sie gerade den zweiten Stock erreichte, geschah es.

In jedem Stockwerk endeten die Stufen in einem recht weitläufigen Raum, aus dem an diesem Tag offensichtlich alle Möbel und Truhen entfernt worden waren. Je weiter Angélique nach oben kam, desto mehr beruhigte sich das hektische Hin und Her auf der Treppe.

Plötzlich blieb sie wie angewurzelt stehen. Jemand war an ihr vorbeigekommen.

Fiebrig drehte sie sich um und rannte die Stufen wieder hinunter.

Und da sah sie im Halbdunkel der gewundenen Treppe den Mann mit den leuchtenden Augen.

Halb zu ihr umgewandt, musterte er sie mit einem hämischen Grinsen.

Als hätte er erraten, dass sie, von einer plötzlichen Woge der Angst getrieben, fluchtartig die Stufen wieder hinaufhasten würde, bis sie das erste Zimmer erreichte. Was er jedoch nicht geahnt hatte, war, dass sich Angélique bei der Erinnerung an das Unwohlsein, das sie im spanischen Theater überkommen hatte, wegen dieser Reaktion schelten würde. Nachdem die anfängliche Furcht verflogen war, bewog sie ihr zweiter Impuls, sich ihm zu stellen.

Als er hinter ihr heraufkam, drehte sie sich unvermittelt um und schrie ihn an: »Verschwindet endlich und versucht nicht ständig, mir Angst zu machen, Ihr unverschämter Kerl! Sagt mir, wer Euer Herr ist, damit ich mich bei ihm über Euch beschweren kann!«

Unmerklich kam er ein wenig näher.

»Mein Herr ist der mächtigste von allen«, sagte er. »Er kennt alle Geheimnisse Gottes.«

Verärgert über die Angst, die sie wieder in sich aufsteigen spürte, antwortete Angélique instinktiv und beinahe unwissentlich mit dem einzig möglichen Pfeil.

»Das ist unmöglich! Die Bibliothek von Alexandria ist verbrannt, und alle Geheimnisse Gottes sind mit ihr untergegangen.«

Fast im gleichen Moment bereute sie ihre Worte, die eher einem Scherz als einer durchdachten Antwort glichen, denn er wirkte getroffen, und seine Züge nahmen einen harten, Furcht einflößenden Ausdruck an. Seine Augen funkelten immer noch, aber sie erkannte, dass sie nur in der Dunkelheit so seltsam leuchteten.

»Dann stimmt es also?«, fragte er. »Ihr kennt ... das Geheimnis?«

Unentschlossenheit und ein leises Unwohlsein erfüllten sie. Und mit einem Mal war er verschwunden.

Sie folgte ihm die Stufen hinab. Sie wollte ihn beim Kragen packen, ihn schütteln, ihn zwingen, den Namen seines Herrn preiszugeben, der ihn bezahlte, um ihr oder vielleicht auch ihr und Joffrey zu schaden.

Nun war sie wieder unten auf der Straße und schubste die Umstehenden zur Seite, um ihn einzuholen. Der Mann war nicht sehr groß.

Abermals erklangen von oben herab die Rufe.

»Madame de Peyrac! Was macht Ihr denn da? Die Prozession kommt gleich. Seht zu, dass Ihr da unten fortkommt ...! Kommt schnell herauf!

Erneut machte sich Angélique an den Aufstieg. Im zweiten Stock angekommen, zogen M. de Saint-Thierry und M. de Cavois sie voller Ungeduld mit sich, da sie nicht die besten Plätze auf dem Balkon verlieren wollten.

Sie genoss das Gefühl, gegen ihre bestickten Gewänder gedrückt zu werden, während von hinten die übrigen Anwesenden, selbst Lakaien und Mägde, nachdrängten und sich in ihrer kindlichen Freude, die Maurenkönige und die anderen Riesen auf den dahinter folgenden Wagen zu sehen, auf den Rücken der Vorstehenden abstützten.

Die herzliche Enge in dieser menschlichen Traube war ihr hundertmal lieber als die eisige Kälte, die sie zuvor verspürt hatte.

»Das ist doch ein Franzose, nicht wahr? Dieser Mann da unten! Er steht gleich neben dem Soldaten mit der Hellebarde, der die Menge zurückhält. Da! Da …!«

Sie schüttelte den Arm des Abbé de Montreuil und deutete auf den Mann, den sie unten auf der Straße entdeckt hatte.

Sie musste schreien, um den immer lauter anschwellenden Lärm von Kuhglocken zu übertönen, der in abgehacktem Rhythmus näher kam.

Ihr zuliebe blickte der Abbé schließlich in die Richtung, die sie ihm wies.

»Ach«, sagte er, »das ist Flégétanis. Was macht der denn hier?«

»Wie heißt er, sagt Ihr? Wer ist das? Wer ist sein Herr?«

»Ich habe keine Ahnung. Er ist Finanzschreiber. Er macht Abrechnungen.«

»In San Sebastián?«

»Aber nein! Er kümmert sich um die Ausgaben des Hofes in Saint-Jean-de-Luz.«

»Dann ist er also Franzose?«

Weiß gekleidete Männer mit Schellen an den Füßen kamen um die Straßenecke.

»Warum ist er hier? Warum ist er hier?« Angélique ließ nicht locker.

Aber der Abbé de Montreuil achtete nicht mehr auf ihre Fragen. Die Ankunft des lang ersehnten Umzugs erforderte seine ganze Aufmerksamkeit.

»Die Espata ...! Der Tanz der Basken. Seht nur.«

Über hundert Männer strömten zum Schwerttanz in die Straße. Jeder hielt in der linken Hand die Spitze des Schwerts seines Nachbarn, und bei jedem ihrer Sprünge blitzte der Stahl auf.

Der rhythmische Lärm der Glöckchen war ohrenbetäubend.

Angélique schaute zurück. Der Mann war verschwunden, als wäre er von der weißen, funkelnden, wogenden Flut verschluckt worden.

»Wer ist das? Wer ist das? Was macht er hier?«, wiederholte sie entnervt.

»Er ist wegen der mystischen Atmosphäre von Fronleichnam gekommen«, erklärte Saint-Thierry, der auf der anderen Seite neben ihr stand, als er sah, dass sie immer noch nach Flégétanis Ausschau hielt. »Dieser affektierte Halunke bildet sich etwas auf sein esoterisches Gehabe ein.«

Angélique wollte sich gerade zu ihrem hilfsbereiten Nachbarn umwenden, aber zwei, drei Leute kletterten von hinten schamlos auf die Rücken der vorn Stehenden, um »besser sehen zu können«, sodass sie gegen den Abbé de Montreuil gedrückt wurde.

»Seht«, sagte dieser, »da kommen die kleinen Jungen!«

Den Schwerttänzern folgten etwa fünfzig Kinder mit durchbrochenen Masken aus Papier oder Pergament, und der leichte, knisternde Rhythmus ihrer Tamburine löste das stampfende Klingeln der Schellen ab.

Ein ferner Tumult, der sich, als er näher kam, als das begeisterte Geschrei der Menge erwies, verhieß die Ankunft der Riesen.

»Die Maurenkönige! Die Maurenkönige ...!«

Plötzlich schwebte unmittelbar vor Angélique ein riesiges, fassgroßes schwarzes Gesicht vorbei. Es trug einen weißen Turban und lachte so breit, dass alle Zähne sichtbar wurden. Seine Augen mit den sich drehenden Pupillen sahen aus wie Fenster.

Angélique vergaß alle Aufregungen, denn dieser Anblick verlangte Aufmerksamkeit und Bewunderung. Sieben Riesen zogen durch die Straße. Drei Maurenkönige, denen jeweils ihre Frau folgte, und zum Abschluss ein heiliger Christophorus mit dem Jesuskind auf dem Arm. Sie alle reichten bis an die Dächer der Häuser. Den Abschluss bildeten ein Drache und eine Seeschlange in gleicher Größe.

Anschließend – und da erst wurde den Fremden bewusst, dass es sich nicht um Karnevalstreiben, sondern um einen religiösen Umzug handelte – folgte die Prozession.

Die tiefe Stille, die sich auf die Menge herabsenkte, und die leisen Gesänge, die aus dem Nichts zu kommen schienen, bereiteten die Ankunft des Allerheiligsten Sakraments vor und begleiteten das Voranschreiten des erstaunlichsten Mysteriums, der leibhaftigen Gegenwart Christi. In den von Menschen wimmelnden Straßen sanken mit einem Mal die unzähligen, dicht an dicht stehenden Zuschauer in einer Wellenbewegung auf die Knie. Gott näherte sich ...

Endlich kam der Bischof mit der funkelnden Monstranz in Sicht. Vier Edelleute trugen seinen Baldachin. Dahinter folgte der König von Spanien, allein, in tiefer Andacht versunken. Und, wie ein Zeuge bemerkte, man hätte nicht entscheiden können, wer ernster einherschritt: der Bischof, der Unseren Herrn durch die Straßen trug, oder Philipp IV.

Die Menschen am Fenster des zweiten Stocks im Haus von Doña Philippa waren von diesem Anblick beeindruckt, und als die singenden Geistlichen und Laiengemeinschaften vorübergezogen war und die Straße erneut von städtischem Treiben überflutet wurde, gestanden sie einander, dass das, was sie von der gesamten Prozession am meisten berührt hatte, Seine Allerkatholischste Majestät gewesen sei.

Die Franzosen leisteten Abbitte.

»Die Leute, die behaupten, er besitze nicht mehr Erhabenheit als die, die er sich mit seiner Langsamkeit, seinem gemessenen Schritt und seinem reglosen Blick selbst gibt, haben unrecht. Und obwohl sein Gesicht inzwischen mager ist und ein wenig kränklich wirkt, sieht man doch, dass er in seiner Jugend ein sehr stattlicher Mann gewesen ist. Er gleicht eher einem Flamen als einem Spanier, aber sein Vater, der König, war ja schließlich auch ein Enkel Karls V., der in Gent geboren wurde.«

Ein wenig benommen von all den Erlebnissen, die in der vergangenen Stunde auf sie eingestürmt waren, lehnte Angélique immer noch am Fenster.

Als die riesige goldene Monstranz mit der kleinen, reinen weißen Hostie in der Mitte – wie erleuchtet vom inbrünstigen Glauben und der Verehrung der knienden Menge im Sonnenlicht funkelnd – an ihnen vorbeigezogen war, hatte sich ihr unwillkürlich ein Flehen entrungen: »Allmächtiger Gott, hilf mir!«

Und während sie noch mit schmerzendem Rücken dem Klang ihrer Worte nachlauschte, entdeckte sie plötzlich unten auf der Straße den federgeschmückten Turban von Kouassi-Ba, der über den wogenden Köpfen dahinschwebte. Sie rief seinen Namen. Er war es tatsächlich, und er führte zwei Pferde am Zügel. Sein Anblick machte sie glücklicher als der aller Maurenkönige zusammen.

Hastig warf sie ein paar Abschiedsworte in die Runde, doch ihre Gefährten beachteten ihre Sprunghaftigkeit schon gar nicht mehr. Dann rannte sie hinaus ins Treppenhaus.

Im Vorraum stand mit einem Mal ein riesiger Tisch mit weißem Tischtuch, goldenem Geschirr und blitzenden Kristallgläsern. Ein fröhlicher Mann, in dem sie den Herrn des Hauses vermutete, sprach sie auf Französisch an.

»Lauft nicht weg, schöne Dame! Wir bereiten Euch gerade

ein Essen nach Burgunder Art. Warme Speisen, alle sitzen mit ihrem Glas am Tisch, und zwar so lange, bis alle fertig sind. Und jeder hat sein eigenes Salzfässchen, wie es in Spanien üblich ist…«

Aber nichts hätte sie aufhalten können. Sie hätte jeden zu Boden geworfen, der sich ihr auf dem Weg zum Ausgang und hinaus auf die Straße in den Weg gestellt hätte.

Draußen angekommen, bahnte sie sich mit den Ellbogen einen Weg durch die Menge, bis sie endlich Kouassi-Ba erreichte. Sie traute ihren Augen kaum.

Die beiden Pferde, die er am Zügel hielt, rissen ungeduldig den Kopf hoch. Sie waren tiefschwarz mit feurigen Augen und einer überraschend lockigen Mähne.

Kouassi-Ba erklärte ihr, dass M. de Peyrac auf der anderen Seite des Bidassoa auf sie warte. In Hendaye? Nein.

»Dort, wo die Könige sich umarmen werden.«

Er erwartete sie also bei der Fasaneninsel.

Kouassi-Ba und die übrigen Dienstboten wussten bereits bestens über die Zeremonien Bescheid, die im Pavillon auf der Insel stattfinden sollten. Ihrer Vorbereitung waren alle Aktivitäten gewidmet, und die Rolle jedes Einzelnen wurde im Voraus genauestens festgelegt. Alle Beteiligten mussten einander kennen und wissen, welche Funktion die anderen ausübten. Alles stand unter strengster Aufsicht, und jeder, bis hin zum letzten Diener, war sich dessen bewusst.

Nachdem sie aufgesessen waren, schlugen die beiden Pferde ein paar Mal aus, genau wie in der Schlacht, wenn sie auf diese Weise freien Raum um ihren Reiter schufen, damit dieser genügend Platz für das todbringende Kreisen der Säbel oder Schwerter hatte.

Mitten in der Stadt galoppierten sie einfach los, und die Passanten sprangen hastig zur Seite. Angélique hatte das Gefühl, ihr Pferd besäße Flügel.

Nach und nach senkte sich die Dunkelheit auf sie herab.

Und das Land, durch das sie ritten, war düster wie jene weiten, undeutlichen Landschaften, die man in Albträumen durchquert. Angélique fühlte sich fremd und wünschte sich inständig auf die andere Seite der Grenze, in die vertraute Gesellschaft der Franzosen mit ihren tröstlichen, belanglosen Plaudereien.

Pfeilschnell durchquerten sie ein hell erleuchtetes kleines Städtchen, in dem noch gesungen und getanzt wurde. Vielleicht Irún …?

Die Pferde, die die Kühle der nahen Flussmündung spürten, verdoppelten ihre Geschwindigkeit.

Angélique fragte sich, ob sie den spanischen Aposentador um die Erlaubnis würden bitten müssen, die aus Booten gebildete Brücke zu benutzen, welche vom Ufer zum Palast führte, um so auf die französische Seite zu gelangen.

Aber kurz darauf, als sie in der Ferne bereits die Lichter des Brückenzugangs erkennen konnte, lenkte Kouassi-Ba sein Pferd ans Wasser.

Ein von ein paar Frauen gesteuerter Brückenkahn tauchte aus dem Dunkel über dem Fluss auf. Ausgelassen begrüßten die Frauen Kouassi-Ba, und dieser antwortete ihnen im gleichen Ton.

Nachdem Angélique ans andere Ufer gebracht worden war, erkannte sie Joffreys unverkennbare Gestalt, die sich ihr näherte.

Sie rannte los und flog auf ihn zu, ohne auf die Tücken der Dunkelheit zu achten.

Die Freude eines Kindes, das seine Mutter wiederfand, nachdem es sie in einer Menschenmenge verloren hatte, konnte nicht größer sein als die, die sie erfüllte, als sie sich in seine Arme warf und spürte, wie sie sich fest um sie schlossen.

»Wo wart Ihr denn? Wie konntet Ihr einfach so nach Spanien übersetzen, ohne mir Bescheid zu sagen?«

In seiner Stimme lag ein herrischer Ton, den er ihr gegenüber noch nie benutzt hatte ... Oder hatte sie es bloß vergessen?

»Ihr seid ja eifersüchtig«, rief sie. »Oh, wie herrlich!«

Sie jubilierte innerlich vor Glück, vor Erleichterung, vor Zärtlichkeit. Er war ihre Zuflucht, ihre Stärke, und er hatte sich Sorgen um sie gemacht.

»Meine Liebste«, entgegnete er, »wisst Ihr denn nicht, dass Ihr mein Leben seid? Ihr dürft nicht einfach so verschwinden!«

»Was redet Ihr denn da? Ihr wusstet doch genau, wo ich war und mit wem. Sonst wäre Kouassi-Ba doch nicht geradewegs zum Haus von Doña Marala gekommen, wo der Abbé de Montreuil Fenster reserviert hatte.«

Sie sah seine weißen Zähne aufblitzen, als er lächelte. Es war so schön, wieder in den Schutz seiner Arme und seiner Liebe zurückgekehrt zu sein.

»Kommt mit in mein Lager«, sagte er. »Dort können wir etwas essen.«

Er führte sie ans Ende des Strands, wo sich in einem finsteren Durcheinander das vom schwachen Schein vereinzelter Laternen und dem etwas helleren Licht einiger Feuer unter den Kesseln beleuchtete Lager der Marketender und Händler abzeichnete. Mit der Zeit war es zu einer kleinen Stadt aus Zelten und Karren angewachsen, der Hüterin bunt zusammengewürfelter Schätze, die die Händler über Wege und Straßen hergeschafft hatten. In der Nacht war das Leben dort womöglich noch intensiver, wenn die verbotenen Leidenschaften erwachten und man die Würfel auf dem Boden von Weinfässern oder umgedrehten Trommeln rollen hörte. Wenn die fremden, umherziehenden Sippen ihr Überleben sicherten, indem sie ihre Geschäfte für den nächsten Tag vorbereiteten und nach den traditionellen Rezepten ihrer Heimat ihr Nachtmahl zubereiteten, was ihnen auch unter fremden Himmeln stets ihre gute Gesundheit bewahrte.

Daher war das Lager sogar zu dieser späten Stunde vom Summen eines geschäftigen Treibens erfüllt, und in der Luft hing der Duft der unterschiedlichsten Gewürze, Backwaren und Schmortöpfe, der sogar den Geruch des offenen Landes überlagerte, das gleich hinter dem Zeltdorf begann.

Ein wenig abseits brannte ein fröhliches Feuer, neben dem sich einige Schatten mit Schöpfkellen zu schaffen machten und Teller und Kessel herantrugen. Angélique erkannte Alfonso und zwei seiner Gehilfen, die gerade drei Garden aus dem Regiment der Hundertschweizer in Empfang nahmen, von denen einige auf französischer Seite zur Bewachung des Konferenzpalasts abkommandiert waren.

Mit wallonischer Krause und Federhut brachten sie ein noch am Spieß steckendes gebratenes Spanferkel und Schüsseln mit Soßen und Gemüse.

Das Spanferkel war zart und knusprig.

Angélique genoss die Rückkehr in die schlichte Herzlichkeit auf französischem Boden.

Joffrey saß neben ihr, und wie durch Zauberhand verscheuchte seine Aufmerksamkeit ihre Angst. Er sagte ihr noch einmal, wie sehr ihn ihr Verschwinden plötzlich beunruhigt hatte.

Aber Angélique schüttelte den Kopf und weigerte sich, ein schlechtes Gewissen zu haben.

»Nein! Nein! Ihr wusstet ganz genau, welchen Ausflug wir unternehmen würden. Der Abbé de Montreuil hat überall davon erzählt. War es nicht eher der Gedanke daran, von welchen Herren ich begleitet wurde, der Euch solche Sorgen bereitet hat?«

Endlich hatten sie wieder Zeit für solches Geplänkel.

Hier am Flussufer schenkte ihnen die Nacht ein paar abgeschiedene Stunden, in denen sie ihre vertraute Intimität wiederfinden konnten.

Angélique schöpfte neue Kraft. Die unangenehmen Erinnerungen an ihren Ausflug auf fremdes Gebiet verflogen.

Sie gab zu, dass sie sich beinahe gegen ihren Willen hatte mitreißen lassen. Das Fronleichnamsfest erzeugte eine ansteckende Erregung. Vor diesem Hintergrund verblasste die Begegnung mit dem Mann mit den leuchtenden Augen. Würde sie es wagen, Joffrey davon zu erzählen? Plötzlich fiel ihr ein, dass sie an diesem und vielleicht auch am vergangenen Tag vergessen hatte, die kleine Giftpastille einzunehmen, die Joffrey für sie herstellte. Sie suchte danach und fand sie in dem kleinen Beutel an ihrem Gürtel. Joffrey reichte ihr einen Becher mit frischem Wasser.

Die Pferde waren zum Striegeln zu einem Unterstand gebracht worden, wo auch ein Vorrat an Heu und Gerste gelagert wurde. Hier besorgten die Knechte der Adligen das Futter für die Pferde ihrer Herrschaften.

Drei Schatten kamen auf sie zu.

Als Angélique den weiblichen Umriss bemerkte, hätte sie ein weiteres Mal befürchten können, Carmencita de Mérecourt wiederzusehen. Doch in der Aufregung der vergangenen Wochen hatte sie sie beinahe wieder vergessen. Der Mann stellte ihnen die schöne Spanierin als Doña Francesca de Bobadila vor, ehe er seinen eigenen Namen nannte: Robert Boyle. Als Joffrey de Peyrac ihn im Licht der Flammen erkannte, stand er auf, begrüßte ihn auf Englisch und bat ihn, zusammen mit der wunderschönen Doña Francesca, vor der er sich mehrmals galant verneigte, bei ihnen Platz zu nehmen.

Der Dritte in ihrem Bunde war ein junger Geistlicher, der das Paar begleitete und sich beeilte, Kissen und Kutschbänke zu holen, auf die sie sich am Feuer niederlassen konnten.

Den Worten ihres Mannes und des Engländers entnahm Angélique, dass sie sich im Laufe dieses oder des gestrigen Tages bereits begegnet waren, und sie beherrschte die Sprache gut genug, um zu verstehen, dass dies beim König von Spanien geschehen war.

Der Mann blieb stehen, und es schien, als zögerte er mit französisch anmutender Höflichkeit, sich zu Angélique zu setzen, die er, wie er sagte, zum ersten Mal sah, und angesichts deren Schönheit und Liebreiz er ihr intimes Mahl nicht stören wolle.

Angélique war angenehm überrascht von seiner Zurückhaltung, und nachdem der sehr viel überschwänglichere Joffrey de Peyrac ihn als einen der größten Gelehrten des Universums vorgestellt hatte, bat sie ihn nachdrücklich, ihnen doch die Freude und Ehre ihrer Gesellschaft zu gewähren. Da ließ er sich endlich nieder, lehnte jedoch das angebotene Spanferkel ab und wählte stattdessen einen Teller Gambas mit schwarzer Soße.

Doña Francesca nahm weder Fleisch noch Gambas, sondern bat lediglich um ein Glas Hippokras, jenes berühmte Getränk aus warmem Wein, der mit Zuckerrohrsaft von den Westindischen Inseln gesüßt und mit verschiedenen Ingredienzien, darunter Pfeffer, Ingwer und Zimt, gewürzt wurde. Man brachte ihr einen dampfenden Becher, und sie beeilte sich, ihn auf eine angenehmere Temperatur herunterzukühlen, indem sie ihn mit »Schnee« umgab.

Wie durch Zauberhand gelangten aus dem Lager der Marketender alle nur denkbaren Annehmlichkeiten zu ihnen. Jemand erklärte, die schwarze Soße, die zu den Gambas gereicht wurde und ganz leicht nach Meer schmeckte, werde aus der Tinte zubereitet, mit der sich Tintenfische tarnten.

Der junge Priester war recht teuer gekleidet und trug einige Spitzen an seinem schwarzen Anzug. Dass er dem geistlichen Stand angehörte, erkannte man am Fehlen einer Perücke. Seine Aufgaben schienen sich darauf zu beschränken, Doña Francesca nicht aus den Augen zu lassen und jeden ihrer Wünsche zu erfüllen. So blieb sein Gesicht die ganze Zeit über ihr zugewandt und fixierte sie in regloser Bewunderung. Irgendwann stand er auf, verschwand in der Dunkelheit und kehrte mit neuem »Schnee« zurück, eine Gefälligkeit, für die ihm zum

Dank ein strahlendes Lächeln der Göttin geschenkt wurde, deren Kult sein Leben erfüllte.

Der Engländer hatte ein Fässchen besten Weins namens Pedro Ximenez mitgebracht.

Der König, sagte er, habe ihm mehrere Fässchen davon liefern lassen, weil er wusste, dass seine Landsleute ihn sehr schätzten.

Dann habe der spanische König also seine übliche starre Haltung Engländern gegenüber ein wenig gemildert, bemerkte Angélique. Doch Robert Boyle berichtigte sie. Der König von Spanien wusste genau, dass der Mann, den er zu empfangen geruht hatte, Ire und somit katholisch war. Einen Anhänger der reformierten Religion nach Spanien zu schicken konnte als Kriegsgrund gewertet werden.

Der Ire erklärte, was ihn bei seinem kurzen Ausflug nach San Sebastián am meisten überrascht habe, sei die Vielfalt der Franzosen gewesen, die er auf spanischem – oder besser gesagt, auf baskischem – Boden habe flanieren sehen. Ihr Anblick hatte ihn sowohl mit Erstaunen als auch mit Bewunderung erfüllt, denn die Franzosen schienen nicht im Mindesten zu ahnen, dass jeder Einzelne von ihnen den Verdacht der Inquisition auf sich ziehen könnte. Joffrey de Peyrac erklärte, dass in Frankreich die Religionskriege gewissermaßen als Gegengift gegen die Ketzerei gedient hätten. Seit der zum Katholizismus übergetretene König Heinrich IV. das Edikt von Nantes erlassen hatte, bemühten sich Katholiken und Protestanten, in Frieden miteinander zu leben, was ihnen auch mehr oder minder gelang, sodass vielen überhaupt nicht mehr bewusst war, welche Gefahren ihr unterschiedlicher Glaube mit sich brachte.

»Dann gibt es in Spanien gar keine Protestanten?«, fragte Angélique verwundert.

Nein. In Spanien hatten die Scheiterhaufen der Inquisition innerhalb kürzester Zeit jeden noch so kleinen Zweig des reformatorischen Stammes ausgemerzt, sowohl die Anhänger des Deutschen Luther als auch die des Franzosen Calvin, des Schweizers Zwingli oder des Schotten Knox.

Angélique versuchte, sich ihr heimatliches Poitou ohne die protestantischen Dörfer mit ihren schroffen Bewohnern vorzustellen, die ihre Toten des Nachts begruben, aber den gleichen Dialekt sprachen wie die katholischen Bauern. Und was wäre aus der Familie des Barons de Sancé de Monteloup geworden ohne einen hugenottischen Verwalter wie Molines, der sich ihrer Unfähigkeit erbarmt hatte, von eigener Arbeit zu leben, was unvermeidlich gewesen war, um ihre Ländereien zu retten, obwohl es ihnen ihre adligen Traditionen verboten?

Wie alle Gelehrten, die Formeln anführen und mit Hilfe von Zahlen und Multiplikationen gewisse Gegebenheiten ausdrücken und definieren mussten, waren die beiden Männer unbewusst ins Lateinische gewechselt, das seit ihrer Kindheit ihre Unterrichtssprache gewesen war und als universelle Sprache immer noch über allen Idiomen der Welt schwebte.

Angélique folgte ihrer Unterhaltung ohne Mühe.

Dank eines scharfen Gehörs und ihres guten Gedächtnisses war ihr das Erlernen fremder Sprachen schon immer leichtgefallen. Allmählich verstand sie sogar ein wenig Baskisch. Dabei hatte sie sich nie zu dieser besonderen Begabung beglückwünscht, weil sie glaubte, es gehe allen Menschen so.

Ein wohliger Schauer durchlief sie. Sie fühlte sich in den Palast der Fröhlichen Wissenschaft zurückversetzt, wo sie sich im Laufe der Zeit durch die verschiedensten Besucher an immer neuen Entdeckungen und magischen Reisen berauscht hatte.

Als Joffrey sah, wie sie fröstelte, nahm er seinen Umhang ab und legte ihn ihr um die Schultern.

Tatsächlich wurde es kühler und etwas neblig. Und auch wenn sie den Grund für die Reaktionen des anderen gelegentlich missverstanden, brachte ihre gegenseitige liebevolle Aufmerksamkeit sie einander immer noch näher.

An seine Schulter gelehnt, naschte Angélique ein paar Erdbeeren, lauschte der Unterhaltung und ließ vor ihrem geistigen Auge noch einmal verschiedene Ereignisse des Tages vorüberziehen.

Würde sie Joffrey von dem Mann mit den leuchtenden Augen erzählen? Je mehr Zeit verging, desto intensiver umhüllte sie die anheimelnde Nacht, und desto mehr fürchtete sie, Wahnvorstellungen erlegen zu sein. Den gleichen Visionen, über die die Helden der mittelalterlichen Bücher klagten oder die Figuren Dantes, die in Höllengegenden umherirrten, wo jeder Fluss, an den sie gelangen, ihren Wahn noch steigerte und sie die Herrschaft über ihren Geist verlieren ließ. Hatte der Bidassoa bei ihrem heutigen Ausflug für sie etwa die Rolle des Styx gespielt?

Während sie aufmerksam der in mehreren Sprachen geführten Unterhaltung lauschte, erfuhr sie, dass die beiden Männer zu unterschiedlichen Zeiten, an diesem Morgen oder vielleicht auch schon gestern, den spanischen König getroffen hatten, dass Sir Robert Boyle an der Erforschung geheimnisvoller unsichtbarer und »in ihren Grenzen gefangener« Stoffe arbeitete, die man »Gas« nannte, und dass die Notwendigkeit, wissenschaftliche Erkenntnisse vor der Barbarei der Inquisition zu schützen, zur Bildung geheimer Zirkel in den Akademien aller Länder führte, deren Mitglieder einander an verborgenen Zeichen erkannten …

Im flackernden Schein des kleinen Feuers am Strand flogen die Worte hin und her.

Schläfrig, aber vor allem fasziniert, ließ Angélique den Blick auf den drei Neuankömmlingen ruhen.

Die wunderschöne Frau sagte kein Wort und gab auch durch ihr Mienenspiel nicht zu erkennen, ob sie dem Gespräch folgte.

Entweder verstand sie gar nichts, oder sie verstand alles. Der Geistliche hingegen gehörte mehr als alle anderen Männer, denen sie bisher begegnet war, zu jener untergegangenen Welt der musizierenden Pagen, der umherziehenden Ritter und der geistreichen Dichter, die nur für ihre glühende Liebe lebten, auch auf die Gefahr hin, eines Tages zugrunde zu gehen, weil sie ihrer Erwählten niemals nahegekommen oder aber von ihr zurückgewiesen worden waren.

Im Stillen stellte Angélique Mutmaßungen über den Engländer und die schöne Spanierin an. Waren sie lediglich zufällige Gefährten, die einander an diesem Tag begegnet waren? Oder verband sie die Erinnerung an eine frühere Beziehung?

War sie seine Muse, wenn er, fernab des Londoner Nebels, den Kontinent besuchte? Gab es zwischen diesen beiden auf den ersten Blick so unterschiedlichen Menschen ein ähnliches Band wie das, welches sich nach und nach zwischen ihr und Joffrey de Peyrac geknüpft hatte?

Und warum? Weil sie einander insgeheim ähnlich waren? Weil sie einander verstanden? Weil sie einander begehrten? Weil sie einander nicht vergessen und nicht mehr ohne den anderen leben konnten? Weil sie einfach nicht mehr voneinander loskamen?

Angélique lächelte versonnen, während die Diskussion der beiden Männer lebhafter wurde, als sie einander ihre jeweiligen Entdeckungen schilderten.

Wie üblich plauderte Joffrey mit einer Mischung aus Ironie und Präzision, als hätte er mehrere Leben gelebt, um dieses ganze Wissen in allen Winkeln der Erde aufzunehmen.

Unmerklich schritt die Nacht voran.

Allmählich wurde der Schein der Feuer und Lampen schwächer, hier und da wurden sie abgedeckt, um den kurzen, erholsamen Schlaf nicht zu stören. Es war immer noch stockfinster.

Robert Boyle stand auf und erklärte, dass er an diesem Tag

eine Audienz bei der Königin von England in Saint-Jean-de-Luz habe.

Die drei Besucher verschwanden in der Dunkelheit, und Angélique würde sich an diese Begegnung noch lange mit dem Gefühl erinnern, dass das Leben im Grunde freundlich und schön war. Diese drei Menschen hatten ihr in ihrer Fremdheit enthüllt, dass es vielleicht immer noch Orte gab, an denen sich unterschiedliche Charaktere entfalten, der perversen Verfolgung durch die gewöhnliche Welt entgehen und ihr mit Wissen und Plänen beladenes Boot friedlich und sicher zwischen allen Klippen hindurchsteuern konnten …

Die andere Begegnung dieses Tages, die sie so erschüttert hatte, erschien ihr inzwischen unbedeutend und lächerlich, eine Folge der mystischen Hysterie der Prozession. Verrückte gab es schließlich überall …!

Auch Joffrey schien glücklich darüber zu sein, dass der Zufall ihm diese Unterhaltung mit einem der berühmtesten Gelehrten der Welt beschert hatte.

Sie legte den Kopf an seine Schulter und schloss die Augen.

Als sie sie wieder öffnete, begann sich im Osten hinter den Bergausläufern am spanischen Ufer der Himmel zu röten.

Kapitel 10

28. Mai

»Euer Gemahl hat doch gestern den König von Spanien gesehen … Wie ist es um die Laune Seiner Majestät bestellt?«

Nachdem die Herzogin von Montpensier mit diesen Worten die Unterhaltung eröffnet hatte, gelang es Angélique nicht, ihre Verblüffung zu verbergen. Und unter den gegebenen Umständen war das wahrscheinlich auch die einzig angemessene Reaktion. Mademoiselle schien sich davon zwar nicht täuschen zu lassen, aber Angélique ahnte inzwischen, dass man am Hof nicht zögerte, etwas Falsches zu behaupten, um die Wahrheit herauszufinden.

Sie wich aus.

»Eure Hoheit möge mir verzeihen! Um die Wahrheit zu sagen, ich hatte in den letzten Tagen kaum Gelegenheit, mit meinem Gemahl zu reden, da er von seinem Dienst bei Seiner Majestät ebenfalls recht stark in Anspruch genommen ist …«

»Ihr habt recht, ich belege Euch viel zu oft mit Beschlag, aber Ihr seid nun mal der einzige Mensch, mit dem ich hier gerne plaudere! Ihr verliert in diesem ganzen Durcheinander wenigstens nicht den Kopf. Aber ich weiß nicht, woran ich bin. Was hat Euer Gemahl Euch denn erzählt?«

Angélique entgegnete der Prinzessin, dass Männer in diplomatischen Angelegenheiten üblicherweise verpflichtet seien, Frauen gegenüber, und ihrer eigenen ganz besonders, Diskretion zu wahren.

»Aber wie es scheint, gilt das nicht für Eure Ehe«, beharrte Mademoiselle.

Angélique spürte, dass sie sehnsüchtig auf ein paar tröstliche Worte hoffte, und da das Zustandekommen der königlichen Hochzeit ohnehin unausweichlich schien, würden diese gewiss nicht schaden.

Also konnte sie auch ein wenig Optimismus und Zuversicht verbreiten und ihr sagen, was sie hören wollte.

Genau wie der Aposentador erklärte sie, dass sie nicht zu den Eingeweihten gehöre. Alles, was sie sagen könne – und sie betonte das Wort »könne« –, war, dass es sich allem Anschein und auch der Ansicht ihres Gemahls nach bloß noch um ein bis zwei Tage, wenn nicht sogar um Stunden handelte. Auf eigene Verantwortung fügte sie hinzu, dass alles von der Bereitschaft der Minister abhinge, aus Rücksicht auf den Stolz des spanischen Königs und der Infantin im Friedensvertrag hier und da ein paar kleinere Streichungen vorzunehmen. Alles hing von der Infantin ab …! Denn seit diese die Schrift auf dem Brief gesehen hatte, den sie nicht hatte lesen dürfen, war abzusehen, dass sie nicht so leicht auf die geplante Hochzeit mit diesem galanten Herrscher verzichten würde und zu gegebener Zeit schon den entscheidenden Schritt zu tun wisse.

»Eine Tochter hat alle Macht über das Herz ihres Vaters!«, stimmte ihr Mademoiselle beruhigt zu.

»Den Äußerungen von Madame de Peyrac nach zu urteilen«, vertraute Mlle. de Montpensier anschließend jedem an, der es hören wollte, »kann man ganz sicher davon ausgehen, dass ihrem Gemahl eine Audienz bei Seiner Majestät dem König von Spanien gewährt wurde. Diese Adligen aus dem Süden haben diesseits und jenseits ihrer Berge beste Verbindungen.«

Und in geheimnisvollem Ton wiederholte sie jedes Mal: »Eine Tochter hat alle Macht über das Herz ihres Vaters.«

Was man auf unterschiedliche Weise interpretieren konnte.

Die Optimisten behaupteten, die Infantin – die sie in Wirklichkeit nie gesehen hatten – habe sich dafür verbürgt, ihren Vater zum Einlenken zu bewegen.

Die anderen hingegen vertraten die Ansicht, dass ein solches Abenteuer – das Ende der spanischen Vormachtstellung in Europa und der ganzen Welt – eine Utopie sei, die sich kein vernünftiger Mensch jemals hätte ausdenken sollen.

Aber nun war es zu spät, um noch darüber zu debattieren.

»Vernünftige Menschen« – Kardinal Giulio Mazarini und Don Luis de Haro y Guzmán – trafen sich erneut zu einem Gespräch. Der Kardinal war krank, und diesmal war es keine Ausrede... Aber sie mussten unbedingt aus dieser Sackgasse herauskommen. Also machten sich beide wieder an die Arbeit.

Am 28. Mai hatte sich der Großmeister der königlichen Garderobe von Ludwig XIV. nach San Sebastián begeben, um sich nach dem Befinden Ihrer beiden Majestäten zu erkundigen. Nachdem sie ihn empfangen hatten, unternahmen sie ihren täglichen Ausflug zum Hafen.

Am nächsten Tag strömten so viele Franzosen in den Palast, in dem sie wohnten, dass man sie auffordern musste, zur Seite zu treten, um die Bediensteten durchzulassen. Doch sie rührten sich nicht vom Fleck, denn sie waren fest entschlossen, endlich die Infantin zu sehen.

Und so wurden die Tabletts über ihre Köpfe hinweggetragen, und die französischen Adligen erfreuten sich nicht nur an den köstlichen Düften, sondern auch an den nicht minder verlockenden Ankündigungen: gebratene junge Kaninchen, Täubchen an grünem Salat, Weißwürste auf einem Bett aus Rahmzwieback, Artischocken mit Schweinshaxe...

In den höchsten Kreisen der spanischen Gesellschaft genoss die Kochkunst ein beträchtliches Ansehen, und es war bekannt, dass der Leibkoch von Philipp III., dem Vater des gegenwärtigen Königs und seiner Schwester, Anna von Österreich, ein Mann namens Francisco Martínez Montiño, eine »Abhandlung über die Kunst, ein Bankett anzurichten« geschrieben hatte.

An diesem Tag begaben sich der König und die Infantin, vielleicht wegen des Gedränges, das in der ganzen Stadt herrschte, nicht zum Hafen. Man war erschüttert. Nun war alles verloren, sagten die Pessimisten. Je gewisser man sich der Lage wurde, desto unüberwindbarer erschien sie. Der spanische König würde nicht nachgeben.

Doch plötzlich sprengt ein Reiter in rasendem Galopp hinaus in die Nacht und legt in Rekordzeit die Strecke zwischen Saint-Jean-de-Luz und San Sebastián zurück.

Man weckte den König von Spanien.

Der Reiter war ein Untergebener des Ersten Ministers Don Luis de Haro, den dieser zu seinem Herrn geschickt hatte, um ihn darüber zu unterrichten, dass die Verhandlungen zu einem für alle befriedigenden Abschluss gekommen waren.

Der König beschloss, sich gleich am nächsten Tag mit der Infantin nach Fuenterrabía zu begeben. Oder besser gesagt, noch am gleichen Tag, denn es war bereits zwei Uhr nachts.

Man schrieb den 2. Juni.

Gegen acht Uhr morgens stiegen der spanische König und die Infantin in ihre Karosse und machten sich in bedächtigem Tempo auf den Weg nach Pasajes.

In La Herrera gingen sie an Bord des prächtigen flachen Bootes, mit dem sie schon einmal gefahren waren, und setzten, umringt von Kähnen voller Musikanten und gefolgt von einer Vielzahl anderer Boote, über die Bucht.

Das Konzert der Violinen übertönte das stete Geschrei, das sie auf ihrem Weg begleitete und in dem sich unter den Beifall auch Abschiedsgesänge in der Sprache der Region mischten.

Obwohl die Bewohner dieses Landstrichs, die Basken, sich häufig nur widerwillig den kastilischen Königen beugten, wussten sie doch, dass die spanische Infantin nach Fuenterrabía reiste, um dort zu heiraten, und dass sie durch diese Vermählung zur Königin von Frankreich werden würde.

Und die Infantin, die sie einige Tage mit ihrem Vater, dem erhabenen König von Spanien, an ihren Ufern hatten wandeln sehen, in einem vergoldeten Boot über die Wellen fliegend, um die Galeonen aus Amerika zu besuchen, und das Geschick der baskischen Fischer bewundernd, mit dem diese ihre Netze auslegten oder ihre Tänze aufführten, diese spanische Infantin würde die unsichtbare Grenze überschreiten, die die Wasser des Bidassoa teilte, und für immer am Horizont des französischen Königreichs entschwinden. Niemals würden sie sie wiedersehen.

Abschiedsrufe wurden laut.

Ihre Majestäten erreichten Fuenterrabía gegen sechs Uhr abends.

Die Stadt empfing sie mit zahlreichen Salutschüssen, während das Garderegiment mit Musketenfeuer darauf antwortete und den König grüßte, indem es seine Standarten senkte.

Es herrschte ein unvorstellbares Gedränge.

Zahllose Franzosen waren hastig vom anderen Ufer herübergekommen, sobald bekannt geworden war, dass die Verhandlungen zu einem Erfolg geführt hatten. Entfesselter denn je wanden sich die Tänzer in ihren ekstatischen schlangengleichen, akrobatischen Figuren.

Die Provinz Guipúzcoa hatte dem König den gleichen Dienst angeboten wie schon 1615, als man die Prinzessinnen ausgetauscht hatte, nämlich zehntausend Mann entlang der Grenze aufzustellen. Aber Philipp hatte das Angebot abgelehnt und aus Katalonien sechshundert Reiter und sein ebenfalls sechshundert Mann starkes Garderegiment kommen lassen. Sie standen unter dem Befehl des Obristleutnants Pedro Nuño Colón de Portugal, des Herzogs von Veragua, Admiral und »Adelantado« von Westindien, eines direkten Nachfahren von Christoph Kolumbus. Ihre Uniformen bestanden aus einem gelben Reitrock mit zweifarbig kariertem samtenem Fransenbesatz. Auf Brust und Rücken war das Wappen des Königs aufgestickt, und auf ihren Schultern das Burgunderkreuz. Bewaffnet waren sie mit Piken und Musketen.

Jetzt wollte der spanische König keine Zeit mehr verlieren.

Gleich nach seiner Ankunft entschied er mitten im Trubel aus Tänzen und Musketensalven, dass die Zeremonie, bei der Maria Theresia auf ihr Erbe und alle Ansprüche auf die spanische Krone verzichten würde, noch am gleichen Abend stattfinden solle.

Um acht Uhr trafen die Zeugen ein: der Patriarch von Westindien Alonzo Pérez de Guzmán und der Staatssekretär Fernando de Fonseca Ruiz de Contreras, Marqués de la Lapilla. Letzterer erhielt den Auftrag, die beiden Schriftstücke zu verlesen, und der Patriarch würde den feierlichen Schwur der Infantin entgegennehmen.

Die Hochzeit durch Prokuration sollte am nächsten Tag, dem 3. Juni, in der Kirche von Fuenterrabía gefeiert werden.

3. Juni

Nach Bekanntwerden dieser überraschenden Entscheidung verbrachten Königin Anna von Österreich und ihre beiden Söhne einen Großteil der Nacht damit, die herrlichsten Geschenke zusammenzustellen, die sie auftreiben konnten, um sie der künftigen Königin von Frankreich zu senden.

Von ihrem Balkon aus bat Mademoiselle Angélique, sie zu begleiten, und verriet ihr, was sie über diese hektische Nacht erfahren hatte, zu der sie, zum Schaden aller, wie sie betonte, nicht hinzugebeten worden war.

»Ich habe nicht gesehen, was sich in der Schatulle befand. Es war eine recht große Truhe aus Calambac, einem stark duftenden Holz aus Amerika. Und sie haben die schönsten Dinge hineingelegt, die man sich nur vorstellen kann, bis auf die Kronjuwelen, die das Königreich niemals verlassen dürfen und die die Königinnen auch nicht als persönlichen Besitz erhalten … Jedenfalls hätten sie sich gar nicht so zu beeilen brauchen, um sie ihr heute schon bringen zu lassen, denn die Infantin darf ohnehin nichts annehmen, solange sie nicht verheiratet ist … Ich gestehe, dass ich zu gerne wüsste, was die Schatulle enthält.«

Während sie so vor sich hin plauderte, kleideten zwei Frauen sie fertig an und zupften ein recht nüchternes schwarzes Kleid zurecht.

»Ich werde an der Hochzeit in Fuenterrabía teilnehmen«, fuhr die Prinzessin energisch fort. »Gleich nachdem Philippe und ich gestern erfahren haben, dass Ihre spanischen Majestäten eingetroffen sind, haben wir uns vorgenommen, der Zeremonie beizuwohnen, um endlich den König von Spanien und die Infantin zu sehen. Der Kardinal hatte nichts dagegen einzuwenden, aber urplötzlich hat der König seinem Bruder diesen Besuch verboten. Er hat behauptet, in der umgekehrten Situation würde der spanische Thronerbe – und das ist Monsieur im Augenblick für Frankreich – auch nicht hinfahren, da er dazu fremden Boden betreten müsse.

Nicht einmal die spanischen Granden oder auch nur die bedeutendsten Adligen der Region hätten die Mühe auf sich genommen, den französischen Hof in Saint-Jean-de-Luz zu besuchen … Der König hat sogar hinzugefügt, dass es auch seiner Cousine schlecht anstünde, zu gehen.

Aber ich habe darauf bestanden, das könnt Ihr mir glauben.«

Das Ganze hatte sich zu einer heiklen Angelegenheit entwickelt, weshalb sogar die Minister in das Zimmer des kranken Kardinals beordert wurden, der immer noch unter seinem Gichtanfall litt. Monsieur, der eingesehen hatte, dass er schwerlich an der auf spanischem Boden stattfindenden Zeremonie teilnehmen könne, hatte heimlich intrigiert, um dafür zu sorgen, dass dieses Verbot auch auf Mademoiselle ausgeweitet würde.

Doch unvermutet entschied man, ihr die Teilnahme zu erlauben.

Königin Anna hatte erklärt, dass sie endlich Gewissheit über das Äußere ihrer Schwiegertochter haben wolle und in dieser Frage nur dem Urteil von Mademoiselle vertraue. Es sei endlich an der Zeit, dass eine vernünftige Person sie über die wahren Verhältnisse unterrichte, um sie auf die bewegenden, feierlichen Stunden auf der Fasaneninsel vorzubereiten.

Der Kardinal war sich darüber im Klaren, dass er Rücksicht auf die Empfindlichkeit des spanischen Herrschers nehmen musste, und so ließ er Don Luis de Haro wissen, dass die Grande Mademoiselle inkognito zur Hochzeit durch Prokuration kommen werde. Lenet, der Sachwalter des Prinzen von Condé, erhielt den Auftrag, sie zu begleiten, und sie hatte eine Mietkarosse bestellt, damit niemand ihr Wappen erkannte.

Also keine Frisur à la Binet an diesem Tag!

»Ich habe angeordnet, alle Locken herauszubürsten. Mit diesem glatten blonden Haar, das nun wirklich keine besondere Zierde ist, wird mich niemand bemerken.«

In schwarzes Tuch gekleidet, mit einem einfarbigen schwarzen Satinschleier vor dem Gesicht und nur ein paar schlichten Perlen an den Ohren und um den Hals – man hatte ihr versichert, dass Perlen der einzige Schmuck seien, der während der Trauerzeit erlaubt war –, war sie bereit für ihre Mission.

Sie würde keinen Puder auflegen.

Außerdem hatte sie ihre Reise geheim gehalten, um nicht von Leuten behelligt zu werden, die mitfahren wollten. Mademoiselle wünschte nur Angélique und drei ihrer Damen als Begleitung.

Lenet war vorausgeritten, um ihre Überfahrt über den Bidassoa zu organisieren, und als sie in Hendaye ankamen, lagen die Boote schon bereit. Es waren drei »wunderbare« bunt gestrichene, teilweise vergoldete flache Kähne mit Vorhängen aus blauem, mit langen goldenen und silbernen Fransen besetztem Damast. Außerdem waren sie mit allen Möbeln ausgestattet, die man brauchte, um bequem zu sitzen.

Die Fährleute erzählten ihnen, dass sie bereits andere französische Damen nach Fuenterrabía übergesetzt hatten.

»Das war sicher Madame de Motteville mit einigen Hofdamen der Königin. Sie fürchtete wohl, meine Tarnung preiszugeben, denn die Spanier kennen sie bereits. Ich wette, sie ist heute Morgen hinübergefahren, um das Frühstück bei Pimentel einzunehmen ...«

Monatelang hatte sich Don Antonio Pimentel de Prado, der heimliche Abgesandte des spanischen Königs, in Paris herumgetrieben und war beim geringsten Zeichen verstohlen in den Louvre geeilt.

Alle kannten ihn, und alle freuten sich, ihn wiederzusehen, um mit ihm über das qualvolle Jahr des Wartens zu plaudern. Seine Zuneigung zum französischen Hof, oder besser gesagt, die Zuneigung des französischen Hofes zu ihm, stammte aus der Zeit jener Reise nach Lyon, wohin er die gute Nachricht überbracht hatte: »Die Infantin gehört Euch.«

Mme. de Motteville war tatsächlich bei Pimentel. Man sah sie zusammen mit einigen Damen am Fenster seiner Unterkunft und erfuhr später, dass er sie zum Frühstück mit Kakao, einem in Spanien äußerst beliebten Getränk, und Keksen bewirtet hatte.

An der Anlegestelle von Fuenterrabía wartete eine offene

sechsspännige Kutsche. Und obwohl Mademoiselle von ihrer ausgezeichneten »Tarnung« überzeugt war, zweifelte sie nicht daran, dass die Karosse für sie bereitstand. Der König von Spanien war ein galanter Mann. Vor allem aber – und das gefiel Mademoiselle ganz besonders – brachte er seiner königlichen Verwandtschaft den angemessenen Respekt entgegen. Nachdem man ihn über ihr Kommen in Kenntnis gesetzt hatte, hätte er nie geduldet, dass eine Dame vom Rang der Herzogin von Montpensier gezwungen wäre, sich unter das gemeine Volk zu mischen.

Abgesehen von den Höflingen, die den König aus Madrid in den Norden begleitet hatten, hielt sich auch eine Vielzahl nicht ganz so bedeutender Adliger in der Stadt auf, die im letzten Moment einem Ruf über die Berge gefolgt waren und nichts von dem Spektakel verpassen wollten, an das sie vielleicht gar nicht so sehr hatten glauben wollen, weil es allen so unvorstellbar erschien, dass jemals Frieden zwischen Frankreich und Spanien herrschen könnte.

Die am Hang erbaute Stadt Fuenterrabía strahlte auf all ihren Ebenen den Ruhm und die Ehre Spaniens aus. Unter denjenigen, die die Flut der Uniformen, der Reiter und der Musikanten vor die Kirche Santa María spülte, erkannte man den Bischof von Pamplona, den Grafen de Fuensaldaña, den Herzog von Veragua, den Baron de Watteville und Don Antonio Pimentel de Prado.

Der spanische Chronist gab zu, dass ein wenig Gedränge herrschte, »aber das verlieh dem Ereignis lediglich zusätzliche Farbe und Lebendigkeit. Der Graf de Fuensaldaña begeisterte alle durch seine prunkvollen Gewänder, die prächtigen Livreen seiner Lakaien und den herrlichen Anblick seiner großen Familie, die ihn umringte.«

Ebenfalls zugegen waren Don Carlo d'Este, Markgraf von Borgomanero, Ritter des Ordens vom Goldenen Vlies, Generalleutnant und Oberst eines deutschen Regiments, Don Iñigo de Velandia, Ritter und Komtur vom Orden des heiligen Johannes zu Jerusalem, General, Inhaber der Artillerie des Staates Mailand, einer mächtigen und berühmten italienischen Stadt, in der die Kaiser des Heiligen Römischen Reichs deutscher Nation sich immer noch zu Königen der Lombardei krönen ließen, Don Nicolás de Córdoba, Ritter des Santiago-Ordens, Oberst der Infanterie und General der Truppen, Don José de Borja, Ritter des Montesa-Ordens und Hauptmann der Reiterei, Don Diego de Fonseca, Hauptmann der Fußtruppen, Don José de Córdoba, Ritter des Calatrava-Ordens und ebenfalls Hauptmann der Fußtruppen, Don José de Escobedo, Verantwortlicher für die Galeonen, Don Antonio de Robles, Ritter des Santiago-Ordens und Hauptmann der Reiterei, sowie der Major Gabriel de Silva.

Neben dem Baron de Watteville, Seigneur de Breaut, Abbé de Baulme, Bruder Virginio Val aus dem Orden des heiligen Johannes, Generalleutnant und Oberst, sah man den Baron de San Mauricio, Oberst eines deutschen Infanterieregiments, Don Fernando de Luján, Vizconde de Santa Marta, Hauptmann der Garden des Gouverneurs von Mailand, Don Francisco de Salazar, den Sohn des Grafen de Salazar, Hauptmann der Reiterei, Don Juan Antonio de Aburto, Hauptmann der Reiterei, den Marquis de Risbourg, Oberst der wallonischen Fußtruppen, Baron Veek, Oberst der deutschen Fußtruppen, den Grafen von Utrecht, den Marqués de Arpano, Graf Eredi und Don Alfonso Pérez de Los Rios, Oberst der Reiterei. Der Herzog von Veragua erschien in Begleitung von Don Luis de Alarcón, Ritter des Calatrava-Ordens und Hauptmann der Fußtruppen, sowie Don Juan de Watteville, Marquis de Conflans, Graf de Bassolin, Oberst der Reiterei. Außerdem waren zahlreiche weitere hoch angesehene Persönlichkeiten anwesend, darunter die Abgesandten der spanischen Baskenprovinzen Navarra, Biskaya, Guipúzcoa und Álava sowie »zahllose Reiter aus diesen Provinzen und eine ganze Meute Franzosen, die zu dem prächtigen Anblick beitrugen«, notierte der spanische Chronist.

Alle zusammen bildeten eine unbeschreibliche, farbenfrohe Menge. Überall wieherten und tänzelten die Pferde der Abordnungen der Kavallerieoffiziere. Don Carlo d'Este, der Markgraf von Borgomanero, der viel beachtet wurde, weil er als Ritter vom Goldenen Vlies das Abzeichen seines Ordens trug, Don Iñigo de Velandia, Ritter und Komtur vom Orden des heiligen Johannes zu Jerusalem, und Don Pedro d'Aragón, Hauptmann der Burgunder Garde, erinnerten an jene prunkvollen Herzöge von Burgund, die das Königreich Lothars fortgeführt und mit ihrem Glanz und ihrem Ungestüm ganz Europa vom Norden bis in den Süden geprägt hatten, da sie sowohl mit den Habsburgern als auch mit Spanien verbunden waren.

Das Abzeichen des Ordens vom Goldenen Vlies bestand aus einer Halskette, deren Glieder abwechselnd Feuereisen in Form des Buchstabens B für Burgund und von Flammen umringte Feuersteine darstellten. Oder, was einer von ihnen an diesem Tag trug, aus einem breiten roten Band, an dem ein goldenes Widderfell hing.

Auf dem Vorplatz und am Eingang der Kirche drängte und wogte die Menge, ständig in Bewegung gehalten durch diejenigen, die das Gotteshaus betraten, diejenigen, die draußen bleiben wollten, um die Ankunft des Königs und der Infantin zu sehen, und diejenigen, die wieder herauskamen, um die Personen abzuholen, denen sie ihren Platz zuweisen sollten.

Angélique wurde durch das rege Treiben von Mademoiselle getrennt, als diese unvermittelt von zwei stattlichen, sehr ehrerbietigen Hidalgos ins Kircheninnere geführt wurde, die gekommen waren, um die »Verwandte von Monsieur Lenet« zu holen.

Das Warten zog sich in die Länge.

Die unbeschäftigten Priester plauderten mit den Französinnen, und Mme. de Motteville entsetzte sich wieder einmal über die Worte, die man im Schutz eines gnädigen Halbdunkels an sie richtete.

»Perdone. Déjeme pasar«[9], sagte plötzlich eine raue Stimme dicht neben Angélique. Sie sah sich um, und als sie den Blick senkte, entdeckte sie eine seltsame Kreatur. Es war eine Zwergin, ebenso breit wie hoch, mit einem beeindruckend hässlichen Gesicht. Ihre kleine mollige Hand lag auf dem Hals eines großen schwarzen Windhunds. Hinter ihr folgte ein weiterer Zwerg, auch er in bunt verzierten Gewändern und einer Halskrause, aber im Gegensatz zu ihr zeigte sein Gesicht einen verschmitzten Ausdruck, und wenn man ihn ansah, musste man unwillkürlich lachen.

Die Menge teilte sich, um die beiden kleinen Geschöpfe und das Tier durchzulassen.

»Das ist die Zwergin der Infantin und ihr Narr Tomasini«, sagte jemand. »Anscheinend nimmt sie sie mit nach Frankreich.«

»Wozu braucht sie diese Knirpse? In Frankreich wird es genug anderes geben, über das sie lachen kann.«

»Sie behauptet, ihre Zwergin sei die Einzige, die ihre Zimtschokolade so zubereiten kann, wie sie es mag.«

Schließlich kam Lenet persönlich, um Angélique abzuholen. Anna von Österreich hatte Mademoiselle und ihre Begleiterinnen dem Sachwalter des Prinzen von Condé anvertraut, mit dem den Hof beinahe wieder die gleiche Freundschaft verband wie vor den Zeiten der Fronde.

Die Paläste, in denen der König von Spanien und die Infantin residierten, lagen in der Nähe der Kirche, aber da man auf dem Weg dorthin einen Höhenunterschied bewältigen musste, der einem oder zwei Stockwerken entsprach, fuhren sie in einer Kutsche vor.

Die Infantin saß zur Linken ihres Vaters.

Als der König von Spanien aus seiner Kutsche stieg, erhob sich ein bewunderndes Murmeln und breitete sich über die Menge aus wie das sanfte Zittern, das eine zarte Brise über Oberfläche eines Teichs laufen ließ.

Philipp IV. hatte an diesem Tag die Krempe seines Huts mit zwei der schönsten Juwelen aus dem Kronschatz festgesteckt: einem Tafeldiamanten von außergewöhnlicher Größe mit dem Namen »Spiegel Portugals« und einer Perle von einzigartiger Form, Größe und Glanz, die »La Pelegrina« genannt wurde.

»Das bedeutet sicher Pelerine«, wisperte Mademoiselle Angélique ins Ohr.

Bleich wie der Tod schritt der König von Spanien den Mittelgang hinauf, während das Tedeum gesungen wurde.

Die Infantin folgte ihm allein in einem reich bestickten Kleid aus weißem Satin. Aber die breite »guarda infantes« verlieh ihrer Gestalt etwas Bizarres und verunsicherte die Franzosen, die sich immer noch kein klares Urteil über die Frau bilden konnten, die bald ihre Herrscherin werden sollte. Ihre Camarera mayor, die Gräfin de Priego, trug die Schleppe dieses beeindruckenden Gewands.

Der König verneigte sich vor dem Altar mit »unnachahmlichem« Ernst, wie Mademoiselle später sagen würde.

Ihre Allerkatholischsten Majestäten traten auf ein in der Hauptkapelle aufgestelltes Podest, das mit prächtigen türkischen Teppichen bedeckt war. Der König und die Infantin nahmen neben dem Evangeliar Platz, während die Ehrendamen und -fräulein ein wenig abseits stehen blieben.

Auf der anderen Seite saß Don Luis de Haro auf einem mit tiefrotem Samt bezogenen Schemel. Die spanischen Granden nahmen hinter ihm in den Bankreihen Platz.

Nach den üblichen Gebeten, die zum Empfang der Könige gesprochen wurden, las der Bischof von Pamplona die Messe.

Nach einer Weile wurde die Herzogin unruhig und sah sich nach allen Seiten um, was die Aufmerksamkeit der Franzosen weckte, die nicht weit von ihr entfernt saßen.

Die Messe war bereits zur Hälfte vorbei, und in dem abgetrennten Bereich, in dem die Vermählungszeremonie vollzogen wurde, blieb ein Platz immer noch leer. Es war der des Bischofs von Fréjus, des einzigen Franzosen, der offiziell eingeladen war, da er an der Zeremonie beteiligt sein sollte. Er würde die Vollmacht überreichen, die Ludwig XIV. Don Luis de Haro erteilte, ihn bei der Vermählung zu vertreten. In dieser Eigenschaft war der Bischof von Fréjus gleichzeitig auch der Zeuge des abwesenden Bräutigams. Aber niemandem schien sein Fehlen aufzufallen, niemand wirkte besorgt. Die Spanier schienen vollauf zufrieden damit zu sein, unter sich zu bleiben. Schließlich bemerkte der Kommandant de Souvré Mademoiselles Unruhe und sah, dass M. de Fréjus nicht da war. Er machte Pimentel und M. de Lionne darauf aufmerksam.

Dieser schickte seinen Bruder, den Abbé, los, um den französischen Bischof zu holen, denn ohne ihn und vor allem ohne das Dokument, das er überreichen sollte, konnte die königliche Hochzeit nicht stattfinden.

Nach einer Weile erschien schließlich der erzürnte M. de Fréjus ohne Geleit eines Zeremonienmeisters oder sonstigen Begleiters.

Er beschwerte sich, dass er ein Bischof sei und man ihn in feierlicher Prozession mit Kerzen hätte abholen sollen. Als er an Don Luis vorbeikam, schimpfte er mit halblauter Stimme über die »Missachtung«, die man ihm, dem einzigen offiziell anwesenden Franzosen, angedeihen ließ, »indem man es nicht einmal der Mühe werthielt, ihn zu benachrichtigen«.

Da lediglich die für diesen Tag vorgesehene Messe gefeiert wurde, war der Gottesdienst bald zu Ende.

Und es kam der Moment der Vermählungszeremonie.

Der König und die Infantin standen aufrecht, während der Bischof von Pamplona in seinem Pluviale, hinter dem der Patriarch von Westindien, der französische Bischof und das gleiche Gefolge wie zuvor Aufstellung genommen hatte, Don Luis de Haro das Dokument des Allerchristlichsten Königs aushändigte.

Der Notar des Königreichs trat vor und verlas das Schriftstück, das am 10. November 1659 in Toulouse von M. de Loménie-Praslin unterzeichnet worden war und in dem Don Luis de Haro bevollmächtigt wurde, bei der Vermählung als Stellvertreter des Königs von Frankreich zu fungieren. Anschließend verlas er den von Papst Alexander VII. erteilten Dispens, den eine Eheschließung zwischen den beiden Blutsverwandten ermöglichte.«

Danach richtete der Bischof von Pamplona das Wort an die Infantin und fragte sie, ob sie in diese Heirat einwillige, woraufhin sie, der heiligen Ordnung dieses Schrittes entsprechend, mit drei »Ehefragen« antworten musste.

Und so drehte sich die Infantin zu ihrem Vater um, verneigte sich dreimal vor ihm und bat ihn dreimal um die Erlaubnis, zu antworten. Nachdem sie die Erlaubnis erhalten hatte, antwortete sie auf die Frage des Bischofs mit einem »ja«, das man eher ahnte als tatsächlich hörte.

Ein bewegtes Gemurmel erhob sich im Kirchenraum und wollte nicht mehr verstummen, obwohl es sich bei den anwesenden Franzosen und Spaniern um Edelleute handelte, die wussten, wie sie sich in einem Gotteshaus zu verhalten hatten. Doch die Emotionen waren wohl zu stark.

Als der Moment für die Gelöbnisse gekommen war, streckten die Infantin und Don Luis einander den Arm entgegen, ohne sich jedoch zu berühren. Gleichzeitig legte die Infantin die andere Hand in die ihres Vaters und kniete nieder, um sie zu küssen.

Tränen liefen über die elfenbeinernen Wangen des Königs.

Mademoiselle schnäuzte sich lautstark.

Plötzlich wurde allen die große Bedeutung dieses Augenblicks bewusst.

Als Maria Theresia den Mittelgang wieder hinabschritt, ging sie zur Rechten ihres Vaters.

Von nun an war sie selbst eine Herrscherin, genau wie er.

Da Fuenterrabía sich in mehreren Ebenen eine Anhöhe hinaufzog, bildete der Kirchenvorplatz einen ausgezeichneten Beobachtungsposten. Zahlreiche Franzosen versammelten sich dort und versicherten einander überschwänglich ihre Freude.

Angélique entdeckte Joffrey und ging zu ihm. Seit dem vorvergangenen Tag hatte sie ihn nicht mehr gesehen. Er hatte kurz zu Hause vorbeigeschaut, um seine Kleider zu wechseln und sich rasieren zu lassen, während sie mit Mademoiselle unterwegs gewesen war. Sie selbst hatte sich drei, vier Mal hastig umziehen müssen und kaum ein paar Stunden geschlafen, aber der gute Wein, der bei jeder Gelegenheit freigebig ausgeschenkt wurde, hielt sie wach. Sie verbannte jede Sorge um Florimond aus ihren Gedanken. Marguerite kümmerte sich um ihn. Ihr hugenottisches Temperament missbilligte ausschweifende Feierlichkeiten, und obwohl sie alle Sorgfalt darauf verwandte, ihre Herrin mit größtmöglicher Eleganz herauszuputzen, hielt sie die ihr unterstellten Dienstboten in strenger Zucht und Ordnung.

Glücklich glitt Angélique neben ihren Gemahl und tippte ihn mit ihrem Fächer an.

Höflich küsste er ihr die Hand. Es war ein seltsames Gefühl, in der Öffentlichkeit dieses Spiel zu spielen und nicht nur ihre leidenschaftliche Liebe, sondern jede Empfindung bis hin zur schlichtesten und natürlichsten Zuneigung zu verbergen. Doch das gehörte zu den Konventionen der gesellschaftlichen Bühne.

Rings um sie herum plauderte man über Mode. Einige Franzosen machten sich aus Gewohnheit über die Spanier lustig.

Es war offenkundiger denn je, dass die Kleider der Spanier sehr eng an ihrem Körper anlagen, was für Männer durchaus kleidsamer war als ein Übermaß an Spitzen, und dass ihre aus sehr gutem Leder gefertigten Schuhe nicht den geringsten Absatz besaßen. »Sie sonnen sich so sehr im Gefühl ihrer eigenen Größe, dass sie nicht die Notwendigkeit sehen, diese durch ein kleines Holzstück noch zu steigern«, bemerkte Mme. de Motteville.

Um gerecht zu sein, fügte sie hinzu, müsse sie jedoch auch zugeben, dass die Breite und der Umfang der französischen Kleidung, die »canons« an den Strümpfen, die Spitzenmanschetten und die Halsbinden, die, nachdem sie einst nach »Art von Schmetterlingsflügeln« gebunden worden waren, inzwischen eher an Windmühlenflügel gemahnten, allmählich ein lächerliches Ausmaß erreicht hatten, und man dürfe sich nicht wundern, wenn die Spanier darüber spotteten. Trotzdem war diese Art, sich zu kleiden, sehr eindrucksvoll und passte gut zu der Festtagsstimmung, die sich nach und nach ausbreitete.

In diesem Land blieben die jungen, schönen Frauen zu Hause, erklärte jemand. Und den anderen verlieh die »guarda infantes« die nötige Erhabenheit, die ihr Rang erforderte.

In Angéliques Augen war Joffrey der eleganteste und außergewöhnlichste Mann von allen. Weder war er Spanier, noch gehörte er allzu sehr zum französischen Hof, und alle – vor allem die Damen – schauten ihn an, als sei er der fürstliche Abgesandte eines fernen Landes.

Erneut küsste er ihr die Hand, genau wie einigen anderen Damen, dann erklärte er, er habe eben den Mann entdeckt, den er hier treffen wolle, und ging davon.

Die Franzosen beschlossen, dem König von Spanien beim Mittagsmahl zuzusehen.

»Lasst uns in den Saal gehen. Dort wird gerade der Tisch gedeckt. Die spanische Etikette verlangt, dass der König von Spanien allein speist und dabei einem sehr komplizierten Zeremoniell folgt.«

Der Saal war mit Hautelisse-Tapisserien ausgekleidet, auf denen in stumpfen goldbraunen, gelegentlich von Rot und Graublau aufgelockerten Tönen die Geschichte des Königreichs Spanien dargestellt war. Das Gedränge war unbeschreiblich.

Doch plötzlich wurde es still.

Der König von Spanien hatte den Raum betreten. Angélique schaffte es, auf einen kleinen Hocker zu klettern.

»Er sieht aus wie eine Mumie«, flüsterte Péguilin.

Tatsächlich hatte das Gesicht von Philipp IV. die Farbe von Pergament. Erschöpftes, dünnflüssiges Blut verlieh seinen Wangen einen rosigen Hauch. Mit mechanischen Schritten trat er an seinen Tisch. Seine großen, trübsinnigen Augen blinzelten nicht ein einziges Mal. Über seinem vorstehenden Kinn leuchteten rote Lippen, die zusammen mit dem spärlichen kupferblonden Haar sein kränkliches Aussehen noch unterstrichen.

Währenddessen machte er, völlig durchdrungen von seiner beinahe göttlichen Größe, keine einzige Bewegung, die nicht den strikten Anforderungen der Etikette entsprach. Gelähmt von den Fesseln seiner Macht, saß er allein an seinem Tisch und aß, als zelebrierte er einen Gottesdienst, mit einem kleinen Löffel einen Granatapfel.

Immer noch mehr Menschen drängten in den Raum, und mit einem Mal wurden die ersten Reihen nach vorn geschoben. Fast hätten sie den Tisch des Königs umgeworfen.

Die Luft wurde so stickig, dass man kaum noch atmen konnte. Philipp IV. befiel ein Unwohlsein. Man sah, wie er eine Hand an die Brust hob und seine Spitzenkrause vom Hals wegzog, um mehr Luft zu bekommen. Doch fast im gleichen Augenblick verfiel er wieder in seine übliche starre Haltung, ein gewissenhafter Schauspieler bis hin zum Martyrium.

»Kaum zu glauben, dass dieses Gespenst genauso leicht Nachwuchs zeugt wie ein Hahn«, sagte der unverbesserliche Péguilin de Lauzun, als das Mahl beendet war und sie wieder draußen standen. »Seine natürlichen Kinder greinen in den Gängen seines Palastes, und seine zweite Gemahlin bringt ununterbrochen mickrige Schwächlinge zur Welt, die von ihrer Wiege geradewegs in die Faulkammer des Escorial wandern.«

»Das Letzte ist gestorben, während mein Vater in Madrid weilte, um die Hand der Infantin zu erbitten«, ergänzte Louvigny, einer der Söhne des Herzogs von Gramont. »Seitdem ist wieder eines geboren, aber sein Leben hängt am seidenen Faden.«

»Nein«, berichtigte ihn Graf de Saint-Amond, »das stimmt nicht ganz. Der Infant Felipe Próspero ist noch nicht tot. Er ist es, dessen Leben am seidenen Faden hängt. Er ist jetzt vier Jahre alt und überlebt immer noch nur dank der Milch seiner Amme. Die junge Königin Maria Anna von Österreich ist schon wieder schwanger. Das ist einer der Gründe, warum sie den König nicht auf diese Reise begleiten konnte. Alle hoffen auf einen gesunden Sohn.«

»Er wird sterben«, entgegnete der Marquis d'Humières, »und wer wird dann den Thron Karls V. erben? Die Infantin, unsere Königin.«

»Das sind allzu kühne Pläne, Marquis«, widersprach der Herzog von Bouillon pessimistisch.

»Woher wollt Ihr wissen, dass Seine Eminenz der Kardinal und vielleicht sogar Seine Majestät selbst nicht genau das für die Zukunft im Auge haben?«

»Ganz bestimmt haben sie das, aber allzu großer Ehrgeiz bekommt dem Frieden nicht gut.«

»Der Frieden! Der Frieden!«, brummte der Herzog von

Bouillon, die lange Nase dem Seewind entgegengereckt, als erschnupperte er einen verdächtigen üblen Geruch. »Ich sage Euch, es dauert keine zehn Jahre, bis er ins Wanken gerät!«

Angélique beobachtete, wie jemand kam, um Mlle. de Montpensier zu holen und sie in den Palast zu bringen, wo die Infantin, nun die Königin von Frankreich, speiste.

Die Menge war zu dicht, um hinter ihr herzueilen, und so zog sie es vor, draußen auf dem Platz zu warten. Der Anblick all der Uniformen und der Tänze war Ablenkung genug.

Als Mademoiselle sich später wieder zu ihr gesellte, strahlte sie vor Freude über ihre Begegnung mit der Tochter des spanischen Königs und jetzigen Königin von Frankreich.

Sie berichtete, dass man sie in den Raum geführt hatte, in dem diese zu Mittag aß, während ihre Damen und Zwerge ihr aufwarteten.

Als Mademoiselle vor ihrem Tisch angelangt war, hatte sie sich ein zweites Mal tief vor ihr verneigt, worauf Maria Theresia mit einem charmanten Lächeln geantwortet hatte, und da, erzählte Mademoiselle gerührt, »wirkte sie mit einem Mal so liebenswert und groß, dass ich nicht mehr daran zweifelte, dass sie allen Franzosen sehr gefallen würde«.

Während des Essens hatte die junge Königin häufig zu der Prinzessin hinübergeschaut, mit der sie nun verwandt war. Bevor sie den Raum verließ, war sie geradewegs auf Mademoiselle zugegangen und hatte voller Liebreiz und Anmut gesagt: »Un abrazo le quiero dar a escondidas.«[10] Beinahe unmittelbar nachdem sie sich in ihre Gemächer zurückgezogen hatte, war ihre Erste Kammerfrau zu Mademoiselle gekommen und hatte sie darüber in Kenntnis gesetzt, dass die Königin nach ihr verlangte. Sie hatten auf viereckigen Kissen gesessen und vollkommen zwanglos miteinander geplaudert. Der Baron de Watteville hatte ihnen als Übersetzer gedient. Die Königin hatte Mademoiselle gefragt, ob ihre Schwestern hübsch seien und ob sie ihnen in Saint-Jean-de-Luz begegnen würde … Es war offensichtlich, dass die junge Königin ein wenig ängstlich war und es ihr sehr viel bedeutete, dass sich an diesem Tag eine französische Prinzessin aus ihrer neuen Familie über die Etikette hinweggesetzt hatte, um an ihrer Seite zu sein und die Emotionen eines solchen Augenblicks mit ihr zu teilen.

Das sei ihr ein Herzensanliegen gewesen, würde Mademoiselle später sagen, auch wenn sie damit Anstoß beim spanischen Chronisten Leonardo del Castillo erregt hatte, der damit beauftragt war, den Ablauf der großen Feierlichkeiten gewissenhaft niederzuschreiben. Als glühender Verfechter des Protokolls machte er keinen Hehl aus seiner Missbilligung, welche von jener Feindschaft zwischen den beiden Nationen zeugte, die die Begegnungen auf der Fasaneninsel für die Zukunft zerstreuen sollten.

»Der Vermählung wohnte auch die Herzogin von Montpensier bei, Tochter des verstorbenen Herzogs von Orléans und Cousine ersten Grades des Allerchristlichsten Königs. Anschließend besuchte sie die Infantin in ihrem Palast und war zugegen, als Ihre Majestät speiste. Zwar war sie unerkannt gekommen, doch stellte sie sich offen zur Schau, sodass sie auch von allen erkannt wurde, und bewies damit jene Schamlosigkeit, mit der die Natur und sogar das Klima die Franzosen ausgestattet haben.«

»Macht Euch hübsch für den Ball heute Abend«, hatte Mademoiselle Angélique aufgefordert. »Die Spanier sind bekümmert. Sie verlieren ihre Infantin. Aber wir gewinnen eine neue Königin. Der König will tanzen. Ich schicke Euch meine Sänfte.«

Mlle. de Montpensier hatte es so eilig, der Königinmutter zu berichten, was sie gesehen hatte, dass sie in Hendaye nur einen hastigen Imbiss zu sich nahm. Sie ließ sich zum Kardinal bringen, wo sich Anna von Österreich aufhielt, und schilderte ihr in allen Einzelheiten, was sie bei ihrer Reise erlebt und beobachtet hatte. Die Königin war entzückt.

Da an diesem 3. Juni 1660 der Abschluss der Fronleichnamsoktav gefeiert wurde, begleitete Mademoiselle die Königin zur Anbetung des Allerheiligsten und zog sich anschließend zurück, um sich für den Ball vorzubereiten. Es war der erste, den sie seit dem Tod ihres Vaters besuchte … Sie und ihre Schwestern legten Perlen an, da man ihnen versichert hatte, das sei der passende Schmuck in der Trauerzeit.

»Beeilt Euch, Madame!«

Was Marguerite schließlich doch noch beeindruckt hatte, war, dass die Einladung von Pagen aus dem Haushalt des Königs überbracht worden war.

Angélique tanzte gerne.

In den vergangenen Tagen war es hin und wieder vorgekommen, dass eine Gruppe junger Nachtschwärmer Violinen- oder Lautenspieler riefen, nachdem sie die Spieltische verlassen hatten, und sich auf die Suche nach einem Saal machten, meist bloß ein Stall oder eine Scheune, um dort ein wenig zu tanzen. Zusammen mit dem netten Philippe de Courcillon, der eine besondere Gabe dafür besaß, sich zu amüsieren und alle anderen mit seiner Begeisterung anzustecken, hatte Angélique ihnen eines Abends die provenzalische Volte beigebracht, die zum rhythmischen Klang des Tamburins getanzt wurde.

»Beeilt Euch, Madame!«

Marguerite hatte ihr rotes Kleid vorbereitet. Es war von jener leuchtend roten Farbe, die blonden Frauen ganz besonders gut stand.

Ausnahmsweise war ihre Kammerfrau ein wenig beeindruckt. Die Pagen hatten ihr einiges über das Fest erzählt, das an diesem

Abend gefeiert werden sollte. Da man nicht gut in einem der großen Säle im Rekollektenkloster tanzen konnte, würde der Ball in dem Raum stattfinden, in dem sonst die spanische Theatertruppe auftrat.

Entlang der Wände würden Podeste für die Musikanten aufgebaut werden und in der Mitte weitere erhöhte Sitzflächen für die Gäste, die nicht tanzten.

Als Angélique das hörte, verzog sie kurz das Gesicht, doch dann verscheuchte sie die unangenehmen Erinnerungen. Der Saal des spanischen Theaters war tatsächlich der einzige Raum, der groß genug war, um so viele Tänzer aufzunehmen.

Die Zeit verging.

Mademoiselles Sänfte kam nicht.

Angélique stand da in ihrem eleganten Kleid und wartete.

Es wurde immer später, der König musste den Ball schon längst eröffnet haben.

Angélique war traurig. Sie hatte sich auf diese unverhoffte Gelegenheit gefreut, den König tanzen zu sehen. Alle waren sich darin einig, dass dieser Anblick ein unvergleichlicher Genuss sei.

Als Mitternacht immer näher rückte, bat sie Marguerite, ihr zu helfen, sich von Kleid, Mieder, Kragen und Manschetten zu befreien, und ihr Haar zu lösen. Sie war müde. Sie trank ein wenig Wasser und schickte sich an, zu Bett zu gehen. Es lag etwas Ungewöhnliches in der Luft. An diesem Tag war das Unvorstellbare wahr geworden: die Hochzeit der Tochter des spanischen Königs mit dem König von Frankreich.

Marguerite konnte sich »sehr gut vorstellen«, warum Mademoiselle an diesem Abend Mme. de Peyrac ihre Sänfte nicht mehr geschickt hatte.

Angélique konnte es sich nicht »vorstellen« und forderte sie auf, ihre Andeutungen zu erklären.

An diesem Abend, so Marguerites Überzeugung, an dem der einundzwanzigjährige König den Abschied von seinem Junggesellendasein feierte, wollte die ganze hohe Gesellschaft womöglich nicht, dass seine Blicke von einer neuen Schönheit angezogen würden, während seine alten und treuen Freundinnen mit Sicherheit um seine Gunst wetteiferten.

»Du übertreibst«, entgegnete Angélique mit einem Schulterzucken.

Sie konnte nicht glauben, dass Mademoiselle sie so hintergehen würde, denn sie hatte einen völlig natürlichen Eindruck auf sie gemacht, als sie ihr sagte, sie solle sich für den Ball herrichten. Aber nach einem solchen Tag konnte Mademoiselle nicht auf alles achten, erwiderte Marguerite. Es wäre nicht das erste und sicher auch nicht das letzte Mal, dass man den Anweisungen von Mademoiselle zuwiderhandelte! Oder sie einfach anders auslegte! Denn auch das gehörte zu den Künsten der Dienerschaft, immer mehr über die Absichten ihrer fürstlichen Herren zu wissen als diese selbst.

Angélique befahl ihr zu schweigen. Sie erinnere sie an ihre Amme.

Doch Marguerite behielt recht, als kurz darauf der Graf de Peyrac nach Hause kam, während Angélique immer noch mit ihrer Kammerfrau plauderte. Plötzlich war alle Enttäuschung verflogen. Kein Ball zählte, wenn sie stattdessen ihn für sich allein haben konnte. Sie fiel ihm um den Hals.

Mit einer angedeuteten Verbeugung verließ Marguerite den Raum.

Das Paar zog sich in sein Zimmer unter dem Dach zurück, wo die nächtliche Brise ein wenig Kühlung brachte und hin und wieder sogar das leise Rauschen des Meeres heranwehte.

Joffrey machte keinen Hehl daraus, dass es das Wissen um den königlichen Ball in Saint-Jean-de-Luz gewesen war, das ihn dazu bewogen hatte, sich von seinen weit entfernt lebenden

Gastgebern zu verabschieden, die er im Dienst des Kardinals aufgesucht hatte. Er hatte sogar mit dem Gedanken gespielt, in wildem Galopp beim spanischen Theater vorzupreschen und die Gräfin de Peyrac persönlich um einen Tanz zu bitten. Mit diesem Auftritt hätte er jenen aufsehenerregenden Vorfall geliefert, dessen sich jedes gelungene Fest rühmt, solange er sich nicht zu einem handfesten Skandal ausweitet. Außerdem tanzte auch er gerne! Und Angélique wusste, dass gewisse Tänze ihm nicht mehr Schwierigkeiten bereiteten als die akrobatischen Wendungen eines hitzigen Duells.

»Ihr seid ja eifersüchtig«, warf sie ihm erneut voller Freude vor. »Gehört Ihr etwa zu den Männern, die davon träumen, ihre Ehefrau einzusperren, damit niemand sie mehr zu Gesicht bekommt?«

»Wer weiß?«, antwortete er mit wildem Blick. »Wenn sie die Schönste von allen ist? Die Hinreißendste? Die Anbetungswürdigste? Ja, vielleicht …«

Sie neckten einander fröhlich.

Dann fielen sie sich in die Arme und verloren sich ineinander.

Sie liebten sich.

Und in ihrem Glück verstanden sie es, diese geschenkten Augenblicke zu genießen, in denen sie sich ganz allein auf der Welt wähnten.

Kapitel 11

Die Chronik schildert, dass der gesamte Ball auf dem erhöhten Bereich abgehalten wurde, der dem spanischen Theater als Bühne diente.

Die Königinmutter und die Damen und Herren, die nicht zu tanzen wünschten, betraten den Saal durch die große Eingangstür und nahmen auf einem Podest in der Mitte Platz.

Eine Viertelstunde später kamen der König und sein restlicher Hof durch eine Hintertür herein und gelangten so direkt auf die Bühne. Die Musiker waren ringsum entlang der Wände aufgereiht.

Der Chronist zählt freudig die Namen all der Tänzer auf, die voller Schwung und Ungestüm in den kunstvollen Figuren und Wendungen der Tänze den Ernst jener Zeremonien vergaßen, denen sie – natürlich ohne eingeladen zu sein! – auf der anderen Seite der Grenze in Fuenterrabía beigewohnt hatten.

Man hatte bemerkt, dass die Spanier sich nicht am allgemeinen Freudentaumel der fürstlichen Hochzeit beteiligten, sondern vielmehr von tiefer Traurigkeit erfüllt zu sein schienen, und das lag nicht allein daran, dass sie ihre Infantin verloren.

Und obwohl es tatsächlich befremdlich erscheinen mochte, dass der König von Frankreich zur Feier seiner Hochzeit mit einer Gemahlin, die er noch nicht einmal gesehen hatte, einen Ball veranstaltete, zeigten die Franzosen offen ihre Freude. Sie hatten sich um den jungen König, ihren Gefährten in Schlachten wie in Festen, versammelt und schenkten ihm und sich selbst diesen Ball im Gedenken an die zurückliegenden Jahre, in denen sich Lustbarkeiten und Krieg unaufhörlich abgewechselt hatten, in denen sie in der Präzision und der rhythmischen, gemessenen Anmut der Ballette und Tänze den Rausch der Jugend gekostet hatten, an der Schwelle der großen Taten des Lebens, die sie alle an seiner Seite erwarteten.

Zu den Tänzern gehörten der König, Monsieur, Mademoiselle, Mlle. Chemeraut, M. d'Armagnac, die Prinzessin von Baden, der Herzog von Créqui, die Herzogin von Valentinois und zweifellos auch Prinzessin Henriette von England. Der Chronist vermerkt, dass »Mademoiselle, die ohnehin sehr viel Anmut verstrahlt in allem, was sie tut, beim Tanzen noch mehr Grazie besitzt. Sie ist noch schöner, wenn sie sich schmückt. Kurzum, sie sah hinreißend aus! Sie eröffnete den Ball mit ihrem Cousin, dem König.«

Dieser Chronist nun ist Franzose, und niemand wird sich wundern, den Stil des Abbé de Montreuil wiederzuerkennen. Der Graf de Soissons, M. de Turenne, der Herzog von Bouillon, der Herzog von Valentinois und einige Damen tanzten nicht, da sie es ablehnten, auf die Bühne zu steigen, manche, weil sie nicht gerne tanzten, andere, weil sie dies der Würde ihres Ranges als nicht angemessen erachteten.

Es waren auch fünf oder sechs spanische Granden gekommen.

Zu den Damen, deren Schönheit, Anmut und Tanzkünste die Blicke erfreuten, gehörte auch die Herzogin von Valentinois, doch hielt man sie allgemein für nicht ganz so schön wie Mlle. de Meneville. Dafür tanzte sie besser, auch wenn Mlle. de Meneville allen Beifall erntete. Mlle. de La Motte erschien allen als die Schönste, und vielleicht tanzte sie auch am besten. Das jedoch ist ein Mysterium, das bei den komplizierten Figuren mancher Tänze vom jeweiligen Partner abhängt.

Sie alle erfüllte ein Entzücken, das von einem Hauch Wehmut und Gereiztheit durchzogen war.

Die Musikanten sprudelten geradezu vor Ausgelassenheit und Feuer und wechselten voller Eleganz schwungvolle ländliche Ryhthmen mit langsameren Tänzen ab.

Unter den Herren taten sich besonders M. de Villequier, M. de Gonteri und M. de Saucourt hervor.

»Ich wage gar nicht, vom König zu sprechen«, schreibt der Abbé de Montreuil, »der sie alle an freudiger Miene und Tanzkunst übertraf …«

Und in der Euphorie des gelungenen Balls wurden Stimmen laut, die die Abwesenheit von Don Juan José de Austria bedauerten, dem attraktiven Sohn des spanischen Königs, der so gut zu tanzen verstand.

Mit energischen Gesten wurden die gedankenlosen Redner zum Schweigen gebracht. Hatten sie etwa den Skandal vergessen, den Don Juans Possenreißerin, dieses entsetzliche Monstrum Capitor, ausgelöst hatte?

Nach Sitte der spanischen Granden und der Großen der alten Höfe, die sich von Faxenmachern begleiten ließen, um sich von ihnen belustigen zu lassen, hatte Don Juan José eine Närrin in den Louvre mitgebracht, die auf den Namen Capitor hörte, ein Schwert an der Seite trug und wie ein Mann gekleidet war. Sie hatte Maria Mancini offen angegriffen und sie grausam verspottet, was sie, eine magere, dunkle Italienerin, sich einbilde, zu hoffen, eines Tages Königin zu werden. Damit hatte sie die Liebe des Königs, die bis dahin noch geheim gewesen war, vor dem gesamten Hof bekannt gemacht. Entsetzt hatte Maria verlangt, die Zwergin unverzüglich hinauszuwerfen, die womöglich sogar für diesen Dienst bezahlt worden war, denn die Rolle der Narren als Überbringer von Befehlen oder Liebesbotschaften prädestinierte sie geradezu dafür, Geheimnisse auszuplaudern. Tatsächlich hatte dieser Eklat Ludwig XIV. gezwungen, Kardinal Mazarin aufzusuchen und ihn um die Hand seiner Nichte zu bitten, was wiederum diesen zutiefst bestürzt hatte.

Er stand kurz davor, die Friedensverhandlungen mit Spanien durch die Heirat der Infantin mit Ludwig XIV. zu einem erfolgreichen Abschluss zu bringen, und so war ihm gar nichts anderes übrig geblieben, als sich dem Willen seines Herrschers zu verweigern, der seine unstandesgemäße Liebe zu leben wünschte.

Jeder wusste, welch furchtbare Auseinandersetzungen darauf gefolgt waren, doch es war müßig, nun noch einmal daran zu erinnern, denn heute Abend feierte man die Hochzeit des Königs, und der Kardinal hatte gesiegt.

Der taktvolle und einfallsreiche Philippe de Courcillon beeilte sich, die Erinnerung an Capitor auszulöschen, indem er erneut zum Tanz aufrief, und zu den Klängen einer ausgedehnten Sarabande strömten die Tänzer hinaus in den Mondschein und über den Platz.

Anschließend kehrte man in den Theatersaal zurück, und es folgten weitere Tänze in kleineren Schritten, bei denen sich im Vorübergehen die Hände berührten und die Tänzer einander tief in die Augen schauen konnten.

An diesem Abend lag das Leben offen vor ihnen.

An diesem Abend waren alle so jung wie der König.

Nachdem Mademoiselle den Ball mit ihrem Cousin, dem König, eröffnet hatte, hatte sie sich zu Anna von Österreich gesetzt, um mit ihr über das charmante Wesen und das reizvolle Äußere der zukünftigen Königin von Frankreich zu plaudern. Und beide waren ganz genau der gleichen Ansicht wie der Bischof von Fréjus und der Abbé de Montreuil.

»Die Infantin war klein, aber wohlgestaltet. An ihr fand sich alles zu bewundern, was als Zeichen für besondere Schönheit galt: Sie hatte den hellsten Teint, den man sich nur denken konnte. Sie war blond, wirklich blond, und das silbrige Schimmern ihres Haares passte vortrefflich zu dem rosig angehauchten Perlmuttton ihres Gesichts. Ihre blauen Augen bezauberten durch ihre Sanftheit und ihren Glanz.« Die Schönheit ihrer vollen, tiefroten Lippen wurde häufig gerühmt, und man konnte es dem Abbé de Montreuil nicht verdenken, wenn er sich von diesem Anblick zu folgenden Gedanken verleitet fühlte, die er in seinem Bericht vermerkte: »Ein Mund, der von Königen geküsst zu werden verdient …«

Ihre Hände waren nicht ganz so schön wie die von Anna von Österreich. Doch das wäre auch kaum möglich gewesen, wurden doch die Arme, die Hände und der Busen der Königinmutter in ganz Europa gepriesen.

Maria Theresia hatte sich nach ihrer Tante und dem Kardinal erkundigt. Es war rührend, mit welcher Ungeduld sie sich danach sehnte, ihre Tante endlich kennenzulernen. Der Etikette entsprechend, durfte sie ihren Gemahl, den König, noch nicht erwähnen.

Mademoiselle vermied es, näher auf ihren Eindruck von König Philipp IV. einzugehen, denn auf den ersten Blick war er ihr »alt und gebeugt« erschienen.

Aber sie schilderte bereitwillig, mit welcher Aufmerksamkeit dieser große Monarch trotz des Gedränges und des strengen Ablaufs des Hochzeitszeremoniells angeordnet hatte, dass für sie eine prächtige sechsspännige Kutsche zum Hafen von Fuenterrabía geschickt wurde und mehrere Hidalgos sich um die »Verwandte von Monsieur Lenet« kümmerten. Und zu Beginn der Messe hatte der König befohlen, auf Mademoiselles Seite den Vorhang zurückzuziehen, sodass sie ihn selbst und die Zeremonie besser beobachten könne.

»All diese Sorge um mein Wohl erschien mir sehr aufrichtig und freundlich«, würde die Grande Mademoiselle die Nachwelt wissen lassen.

Außerdem berichtete sie der Herrscherin noch, wie der König mit »unnachahmlicher« Würde vor dem Altar niedergekniet war.

Wie bewegend, wie berührend!, dachte Anna von Österreich, und ihr Herz schlug voll zärtlicher Ungeduld.

Morgen! Morgen, am 4. Juni, sollten sie einander wiedersehen, denn für diesen Tag war die erste Begegnung auf der Faseninsel angesetzt.

Dritter Teil

Die Fasaneninsel

Kapitel 12

4. Juni

Es war der Tag der ersten Begegnung mit dem König von Spanien auf der Fasaneninsel. Königin Anna von Österreich wollte allein hingehen, nur in Begleitung des Kardinals und einiger Damen aus ihrem Gefolge, die sich abseits zur Verfügung halten sollten, und mit einem Mindestmaß an Edelmännern und Musketieren zu ihrer Bewachung.

Von ganzem Herzen wünschte sich die Königin, die lange Jahre die Regentin gewesen war und nun endgültig zur Königinmutter werden sollte, Ruhe und Abgeschiedenheit in dem Moment, in dem sie ihren geliebten Bruder wiedersehen sollte, mit dem sie über Jahre hinweg eine verbotene Korrespondenz aufrechterhalten hatte, die sie zu einer Verräterin an ihrem eigenen Königreich machte. Ihren Bruder, den König von Spanien, der an den Grenzen Frankreichs und sogar bis hin auf französisches Gebiet mit seiner schrecklichen Infanterie aufragte wie ein Schreckgespenst.

Ludwig XIV. bestand darauf, dass sein Bruder Philippe diesmal mit von der Partie sein sollte.

»Ihr sprecht hervorragend Spanisch. So könnt Ihr die Infantin während des Wiedersehens zwischen unserer Mutter und unserem Onkel unterhalten. Die Infantin ist in unserem Alter. Sie wird entzückt sein, in Euch einen Bruder zu finden …«

In Wahrheit war er zutiefst gekränkt, dass er selbst nicht einmal einen Blick auf die Frau werfen durfte, die seit dem vergangenen Tag seine Gemahlin war. Und das nur wegen dieser verfluchten spanischen Etikette, die dem heiligen Sakrament der Ehe so großen Wert beimaß, dass sie keinen noch so geringen fleischlichen Trieb dulden oder auch nur in Betracht ziehen wollte, solange nicht die kirchliche Trauung vollzogen und somit Gottes Erlaubnis erteilt worden war.

Er zog seinen Bruder zur Seite und redete lange auf ihn ein. Seine Idee war gut.

Denn Philippe, der seiner Mutter sehr nahe stand, unterhielt sich mit ihr nur auf Spanisch. Wohingegen Ludwig, seit er vierzehn Jahre alt und somit mündig geworden war, vorgab, die Sprache seiner frühesten Kindheit vergessen zu haben und nicht mehr zu verstehen. Er rief sogar jedes Mal einen Übersetzer hinzu, wenn er mit Spaniern zusammentraf.

Erinnerte sich Ludwig noch an die entsetzliche Szene, die er und sein Bruder, der damals noch so klein war, dass er nicht einmal laufen konnte, als Kinder miterlebt hatten? Der große Kardinal Richelieu war zu ihrer Mutter gekommen und hatte ihr vorgeworfen, ihre Kinder in der Sprache des Feindes aufzuziehen. Er hatte gedroht, sie ihr wegzunehmen.

Ludwig würde den Anblick nie vergessen: Seine Mutter, die vor Richelieu auf den Knien lag und ihn unter Tränen und mit aneinandergelegten Händen anflehte, sie ihr zu lassen.

Der Kardinal, der seine Herrscherin mit wölfischem Blick musterte, voller Verachtung und Hass für diese Frau, die sich unaufhörlich mit allen Schwachköpfen des Königreichs – den Chevreuses, den de Lorraines, Gaston d'Orléans – gegen ihn und den König verbündete, sie mit ihrem Bruder, dem König von Spanien, betrog und das auf wackligen Füßen stehende, immer wieder aufs Neue in Angriff genommene Werk, Frankreich vor feindlichen Invasionen zu schützen, zerstörte. Hatte er sie endlich zur Vernunft gebracht? Er bedauerte, dass sie nicht intelligent genug war, um sie zu seiner Komplizin zu machen, und so blieb ihm nichts anderes übrig, als sie mit einer entsetzlichen Angst zu lähmen: dass man ihr ihre Kinder wegnehmen könne.

Die schlimmste aller Drohungen! Die schlimmste aller Strafen! Ihre Kinder, ihr Ein und Alles, ihre lang ersehnten Lieblinge!

Ihre beiden durch Gottes Gnade geborenen Söhne. Ihr ganzes Glück! Ihr Leben! Sie versprach. Sie schwor. Sie würde nie wieder Spanisch mit ihnen sprechen!

Natürlich hatte sie es doch getan. Die Beharrlichkeit, mit der sie sich ihrem ärgsten Feind widersetzte, kannte keine Grenzen.

Und dann war Kardinal Richelieu gestorben. Fast ein Jahr vor Ludwig XIII., dessen Königreich er beschützt und gefestigt hatte.

Selbst ein großer Kardinal musste irgendwann sterben.

Er machte einem anderen Kardinal Platz, einem Italiener mit samtenen Augen und schmeichelnder Stimme. An der Seite einer Regentin, die Rat, Trost und Liebe brauchte.

»Man sieht, dass spanisches Blut in seinen Adern fließt«, sagte Mademoiselle zu Angélique. »Er beherrscht sich zwar, wenn er zornig ist, aber seine Haut wird gelblich. Ludwig ist außer sich vor Wut. Was soll das ganze Getue überhaupt?«, klagte sie. »Der König von Frankreich muss ans Ufer des Bidassoa reiten, aber er hat nicht das Recht, vor seine eigene Gemahlin zu treten, damit sie einander aus der Nähe betrachten können. Das ist ein Kriegsgrund, sagt er. Ich bin mir sicher, dass er etwas ausheckt.«

In Fuenterrabía stiegen König Philipp IV. und Maria Theresia gegen drei Uhr in eine Karosse, um sich, gefolgt von einer kleinen Schar Diener, zur Anlegestelle zu begeben.

Dort erwarteten sie zwei Boote, die der Baron de Watteville vor Ort hatte bauen lassen.

Das Boot des Königs und seiner Tochter war über und über vergoldet. Backbord wehte die königliche Standarte, und am Ende des Hecks ritt ein kleiner Amor auf einem halb löwen-, halb schlangengestaltigen Mischwesen. Das Heck selbst war mit einer Darstellung vom Sturz des Phaethon bemalt worden, und über diesem Bild hatte man die Bootslaterne aufgepflanzt, flankiert von jeweils zwei goldenen Blumenornamenten.

Über einem quadratischen Aufbau auf dem Achterdeck erhob sich ein Dach aus kunstvoll geschnitzten, vergoldeten Strahlen, die Seitenwände waren mit einem weißen, mit Goldfaden durchwirkten Brokatstoff bespannt, und die Glasfenster konnten »heruntergeschoben werden wie bei einer Karosse«. Die untere Hälfte des Aufbaus war mit der Darstellung verschiedener Fabeln bemalt worden, und in seinem Inneren »sah man selbst auf den Stühlen des Königs und seiner Tochter nichts als Brokat«.

Das zweite Boot sah genau gleich aus, und beide wurden von drei Ruderbooten gezogen, deren Besatzung in karminroten Damast gekleidet war.

Im Boot der Herrscher nahmen die Camarera mayor Gräfin de Priego, Erste Hofdame der Infantin, der Marqués de Orani, Erster Edelmann ihres Haushalts, und der Baron de Watteville Platz; in dem anderen Don Luis de Haro mit den Offizieren der königlichen Kammer und einigen anderen Adligen aus dem Gefolge von Philipp IV.

Und obwohl man sich bemühte, die Zahl der Beteiligten zu begrenzen, näherte sich eine ganze Flotte von Booten der Insel, während am Ufer die Einwohner von Irún applaudierten und mit Musketen Salutschüsse abfeuerten, als sie vorbeikamen. Auf mehreren Booten, die die königlichen Barken begleiteten, spielten Musikanten Trompete und Violine, und eine Vielzahl weiterer kleiner Kähne folgte ihnen.

Gleich nachdem König Ludwig XIV. am Ufer des Bidassoa angekommen war, sprang er auf sein rotbraunes Pferd und galoppierte zu seinen Freunden hinüber. Mit ihnen zusammen beratschlagte er, wie er die kleine Komödie bewerkstelligen sollte, die er sich ausgedacht hatte, ohne im Nachhinein eine Strafpredigt vom Kardinal und seiner Mutter zu erhalten. Er schickte Créqui los, den Kardinal um seine Erlaubnis zu bitten. Gleichzeitig gab er ihm jedoch zu verstehen, dass er den Kardinal unbedingt überzeugen solle, denn er, der König, sei fest entschlossen, seine Idee umzusetzen, und der Kardinal kenne ihn. Aber wenn es ihnen gelänge, den Kardinal auf ihre Seite zu ziehen, würde dieser Don Luis de Haro, sein diplomatisches Gegenüber, zu besänftigen wissen. Und wenn die beiden Minister einverstanden wären, würde aus seinem kühnen Unterfangen nur Gutes erwachsen.

Monsieur, sein Bruder, war bereits unterrichtet und an seinem Platz.

So gewann man Schlachten ...!

Créqui ritt davon, ausgestattet mit überzeugenden Argumenten, als wären es Sprengladungen, mit denen er eine Bastion in die Luft jagen sollte.

Die königlichen Barken aus Fuenterrabía legten an.

Der König von Spanien trat auf den Steg.

Dann durchschritt er den aus sechs Arkaden gebildeten und von seinem Wappen gekrönten Portikus und betrat, gefolgt von der Infantin, die verglaste Galerie, die in den ersten Raum führte. Dort angekommen bog er ab, und während er darauf achtete, stets auf der spanischen Seite zu bleiben, gelangte er in den beiden Nationen gemeinsamen Salon der Begegnung, wo die Grenzlinie, die er auf keinen Fall überschreiten durfte, durch den Rand der Teppiche auf dem Boden gekennzeichnet war.

Und dort, in dieser provisorischen Zuflucht in der Mitte eines unbekannten Flusses, diesem flüchtigen, mit Wandbehängen, Gemälden und kostbaren Gegenständen ausgestatteten Heim, standen sich Bruder und Schwester, die einander seit fünfundvierzig Jahren nicht mehr gesehen hatten, unvermittelt gegenüber. Getrennt nur durch den Rand der persischen und türkischen Teppiche.

Gelähmt vom starren spanischen Zeremoniell und gewohnt, in der Öffentlichkeit zu erscheinen, strahlte der König von Spanien die strengere Würde aus.

Er begnügte sich damit, den Kopf zu neigen, bis er beinahe das Haar der Königin berührte, doch als sie ihn küssen wollte, zog er sein Haupt wieder so weit zurück, dass sie ihn niemals würde erreichen können. »Der Grund dafür war weder Kälte noch mangelnde Zuneigung«, bemerkten die Zeugen dieser Szene, »denn beide hatten Freudentränen in den Augen. Aber der würdevolle Ernst und die Sitten Spaniens, von denen Seine Allerkatholischste Majestät durchdrungen war, drängten ihn zu dieser Reaktion.«

Die Infantin war auf die Knie gefallen und griff nach der Hand ihrer Tante, um sie zu küssen, doch diese verweigerte sie ihr. Stattdessen hob sie ihre Nichte hoch, zog sie an ihr Herz und küsste sie mit einer beinahe mütterlichen, innigen Zärtlichkeit, denn in dieser jungen Gemahlin ihres Sohnes erblickte sie die Erfüllung all ihrer Träume.

»Die Minister konnten nachfühlen, welche Bedeutung dieses Wiedersehen für die königlichen Geschwister hatte. Und sie waren sich darüber im Klaren, dass man ihnen trotz der feierlichen Umstände die Gelegenheit geben musste, in aller Stille ein paar ungestörte Worte zu wechseln und diese Begegnung innerhalb der Familie schlicht und herzlich zu gestalten.«

Don Luis de Haro brachte dem König, seinem Herrn, einen Stuhl, und die Gräfin de Flex, Ehrendame von Anna von Österreich, brachte einen weiteren für die Königin. Beide setzten sich auf die Linie, die die Grenze zwischen den beiden Königreichen markierte.

Auf spanischer Seite ließ die Camarera mayor zwei Kissen für die junge Königin bringen, welche sich neben ihrem Vater niederließ. Monsieur nahm auf einem Faltstuhl neben seiner Mutter Platz.

Und als sie so beisammensaßen, begannen sie sich zu unterhalten. Die Königin sprach von dem Krieg, der über lange Jahre ihr aller Leben wie ein infernalisches Band aneinandergefesselt und beherrscht hatte. Und während sie sich noch über seine Dauer beklagte, entgegnete ihr Bruder: »Ach, Madame, das war das Werk des Teufels.«

Anna von Österreich wollte unbedingt die Schatten vertreiben, die ihre geschwisterliche Zuneigung belastet hatten.

»Ich glaube, Eure Majestät wird mir verzeihen, eine so gute Französin gewesen zu sein«, sagte sie. »Das war ich meinem Sohn, dem König, und Frankreich schuldig.«

»Ich schätze Euch dafür«, antwortete der König von Spanien. »Die Königin, meine Gemahlin, hat das Gleiche getan, denn obwohl sie als Französin geboren wurde, lag ihr allein das Wohl meiner Königreiche am Herzen.«

Er sprach von seiner ersten Frau, der Tochter Heinrichs IV., der in ganz Spanien ein ehrenvolles Andenken bewahrt wurde. Danach plauderten sie über dies und das, wie ihnen die Erinnerungen gerade in den Sinn kamen, vor allem über ihren Bruder, den Kardinalinfanten Ferdinand, der lange in Flandern gegen die Franzosen gekämpft hatte, ehe er in Brüssel an einem Tertianfieber gestorben war.

Da näherten sich plötzlich Mazarin und Don Luis de Haro Ihren Majestäten und informierten sie, dass ein fremder Edelmann darum bat, eintreten zu dürfen.

Nachdem der König von Spanien seine Zustimmung erteilt

hatte, ließ man eine Tür öffnen, und auf der Schwelle erschien ein prächtig gekleideter, schöner junger Mann in goldenem und silbernem Tuch und mit zahllosen grünen Federn und Bändern geschmückt.

Königin Anna von Österreich errötete, als sie ihren Sohn erkannte, und die junge Königin erbleichte, da sie ohne Mühe erriet, dass es sich um ihren Gemahl handelte, dessen hochgewachsene Gestalt die beiden Minister überragte.

Nach einem kurzen Moment zog die Erscheinung sich zurück, und die Tür wurde wieder geschlossen.

Fünfundvierzig Jahre im Land der kunstvollen Konversation, so bemerkt der spanische Chronist, hatten Anna von Österreich das nötige Geschick gelehrt, um eine Unterhaltung wieder aufzunehmen, die durch einen ebenso ungewöhnlichen wie kühnen Zwischenfall unterbrochen worden war. In allen Feinheiten der spanischen Etikette bewandert, in die sie nicht ohne Freude wieder eintauchte, verspürte die Königin nach ihren Erfahrungen in Frankreich dennoch das Bedürfnis, die spanische Strenge durch Anmut und Nachsicht ein wenig zu mildern, und so wandte sie sich mit einem Lächeln an ihren bleicher und starrer denn je dasitzenden Bruder und fragte ihn, ob er seiner Tochter wohl erlauben würde, ihnen zu sagen, welchen Eindruck sie von dem Besucher gewonnen hatte, der sich ihnen im Türrahmen gezeigt hatte.

»Nein! Nicht solange sie nicht durch diese Tür gegangen ist!«, antwortete daraufhin Philipp IV. steif, der es weder schätzte noch gewohnt war, so überrumpelt zu werden.

Mit diesen Worten verwies er jeden wieder auf seinen Platz. Mochte seine Tochter durch die Zeremonie des vergangenen Tages auch bereits die Königin von Frankreich sein, solange sie unter seiner Gerichtsbarkeit stand, hatte sie die Regeln der Etikette zu befolgen, welche ihr untersagten, sich zu einem Menschen zu äußern, der sich ihr gezeigt hatte, ohne irgendein

Recht dazu zu haben oder ihr auch nur vorgestellt worden zu sein, und der für sie noch nicht existierte, solange sie nicht mit Erlaubnis ihres Vaters die Grenze überschritten hatte, die sie von ihm trennte.

Doch einmal mehr rettete der Herzog von Orléans die verlegene Situation.

»Meine Schwester« – er beugte sich verschmitzt zur Infantin vor, die erst blass und anschließend rot geworden war –, »wie gefällt Euch denn diese Tür?«

Sie verstand sofort, worauf er hinauswollte, und antwortete mit einem Lächeln: »Es scheint mir eine schöne und gute Tür zu sein.«

Die Freude und Begeisterung, die sie beim Anblick des Mannes empfunden hatte, den sie zum Gemahl genommen hatte, verliehen ihr Flügel und ließen sie jede Kühnheit wagen.

Selbst der König von Spanien gab seine starre Haltung auf.

Mit einem angedeuteten Lächeln wandte er sich an seine Schwester und sagte in zufriedenem Ton: »Ich habe einen schönen Schwiegersohn … Wir werden Enkelkinder bekommen.«

Die Grüße der von seinem Anblick begeisterten spanischen Granden erwidernd, hatte Ludwig XIV. mit forschem Schritt die verglaste Galerie in entgegengesetzter Richtung durchschritten und den Palast auf der Fasaneninsel verlassen, wo er durch seine waghalsige, wenn auch von den Ministern gutgeheißene Aktion das Herz seiner Gemahlin für alle Zeiten erobert hatte.

Er sprang auf sein Pferd und ritt zurück zu seinen Freunden, die ein Stück weiter entfernt auf ihn warteten.

Er berichtete ihnen, dass ihn »die hässliche Kleidung der jungen Königin zunächst verstimmt habe«, aber nachdem er sie genauer betrachtet habe, habe er die Qualitäten entdeckt, die bereits Mademoiselle an ihr gerühmt hatte: ihre blauen Augen, ihren rosig angehauchten lilienweißen Teint, ihre schönen Lippen, ihre Jugend und ihre sehr hellen blonden Haare, die er trotz des seltsamen Haarteils, unter dem sie sie verbarg, hatte erkennen können. Und er kam zu dem Schluss, dass er glaube, »er werde sie lieben können«.

Alles stand also zum Besten. Seine Freunde freuten sich mit ihm. Sie hatten ihm auf diesem schweren Ritt heute beigestanden, und mehr noch in jener gar nicht so lange zurückliegenden schweren Zeit, als er, verrückt vor Liebe zu Maria Mancini, dem Kardinal die Stirn geboten, seine Mutter bestürzt, sein Königreich hergegeben und davon gesprochen hatte, sich umzubringen. Sie hatten ihn auf seinen wilden Ritten zu seiner Geliebten begleitet, hatten unter den Fenstern der Häuser gewacht, in denen er sie traf, hatten ihre Gouvernante Mme. de Venel, die der Kardinal seiner Nichte als Spionin an die Seite gestellt hatte, immer wieder in die Falle gelockt und unzählige verrückte Pläne von Entführung, gemeinsamer Flucht und heimlicher Heirat geschmiedet, die ihm Hoffnung verhießen und so seinen Schmerz linderten. Für ihn hatten sie alles versucht und alles gewagt, obwohl sie ihn kannten und daher von Anfang an gewusst hatten, dass letztlich doch seine eigene Stärke und sein Gewissen die Oberhand behalten würden.

Er war der König.

Eine neue Ära kündigte sich an.

Ihr gesamtes Leben hatte sich zwischen Duellen und Liebeleien im Winter und dem Krieg im Sommer abgespielt. Wenn der Krieg nun endete, was sollte dann aus ihnen werden?

Gefolgt von einer Vielzahl kleiner Boote und einer gewaltigen Menschenmenge, die sie am Ufer eskortierte, kehrten Ihre Allerkatholischsten Majestäten nach Fuenterrabía zurück. Die Königinmutter, Kardinal Mazarin und Monsieur stiegen wieder in ihre Kutsche, während die Pferde von Ludwig XIV. und seinem Gefolge ein wenig abseits tänzelten.

Als die kleine Flotte, die den König von Spanien und seine Tochter, die Königin von Frankreich, in ihrem vergoldeten Boot begleitete, sich unter lautem Beifall wieder auf den Weg zur Flussmündung machte, preschte am französischen Ufer ein Reiter los, folgte ihnen in langsamem Galopp und grüßte mit seinem großen, mit Diamanten und Federn geschmückten Hut.

Immer noch galoppierend und den Hut zum Gruß gesenkt, erreichte er schließlich die Stelle, wo der Sumpf begann und der Fluss sich verengte. Dort saß er ab und verneigte sich tief in Richtung Ihrer Allerkatholischsten Majestäten.

Philipp IV. und seine Tochter wurden darüber unterrichtet, verließen daraufhin ihr Gemach auf dem Boot und antworteten ihrerseits mit einem Gruß.

»Und bei dieser Gelegenheit«, vermerkte der Chronist, der nichts von dem Verstoß gegen die spanische Etikette im verschwiegenen Pavillon auf der Insel wusste, »erblickte die Infantin zum ersten Mal ihren Gemahl!«

Als das Boot hinter der Biegung des Flusses verschwunden war, kehrte der Reiter nach Saint-Jean-de-Luz zurück, wo er zu seiner Mutter und dem Kardinal stieß.

Am Abend dieses 4. Juni antwortete Maria Theresia in ihren Gemächern in Fuenterrabía mit klopfendem Herzen auf die Frage ihrer »azafata«, der Señora Molina, ob ihr der König gefallen habe: »Und wie er mir gefallen hat! Er ist ein sehr hübscher Bursche, und sein Ritt war der eines äußerst tapferen und galanten Mannes.«[11]

Sie war glücklich.

5. Juni

An diesem Tag überboten sich alle gegenseitig mit Beteuerungen, wie glücklich sie über diese erste Begegnung auf der Insel seien.

»Gleich am frühen Morgen sandte der König von Frankreich seinen Ersten Stallmeister Beringhen nach Fuenterrabía, um den erhabenen Gästen dort seinen Gruß auszurichten: dem König von Spanien und der … Königin von Frankreich. Abends folgte ihm der Herzog von Noailles mit weiteren Grüßen und gerührtem Dank.«

Denn in der Zwischenzeit hatte Philipp IV. seinen ältesten Stallmeister, Don Cristóbal de Gabino, und einige Pferdeknechte mit zwölf herrlichen spanischen Pferden zu Ludwig XIV. geschickt. Die Tiere trugen scharlachrote, goldbestickte Pferdedecken mit goldenen Fransen, auf denen, in Gold und Seide hervorgehoben, das Wappen seiner Allerchristlichsten Majestät des Königs von Frankreich prangte.

Und auch sein Bruder, den der spanische König immer noch den Herzog von Anjou nannte, hatte acht ebenso prächtige Pferde mit den gleichen Decken als Geschenk erhalten.

Am 5. Juni schien jeder noch unter dem Eindruck der Ereignisse des Vortags zu stehen. Es geschah nichts. Jeder versuchte, ein wenig zur Ruhe zu kommen, und bereitete sich auf den nächsten Tag vor, den 6. Juni, an dem die beiden Herrscher einander gegenübertreten sollten und an dem der Ehevertrag und die langen, immer wieder abgeänderten Artikel des Friedensvertrags verlesen würden.

Der Tag, an dem die Könige einander endlich umarmen würden.

Die Möglichkeit, dass irgendetwas die Beilegung dieser uralten Feindschaft doch noch scheitern lassen könne, war allen deutlich bewusst und bekümmerte Franzosen wie Spanier.

Und es war nicht so sehr die Impulsivität des jungen Ludwig, die für diesen 6. Juni zu befürchten stand, sondern ein unvermitteltes Zurückschrecken des spanischen Monarchen, von dem die meisten Opfer verlangt wurden.

Königin Anna von Österreich, die sich kurz mit Doña María

Molina aus dem Gefolge der Infantin unterhalten hatte, berichtete ihren Vertrauten, dass der König von Spanien sich und den Granden seines Hofes kurz vor der Hochzeit den Vertrag über die Vermählung des Königs von Frankreich und der Infantin habe vorlesen lassen. Als die Rede auf den Verzicht der Infantin auf den spanischen Thron kam, habe er protestiert und sich lautstark selbst angeklagt: »Das ist eine Schwäche! Falls meinem Sohn etwas zustoßen sollte, muss meine Tochter von Rechts wegen meine Königreiche erben.«

6. Juni

Der so ungeduldig erwartete feierliche Tag war endlich gekommen.

Der Tag, an dem sich die beiden Könige gegenüberstehen und einander auf das Neue Testament und das Kreuz Frieden schwören würden.

Es war ein Sonntag, und die malerische Landschaft zwischen Saint-Jean-de-Luz und dem Bidassoa glitzerte im strahlenden Sonnenlicht.

Singend und tanzend säumten die festlich gekleideten Bauern die hübsche Straße zur Fasaneninsel, auf der in beiden Richtungen Reiter und Kutschen dahinzogen.

Am frühen Morgen hatte der König von Spanien Don Amiele de Gaymare y Carrafa, den Sohn des Herzogs von Lucar, nach Saint-Jean-de-Luz gesandt, um Anna von Österreich und Ludwig XIV. seine Grüße auszurichten. Er erschien in prunkvoller Begleitung, umringt von sieben Karossen voller Edelleute und hundert Dienern. Was das Gedränge noch zusätzlich steigerte, als sich die Sechsspänner, die die königliche Familie abholen sollten, einen Weg durch die Menge bahnten.

Am spanischen Ufer hatten am Fuß des Felsvorsprungs die sechshundert Infanteristen des königlichen Garderegiments Aufstellung genommen, die unter dem Kommando ihres Obersten, des Herzogs von Veragua, aus Katalonien gekommen waren. Dazu gesellten sich die fünfhundert Reiter dieser Armee unter dem Befehl von Don Baltazar de Urbina.

Der spanische Chronist, der gewissenhaft alles notiert hat, was er für die Nachwelt von den Ereignissen dieses 6. Juni festhalten konnte, erwähnt mit Bedauern, dass die spanischen Soldaten gezwungen waren, sich dicht gedrängt aufzustellen, da auf dieser Seite des Flusses das Gebirge sehr nah ans Ufer heranreichte und ihnen nur wenig freie Fläche zur Verfügung stand.

Während das flachere Gelände auf der anderen Seite es den Franzosen erlaubte, ihre Gardesoldaten »in einer sehr schönen, langen Reihe« aufzustellen. Penibel vermerkt er ebenfalls, dass die Franzosen zahlreicher waren, da außer der Garde von Ludwig XIV., die exakt die gleiche Zahl von Soldaten umfasste wie die von Philipp IV., »denn so war es vereinbart worden«, auch noch die Garden der Königinmutter, von Monsieur und die des Kardinals Mazarin aufmarschiert waren, die allein schon dreihundert Mann umfasste.

Auf französischer Seite überwogen federgeschmückte Offiziere, deren Brustharnische in der Sonne blitzten. Man sah nur sie, denn sie eilten hin und her, überbrachten Befehle oder folgten einem Ruf, und das allgegenwärtige Funkeln erinnerte an die frühen Morgenstunden vor einer Schlacht. Prächtige Karossen und bescheidenere Kutschen wurden auf der Seite abgestellt, andere fuhren wieder davon.

Dazwischen schlenderten Trompeter und Paukenschläger herum, die sich gelegentlich zu einem martialischen Duett zusammenfanden, welches den allgemeinen Lärm übertönte und alle in Anspannung versetzte, weil man glaubte, etwas werde geschehen. Doch dann verstummte das Signal, und das Stimmengewirr setzte erneut ein.

Am frühen Morgen war der gesamte französische Adel aufgefordert worden, sich zur Fasaneninsel zu begeben und seine Plätze in den Räumen einzunehmen, die den beiden Höfen vorbehalten waren.

Angélique war in der Kutsche der Familie de Gramont mitgefahren. Diesmal brauchte sie ihr goldenes Kleid nicht anzuziehen. Sie und ihr Gemahl waren nur ein Paar unter vielen, die dem König von Spanien vorgestellt würden.

Denn nach dem Friedensschwur sollten die Adligen der beiden Höfe vor dem jeweils anderen Herrscher erscheinen.

Am Flussufer herrschte ein reges Treiben von Damen und Herren, die in die Boote stiegen, um auf die Insel überzusetzen.

Die flachen Kähne glitten mit ihren schillernden Passagieren über das ruhige Wasser. Sie legten an. Während Angélique wartete, bis sie an der Reihe war, an Land zu gehen, trat einer der Herren auf die Bank, auf der sie noch saß, und sein hoher hölzerner Absatz schürfte ihr die Finger auf. Nur mit Mühe unterdrückte sie einen Schmerzensschrei. Als sie aufblickte, erkannte sie den Mann, der sie am Tag ihrer Vorstellung bei Hof so grob behandelt hatte.

»Das ist der Marquis de Vardes«, sagte die junge Prinzessin Henriette neben ihr. »Das hat er natürlich mit Absicht gemacht.«

»So ein brutaler Rohling!«, schimpfte Angélique. »Wie kann man bloß einen so ungehobelten Menschen im Gefolge des Königs dulden?«

»Seine Unverschämtheiten amüsieren den König, und in Gegenwart Seiner Majestät zieht er die Krallen ein. Aber er ist beim ganzen Hof berüchtigt. Jemand hat sogar ein kleines Lied über ihn verfasst.«

Sie begann leise zu singen:

»Man braucht ja gar kein Büffelfell,
um sich als Wilder zu betragen.

Den echten Flegel erkennt man schnell
trotz Prachtgewand und Equipagen.
Wer Vardes sagt, der meint den Flegel …«

»Seid still, Henriette!«, rief jemand. »Wenn Madame de Soissons Euch hört, bekommt sie wieder einen Tobsuchtsanfall und beschwert sich beim König, dass man über ihren Günstling spottet.«

»Pah! Madame de Soissons hat ihr hohes Ansehen bei Seiner Majestät verloren. Jetzt, wo der König sich vermählt …«

»Wo habt Ihr denn gehört, dass eine Frau, und sei sie auch die Infantin, mehr Einfluss auf ihren Gemahl haben könne als eine frühere Mätresse, Madame?«, mischte sich Lauzun ein.

»Messieurs! Mesdames!«, jammerte Mme. de Motteville, die Ehrendame der Königinmutter. »Bitte! Ist das denn wirklich der rechte Zeitpunkt für solche Reden?«

Plötzlich entdeckte Angélique erfreut Joffrey in einer Gruppe von Leuten, die sich im französischen Saal versammelt hatten, um zu warten. Sie ging zu ihm.

Er bedachte sie mit einem zerstreuten Blick.

»Ah, da seid Ihr ja.«

»Ach, Joffrey, ich habe Euch seit zwei Tagen nicht mehr gesehen. Ihr fehlt mir so schrecklich. Ich glaube fast, in der Öffentlichkeit beugt Ihr Euch ebenfalls dem Vorurteil, es sei lächerlich, dass Ehegatten einander lieben. Schämt Ihr Euch etwa für mich?«

Da leuchtete auf seinen Zügen wieder das vertraute offene Lächeln auf, und er legte einen Arm um ihre Taille.

»Nein, mein Herz. Aber ich sehe Euch in so fürstlicher und angenehmer Gesellschaft.«

»Angenehm? Na ja«, entgegnete Angélique und strich mit einem Finger über ihre schmerzende Hand. »Wer weiß, welche Verletzungen ich noch davontragen werde. Und was ist mit Euch, Joffrey, was habt Ihr gestern gemacht? Und vorgestern?«

»Ich habe Freunde für den Kardinal zusammengerufen und über dies und das geplaudert.«

Das musikalische Echo der kleinen Flotte des spanischen Königs, die sich flussaufwärts der Insel näherte, wehte heran.

Philipp IV. und seine Tochter trafen als Erste ein, was außergewöhnlich war und durchaus Erwähnung verdiente.

Nachdem der König zufrieden seine Truppen bewundert hatte, die zwar sehr beengt standen, aber dadurch nur umso eindrucksvoller wirkten, warteten er und seine Tochter in einem der kleinen Salons auf spanischer Seite, vielleicht dem, dessen Wände mit Goldstoff bespannt und dem kostbaren Wandteppich der »Globen« geschmückt waren, den man eigens aus Portugal hatte herkommen lassen.

In Saint-Jean-de-Luz hatten der König, seine Mutter, sein Bruder, Mademoiselle und ihre Schwestern sowie Mme. de Navailles und der Prinz von Conti in einer Kutsche Platz genommen. Königin Anna trug zu ihrem Witwenschleier ein Perlenkreuz und ihre wunderschönen Ohrgehänge. Der König und sein Bruder hatten Diamantschnüre an ihren Hüten. Alle waren sich einig, dass der junge König von Frankreich an diesem Tag glücklich wirkte.

In der zweiten Kutsche der Königin saßen die Prinzessinnen von Carignan und von Baden, die Tochter einer der beiden Damen, die immer noch schöne und berühmte Pfalzgräfin Anna Gonzaga sowie die Herzoginnen von Uzès, Gramont und Noailles.

Dann kam das Gefolge des Kardinals, bestehend aus Herzögen und ausgewählten Persönlichkeiten, die ihn beim Ablauf der verschiedenen Zeremonien unterstützen sollten, Ritual oder Theaterdarbietung, in denen kein Fauxpas und kein Versehen passieren durften.

Als der königliche Zug in Sichtweite der Insel anlangte, bot sich den Insassen der Kutschen ein herrlicher Anblick.

Es war ein ungewöhnlich heißer, klarer Tag, und auf der spanischen Seite konnte man die ordentlich aufgestellten Reiter und Infanteristen in ihren roten und gelben Uniformen erkennen.

»Auf der französischen Seite hatten die französischen und Schweizer Garden, die Garden des Königs und die Musketiere in Schlachtordnung Aufstellung genommen.«

Der Sohn des Herzogs von Medina de las Torres kam der Kutsche entgegen, um dem König und der Königinmutter die Grüße seiner Allerkatholischsten Majestät auszurichten.

Welch ein Unterschied zu dem hochmütigen Schweigen der ersten Tage, als man, um Neuigkeiten über den König von Spanien zu erfahren, nur auf die baskischen Hirten und die Brieftauben hoffen konnte!

»Die illustren Herrschaften stiegen aus ihren Kutschen und gingen, nur von zwanzig Leibgarden begleitet, durch die verglaste Galerie auf den Palast zu. Am Eingang erwarteten sie Geschenke des Königs von Spanien in vier oder fünf großen Truhen mit goldenen Bändern.« Mademoiselle sollte später berichten, dass sie zweifellos Parfüms enthielten. Sie wurden ans französische Ufer gebracht.

Die Zeremonie ging weiter.

Von allen Anwesenden gegrüßt, wurden die »illustren Herrschaften« zum Eingang des Salons der Zusammenkunft geleitet. Mazarin verwehrte den zahllosen adligen Damen und Herren, die sich unmittelbar hinter ihnen drängten, den Einlass; ihre Zeit würde später kommen.

Zunächst betraten nur der König von Frankreich, seine Mutter, sein Bruder, der Kardinal und eine einzige Hofdame der Königin, Mme. de Navailles, den Raum.

Dem vorab festgelegten Ablauf entsprechend, betraten die beiden Könige den Salon der Begegnung exakt im gleichen Augenblick, jeder auf seiner Seite. Hinter Philipp IV. kam seine

Tochter, die junge Königin, und hinter dem König von Frankreich folgten seine Mutter und sein Bruder.

Als die beiden Könige einander zum ersten Mal gegenüberstanden, betrachteten sie einander, traten aufeinander zu und begrüßten einander, umarmten sich jedoch nicht.

Stehend wechselten sie ein paar höfliche Worte, die Kardinal Mazarin übersetzte, da der König von Frankreich in der Öffentlichkeit vorgab, kein Spanisch zu sprechen. Der Kardinal diente ebenfalls als Übersetzer, als Ludwig auf seine Gemahlin zutrat und sie mit ausgesuchter Höflichkeit begrüßte.

Der spanische Chronist, der dieser Vermählung ein gerührtes Interesse entgegengebracht zu haben scheint, bemerkt, dass die Infantin und ihr Gemahl einander diesmal aus der Nähe und nicht durch die Weiten eines Flusses getrennt betrachten konnten, doch obwohl überliefert ist, dass Ludwig XIV. seiner Gemahlin einige Worte widmete, die Kardinal Mazarin übersetzte, konzentrierte der junge König, der diesem politischen und diplomatischen Sieg seine große Liebe geopfert hatte, an jenem Tag seinen Blick und seine Aufmerksamkeit auf den Monarchen vor ihm, in dem er weder den Schwiegervater noch den wiedergefundenen Onkel sah, sondern Philipp IV., König von Spanien und Beherrscher des Universums, mit dem er, der König von Frankreich, ein Bündnis schließen und über Frieden für ihre Völker und das Ende jahrelanger Kriege entscheiden musste.

Nach den Begrüßungen nahmen alle in ihrer jeweiligen Hälfte des gemeinsamen Raums Platz.

Rechts neben Philipp IV. saß Maria Theresia, und auf der gegenüberliegenden Seite saß Anna von Österreich zur Rechten von Ludwig XIV., während sich sein Bruder zu seiner Linken niedergelassen hatte. Monsieur saß als Einziger auf einem Schemel. Die anderen hatten mit Kissen gepolsterte Lehnstühle. Der Kardinal und die wenigen Begleiter hatten sich an den Rand des Salons zurückgezogen, damit die Familie sich in Ruhe aussprechen konnte.

Am anderen Ende des Palastes, in den beiden Sälen, in denen die Brücken endeten, summten die beiden Höfe in einem Gewirr unterschiedlichster Sprachen, wo zwischen Spanisch, Französisch und Deutsch auch Englisch, Flämisch und Wallonisch, aber natürlich auch Baskisch sowie verschiedene Dialekte aus dem südlichen Frankreich und dem Norden Spaniens zu hören waren. Die Grenze zwischen den beiden Höfen war lediglich fiktiv, und bald vermischten sie sich miteinander, sodass alte Freunde und Feinde einander wiedersahen.

Denn an diesem Tag hatte sich auf der Fasaneninsel ein Durcheinander verschiedenster Nationen zusammengefunden, wie es bis dahin lediglich die Schlachtfelder gekannt hatten. Die Anwesenheit der Damen verlieh dem Ganzen eine ungewohnte Note. Ihre Anmut, ihr Lachen und ihre sprunghaften Bemerkungen verliehen dieser Begegnung, über der wie ein Schatten die dunkle, brutale Realität männlicher Widersprüche schwebte, ein heiteres Gepräge.

Auch Angélique spürte diese unterschwellige Stimmung versöhnter Krieger, aber sie war glücklich, an Joffreys Seite zu sein, der sich ausnahmsweise im Kreis seiner Standesgenossen bewegte.

Er führte sie zu Don Baltazar, einem langjährigen Freund, der ihnen am Fronleichnamstag seine schwarzen Pferde zur Verfügung gestellt hatte, damit sie rasch von San Sebastián ans Ufer bei der Fasaneninsel zurückkehren konnten. Die Augen des Spaniers funkelten, als sie ihm erzählte, dass sie auf dem Rücken seiner stolzen Streitrösser ein Gefühl verspürt hatte, als würde sie fliegen. Sie gehörten einer außergewöhnlichen Pferderasse an, erklärte er, die aus der Provinz Friesland stammte. Eine Region hoch oben im Norden, wo von den Wiesen aus hinter den schützenden Deichen das Grollen des

Meeres zu hören war. Don Baltazar war das Paradebeispiel eines Spaniers, dessen Wurzeln fest im Boden der Spanischen Niederlande steckten, wo er geboren war und gekämpft hatte. Seiner Ansicht nach, fuhr er fort, passte der Calvinismus nicht zu diesem Land der klingenden Belfriede, der Kirchweihen und der leidenschaftlichen Tulpenliebhaber. Aber jetzt war es zu spät! Diese fantasievollen, überschwänglichen Provinzen hatten sich in das harte Korsett der Reformation gezwängt, in dem der große Kaiser Karl V. seine Seele nicht mehr wiedererkennen würde. Alle möglichen Erinnerungen und Überlegungen begannen sich miteinander zu vermischen, und erst später würde man erkennen, dass sich in diesen Stunden ein noch in mittelalterliche Gewänder gehülltes Europa aufzulösen begann.

Nach einer Weile ließ die Königinmutter Mademoiselle, ihre Schwestern und die Damen ihres Gefolges in den großen Salon rufen, um sie dem spanischen König und Maria Theresia, der jungen Königin von Frankreich, vorzustellen. Im Vorübergehen gab Mademoiselle Angélique ein Zeichen, doch diese zog es vor, bei ihrem Mann und den übrigen Wartenden zu bleiben. Sie genoss die Gelegenheit, an seiner Seite im Kreise von Freunden zu sein.

Unter dem aufrechten, erhabenen Schutz der spanischen Tapisserien, auf denen »Der Sieg der Tugend über die Eitelkeit« und »Der Abscheu vor der Sünde« dargestellt waren – Motive, über die man an diesem Tag durchaus nachsinnen konnte, an dem in einer Flut erlesenster Eleganz die kostbarsten und prunkvollsten Gewänder unter ihnen flanierten –, und den unterhaltsameren freundlichen Geschichten von »Psyche und Amor« auf französischer Seite, nahm die Begegnung ihren Lauf. Von der einen Seite hatte man die spanische Garde, die deutsche Garde und die Leibgarde des Herrschers im Palast auf der Insel aufmarschieren lassen, von der anderen Seite die Schweizergarde und die Leibgarden Ihrer Majestäten des Königs und der Königin Anna, alle natürlich in ihrer Paradeuniform.

Die spanischen Morions, die teils mit weißen, teils mit roten Federbüschen geschmückt waren, sahen fast genauso aus wie die Helme der Schweizer Garden.

Die jungen Herren aus dem Gefolge von Ludwig XIV. trugen Mäntel aus grauem Moiré, auf dem mit feuerfarbenen Nadeln goldene Spitze festgesteckt war. Das Futter bestand aus Goldstoff. Nach und nach verwandelte diese kühne Begegnung den provisorischen Palast in ein wahres Märchenschloss.

Angéliques Blick fiel auf einen Mann, den sie erst nach einer Weile wiedererkannte. Sein stattliches Äußeres und seine geschmackvolle Kleidung ließen ihn aus der Menge hervorstechen. Seine Gewänder waren mit kostbarer silberner Spitze verziert. Er trug die in Kastilien übliche Halskrause und einen kurzen Umhang, auf den das rote Kreuz des Santiago-Ordens aufgestickt war.[12] Das mit Diamanten besetzte funkelnde Ordenszeichen hing an einer goldenen Kette um seinen Hals. Schließlich erkannte sie den Aposentador real, der sie durch den Palast geführt hatte, den berühmten Diego Velázquez, den Hofmaler des Königs.

M. de Bar freute sich.

»Endlich ist er doch noch in den Santiago-Orden aufgenommen worden«, erzählte er Angélique, »obwohl seine ›limpieza de sangre‹ nicht über jeden Zweifel erhaben war. Offenbar hat Seine Majestät Philipp IV. unmittelbar bei Papst Alexander VII. um eine Dispensation ersucht, damit er ihm den Orden verleihen durfte. Danach konnte sich das Ordenskapitel nicht mehr entziehen und musste ihn aufnehmen, aber ausdrücklich nur in schriftlicher Form, was ihn für alle Zeiten zu einem Santiago-Ritter zweiter Klasse, einem Paria, macht. Wie dem auch sei, ich glaube, er ist glücklich. Habt Ihr die Scheide und den Griff seines Schwerts gesehen? Sie sind aus ziseliertem Silber, eine herrliche Arbeit eines italienischen Künstlers.«

Auch für ihn musste es ein Tag großer Befriedigung sein, während er zusah, wie die glorreiche Zeremonie harmonisch in dem prunkvollen Rahmen ablief, den er auf dieser kleinen Insel im Bidassoa geschaffen hatte.

Doch ihr fiel auf, dass er noch immer hustete.[13] Sie fragte sich, ob die Spanier denn nicht über die gleichen geheimen Arzneien verfügten wie alle anderen Länder. Aber vielleicht hatten sie ja einfach zu viele Hexen und jüdische und arabische Ärzte auf ihren Scheiterhaufen verbrannt.

Etwas mehr als eine Stunde verging.

Doch plötzlich senkte sich Stille auf den kleinen Palast herab. Am Ende des schmalen Mittelgangs hatte man hinter der Glastür eine Bewegung erspäht.

Die Minister hatten sich den Königen genähert und gaben ihnen zu verstehen, dass nun die Zeit gekommen sei, den Eid zu leisten und den Friedensvertrag zu unterzeichnen.

Die Könige erhoben sich, und gleichzeitig öffnete man auf beiden Seiten die Türen, um die Zeugen einzulassen. Für den König von Frankreich waren dies der Prinz von Conti, der Graf de Soissons, die Herzöge, die Marschälle von Frankreich, die Offiziere sowie die Angehörigen der Haushalte des Königs, der Königin und von Monsieur.

Die Ersten Minister stellten zwei identische Schreibtische in die Mitte des Raumes, wobei sie darauf achteten, auf ihrer jeweiligen Seite der Mittellinie zu bleiben.

Die Könige traten vor, bis sie einander gegenüberstanden.

Der Marqués de Malpica, der in dieser Woche das Amt des Haushofmeisters von König Philipp ausübte, brachte seinem Herrn ein Kissen, auf dem dieser niederkniete, während Ludwig XIV., dem das Kissen vom Abbé de Coislin gereicht wurde, es ihm gleichtat.

Dann legte Don Alonzo Pérez de Guzmán, der Patriarch von

Westindien, ein Kruzifix und ein aufgeschlagenes Evangeliar vor Philipp IV. auf den Schreibtisch. Mazarin folgte seinem Beispiel auf französischer Seite.

Dann verlas Don Fernando de Fonseca Ruiz de Contreras, Marqués de la Lapilla, zur Rechten von König Philipp IV. stehend, auf Spanisch den Text der Eidesformel, und der Minister M. de Brienne tat das Gleiche auf Französisch. Anschließend folgte die langwierige Verlesung des Ehevertrags und schließlich die Präambel des Friedensabkommens:

»Ohne jede weitere Absicht oder andere Beweggründe als ihr Mitgefühl für die Leiden ihrer Völker und den väterlichen Wunsch nach Wohl und Erleichterung für ihre Untertanen und Ruhe für die gesamte Christenheit, haben die beiden Könige einen Weg gefunden, diese große Mühsal zu beenden, die Gründe dafür zu vergessen, die Saat ihrer Zwietracht auszulöschen und zum Ruhme Gottes und zur Verherrlichung unseres heiligen katholischen Gesetzes einen guten, aufrichtigen, uneingeschränkten, dauerhaften Frieden und ebensolche Brüderlichkeit zu schaffen ...«

Als die Verlesung beendet war, wurden die beiden Könige aufgefordert, den Eid auf das Kruzifix zu leisten.

»Sí, lo juro«, antwortete Philipp IV. mit fester Stimme.

»Ich schwöre nicht nur Frieden, sondern auch Freundschaft«, fügte Ludwig XIV. hinzu.

»Dann erhoben sich die beiden Könige und umarmten einander. Die Königinmutter weinte.«

Der französische Hof trat ein, und Mazarin stellte dem König von Spanien die Angehörigen des Hochadels vor, während Luis de Haro dem König von Frankreich die spanischen Granden präsentierte.

Als Henri de La Tour d'Auvergne, Vicomte de Turenne, vor Philipp IV. trat, ein Abkömmling einer der angesehensten und ältesten Familien des französischen Adels und durch seine Mutter, Elisabeth von Nassau, Enkel von Wilhelm dem Schweiger, dem Fürsten von Oranien, musterte der spanische König ihn lange.

»Me ha dado de muy malas noches!«[14], sagte er leise und würdigte so mit einem Hauch von Selbstironie die militärischen Fähigkeiten seines alten Widersachers.

Unter der scharlachroten, mit goldenen Fransen besetzten Samtdecke des großen Salons auf der Fasaneninsel bildete die Ansammlung so vieler großer Namen im flammenden Glanz der »Apokalypse« und der »Metamorphosen des Ovid« einen Anblick, der in der Geschichte beider Länder unvergessen bleiben sollte.

»Zugegen waren Philipp IV., der seit vierzig Jahren herrschte und sich jenes stolze, würdevolle Auftreten bewahrt hatte, dem weder Gebrechen noch Sorgen oder Unglück etwas anhaben konnten.

Ludwig XIV. in der Blüte seiner Schönheit und umflort von der Morgenröte seines Ruhmes.

Ebenfalls zugegen waren die beiden Königinnen, beide Töchter Österreichs, dessen Titel ihnen als Apanage zugefallen war. Die schwarzen Schleier der einen zeugten von einer Lebenserfahrung, die im Gegensatz zur Unschuld ihrer jungen Schwiegertochter stand.

Der italienische Kardinal, auf den Richelieus Mantel übergegangen war, kostete den Erfolg seiner Mühen aus und erblickte in diesem neuen Bündnis den künftigen Ruhm Frankreichs.

Der kühle und geschickte Don Luis de Haro nahm die Huldigungen entgegen, die seinem neuen Rang gebührten, denn in Anbetracht seiner Verdienste hatte ihm sein König den Ehrentitel eines ›Príncipe de la Paz‹, eines ›Friedensfürsten‹, verliehen.

Turenne im Glanz des kürzlich errungenen Sieges bei der Schlacht in den Dünen.

Der alte Marschall de Villeroy und der junge Herzog von Créqui.

Medina de las Torres, Vorbild und Spiegel der Granden.

Der junge Guiche mit seiner romantischen Art.

Monterrey und Eliche.

Die Noailles und die d'Harcourts.

Die Guzmáns und die de Toledos.

Und der illustre Velázquez, Hofmaler des spanischen Königs und sein Aposentador mayor.«

Nachdem die Vorstellungen beendet waren, wurde noch ein offizielles juristisches Ritual vollzogen, sicherlich das Wichtigste an der ganzen Zeremonie.

Jeder auf seiner Seite durchquerten die beiden Herrscher und ihre Minister die schmalen, »Romulus und Remus« beziehungsweise den »Illustren Matronen« geweihten Gänge zu den kleinen Kabinetten. Diese beiden Räume waren absichtlich klein gehalten und verfügten über keinen anderen Zugang als die Tür, durch die sie sie betreten hatten, sodass sich kein Spion oder übel gesinnter Zeuge heimlich zu den Akteuren dieses feierlichen und dramatischen Moments schleichen konnte.

Offenbar duldeten die Minister an diesem Tag nicht einmal die Anwesenheit eines Dieners, der die Gänsekiele und Tintenhörner hereinbrachte. In diesen winzigen Zimmern unterdrückten die Herrscher eine stille Angst, die sie in Einklang mit den Darstellungen der »Passion unseres Herrn Jesus Christus« an den Wänden brachte, zeichneten unzählige Seiten ab und unterschrieben zahllose Dokumente. Glücklicherweise hatten ihre Minister Mazarin und Don Luis de Haro genügend Zeit gehabt, sich sowohl mit deren Zahl als auch mit ihrem Inhalt vertraut zu machen, was es ihnen erlaubt hatte, sie in die richtige Ordnung zu bringen.

Die beiden Botschafter standen an der Tür ihres jeweiligen Kabinetts, um ihren Herrscher darüber zu informieren, wann der andere bereit wäre, herauszukommen, sodass sie die Räume im gleichen Moment verlassen konnten, wie es zuvor vereinbart worden war.

Und so geschah es.

Zurück im Salon, in dem sie den Eid geleistet hatten, verabschiedeten sich die beiden Monarchen unter einer Vielzahl höflicher Gesten und Verneigungen voneinander. Doch sie schwiegen dabei, und ein jeder zog sich mitsamt seinem Hof zurück, als tanzten sie ein stummes, bis in alle Einzelheiten festgelegtes Ballett. Die Emotionen drohten alle zu überwältigen.

Während die Könige die Dokumente unterschrieben hatten, waren draußen auf beiden Ufern aus Musketen und Arkebusen Salutschüsse abgefeuert worden. Und in der Ferne verkündete das Donnern der Kanonen von Fuenterrabía sowohl Spanien als auch Frankreich, dass »die Verbindung zweier königlicher Familien den Frieden endgültig besiegelt hatte«.

Die Offiziere der königlichen Haushalte und die Schreiber hatten die bestickten Samthüllen mit den kostbaren Dokumenten unter sich aufgeteilt.

Nach dem ganzen Stimmengewirr und Gedränge, in dem alle die Ereignisse kommentierten, denen sie beigewohnt hatten, kam irgendwann der Moment, an dem man sich nichts mehr zu sagen hatte.

Der Himmel draußen war wolkenlos. Mit Musikanten besetzte Boote in allen Formen und Größen kreuzten, mit kleinen gezackten Bannern geschmückt, auf dem Fluss.

»Allmählich brach die Dämmerung an.

Der König von Spanien erklärte, dass er am nächsten Tag um drei Uhr wiederkommen werde.

Dann wandten er und die Infantin sich der Anlegestelle zu, um nach Fuenterrabía zurückzukehren, während Ludwig XIV., seine Mutter, der Kardinal und sein Bruder nach Saint-Jean-de-Luz zurückfuhren.«

7. Juni

Die Sonne erhob sich an diesem Tag der Trennung.

Niemals würde man ihn anders nennen können.

»In den frühen Morgenstunden betrat Philipp IV. in Fuenterrabía die Gemächer seiner Tochter, um sich ungestört von ihr zu verabschieden. Sein Kummer kannte keine Grenzen. Die liebevolle Fürsorge ihres Vaters entlockte Maria Theresia eine Flut von Tränen, die sie nicht unterdrücken konnte. Man kann sich vorstellen, wie sie Erinnerungen an das gemeinsame Leben von Vater und Tochter aufleben ließen, jenes Miteinander, das die Bande von Vaterschaft und Abstammung schmieden, Bande, die zwischen ihnen nur aus gegenseitiger Zuneigung und Wertschätzung bestanden hatten, aus Freude und glücklichen Empfindungen während ehrenvoller staatlicher oder religiöser Feiern, bei denen sie gemeinsam den Beifall des spanischen Volkes entgegengenommen hatten.

Um halb zwei verließ der König seinen Palast. Auch an diesem Tag trug er an seinem Hut die beiden herrlichen Juwelen: den Diamanten mit dem Namen ›Spiegel Portugals‹ und die unschätzbar wertvolle Perle ›La Pelegrina‹.

Ihre Majestäten ließen ihre Karosse am Hafen zurück.

Begleitet von Hörnerschall und Musik stiegen sie in ihr gewohntes Boot und fuhren die Mündung des Bidassoa hinauf, erneut begleitet von einer Flotte aus prächtig geschmückten Booten, deren Banner im Wind flatterten.«

In Saint-Jean-de-Luz schickte sich die königliche Familie ebenfalls an, zum Fluss zu fahren. In Begleitung von Kardinal Mazarin stiegen sie in eine von acht Schimmeln gezogene, mit scharlachrotem Samt überzogene Kutsche mit Vorhängen aus gleichfarbigem gold- und silberbesticktem Stoff.

Nun ruhte alle Verantwortung auf den Schultern der Königin Anna von Österreich.

Ihr und ihrer Garde würde die junge Gemahlin ihres Sohnes und Tochter ihres Bruders, des Königs von Spanien, übergeben werden. Ihr würde die schwierige Aufgabe zufallen, ihre ersten Schritte auf französischem Boden zu leiten und ihr in ihrer neuen Heimat einen herzlichen Empfang zu sichern. Denn der junge König durfte die Funktion ihres Lenkers und Beschützers nicht übernehmen, solange ihre Verbindung noch nicht den Segen der Kirche empfangen hatte.

Das würde erst am übernächsten Tag im Verlauf einer prunkvollen Zeremonie in der Kirche von Saint-Jean-de-Luz geschehen.

Und so kam die Königin, eingerahmt von ihren beiden Söhnen, Ludwig, dem König von Frankreich, und Philippe, dem Herzog von Orléans, und nur in Begleitung einer einzigen Ehrendame.

»Sie hatte Mademoiselle de Montpensier und ihre gesamten Hofdamen angewiesen, in ihrem Haus zu warten und alles vorzubereiten, um die junge Königin aufs Beste zu empfangen, wenn sie sie am Abend mitbrachte.

Die Kleidung von Ludwig XIV. war übersät mit Edelsteinen, die Königin trug herrliche Juwelen zu ihrem schwarzen Witwenkleid, und auch wenn Philippe d'Orléans vielleicht ein wenig zu viel Spitzen und Bänder trug, war er dennoch der verführerischste Vertreter französischer Eleganz.«

An diesem Tag trafen die beiden Höfe gleichzeitig ein.

Für Mademoiselle bedeutete es ein großes Opfer, von der letzten Begegnung auf der Fasaneninsel ausgeschlossen zu sein, aber sie sah ein, dass von nun an ihrer aller Bemühungen dem Wohl der Königin Maria Theresia zu gelten hatten, dank der in Europa Frieden herrschen würde. Und so gab man sich währenddessen in Saint-Jean-de-Luz alle Mühe, ihr einen herrlichen Empfang auf französischem Boden zu bereiten.

Ein letztes Mal saßen die Großen dieser Welt einander in der Nachbildung einer prächtigen königlichen Residenz gegenüber, während sich ihre Minister und übrigen Begleiter ans andere Ende des Raums zurückgezogen hatten.

Sie plauderten, wechselten die letzten Worte, die ihnen in den Sinn und über die Lippen kamen, arme und ein wenig sinnlos erscheinende Worte in diesem erhabenen Augenblick. Ein letztes Mal umhüllten der goldene Glanz der Wandbehänge und die feinen Farbnuancen der herrlichen Tapisserien diese Menschen, die einander wiedergefunden und erkannt hatten und bald aufs Neue auseinandergehen sollten. Jede Minute, die verstrich, brachte sie der Trennung näher.

Und dann war es so weit.

Sie standen auf, und Philipp IV. schloss seine Schwester Anna fest in die Arme. Dann wollte diese nach der Hand ihrer Nichte und Schwiegertochter greifen, um sie zu sich zu holen.

Doch diese fiel vor ihrem Vater auf die Knie, küsste seine Hände und benetzte sie mit Tränen, während sich Ludwig XIV. und Philippe d'Orléans instinktiv dem König von Spanien zuwandten, der ihnen seine Arme öffnete.

In diesen Momenten wurde die Grenzlinie der Teppiche mehrmals überschritten und von den Sohlen weinender Verwandter zertreten, die einander im Überschwang des Trennungsschmerzes umarmten und küssten, denn sie ahnten, dass es eine Trennung für immer sein würde, und diese Vorstellung konnten sie weder ertragen noch akzeptieren.

Endlich gelang es der Königinmutter, die Hand der Infantin zu ergreifen und sie an sich zu ziehen. Aber der junge Ludwig XIV. und sein Bruder konnten sich nicht vom spanischen König lösen. Schluchzend umarmten sie ihn und stammelten, er sei ihr Vater, den sie nie gehabt hatten, er, der Bruder ihrer Mutter, ihr Onkel und der engste Verwandte, den sie auf Erden hatten.

Schließlich riss sich Philipp IV. aus ihren Armen los, richtete seinen Dank und einen Abschiedsgruß an Mazarin und ging allein durch die Galerie hinaus auf die Anlegestelle. Allein stieg er in sein vergoldetes Boot, und allein fuhr er, umringt von der jubelnden Flotte und der Menge, die ihm unter lautem Beifall am Ufer zu folgen versuchte, nach Fuenterrabía zurück.

Dort ließ er sich auf sein Bett fallen und konnte die Tränen nicht länger zurückhalten.

»Ich bin halb tot«, sagte er. »Als meine Schwester meine Tochter weinen sah, brach auch sie in Tränen aus. Aber diese beiden Jungen zu sehen, die sich an meinen Hals klammerten und weinten wie zwei kleine Kinder, hat mich so sehr erschüttert, dass ich es kaum zu ertragen vermag!«

Unverzüglich verließ der König Fuenterrabía. Nachdem er in Oyarzun im Haus von Martín de Amolez zu Mittag gegessen hatte, stieg Philipp IV., der weder so alt noch so kränklich war, wie gerne behauptet wurde, auf ein Pferd, ritt los in Richtung Rentería und erreichte bei Einbruch der Dunkelheit Hernani.

Am Mittwoch, den 9. Juni, brach er am frühen Morgen auf und verbrachte die Nacht in Tolosa.

Am Abend des 14. Juni hatte er Mondragón erreicht. Am Samstag, den 15., durchquerte er das Tal von Salinas.

Ehe die Sonne unterging, erreichte er Vitoria, wo er mit Salutschüssen und einem Feuerwerk empfangen wurde. Am Sonntag, den 16. Juni, übernachtete er in Miranda de Ebro.

In Valladolid, wo er am 20. Juni eintraf, wurde zu seinem Empfang ein großes Fest gefeiert. Am 22. Juni machte er halt im Escorial. Und am 26. Juni traf der spanische König nach diesem rasenden Galoppritt, der wie eine Flucht vor unerträglichem Kummer anmutete, in der Casa de Campo mit seiner Familie zusammen, die ihm entgegengekommen war. Sein vierjähriger Sohn war trotz seiner schwachen Konstitution immer noch am Leben, und seine junge Frau trug immer noch das

Kind unter ihrem Herzen, das vielleicht ein kräftiger Junge werden würde.

Und endlich konnte er vor der trostbringenden Heiligen Jungfrau niederknien, Nuestra Señora de Atocha, der er das vollbrachte Friedenswerk zu Füßen legte. Was sollte aus dieser beinahe widernatürlichen Verbindung mit den Nachkommen des Königreichs der Franken, ihren Erbfeinden, erwachsen? Hatte er nicht das Erbe seines Urgroßvaters in seinen Grundfesten erschüttert, bis es rissig wurde? Jenes Karls, der gleichzeitig König von Spanien und Herrscher über Österreich gewesen war, der Kaiser, in dessen Reich »die Sonne niemals unterging«?

Als er endlich wieder in seine Zelle zurückgekehrt war, empfahl er sich der Güte Gottes und schrieb einen Brief an die »blaue Nonne«.

Kapitel 13

Am Morgen des 7. Juni hatte Angélique Mademoiselle aufgesucht, um ihr ihre Dienste anzubieten, doch diese machte gute Miene zum bösen Spiel und entgegnete, sie habe bereits mehr als genug Damen, die ihr dabei halfen, das Haus der Königinmutter herzurichten, in dem Maria Theresia empfangen werden sollte. Dort würde die neue Königin dem Brauch gemäß nicht nur den wichtigsten Herren ihres Haushalts den Eid abnehmen, sondern gleich darauf auch der Pfalzgräfin Anna Gonzaga, die die Aufseherin über ihren Haushalt werden sollte. Danach würde sie sich in das Nebenhaus zurückziehen können, das für ihren Aufenthalt vorbereitet worden war, um sich auszuruhen.

Erst am nächsten Abend, dem Vorabend ihrer Hochzeit, sollte eine recht schlichte, kurze zeremonielle Vorstellung des französischen Hofes erfolgen.

Der unverbesserliche Abbé de Montreuil hatte erneut eine Reihe von Freunden um sich geschart, um die Zeit auf angenehmste Art und Weise zu verbringen. Das Haus, in dem M. de Lionne abgestiegen war, bot einen weiten Ausblick, und von dort aus konnte man das Eintreffen der neuen Königin in Saint-Jean-de-Luz ausgezeichnet beobachten. Der Abbé de Montreuil hatte bereits alle Fenster im ersten Stock reserviert, um dort zusammen mit seinen Gästen das prächtige Schauspiel zu genießen, das man sich nicht entgehen lassen durfte: den Einzug der von Eskorten und Regimentern begleiteten Königin Maria Theresia von Österreich, der Gemahlin König Ludwigs XIV., in die erste Stadt ihres neuen Königreichs, welche sie mit lautem Jubel begrüßen würde.

Angélique ließ sich wieder einmal von ihm überreden, denn sie hatte eingesehen, dass er an der Verschwörung vom Fronleichnamstag unschuldig war. Nach reiflicher Überlegung war sie zu dem Schluss gekommen, dass es weder ein Komplott noch irgendeine Täuschung gegeben hatte. Nur ihre gelegentlichen Schwierigkeiten, sich ganz diesem Taumel hinzugeben, von dem man sich in Gesellschaft der Höflinge mitreißen lassen musste und der im Grunde nur der normale Zustand jener Menschen war, die das bewegte und unvermeidlich theatralische Leben der königlichen Höfe führten.

Nachdem sie, mit Sorbets versehen, an den Fenstern Platz genommen hatten, warteten sie plaudernd auf das Eintreffen des bewegenden Zuges.

Man unterhielt sich darüber, wie enttäuscht Mademoiselle gewesen war, weil sie in Saint-Jean-de-Luz hatte bleiben müssen, um das Haus der neuen Königin herzurichten, statt am letzten Akt auf der Fasaneninsel teilzunehmen. Jemand erwähnte ihren Vater, Gaston d'Orléans, und mehrere Höflinge waren sich darin einig, dass man ihn bei den gegenwärtigen Festlichkeiten schmerzlich vermisst habe. Es passte zu ihm, beinahe ohne Vorwarnung zu sterben, als der Hof sich gerade anschickte, an die Grenze zu reisen, um die Vermählung des Königs zu feiern.

Der Tod der beiden legitimen Söhne von Heinrich IV. schlug geradezu eine Bresche in den Wall der Generationen. Denn er war noch nicht alt gewesen, sieben Jahre jünger als sein Bruder Ludwig XIII., der mit zweiundvierzig Jahren gestorben war.

Viele hatten seine angenehme Gesellschaft geschätzt, und so hatte der Hof seinen Tod noch nicht wirklich verwunden.

Aber das war wieder einmal typisch Gaston, einfach zu verschwinden, während sich alle auf ihn verließen.

Der Herzog von Vivaret berichtete von der Verschwörung von Amiens, an der er in seiner frühen Jugend ohne besonderen Eifer beteiligt gewesen sei. Aber seinerzeit war es Mode gewesen, zu versuchen, Richelieu zu stürzen, und sei es nur, um den Tod von Chapelles und Montmorency-Bouteville zu rächen, zweier unverbesserlicher Duellanten, die hingerichtet worden waren, weil sie gegen die neuen Edikte verstoßen hatten, welche Duelle mit der Todesstrafe belegten. Die Mutter des einen und die Freunde der beiden Verurteilten, die größten Namen des französischen Adels, waren vor Ludwig XIII. auf die Knie gefallen und hatten um Gnade gefleht. Aber nichts hatte geholfen. Beide waren auf der Place de Grève enthauptet worden, während das erschütterte Volk rings um das Schafott das Salve Regina angestimmt hatte.

Die Verschwörung von Amiens sollte am ersten Januar 1636 in die Tat umgesetzt werden.

Diesmal waren alle von ihrem Erfolg überzeugt. Es hing ein Wunder in der Luft.

Die Verschwörer sollten auf den obersten Stufen der breiten, prunkvollen Freitreppe vor dem Rathaus warten. Und wenn Kardinal Richelieu die Treppe hinabstieg, wollten sie ihm folgen, ihn umringen, und jeder würde einmal mit seinem Dolch zustechen.

Der Herzog von Orléans sollte das Signal dazu geben.

Richelieu kam heraus und begann ahnungslos die Stufen hinabzusteigen.

War es sein Anblick? Wie üblich hatte die Empfindsamkeit des Bruders von Ludwig XIII. gesiegt. Statt das Zeichen zu geben, zuckte er zusammen und ergriff die Flucht, indem er die Treppe zum Eingang des Rathauses hinaufrannte.

Während M. de Réat, sein Sekretär, ihm nachlief, um ihn wenigstens aufzuhalten, bevor man sich über sein seltsames Verhalten zu wundern begann, und die Verschwörer, eine Hand an dem in ihrem Wams versteckten Dolch, wie betäubt stehen blieben, stieg Richelieu gelassen die letzten Stufen der Rathaustreppe hinab und verschwand unversehrt im Halbdunkel seiner Karosse.

»Und das Wunder?«

»Nun, das Wunder war, dass Kardinal Richelieu, der durch einen ganzen Schwarm von Spionen und Zuträgern stets erfuhr, was sich gegen ihn zusammenbraute, diesmal nicht den geringsten Verdacht hegte. Weder am Vortag noch am selben Tag, nicht einmal in diesem Moment!«

»Es hat also keinen Sinn, sein Leben zu planen«, bemerkte M. de Roquelaure verbittert.

»Attentate gegen Monsieur de Richelieu zu planen? Offensichtlich nicht. Er ist in seinem Bett gestorben.«

Der Herzog von Vivaret hatte die Ereignisse so mitreißend geschildert und die Mienen der fassungslosen, erschrockenen Verschwörer nachgeahmt, dass sich sein Publikum bestens unterhalten hatte. M. de Vambrecht, ein niederländischer Philosoph, der unter großen Risiken aus Utrecht hergekommen war, entgegnete, dass man wohl Franzose sein müsse, um über solche Tragödien lachen zu können.

Plötzlich stieß Mme. de Lionne einen Schrei aus und deutete mit dem Finger auf die andere Seite des Platzes, wo sich die Fassade des gegenüberliegenden Hauses rot zu färben begann.

Es war bekannt, dass diese von fahlgelben Steinen eingefasste Ziegelfassade in den leuchtendsten Farben aufloderte, sobald sich der Himmel bei Sonnenuntergang rötete. Es musste also schon sehr spät sein. Der Abend brach an.

Und die neue Königin, die sie unter dem Portikus des Konferenzpalastes am Ende der verglasten Galerie zurückgelassen hatten, war immer noch nicht da. Was war geschehen? Welcher diplomatische Zwischenfall würde erneut den glücklichen Ausklang dieser heiklen Abkommen hinauszögern?

M. de Roquelaure ging hinaus, um Erkundigungen einzuholen, und als er zurückkam, konnte er seine Freunde beruhigen. Sie sollten sich nur noch ein wenig gedulden.

Es hatte tatsächlich einen Zwischenfall gegeben. Ja, die junge Königin war tatsächlich kurz davor gewesen, nach Spanien zurückzukehren, aber alles hatte ein glückliches Ende genommen.

Als sich Maria Theresia dem französischen Ufer zuwandte und sich anschickte, den ersten Fuß auf den Boden ihrer neuen Heimat zu setzen, hatte man sie gebeten, sich von ihrer Camarera mayor, der Gräfin de Priego, und rund dreißig spanischen Herrschaften aus ihrem Gefolge zu verabschieden, die nach Spanien zurückkehren sollten. Zutiefst erschüttert hatte die junge Königin protestiert. Es sei von Anfang an vereinbart gewesen, dass ihre Camarera mayor sie nach Frankreich begleiten solle. Sie kannte sie schon ihr ganzes Leben lang, seit ihrer frühesten Jugend sei sie ihre Erste Hofdame gewesen, eine Stellung, die sie auch bereits bei ihrer Mutter innegehabt habe. Rasch beugte man sich ihren Wünschen, und die Camarera mayor war mitsamt dem spanischen Gefolge auf französischer Seite ans Ufer gegangen.

Nachdem dieses Problem aus der Welt geschafft war, hatte man die junge Königin zu einem »ambigú« eingeladen, das am Strand für sie vorbereitet worden war.

Mit dem Begriff »ambigú« war im Spanischen einst der Raum bezeichnet worden, in dem in der Pause eines Theaterstücks oder einer Oper kühle Getränke und ein paar kalte Speisen gereicht wurden. Später hatte sich die Bedeutung des Wortes zu einem langen Tisch erweitert, auf dem eine Vielzahl unterschiedlicher kalter Speisen angerichtet wurden, die bevorzugt an Sommerabenden nach einem langen und heißen Tag bei Einbruch der Dämmerung genossen wurden.

Natürlich gab es auch herrliche Obstkörbe, denn das Klima war mild und die Früchte reiften in dieser Gegend früh.

Hatte der Anblick des im Schatten der Mimosen angerichteten »ambigú« der jungen Königin Trost gespendet?

Auf jeden Fall hatte sie diesem ersten Festmahl auf französischem Boden äußerste, ununterbrochene Aufmerksamkeit gewidmet, was manche schließlich zu der Einschätzung gebracht hatte, sie sei »gefräßig«, weil sie von allem hatte probieren wollen. Vielleicht weil sie glaubte, das sei eine Form der Höflichkeit, die sie all jenen schuldete, die ihr dieses Willkommensmahl bereitet hatten.

Andere hingegen wunderten sich über ihren Appetit, nachdem die junge Königin zuvor bei der Trennung von ihrem Vater solchen Kummer und so große Verzweiflung offenbart hatte, dass ihr Heißhunger und ihre Naschhaftigkeit die Zuschauer nun geradezu schockierten.

Doch als Angélique davon hörte, konnte sie ihre Reaktion verstehen.

Erschüttert von dem bewegenden Moment, in dem sie zum ersten Mal französischen Boden betrat, von der Angst, als sie beinahe gezwungen worden wäre, sich von ihrem engsten Gefolge zu trennen, obwohl das nicht den Vereinbarungen entsprach, und von dem schmerzlichen Gefühl, ihren Vater nicht mehr an ihrer Seite zu wissen, hatte Maria Theresia mit einem gesunden Reflex reagiert. Denn wenn eine junge Frau von zwanzig Jahren größter Anspannung ausgesetzt war, gab es nur zwei Möglichkeiten: Entweder brachte sie keinen einzigen Bissen mehr herunter, oder sie sammelte auf die angenehmste Art neue Kräfte, die ihr zur Verfügung stand, nämlich indem sie herzhaft zulangte. So hatte sie den ersten Abend im Kreise ihrer neuen Untertanen und ihrer neuen Familie überstanden. Erst später erfuhr man, dass sie die Abwesenheit von Mademoiselle bedauert hatte.

Am 8. Juni war es plötzlich für alle an der Zeit, sich Gedanken über die Festkleidung zu machen, die sie am nächsten Tag anziehen wollten.

Glücklicherweise war es ein freier Tag, der allen die Gelegenheit gab, ihren prächtigsten Putz in Augenschein zu nehmen.

Die Infantin wurde an diesem Tag zum ersten Mal à la française gekleidet, »was sie mit Geduld und Sanftmut über sich ergehen ließ«. Sie vermisste ihre »guarda infantes«.

Mademoiselle, die immer wieder auf den Balkon vor ihrem Zimmer hinaustrat, während sie ihre verschiedenen Roben und Trauerschleier anprobierte, erzählte Angélique von einem protokollarischen Zwischenfall, der sich ereignet hatte, als die Aufstellung des Hochzeitszuges geprobt wurde.

Der Manteau von Königin Maria Theresia endete in einer langen Schleppe, deren abgerundetes Ende unglaublich schwer war. In Anbetracht ihres Ranges gebührte Mademoiselle die Ehre, sie zu tragen, und da ihre robuste Konstitution allseits bekannt war, traf sich diese Lösung wunderbar.

Doch bald bemerkte man, dass der neuen Königin während der Messe ihre Opfergabe gereicht werden musste und dieses Recht ebenfalls Mlle. de Montpensier zustand. Somit war es ihr unmöglich, Maria Theresias Schleppe zu tragen. Diese Rolle wurde ihren beiden Schwestern übertragen. Da sie jedoch nicht über Mademoiselles Kraft verfügten, stellte man ihnen Mme. de Carignan zur Seite. Der Herzog von Roquelaure erbot sich, die Schleppe der Herzogin von Montpensier zu tragen, aber als man ebenfalls Herzöge wählen wollte, um die Schleppen ihrer Schwestern zu halten, fand sich keiner von ihnen dazu bereit. Sie mussten sich also mit Trägern von niedrigerem Rang begnügen, erklärte Mademoiselle verbittert! Doch sie empfand zärtlichste Dankbarkeit für die Grafen de Sainte-Mesme, de Gondrin und de la Feuillade, die sich spontan erboten hatten, die Schleppen der jungen Prinzessinnen zu tragen.

Dieser Vorfall hatte sie sehr verletzt.

»Meine jüngeren Schwestern sind genauso Enkelinnen von Heinrich IV. wie viele andere auch. Ihre Mutter ist eine Prinzessin von Lothringen von höchster Abkunft. Und nun das! Kaum ist Monsieur, Gaston d'Orléans, der Bruder von Ludwig XIII., gestorben, verweigert man ihm selbst und seinen Töchtern die Zuneigung und den Respekt, die man ihm entgegenbrachte, solange er noch am Leben war! Ach, mir ist bewusst, was für ein empfindsamer Mensch er war. Jemanden wie ihn gibt es am Hof nicht mehr. Er konnte sich nicht dazu durchringen, das Zeichen zu einem Mord zu geben, obwohl ihn die Verpflichtungen seines Ranges dazu drängten. Er liebte die Kunst und die Musik. Ich sehe ihn immer noch vor mir, wie er mitten in der Cinq-Mars-Affäre fröhlich vor sich hin pfiff.«

Sie wischte sich die Tränen aus den Augen.

»Glaubt mir! Alles hat sich verändert. Ich sehe nur noch oberflächliche, gleichgültige, gierige Menschen um mich herum ... Ach, lasst uns nicht länger darüber nachdenken. Kommt, meine Liebe. Das Fest ist noch nicht zu Ende. Ich möchte, dass Ihr mir helft.«

Jetzt ging es nicht mehr darum, den spanischen Feierlichkeiten als Zuschauerin beizuwohnen. Mademoiselle war sehr gerührt. Für sie war diese Hochzeit ein Familienfest, bei dem sie gewissermaßen als Gastgeberin waltete. Sie wollte überall zugleich sein, zerrte Angélique überallhin mit und beauftragte sie mit tausend Gefälligkeiten.

»Würdet Ihr für uns singen?«, bat der König.

Ein Schauer durchlief Joffrey de Peyrac. Er richtete einen hochmütigen Blick auf Ludwig XIV. und musterte ihn wie einen Unbekannten, der ihm nicht vorgestellt worden war. Zitternd griff Angélique nach seiner Hand.

»Sing für mich«, flüsterte sie.

Der Graf lächelte und gab Bernard d'Andijos ein Zeichen, woraufhin dieser hinausstürzte.

Der Abend ging zu Ende. Die Infantin saß neben der Königinmutter, dem Kardinal, dem König und dessen Bruder. Sie hielt sich sehr gerade und hatte den Blick niedergeschlagen. Die Trennung von Spanien war vollzogen.

Mit blutendem Herzen hatte sich Philipp IV. mit seinen Hidalgos auf den Rückweg nach Madrid gemacht und die stolze, reine Infantin als Pfand für den neuen Frieden zurückgelassen …

Der junge Violinenspieler Giovani bahnte sich einen Weg durch die Reihen der Höflinge und brachte dem Grafen de Peyrac seine Laute und seine samtene Maske.

»Warum maskiert Ihr Euch?«, wollte der König wissen.

»Die Stimme der Liebe hat kein Gesicht«, antwortete Peyrac, »und wenn die schönen Augen der Damen träumen, darf kein hässlicher Anblick sie dabei stören.«

Er spielte ein paar Noten und begann zu singen, wobei er die alten okzitanischen Lieder mit neueren Liebesweisen abwechselte.

Schließlich richtete er sich zu seiner vollen Größe auf, ging zur jungen Königin hinüber, setzte sich neben sie und stimmte einen von rauen arabischen Rufen unterbrochenen spanischen Gesang an, in dem die ganze Leidenschaft und das wilde Feuer der iberischen Halbinsel loderte.

Angesichts dieser warmherzigen Geste gab die junge Königin die gleichmütige Haltung auf, die sie sich, nach dem Vorbild ihres Vaters, in der Öffentlichkeit zu wahren bemühte. Sie schaute auf, und man sah ihre schönen blauen Augen funkeln. Vielleicht durchlebte sie noch ein letztes Mal ihr abgeschiedenes Dasein als kleine Gottheit im Kreise ihrer Camarera mayor, ihrer Kammerfrauen und ihrer Zwerge, die sie zum Lachen brachten. Es war ein strenges und bedächtiges, aber vertrautes Leben: Sie spielte Karten, empfing Nonnen, die Vorhersagen für ihre Zukunft machten, und erfreute sich an nachmittäglichen Imbissen mit eingemachtem Obst und Kuchen mit Orangenblüten- oder Veilchengeschmack.

Ihre Miene nahm einen verstörten Ausdruck an, als sie all die französischen Gesichter um sich herum erblickte.

»Ihr habt uns wahrlich bezaubert«, lobte der König den Sänger. »Mein einziger Wunsch ist es, noch lange die Gelegenheit zu haben, Eure Stimme zu hören.«

Joffrey de Peyracs Blick funkelte eigenartig hinter seiner Maske.

»Das wünscht sich niemand mehr als ich, Sire. Aber alles hängt von Eurer Majestät ab, nicht wahr?«

Angélique glaubte zu bemerken, wie der Herrscher flüchtig die Stirn runzelte.

»Das stimmt. Ich bin froh, Euch das sagen zu hören, Monsieur de Peyrac«, entgegnete er ein wenig unwirsch.

Nachdem sie zu später Stunde in ihr Quartier zurückgekehrt waren, streifte Angélique hastig ihre Kleider ab, ohne zu warten, bis ihr eine Dienerin dabei zur Hand ging, und ließ sich seufzend aufs Bett fallen.

»Ich bin völlig erschlagen, Joffrey. Ich glaube, ich bin das Hofleben einfach noch nicht gewohnt. Wie schaffen diese Leute es bloß, tagsüber so vielen Vergnügungen nachzugehen und sich dann nachts auch noch gegenseitig zu betrügen?«

Der Graf legte sich neben sie. Es war so heiß, dass schon die Berührung eines dünnen Lakens zu viel war. Durch das offene Fenster fiel hin und wieder der rötliche Schein einer vorbeigetragenen Fackel auf den Himmel ihres Bettes, dessen Vorhänge sie nicht heruntergelassen hatten. Immer noch war Saint-Jean-de-Luz eifrig mit den Vorbereitungen für den kommenden Tag beschäftigt.

»Wenn ich nicht ein wenig schlafe, breche ich morgen während der Zeremonie zusammen«, erklärte Angélique gähnend.

Sie streckte sich und schmiegte sich dann an den braunen, hageren Körper ihres Gemahls.

Er streckte die Hand aus und streichelte ihre im Halbdunkel wie Alabaster leuchtende Hüfte. Dann glitt er die sanfte Krümmung ihrer Taille entlang und traf auf ihren kleinen, festen Busen. Seine Finger bebten, wurden drängender, kehrten zu ihrem geschmeidigen Bauch zurück. Doch als er eine kühnere Liebkosung wagte, wehrte Angélique im Halbschlaf ab.

»O Joffrey, ich bin so müde!«

Obwohl er ihre mangelnde Leidenschaft bedauerte, denn in ihrer entspannten Schläfrigkeit erschien sie ihm unwiderstehlicher denn je, beharrte er nicht länger darauf. Durch die halb geschlossenen Lider warf sie ihm einen Blick zu, um zu sehen, ob er enttäuscht war, weil sie nicht die gleiche eiserne Ausdauer bewies wie die Damen in ihrer Umgebung. Auf einen Ellbogen gestützt, schaute er sie mit einem sanften Lächeln an.

»Schlaf, mein Herz«, sagte er leise.

Kapitel 14

9. Juni

Als sie wieder aufwachte, hätte sie meinen können, er habe sich die ganze Nacht hindurch nicht bewegt, denn er betrachtete sie immer noch. Sie lächelte ihn an. Es war kühl. Die Nacht war noch nicht vorüber, aber der Himmel nahm allmählich jene grünliche Färbung an, die dem strahlenden Morgenrot vorausging. Eine vorübergehende Benommenheit hatte nach all den Festen und der Fröhlichkeit von der kleinen Stadt Besitz ergriffen. Noch halb verschlafen reckte sich Angélique ihm entgegen, und sie umarmten einander.

Er hatte sie die ausgedehnte Lust gelehrt, den kunstvollen Kampf mit seinen Finten, seinen Rückzügen, seinen wagemutigen Ausfällen, das geduldige Werk, in dem zwei großzügige Körper einander gegenseitig dem Gipfel der Leidenschaft entgegenführten. Als sie schließlich erschöpft und gesättigt voneinander abließen, stand die Sonne bereits hoch am Himmel.

Die strahlende, kühne Sonne der baskischen Küste würde über der Hochzeit des Königs lachen.

Vor ihnen lag ein unvergesslicher Tag.

»Man sollte nicht glauben, dass wir einen anstrengenden Tag vor uns haben«, sagte Angélique und lachte.

Marguerite klopfte an die Tür.

»Madame! Madame, es wird Zeit. Die Kutschen fahren schon zur Kathedrale, und Ihr werdet bald keinen Platz mehr finden, um den Aufzug zu sehen.«

Ohrenbetäubender Trompetenschall erfüllte den blauen Himmel über der Stadt, über der ganzen Region und bis ans Ufer des Ozeans.

Es gab dreizehn königliche Trompeter, vier der Königlichen Kammer, drei der Chevaulegers, drei der Leibgarde und noch drei weitere.

Die Musiker trugen alle ein mit goldenen Tressen besetztes Wams aus blauem Samt.

In ihrem grünen, mit silberner Spitze überzogenen Brokatkleid drehte sich Angélique wieder und wieder vor dem Spiegel. Sie hatte befürchtet, sie hätte all ihre Kleider bereits zu den zahllosen Anlässen der vergangenen Tage getragen und es wäre ihr kein neues mehr für den Hochzeitstag geblieben.

Sie sah, dass Joffrey sie glücklich musterte.

Sie wird die Schönste sein, dachte er bei sich. Wie immer!

Ihre Anmut und Vollkommenheit erfüllte ihn mit glühender Verehrung, aber auch ein wenig Sorge. Der gleichen Sorge, die ihn an dem Abend, als er erfahren hatte, dass der König zur Feier seiner Hochzeit einen Ball veranstaltete, dazu getrieben hatte, auf sein Pferd zu steigen und nach Saint-Jean-de-Luz zurückzugaloppieren. Er hatte geahnt, dass Angélique die Schönste sein würde …

Aber heute war der 9. Juni. Und an diesem Tag zählte nur eines.

An diesem Tag wurde die Hochzeit des Königs gefeiert, zu der sie alle eingeladen waren, wegen der sich alle hier versammelt hatten, für die sich viele in den Ruin gestürzt hatten und die während der aufregenden Tage auf der Fasaneninsel beinahe in Vergessenheit geraten wäre.

Das Geleit war klein.

Sechs Persönlichkeiten schritten zu Fuß über die mit Teppichen bedeckte Straße.

Vorneweg ging Armand de Bourbon, der Prinz von Conti, strahlend und feurig, einen Hauch provozierend. Er hatte es schon immer verstanden, unter sorgsam ausgewählter, gut sitzender Kleidung seinen Buckel zu verbergen. Der Bruder des großen Condé, des Rebellen der Fronde, dessen Fehler er geteilt hatte, war inzwischen der Gouverneur der Guyenne, und dass er an diesem Tag vor dem König schritt, zeugte von dem Willen beider Seiten, diese traurigen Erinnerungen endlich zu vergessen.

Dahinter kam Kardinal Mazarin in einer Flut von Purpur.

In einigem Abstand folgte ihm der König in einem Gewand aus Goldbrokat, dessen Glanz von reicher schwarzer Spitze gedämpft wurde, eingerahmt vom Marquis d'Humières und dem Marquis de Péguilin, den Hauptleuten der beiden Kompanien der Gentilshommes en bec-de-corbin. Beide hielten als Zeichen ihres Ranges einen blauen Stab in der Hand.

Danach kam die Infantin, die neue Königin, zur Rechten geleitet von Monsieur, dem Bruder des Königs, und zur Linken von ihrem Chevalier d'honneur[15], M. de Bernonville. Ihr Kleid bestand aus Silberbrokat und der Manteau aus mit goldenen Lilien übersätem violettem Samt. Er endete in einer zehn Ellen langen Schleppe. Die beiden jungen Cousinen des Königs, Mlle. de Valois und Mlle. d'Alençon, trugen sie tapfer an den Seiten und Mme. de Carignan hielt das Ende. Zwei weitere Damen hielten eine geschlossene Krone über den Kopf der Herrscherin.

Die Königinmutter folgte dem Paar in ihren silberbestickten Witwenschleiern, umringt von ihren Hofdamen und Garden.

Den Schluss bildete Mlle. de Montpensier, zwar in schwarzen Krepp gekleidet, aber mit zwanzig Reihen Perlen als Schmuck.

Der glitzernde Zug kam nur langsam auf der schmalen Straße voran, an deren Seiten sich die Hundertschweizer, die französischen Garden und die Musketiere aufgereiht hatten.

Der Weg von den königlichen Häusern bis zur Kirche war nicht weit.

Dennoch gab es ein wenig Ärger. Es war offensichtlich, dass Humières und Péguilin miteinander stritten.

In der Kirche nahmen die beiden Hauptleute zu beiden Seiten des Königs Platz. Zusammen mit dem Grafen de Charost, dem Hauptmann einer Kompanie der Leibgarden, und dem Marquis de Vardes, dem Obersthauptmann der Hundertschweizer, begleiteten sie den König beim Opfergang.

Dabei nahm Ludwig XIV. aus den Händen von Monsieur, der sie wiederum vom Großzeremonienmeister erhalten hatte, die Wachskerze entgegen und übergab sie Jean d'Olce, dem Bischof von Bayonne.

Mademoiselle erfüllte bei der jungen Königin Maria Theresia die gleiche Aufgabe wie Monsieur beim König und reichte ihr ein mit Goldmünzen gefülltes Becken aus feuervergoldetem Silber.

Hinter dem Tabernakel ragte eine Treppe aus einer Million Wachskerzen hinauf ins Kirchengewölbe.

Hingerissen betrachtete Angélique diesen brennenden Dornbusch. Der intensive Weihrauchduft und die beinahe himmlisch anmutenden Gesänge erzeugten eine betörende Atmosphäre religiöser Freude.

Als erwachten sie aus einem Traum, zogen sich die Menge und die Hauptbeteiligten langsam zurück und strömten, immer noch unter dem Bann einer so seltenen und erhebenden mystischen Begegnung, beinahe widerstrebend nach draußen.

Später wurde bekannt, dass ein ernster Streit um die Rangfolge zwischen den Bischöfen und den Herzögen beinahe doch noch alles hätte scheitern lassen, und die Zeugen dieser Auseinandersetzung standen immer noch unter dem Eindruck der Ängste, die sie ausgestanden hatten, als sie die Hochzeit des Königs in letzter Minute erneut bedroht sahen. Aber Angélique war nicht empfänglich für die immerwährende Sorge, dieses Ereignis, dem man ein Höchstmaß an Sorgfalt und Freude gewidmet hatte, könne im letzten Moment doch noch scheitern.

Sie begeisterte sich an all dem Schönen, genau wie die übrigen Zuschauer, die sich lieber darüber freuten, dass sich schließlich doch noch alles zum Guten gewendet hatte, statt die verborgenen Makel aufzuspüren. Sie blieb im Kirchenraum zurück und schaute sich bewundernd um. Im Dunkel der Gewölbe und der niedrigeren Seitenschiffe leuchteten die vergoldeten, in sich gedrehten Säulen der drei übereinanderliegenden Balkone, auf denen sich auf der einen Seite des Mittelschiffs die Männer drängten und auf der anderen die Frauen.

Als sie in Richtung der schmalen Treppe blickte, die zu diesen Balkonen hinaufführte, sah sie über sich plötzlich eine bleiche, eindrucksvolle Gestalt. In einer Robe aus violettem Satin und hermelinbesetzter Mozetta trat Monseigneur de Fontenac an eine der vergoldeten Brüstungen und beugte sich vor. In seinen Augen loderte ein zerstörerisches Feuer. Er sprach mit jemandem, den Angélique nicht sehen konnte.

Plötzlich beschlich sie ein ungutes Gefühl, und sie bahnte sich einen Weg in seine Richtung. Am Fuß der Treppe stand Joffrey de Peyrac und blickte mit ironischer Miene zum Erzbischof auf.

»Erinnert Euch an das ›Gold von Toulouse‹«, sagte dieser gerade mit halblauter Stimme. »Nachdem Servilius Caepio den Tempel von Toulouse geplündert hatte, unterlag er zur Strafe für seine Gottlosigkeit in der Schlacht. So wurde das ›Gold von Toulouse‹ sprichwörtlich für das Unglück, das unrechtmäßig erworbene Reichtümer heraufbeschwören.«

Der Graf de Peyrac lächelte immer noch.

»Ich liebe Euch«, sagte er leise. »Ich bewundere Euch. Ihr vereint in Euch die Arglosigkeit und die Grausamkeit der reinen

Seelen. In Euren Augen sehe ich das Feuer der Inquisition. Dann werdet Ihr mich also nicht verschonen?«

»Lebt wohl, Monsieur«, entgegnete der Erzbischof mit zusammengekniffenen Lippen.

Der Schein der Wachskerzen erhellte die Züge von Joffrey de Peyrac. Er blickte in die Ferne.

»Was ist denn jetzt schon wieder los?«, wisperte Angélique.

»Nichts, meine Liebe. Nur unser ewiger Streit.«

Schließlich wurde es Zeit, das Haus aufzusuchen, in dem das junge Paar seine Gäste empfing. Niemand wusste etwas Genaues. Würde der Empfang im Quartier des Königs stattfinden oder in der Unterkunft, die Maria Theresia am Vortag bezogen hatte? Es stellte sich heraus, dass es das Haus neben dem der Königinmutter sein würde. Die neue Königin hatte sich dort bereits eingewöhnt. Oder wollte der König bloß seine Gewohnheiten beibehalten, nachdem die Pflicht der ersten Nacht erfüllt war?

In Gesellschaft von Mademoiselle nahm Angélique an allen Festlichkeiten teil, die an diesem Abend noch folgten, an den Festmählern, die in verschiedenen Häusern und teilweise sogar im Freien gereicht wurden und bei denen Mademoiselle die Gäste begrüßte, und auch am Ball, der ebenfalls in verschiedenen Räumlichkeiten und an den Kreuzungen abgehalten wurde. Mademoiselle war sehr gerührt.

»Habe ich meine Opfergabe nicht ebenso gut gereicht wie jeder andere? Und was ist mit meinen Verneigungen?«, fragte sie Angélique.

»Gewiss, Eure Hoheit strahlte große Erhabenheit aus.«

Mademoiselle platzte beinahe vor Stolz.

»Ich bin für solche Zeremonien geschaffen, und ich glaube, meine Person ist bei diesen Gelegenheiten ebenso an ihrem Platz wie mein Name im Zeremoniell.«

Abends reihte sich Angélique in den langen Zug der Höflinge und Adligen ein, die sich einer nach dem anderen vor dem großen Bett verneigten, in dem der König und seine junge Gemahlin Seite an Seite ruhten.

Den Blicken all derer preisgegeben, die an ihnen vorbeidefilierten und sich vor ihnen verbeugten, lagen sie reglos wie zwei Puppen zwischen ihren Spitzenlaken. Angélique betrachtete sie mitleidig.

Die Etikette raubte dem, was nun folgen sollte, alles Leben und alle Wärme. Wie sollten diese Ehegatten, die einander gestern noch nicht kannten und nun in ihrer steifen Pracht und Würde dalagen, sich einander zuwenden und einander umschlingen, nachdem die Königinmutter dem Brauch gemäß die Vorhänge des Brautbettes hatte fallen lassen? Sie empfand Mitgefühl mit der Infantin, die keine Regung zeigte und die Ängste eines jungen Mädchens vor allen anderen verbergen musste.

Als sie die Treppe hinuntergingen, belustigten sich die Damen und Herren an gewagten Scherzen. Angélique dachte an Joffrey, der so sanft und geduldig mit ihr gewesen war. Wo war er? Seit dem Vorfall in der Kirche hatte sie ihn nicht mehr gesehen …

Da kam plötzlich Péguilin de Lauzun auf sie zu. Er war ein wenig außer Atem.

»Wo ist der Graf, Euer Gemahl?«

»Ich weiß es nicht, ich suche ihn auch.«

»Wann habt Ihr ihn zum letzten Mal gesehen?«

»Ich habe mich heute Morgen nach der Trauung von ihm getrennt, um zu Mademoiselle zu gehen. Er begleitete Monsieur de Gramont.«

»Und seitdem habt Ihr ihn nicht mehr wiedergesehen?«

»Aber nein, das sagte ich doch bereits. Ihr wirkt erregt. Was wollt Ihr denn von ihm?«

Er griff nach ihrer Hand und zog sie mit sich.

»Kommt mit zum Haus des Herzogs von Gramont.«

»Was ist denn los?«

Er antwortete nicht. Er trug immer noch seine prächtige Uniform, aber die übliche Fröhlichkeit war aus seinem Gesicht gewichen.

Der Herzog von Gramont, der inmitten einer Gruppe von Freunden bei Tisch saß, sagte ihnen, dass der Graf de Peyrac ihn am Morgen nach der Messe verlassen habe.

»War er allein?«, wollte Lauzun wissen.

»Allein? Allein?«, brummte der Herzog. »Was meint Ihr damit, mein Kleiner? Gibt es einen einzigen Menschen in Saint-Jean-de-Luz, der sich heute rühmen könnte, allein zu sein? Peyrac hat mir nichts über seine Absichten verraten, aber ich weiß, dass sein Mohr bei ihm war.«

»Gut. Das gefällt mir schon besser«, entgegnete Lauzun.

»Er wird wohl bei den Gascognern sein. Die Bande lässt es sich in einer Schenke am Hafen gut gehen. Das heißt, falls er nicht der Einladung von Prinzessin Henriette von England gefolgt ist, die ihn bitten wollte, für ihn und ihre Damen zu singen.«

»Kommt, Angélique«, sagte Lauzun.

Die Prinzessin von England war jenes liebenswürdige junge Mädchen, das neben Angélique im Boot gesessen hatte, als Vardes ihr auf die Finger getreten war. Auf Péguilins Frage hin schüttelte sie jedoch den Kopf.

»Nein, er ist nicht hier. Ich habe einen meiner Herren losgeschickt, um ihn zu suchen, aber er konnte ihn nirgendwo finden.«

»Dabei ist sein Mohr Kouassi-Ba eine auffällige Erscheinung.«

»Auch den Mohren hat niemand gesehen.«

In der Taverne zum Goldenen Wal erhob sich Bernard d'Andijos schwerfällig von dem Tisch, an dem die Zierde des Adels der

Gascogne und des Languedoc versammelt war. Nein, niemand hatte M. de Peyrac gesehen. Dabei hatten sie weiß Gott überall nach ihm gesucht, nach ihm gerufen und Steinchen an die Fenster seines Hauses in der Rue de la Rivière geworfen. Sie hatten sogar ein paar Scheiben bei Mademoiselle zerbrochen. Aber von Peyrac war keine Spur zu finden.

Lauzun griff sich ans Kinn und dachte nach.

»Lasst uns Guiche suchen. Der Kleine Monsieur hat Eurem Gemahl schmachtende Blicke zugeworfen. Vielleicht hat er ihn ja zu einem pikanten Stelldichein bei seinem Favoriten mitgenommen.«

Angélique folgte Lauzun durch die verstopften, von Fackeln und bunten Laternen erleuchteten Gässchen. Sie betraten Häuser, fragten, kamen unverrichteter Dinge wieder heraus. Die Menschen saßen zu Tisch, umweht vom Duft der Speisen, dem Rauch Tausender von Kerzen und den Ausdünstungen ihrer Bediensteten, die sich den ganzen Tag über an den Weinfontänen gütlich getan hatten. An den Kreuzungen wurde zum Klang von Tamburinen und Kastagnetten getanzt. Im Halbdunkel der Höfe wieherten die Pferde.

Der Graf de Peyrac war verschwunden.

Unvermittelt packte Angélique Péguilin beim Arm und riss ihn zu sich herum.

»Jetzt reicht es, Péguilin, redet endlich. Warum seid Ihr so besorgt um meinen Gemahl? Wisst Ihr etwas?«

Er seufzte und hob diskret seine Perücke, um sich die Stirn abzuwischen.

»Ich weiß nichts. Ein Edelmann aus dem Gefolge des Königs weiß nie etwas. Das könnte ihn teuer zu stehen kommen. Aber ich vermute schon seit einer ganzen Weile, dass ein Komplott gegen ihn geschmiedet wird.«

Dann flüsterte er ihr ins Ohr: »Ich fürchte, man hat versucht, ihn zu verhaften.«

»Ihn zu verhaften?«, wiederholte Angélique. »Aus welchem Grund denn?«

Er zuckte die Schultern.

»Ihr seid verrückt«, sprach Angélique weiter. »Wer könnte den Befehl geben, ihn zu verhaften?«

»Der König natürlich.«

»Der König hat an einem solchen Tag anderes zu tun, als Leute verhaften zu lassen. Was Ihr da redet, hat weder Hand noch Fuß.«

»Ich hoffe es. Ich habe ihm gestern Abend eine Nachricht überbringen lassen, in der ich ihn gewarnt habe. Er hätte noch genügend Zeit gehabt, auf sein Pferd zu springen. Seid Ihr sicher, dass er die Nacht bei Euch verbracht hat, Madame?«

»O ja, ganz sicher«, entgegnete sie und errötete leicht.

»Dann hat er also nicht verstanden. Er hat wieder gespielt und mit dem Schicksal jongliert.«

»Péguilin, Ihr macht mich wahnsinnig!«, rief Angélique und schüttelte ihn. »Ich glaube, Ihr treibt gerade einen abscheulichen Scherz mit mir.«

»Psst!«

Mit der Geste eines Mannes, der es gewohnt war, mit Frauen umzugehen, zog er sie an sich und drückte ihre Wange an die seine, um sie zu beruhigen.

»Ich bin ein ziemlich böser Junge, meine Schöne, aber Euer kleines Herz zu quälen ist etwas, was ich niemals über mich bringen würde. Und außerdem gibt es nach dem König keinen Mann, den ich mehr liebe als den Grafen de Peyrac. Aber wir sollten ruhig Blut bewahren, meine Liebe. Vielleicht ist er ja noch rechtzeitig geflohen.«

»Also wirklich …«, protestierte Angélique lautstark.

Mit einer herrischen Geste schnitt er ihr das Wort ab.

»Also wirklich«, setzte sie leiser wieder an. »Warum sollte der König ihn denn verhaften lassen? Seine Majestät hat gestern Abend noch äußerst huldvoll mit ihm gesprochen, und ich selbst habe versehentlich mit angehört, wie der König keinen Hehl aus seiner Sympathie für ihn machte.«

»Ach je, Sympathie! Staatsräson, Einflüsterungen … Es steht uns armen Höflingen nicht zu, die Gefühle des Königs zu bewerten. Vergesst nicht, dass er von Mazarin erzogen wurde und dieser über ihn gesagt hat: ›Er wird sich spät auf den Weg machen, aber dann wird er weiter gehen als alle anderen.‹«

»Glaubt Ihr nicht, dass eine Intrige des Erzbischofs von Toulouse hinter dem Ganzen stecken könnte?«

»Ich weiß nichts … Ich weiß nichts«, wiederholte Péguilin.

Wie betäubt blieb Angélique reglos stehen.

Joffrey!

Was hat das alles zu bedeuten, fragte sie sich. Wo ist er? Wo ist er?

Verzweifelt wünschte sie sich, er wäre hier, bei ihr. Aber er war nicht da!

Plötzlich schien ihr, als würde sie ihren Lebensatem erst wiederfinden, wenn Joffrey wieder vor ihr stünde und sie sich von seiner Gegenwart überzeugen könnte.

Sie schwankte.

Sie versank in ewiges Dunkel.

Jetzt verstand sie, wie die schöne Aude im »Rolandslied« einfach sterben konnte, als sie vom Tod des tapferen Roland erfuhr.

Aber Joffrey war nicht tot! Nur verschwunden. Bald … Bald würde sich eine Erklärung für das alles finden. Eine ganz einfache Erklärung! Eine normale Erklärung!

So zumindest redete Péguilin unablässig auf sie ein wie eine haltlos kreisende Windmühle. Sie fasste sich wieder, und ihr Schwindelgefühl legte sich.

Péguilin brachte sie zurück zu ihrer Unterkunft.

Bevor er sich verabschiedete, versprach er ihr, sich noch ein wenig umzuhören und dann am nächsten Morgen wiederzukommen.

Als Angélique hineinging, hoffte sie verzweifelt, ihr Gemahl würde auf sie warten, doch sie fand nur Marguerite vor, die auf den schlafenden Florimond aufpasste, während die alte Tante, die sie bei all den Festlichkeiten ganz vergessen hatten, die Treppen hinauf- und hinabschlurfte. Alle anderen waren zum Tanzen in die Stadt gegangen. Nicht eine Fensterscheibe war zerbrochen worden, es hatte bloß ein wenig Radau auf der Straße gegeben.

Sie streifte lediglich ihre Schuhe und Strümpfe ab und ließ sich vollständig angezogen auf ihr Bett fallen. Ihre Füße waren von dem wilden Lauf durch die Stadt, auf den Lauzun sie mitgezerrt hatte, geschwollen. Ihr Kopf war völlig leer, sie konnte keinen klaren Gedanken fassen.

Ich werde morgen nachdenken, dachte sie und sank in einen bleischweren Schlaf.

Ein Rufen von der Straße her weckte sie wieder auf.

»Médême! Médême ...!«

Der Mond stand über den Dächern. Vom Hafen und dem Marktplatz drang noch Geschrei und Gesang herüber, aber ihr Viertel war ruhig, fast alle schliefen nach dem anstrengenden Tag.

Angélique stürzte hinaus auf den Balkon und entdeckte Kouassi-Ba, der draußen im Mondschein stand.

»Médême! Médême ...!«

»Warte, ich komme und mache dir auf.«

Ohne sich die Zeit zu nehmen, ihre Schuhe wieder anzuziehen, hastete sie nach unten, zündete im Flur eine Kerze an und zog die Tür auf.

Mit einem geschmeidigen Sprung glitt der Schwarze herein. In seinen Augen lag ein eigenartiger Glanz, und sie sah, dass er zitterte, als erwachte er gerade aus einer Trance.

»Wo kommst du her?«

»Von dort unten«, antwortete er mit einer unbestimmten Geste. »Ich brauche ein Pferd. Schnell, ein Pferd!«

Seine Zähne entblößten sich zu einer wilden Grimasse.

»Mein Herr wurde angegriffen«, flüsterte er. »Und ich hatte meinen großen Säbel nicht dabei. Oje, warum hatte ich heute nur meinen großen Säbel nicht dabei?«

»Was soll das heißen, ›angegriffen‹, Kouassi-Ba? Wer?«

»Ich weiß es nicht, Herrin. Woher soll ich das wissen, ich armer Sklave? Ein Page hat ihm einen kleinen Zettel gebracht. Der Herr ist hingegangen. Ich bin ihm gefolgt. Es waren nicht viele Leute im Hof des Hauses, nur eine Kutsche mit schwarzen Vorhängen. Männer kamen daraus hervor und haben ihn umzingelt. Der Herr zog sein Schwert. Daraufhin kamen noch mehr Männer. Sie haben ihn geschlagen und in die Kutsche gezerrt. Ich habe mich an die Kutsche geklammert. Zwei Knechte standen hinten auf dem Trittbrett. Sie haben so lange auf mich eingeschlagen, bis ich heruntergefallen bin. Aber einen von ihnen habe ich mitgerissen und erwürgt.«

»Du hast ihn erwürgt?«

»Mit meinen eigenen Händen, so«, sagte er, wobei er seine rosigen Handflächen öffnete und schloss wie eine Zange. »Ich bin den ganzen Weg zurückgelaufen. Aber die Sonne war so heiß, und ich habe solchen Durst, dass meine Zunge inzwischen größer ist als mein Kopf.«

»Trink erst einmal etwas, danach kannst du weiterreden.«

Sie folgte ihm in den Stall, wo er nach einem Eimer mit Wasser griff und gierig daraus trank.

»Jetzt nehme ich ein Pferd«, sagte er und wischte sich die dicken Lippen ab, »und verfolge sie. Ich werde sie alle mit meinem großen Säbel töten.«

Er wühlte im Stroh und zog sein kleines Bündel und seinen Krummsäbel hervor. Während er die zerrissene, staubige Satinkleidung abstreifte und eine schlichtere Livree anzog, ging Angélique mit zusammengebissenen Zähnen in den Stand und band das Pferd des Mohren los. Das Stroh stach in ihre nackten Füße, aber sie achtete nicht darauf. Sie schien in einem Albtraum gefangen zu sein, in dem sich alles sehr langsam bewegte, zu langsam …

Sie rannte auf ihren Gemahl zu, streckte die Arme nach ihm aus. Aber nie, niemals würde sie ihn erreichen …

Sie sah dem schwarzen Reiter nach, als er davonpreschte. Die Hufe des Pferdes schlugen Funken auf der mit kleinen runden Kieseln gepflasterten Straße. Während der Lärm des galoppierenden Tieres in der Ferne verklang, erwachte ein anderes Geräusch im klaren Morgenlicht: das der Glocken, die zu den frühen Dankgottesdiensten läuteten.

Die königliche Hochzeitsnacht ging zu Ende. Die Infantin Maria Theresia war Königin von Frankreich.

Kapitel 15

Der folgende Tag war der 10. Juni. Am frühen Morgen holte ein Geleit die junge Königin ab, um sie zur Messe zu begleiten. Danach machte sie einen Spaziergang mit der Königinmutter und dem König. »Ludwig XIV. war bester Laune. Er lachte und sprang und bekundete der Königin eine Zärtlichkeit, die zu sehen eine wahre Freude war.« Trotzdem hing erneut eine verborgene Anspannung in der Luft.

An diesem Morgen – war es vor der Messe gewesen oder danach? – hatte er seine Gemahlin darüber in Kenntnis gesetzt, dass sie sich nun endgültig von ihrer Camarera mayor trennen müsse. Er hatte erklärt, es widerspräche allen Gepflogenheiten, wenn dieses bedeutende Amt nicht von einer der hohen Damen Frankreichs bekleidet würde.

Das war ein neuer, sehr bitterer Schlag für die junge Herrscherin gewesen, wie verliebt sie auch in ihren herrlichen Gemahl sein mochte und obwohl sie dankbar war für den herzlichen Empfang, den ihr der französische Hof bereitete. Denn, beteuerte sie immer wieder, man habe ihr doch versprochen, dass sie ihre Camarera mayor bei sich behalten dürfe.

Rasch verbreiteten sich hinter vorgehaltener Hand die Worte, mit denen sie auf diese Ankündigung reagiert hatte, während doch eigentlich alle erwartet hatten, dass sie Ludwigs Entscheidung mit der gleichen Fügsamkeit hinnahm, die sie bisher an den Tag gelegt hatte.

»Sie antwortete dem König, dass sie keinen anderen Willen kenne als den seinen, und erinnerte ihn daran, dass sie ihren über alles geliebten Vater, ihre Heimat und alles, was ihr im Laufe ihres Lebens geschenkt worden war und woran sie so sehr hing, aufgegeben hatte, um ganz und gar ihm anzugehören. Dies habe sie mit frohem Herzen getan, doch flehe sie ihn an, ihr als Gegenleistung die Gnade zu erweisen, dass sie immer bei ihm sein dürfe und er sie niemals allein lassen werde, denn das wäre der größte Kummer, den er ihr bereiten könne.«

Es wunderte niemanden, dass der König ihr in den zärtlichsten Worten diese für ihn im Grunde äußerst schmeichelhafte Gnade gewährte. Er hatte unverzüglich den Großmarschall der königlichen Unterkünfte kommen lassen und ihn angewiesen, »ihn und die Königin während der Rückreise auf gar keinen Fall zu trennen, wie klein die Häuser auch sein mochten, in denen sie untergebracht sein würden«.

Und so schwemmte die menschliche Ebbe am Nachmittag eine zahlreiche lärmende Menge zurück ans Ufer des Bidassoa. Die einen verbargen ihre Tränen, die anderen ihre willfährige Unterwerfung unter die strengen Gebote der Tradition.

Die Gräfin de Priego reiste mit fast allen übrigen Spaniern zurück in ihre Heimat.

Kardinal Mazarin überreichte der Gräfin eine Schatulle, auf der sich ein mit Diamanten verziertes Porträt des Königs befand.

»Ihr könnt in Spanien ausrichten, dass das Porträt ihm gleicht, aber in Wirklichkeit ist er noch viel schöner«, vertraute die junge Königin ihr an, um ihr zu versichern, wie glücklich sie war.

Als Angélique am nächsten Tag bei ihren ziellosen Wanderungen an eine Ecke des Marktplatzes gelangte, wurde sie von einer Frau angesprochen, die mit leiser Entrüstung erklärte, der König sei doch schließlich der König, nicht wahr? Und wie alle Ehemänner war es seine Pflicht, seinen Willen durchzusetzen.

In Maria Theresias Umgebung sollten nicht mehr als fünf spanische Damen verbleiben, dazu ein Beichtvater, ein Arzt, ein Chirurg und der Mann einer ihrer Damen, der gleichzeitig auch der Neffe der Molina war, ihrer Ersten Kammerfrau, die diese Stellung bereits bei ihrer königlichen Mutter innegehabt hatte, sodass die Königin seit ihrer frühesten Kindheit an sie gewöhnt war. Man konnte sie nicht fortschicken. Die Gräfin de Priego war ebenfalls schon die Camarera mayor ihrer Mutter gewesen, aber das war nicht das Gleiche. Das Amt der Ehrendame der Königin, das mit dem der »dame d'atours« einherging, welche die Aufsicht über die Garderobe und den Schmuck der Herrscherin führte, war in Frankreich von viel zu hoher Bedeutung, um es einer Fremden zu übertragen, einer Spanierin überdies, die nicht die geringste Ahnung von französischer Mode hatte! Allein schon diese schreckliche »guarda infantes«! Außerdem wäre es ein unmöglicher Affront gegenüber Mme. de Navailles gewesen, die beharrlich intrigiert hatte, damit man ihr dieses Amt übertrug. Nachdem sie letztlich doch darauf verzichtet hatte, war sie eiligst als Ersatz für die Marschallin de Guébriant herbeigerufen worden, die plötzlich verstorben war, kurz bevor sie sich auf den Weg zur Grenze machen wollte, um ihr Amt anzutreten.

Königin Maria Theresia würde sich schnell an neue Gesichter in ihrer Umgebung gewöhnen, vor allem, da diese viel fröhlicher sein würden als die, die sie in ihrem Palast in Madrid oder im Escorial gesehen hatte. Aber sie hatte recht gehabt, so zu reagieren, wie sie es getan hatte! Mit einer Kühnheit, die niemand von diesem naiven jungen Mädchen erwartet hatte, hatte sie dem König zu verstehen gegeben, dass sie als Gegenleistung für all die Opfer, die er von ihr verlangte, darum bat, immer mit ihm zusammen sein zu dürfen und er ihr niemals das »Missfallen« – sie hatte »Missfallen« gesagt – bereite, sie zu verlassen.

Obwohl sie so klein gewachsen war und die französische

Etikette oder deren Zwänge kaum kannte, war sie doch eine spanische Infantin, die wusste, was ihr als Erbin aller europäischen Habsburger zustand …

»Aber der König war darüber nicht empört«, berichtete die Klatschbase weiter. »Er hat es ihr mit seiner üblichen huldvollen Freundlichkeit versprochen … Wir dürfen hoffen, dass er verliebt ist … Nun ja, wir wollen es hoffen.«

Selbst noch als Angélique Anstalten machte, sich zu entfernen, hielt die Dame sie zurück.

»Erstaunlich, dass der König eingewilligt hat …! Er ist sehr verschwiegen! Das sind die Flitterwochen, denen er Tribut zollt … Aber gestern hat er allein in seinem Zimmer zu Mittag gegessen und die Königin in einem Vorzimmer … Das wurde natürlich bemerkt. Was haltet Ihr davon?«

Angélique machte eine abwehrende Geste und ging davon.

Während der ganzen Zeit, in der ihr die Dame mit Feuereifer die neuesten Gerüchte erzählt hatte, war es ihr nicht gelungen, ihr einen Namen zuzuordnen. Bestimmt gehörte sie zum Gefolge von Mademoiselle. Aber diese belanglosen Plaudereien hatten ihr gutgetan. Für ein paar Augenblicke hatte sie ihre Angst vergessen. Es schien fast so, als sei nichts Schlimmes vorgefallen. Das Leben ging weiter, und das bedeutete hier in Saint-Jean-de-Luz die Feiern anlässlich der Hochzeit des Königs und die Kommentare, mit denen alle dieses Ereignis begleiteten, welchen Platz sie auch dabei einnehmen mochten.

Alles war einfach, und das Einzige, was zählte, war der perfekte Ablauf der Zeremonien und aller weiteren Schritte, die wie ein fest geknüpftes Band oder ein gut geplantes Manöver den Frieden zwischen den Völkern sichern würden.

11. und 12. Juni

Es schien, als wollten die Franzosen Maria Theresia geradezu mit Geschenken überhäufen, um ihr über den Trennungsschmerz hinwegzuhelfen und in ihr das Glück darüber zu wecken, in Frankreich zu sein und über das ruhmreichste Volk der Erde zu herrschen.

Zum Trost zählte man ihr all die herrlichen Geschenke auf, die sie bis dahin kaum hatte anschauen können.

Auch der Kardinal wollte nicht hinter den anderen zurückstehen und sandte der Königin Juwelen im Wert von über zwölftausend Livres, darunter einen Diamanten von »beachtlicher« Größe.

Die Dankbarkeit seiner Eminenz gegenüber diesem kleinen Geschöpf kannte keine Grenzen, was auch seine Großzügigkeit erklärte. Maria Theresia verdankte er den strahlendsten, unverhofftesten, segensreichsten diplomatischen Sieg seines ganzen Lebens, das stets dem Ziel geweiht gewesen war, dem ununterbrochenen Reigen todbringender Kriege in Europa Einhalt zu gebieten. Zwar war es ihm 1648 durch den Westfälischen Frieden bereits gelungen, den Dreißigjährigen Krieg offiziell zu beenden, doch dieser hatte sich in Frankreich und den Niederlanden noch über zehn Jahre hingezogen, weil Maria Theresias Vater, der König von Spanien, sich geweigert hatte, den Friedensvertrag von Münster zu unterzeichnen, und mit seinem Gold und seinen Truppen die aufständischen Adligen der Fronde unterstützt hatte.

Doch nun war es endgültig geschafft.

Es herrschte Frieden. Seiner jungen Königin verdankte das erschöpfte Frankreich endlich eine Atempause. Nun konnte es sich aus seinen Ruinen erheben, die Ernten einbringen und die Weinlese halten … Zunächst, um sich zu ernähren, und dann, um Handel zu treiben.

Überall, wo er hinkam, sollte ihm ausgelassene Freude entgegenschlagen. Die Menschen waren erleichtert.

Der Kardinal verlieh seinen Geschenken eine persönliche Note, indem er der Herrscherin darüber hinaus ein Service mit

Tellern, Tabletts, Schüsseln und einer Vielzahl von Zubehör aus reinem Gold schickte.

Schließlich schenkte er ihr noch drei Kaleschen mit der dazugehörigen Ausstattung und jeweils sechs Pferden.

Gegen ihren Willen wurde Angélique mitgerissen, um sie anzuschauen und in den Taumel dieses bewundernden Überschwangs einzutauchen.

Auch wenn der Rausch, in den die Zurschaustellung dieser Pracht die Menge stürzte, jegliches Maß verlor, musste sie zugeben, dass man angesichts solch erlesener Vollkommenheit und raffinierter Eleganz durchaus ein wenig außer sich geraten konnte.

Die erste der drei Kaleschen war vergoldet, mit feuerfarbenem Samt bezogen und mit aufgestickten Mustern verziert. Sie wurde von sechs isabellfarbenen Pferden aus Moskowien gezogen. Die zweite war versilbert, mit grünem Samt bezogen und wurde von sechs Pferden aus Indien gezogen, die, wie alle Betrachter übereinstimmten, »eine erstaunliche und ausgesprochen schöne Farbe aufwiesen«. Die dritte … Angélique, die der Anblick solch ausgesuchter Reichtümer in eine optimistische Stimmung versetzt hatte, hoffte unablässig, inmitten des fröhlichen Durcheinanders plötzlich Joffrey und Kouassi-Ba auftauchen zu sehen.

Es war inzwischen zwei Tage her, seit er verschwunden war und sie nichts mehr von ihm gehört hatte.

Unterdessen waren auf vierundzwanzig Maultieren mit prächtigem Zaumzeug und vier Karren die Kleider und persönlichen Gegenstände der Königin eingetroffen.

Der Tross wurde vom Grafen de Real, Manuel Muños y Gabón, dem Haushofmeister und Schmuckwart des Königs, und zwei seiner Gehilfen geführt.

Alle, die Zeugen der verzweifelten Klagen der Königin geworden waren, dass sie nicht nur auf ihr gewohntes Gefolge verzichten müsse, sondern auch auf »alles, was ihr seit ihrer Kindheit gehört hatte« und dessen emotionaler Wert nicht durch neue Geschenke aufgewogen werden könne, mochten es auch die schönsten Diamanten der Welt sein, dämpften ein wenig das Mitleid, das ihre Beteuerungen in ihnen geweckt hatten.

Man durfte hoffen, dass die Gegenstände, die sie in ihr neues Leben begleiten sollten, ausreichen würden, um sie zu trösten und die Wehmut zu lindern, die sie bei der Erinnerung an die Vergangenheit befallen mochte.

Unter lautem Schellengeläut trappelten die vierundzwanzig Maultiere unermüdlich über Straßen und durch Gässchen, und ihre Hufe klapperten triumphierend, wenn sie in eine Stadt einzogen.

13. Juni

Der Kardinal besuchte ein letztes Mal die Fasaneninsel, von der man später nur noch unter den ausdrucksvolleren Namen »Insel der Konferenz« oder »Insel der Eide« sprechen sollte.

Er blieb dort drei Stunden, und keine Chronik vermerkt, in wessen Gesellschaft er sich dort aufhielt oder welchen Arbeiten er sich widmete.

Vielleicht war er allein und dachte an die beinahe zwei Jahre währenden geheimen Verhandlungen zurück, die er geführt hatte.

Man begann bereits, den vergänglichen Palast abzubauen, der unter der Aufsicht des Aposentador des spanischen Königs errichtet und ausgestattet worden war: Don Diego Velázquez, der sich hier verkühlte und bald darauf sterben sollte.

Tapisserien, Teppiche, Gemälde und Möbel waren verschwunden. Nachdem das letzte Maultier die Brücken passiert hatte, wurden die ins Flussbett gerammten Pfeiler herausgerissen, und unter dem Lärm gelöster, zusammengestellter und abtransportierter Planken verwandelte sich der Fluss wieder zurück in die frühere nasse Grenze.

Während er den Blick auf diesem Ort ruhen ließ, über dem noch die Erinnerung an die kürzlich errungenen Siege schwebte, dachte er zurück an die fernen Jahre, in denen alles verloren schien. Als er aus dem fernen Kölner Exil die Regentin lenkte und dieser von Natur aus trägen Frau erstaunlichen Mut einflößte. Sie hatte dieser Meute von Wölfen, Schakalen und Raubvögeln getrotzt. Sie hatte auf ihn gewartet, und nichts schenkt einem Menschen mehr Kraft und sogar Glück, als auf denjenigen zu warten, den man liebt und von dem man selbst geliebt wird.

Er hatte geschickt taktiert, seine Widersacher gegeneinander aufgebracht und, scheinbar alle Kränkungen vergessend, unablässig verhandelt. Und als seine Feinde schließlich müde geworden waren, hatte er sie einen nach dem anderen geschlagen.

Niemand konnte wirklich sagen, aus welchem Hass sich der Aufstand des Volkes, der Parlamentsräte, der Herzöge und der Prinzen speiste, nicht einmal, gegen wen er sich eigentlich richtete. Sich gegen ihn zu verbünden hatte ihnen die Sache erleichtert. Darum war er fortgegangen. Und das hatte alle überrascht. Aber er war nicht geflohen, er hatte sich lediglich vorübergehend dem Druck gebeugt.

Auf der Durchreise hatte er den Gefangenen von Le Havre, Condé, Longueville und Conti, die Zellentür geöffnet und ihnen so die Gelegenheit gegeben, hinter ihm das Chaos zu verbreiten.

Und als er bei diesem letzten Besuch auf der Fasaneninsel vor seinem geistigen Auge noch einmal die Errungenschaften seines Friedensvertrags Revue passieren ließ, die Vorteile, die sich Frankreich durch die gewonnenen Gebiete boten – diesmal nicht in der Schlacht errungen, sondern durch Geschick, Überzeugungskraft, List und sorgfältig austarierten Tausch –, hatte sich vielleicht in ihm ein verführerischer Gedanke geregt.

Dort oben im Norden lag das Artois, eine wohlhabende Ebene am Rand der Spanischen Niederlande, aus denen der Feind bislang nahezu ungehindert herunterstürmen und Paris bedrohen konnte. Im Süden hingegen, am östlichen Ende der Pyrenäen, lag ein Stück der Cerdagne, die zu Katalonien gehörte, jenem mit dem Königreich Aragón verbundenen und trotzdem stets nach Unabhängigkeit von den spanischen Herrschern drängenden Staat.

Die französischen Hänge der Cerdagne. Sonnengetränkte Täler inmitten kaum überwindlicher Berge. Zu ihren Füßen Ebenen voller Weizenfelder. Und das Roussillon, an dessen Ufer die blauen Wellen des Mittelmeers plätscherten, das Zugang zu allen Zivilisationen, allen Konflikten, allen Rivalen bot. Das Roussillon, das die französische Besatzung bereits gewohnt war. Heute war sein Schicksal besiegelt.

Das Artois, die Cerdagne und das Roussillon. Dazu noch das Elsass, eine deutsche Region auf der linken Rheinseite, die er Frankreich 1648 beim Vertrag von Münster angegliedert hatte. Das Elsass mit seinem Herzen Straßburg. Noch eine freie Reichsstadt, aber es würde Frankreich nicht schwerfallen, sie eines Tages zu erobern.

An diesem Tag also begann der Kardinal von einem prächtigen Bauwerk in Paris zu träumen, um dort die Kinder dieser neuen Untertanen aufzunehmen. Dort würden sie unter der Aufsicht gütiger Lehrer die französische Sprache lernen und eine Schulbildung bekommen. Eine Einrichtung, die für alle Zeiten an seine diplomatischen Erfolge erinnern sollte.

Trotz der Gehässigkeit, mit der die Pariser ihn verfolgt hatten, wollte Mazarin eine Spur in Paris hinterlassen. Er liebte diese Stadt wegen der herrlichen Kunstschätze, die er dort finden, erwerben und sammeln konnte, um sie dann in dem einzigartigen, gleichzeitig sanften und lebendigen Licht zu betrachten, das die Straßen erfüllte und die Seine in ihrem Fließen begleitete.

Die einzige Schwierigkeit wäre, ein geeignetes Gelände zu finden. Er träumte von einem mit allen Raffinessen der modernen Architektur geschmückten Palast, der französische Anmut und Eleganz mit der Beständigkeit und Weitläufigkeit des alten Roms vereinte.

Er beschloss, an M. Jean-Baptiste Colbert zu schreiben, damit dieser unverzüglich mit der Suche beginnen konnte. Und bald würde ein dem Unterricht in französischer Kultur und Sprache geweihtes weißes Bauwerk entstehen, das den Namen Collège des Quatre Nations[16] tragen sollte.

Am 12. Juni war auch der Graf de Fuensaldaña als außerordentlicher Botschafter des Königs von Spanien in Saint-Jean-de-Luz eingetroffen.

Er ging im kleinen Hafen von Urrugne an Land, wo ihn der Marschall de Clairambault und der für den Empfang fremder Botschafter zuständige Sieur de Charbenas-Bonneuil in Begleitung der prächtig gekleideten Adligen des Hofes mit den Karossen des Königs abholten.

Mit sechsunddreißig Maultieren, die sein Gepäck trugen und nach spanischer Sitte mit prunkvollen Decken aus scharlachrotem Samt geschmückt waren, auf denen sein mit Goldfaden aufgesticktes Wappen prangte, mit dreißig herrlichen Handpferden, acht sechsspännigen Kutschen und einer Vielzahl prächtig gewandeter bewaffneter Garden übertraf sein Tross sogar noch den der Königin.

Unter reichlich Musik und Beifall war er zu seiner Unterkunft geleitet worden, wo der Herzog von Créqui ihn aufsuchte, um ihm die Grüße des Königs auszurichten.

Am 14. Juni führte man ihn ins spanische Theater aus, und anschließend bewirtete ihn Seine Eminenz glanzvoll bei einem Bankett mit vierundzwanzig Gedecken, zu dem »bei jedem Gang nur ein Gericht aufgetragen wurde«.

Ein spanischer Botschafter! In Frankreich!

Es waren tatsächlich neue Zeiten angebrochen.

Als Angélique klar wurde, dass erst ein paar Tage vergangen waren, schöpfte sie neue Hoffnung. Bald würde Kouassi-Ba triumphierend mit dem Grafen zurückkehren.

Sie hatte Lauzun nichts von seinem nächtlichen Besuch erzählt. Als ahnte sie, dass ihre Freunde ihr nicht zuhören würden, verschwieg sie den beunruhigenden Zustand, in dem er sich befunden hatte, und sagte nichts davon, wie er seine zerknitterte Livree und seinen diamantenbesetzten, federgeschmückten Turban ins Stroh geworfen und mit wildem Blick nach seiner Waffe und seinem Pferd verlangt hatte.

Nur dem Marquis d'Andijos, dem sie beinahe zufällig auf der Straße begegnet war, erzählte sie davon, und genau, wie sie befürchtet hatte, schien er das Verschwinden des Grafen de Peyrac, seines Freundes und Beschützers, nicht sonderlich ernst zu nehmen.

Er sei doch erst seit ein paar Stunden fort, bemerkte er. Und als er hörte, dass Kouassi-Ba mitten in der Nacht bei ihr aufgetaucht war, um seinen Säbel zu holen, war er vollends beruhigt.

»Aber natürlich«, rief er, als sei ihm plötzlich alles klar. »Monsieur de Peyrac ist einfach schon früher nach Paris aufgebrochen. Er hat mir erzählt, dass er die Absicht habe, vorzeitig abzureisen, um Euer Pariser Stadthaus für Eure Ankunft vorzubereiten. Ihr wisst doch, wie er ist, wenn er sich plötzlich etwas in den Kopf setzt!«

»Aber dann hätte Kouassi-Ba mir doch einen Brief oder eine Nachricht von ihm gebracht, damit ich Bescheid weiß.«

»Pah! Das hat dieser Mohr einfach vergessen, oder er hat den Brief verloren ...«

Genau das Gleiche hätte auch Lauzun gesagt, wenn sie ihm von Kouassi-Bas Auftauchen erzählt hätte. Wer verlor denn nicht allmählich den Kopf, nachdem sich so feierliche, außergewöhnliche Festlichkeiten dem Ende zuneigten?

In der gesamten Dienerschaft, der einerseits viel mehr Aufgaben aufgebürdet wurden als sonst und die andererseits fleißig dem ausgezeichneten Wein zusprach, der aus in der ganzen Stadt verteilten Fontänen sprudelte, hatte sich inzwischen eine sorglose, nachlässige, geradezu euphorische Stimmung breitgemacht, unter der ihre Dienste litten.

Sie beharrte nicht auf Kouassi-Bas staubiger Kleidung und seiner verstörten Miene, die darauf hindeuteten, dass ihr Gemahl Opfer eines Überfalls geworden war. Wider besseres Wissen klammerte sie sich an die Hoffnung, dass es für alles eine ganz einfache Erklärung geben müsse. Und es stimmte ja auch, dass es anfangs nur ein paar Stunden gewesen waren. Sie lief ziellos durch die Stadt, kehrte nach Hause zurück und eilte wieder hinaus auf den nächsten kleinen Platz, wo sie herauszufinden versuchte, in welche Richtung der schwarze Reiter davongestoben war.

In diesen Stunden, die schließlich zu Tagen wurden, an die sie keine klare Erinnerung mehr hatte, schob Marguerite jedes Mal, wenn Angélique sich mechanisch auf einen Stuhl niederließ, eine Schale mit Früchten oder ein wenig Suppe vor sie hin. Wenn der Abend voranschritt, brachte sie sie ins Bett, und manchmal gelang es der jungen Frau, ein paar Stunden Schlaf zu finden.

Unterdessen begann Marguerite, die Männer ihrer Eskorte, die Diener und die Kutscher zusammenzurufen und ihre Sachen zu packen.

Am 14. Juni nutzten der König, die beiden Königinnen und ihr gesamter Hofstaat das herrliche Wetter und die wunderbaren Temperaturen und verbrachten einen Teil des Tages mit einem Spaziergang am Strand.

Am nächsten Tag schließlich begann die triumphale Rückreise.

Während dieser letzten Tage hatte Angélique das Gefühl gehabt, gar nicht wirklich mit ihrer Umgebung zu kommunizieren.

Jedes Mal verließ sie das Haus mit der unbestimmten Hoffnung, jemandem zu begegnen, irgendetwas zu erfahren. Doch das enge Geflecht des aristokratischen und königlichen Saint-Jean-de-Luz löste sich auf.

Nachdem sie so lange in den Maschen eines gemeinsamen Netzes gefangen gewesen waren, flüchteten nun alle in die Vorbereitungen für ihre Abreise und freuten sich auf die Rückkehr in ihre Heimat. Lakaien, Knechte und Domestiken aller Art erwachten aus der Benommenheit, in die sie die Sonne, das Warten, der Sieg, der glanzvolle Höhepunkt und der Erfolg eines Abenteuers versetzt hatten, zu dem jeder, vom niedrigsten Knecht bis hin zum höchsten Herrn, seinen Teil beigetragen hatte.

Es war ein schönes Abenteuer gewesen.

Immer noch hielt man den Getränkeverkäufer in den Straßen an, um ein letztes Glas Fruchtsaft zu genießen. Aber die Schauspieler des spanischen und auch des französischen Theaters brachen ihre Bühnen ab.

Der neugeborene Louis-Philippe, der Patensohn von Mademoiselle und Monsieur, wurde nicht länger besucht, als sei er ein kleiner Held, der allen Glück bringen werde.

Karren eroberten die Stadt, um Möbel, Wandteppiche und Geschirr fortzuschaffen.

Pferde und Kutschen wurden hergebracht, um in Augenschein genommen und überprüft zu werden, und die Höflinge suchten die prächtigsten Gespanne aus, um damit am Triumphzug teilzunehmen, der Ihre Allerchristlichsten Majestäten auf dem Rückweg nach Paris begleiten sollte, während die anderen über die zahllosen Wege des Königreichs in ihre Provinzen und auf ihre Güter zurückkehren würden.

Angélique hatte gehofft, bei einem ihrer kurzen Spaziergänge, auf denen sie nach einem Gesicht oder einem Hinweis Ausschau hielt, den Engländer wiederzusehen, den sie in jener Nacht beim Lager der Marketender kennengelernt hatte.

Er würde ihr sicherlich nicht helfen können, aber zumindest war er ein Freund von Joffrey.

Ein Freund. Jemand, der mit ihm durch gemeinsame Erinnerungen verbunden war, durch Ähnlichkeiten in ihrem Charakter, ihrem Verhalten und ihren weitreichenden Kenntnissen. Aber das bedeutete nicht, dass er unter den gegebenen Umständen etwas für ihn tun konnte. Im Gegenteil.

Rasch und klar vollzog sich die Trennung zwischen den Einwohnern der Stadt und Bewohnern der Region, den Basken, und diesem bunten Völkchen, das sich mit seinem König zwei Monate lang unter sie gemischt und ihr Leben, ihre Sorgen, ihre Freude, die Launen der Witterung, die prasselnden Frühlingsschauer und die drückende Hitze geteilt hatte.

Alle wirkten zufrieden über das Erreichte, die vollbrachte Leistung. Und die freundlichen Gesichter und fröhlichen Worte, die man miteinander wechselte, verströmten einen Eindruck von Unbekümmertheit, wenn nicht sogar Gleichgültigkeit über den Abschied.

Dennoch schien ein unsagbarer Kummer über den lieblichen Landschaften zu schweben, die mit einem Mal wieder in ihre provinzielle Beschaulichkeit zurücksanken.

Wieder einmal würde die fest verwurzelte Verstellungskunst die Wahrheit in den Herzen verbergen.

Nun war es vorbei mit den außergewöhnlichen Zeiten.

Die ausgelassenen Eroberer packten ihre Truhen.

Ihr gleichzeitig so launenhaftes wie streng geregeltes Treiben, das so gut zum Seewind, den Gezeiten und den wogenden Wellen passte, würde nach seinem Verschwinden eine Leere hinterlassen.

Das Echo der Rufe, des Lachens, der Musik, der Fanfarenstöße, des hämmernden Hufschlags ihrer Pferde und des Quietschens ihrer Kutschen würde noch lange nachhallen.

Mit Geschenken überhäuft, reiste die junge Königin ihrem Schicksal entgegen.

Durch die Gnade des Himmels würde die Liebe, die sie dem französischen Volk einflößte, sie voller Zärtlichkeit und Begeisterung auf dieser Reise begleiten, die von einem triumphalen Einzug in die schönste Stadt der Welt gekrönt sein würde: ihre Hauptstadt Paris.

Noch lange sollten die Sonne von Saint-Jean-de-Luz und die Schönheiten und Reichtümer Frankreichs ihr die Wahrheit über ihr Glück verhüllen, an dem sie nicht zweifelte und an dem sie in ihrer schlichten Art vielleicht niemals zweifeln würde, da sie sich stets mit dem begnügte, was man ihr gewährte.

Von einem Menschen verschmäht, dem alle recht geben würden, weil er charmant und allmächtig war, und von ihrer nächsten Umgebung abgeschnitten, da sie die französische Sprache niemals richtig beherrschen sollte, würde sie sich, vor allem nach dem Tod der Königinmutter, immer fremd fühlen an diesem Hof, dessen vermeintliche Sorglosigkeit und hinter einem Lachen verborgene Unverschämtheit die standesbewussten, steifen Gefühle verletzten, die sie ihrer spanischen Erziehung verdankte. Sie würde ein trauriges Leben führen, doch obwohl sie unentwegt um die allzu seltenen Umarmungen ihres Gottes betteln musste, sollte ihr im Gegensatz zu früheren Königinnen die schlimmste Kränkung erspart bleiben: von ihm verstoßen zu werden. Niemals würden beim Lever des Königs die Vorhänge des Bettes zurückgezogen werden, ohne dass man diesen neben Maria Theresia, seiner Gemahlin, liegen sah, so wie er es ihr eines Morgens in Saint-Jean-de-Luz versprochen hatte.

Aber noch lag die Zukunft verborgen in den Geheimnissen und Unwägbarkeiten der Geschichte.

In Saint-Jean-de-Luz hingegen begann die Gegenwart die Schäden zu beheben, die die zahllosen Füße hinterlassen hatten.

Die Insel im Bidassoa würde wieder ergrünen.

Und auf dem Wasser der Flussmündung würden die Boote der schönen Schmugglerinnen von Pasajes wieder ungestört dahingleiten können.

Vierter Teil

Die Rückkehr nach Paris

Kapitel 16

Der Hof reiste zurück nach Paris. Durch Hügel und Ebenen entfernte er sich von Saint-Jean-de-Luz und verließ das Land der Basken.

Die kleine Stadt, die für alle Zeiten in die Geschichte eingehen sollten, verschwamm, und bald würden die Gesichter anderer Provinzen vor ihnen aufscheinen.

An einer Wegbiegung streckte Angélique den Kopf aus dem Fenster, weil sie noch einmal die großartige Landschaft genießen wollte. Sie wusste nicht, ob der Abschiedsschmerz, den sie in ihrem Herzen fühlte, von zerbrochener Liebe herrührte oder von Groll über den Schlag, der ihr an diesem Ort versetzt worden war: Joffreys Verschwinden.

Hinter dem in der Ferne verblassenden Ort zeichnete sich unauslöschlich die violette Linie der Pyrenäen ab, jenes majestätischen Gebirges, das sich vom Atlantik bis zum Mittelmeer über den Horizont zog…

Und dahinter lag das strahlende, finstere Spanien.

Über Berg und Tal, durch Wiesen und wogende Weizenfelder zog sich die lange Karawane der vierspännigen, sechsspännigen, achtspännigen Karossen, der Karren mit Betten, Truhen und Wandteppichen, der mit allem Möglichen beladenen Maultiere, der Lakaien und der berittenen Garden.

Wenn sie sich einer Ortschaft näherte, sah man durch den Staub die Abordnungen der Schöffen oder Ratsherren herankommen, die dem König auf einem silbernen Tablett oder samtenen Kissen die Schlüssel der Stadt darbrachten.

Auch Angélique folgte dem Hof nach Paris.

»Solange man Euch nichts sagt, tut Ihr am besten so, als sei gar nichts passiert«, hatte Péguilin ihr geraten.

Immer wieder zischte er »Psst« und zuckte beim geringsten Laut zusammen.

»Euer Gemahl wollte nach Paris, also reist ihm nach. In Paris wird sich alles aufklären. Vielleicht ist ja alles bloß ein Missverständnis.«

»Aber was wisst Ihr denn, Péguilin?«

»Nichts, nichts ... Ich weiß nichts.«

Mit sorgenvoller Miene eilte er davon, um vor dem König seine Faxen zu treiben.

Schließlich bat Angélique Andijos und Cerbalaud, sie zu begleiten, und schickte einen Teil ihres Trosses zurück nach Toulouse. Sie behielt nur eine Kutsche und einen Karren sowie Marguerite, eine junge Dienerin, die sich um Florimond kümmern sollte, drei Lakaien und zwei Kutscher bei sich. Im letzten Moment flehten der Perückenmacher Binet und der junge Violinenspieler Giovani sie an, sie ebenfalls mitzunehmen.

»Wenn der Graf in Paris auf uns wartet, wird er äußerst ungehalten sein, falls ich nicht mitkomme, das kann ich Euch versichern«, erklärte François Binet.

»Einmal Paris sehen! Oh, ich würde so gerne einmal Paris sehen!«, beteuerte der junge Musiker immer wieder. »Wenn ich dort die Bekanntschaft von Jean-Baptiste Lully, dem berühmten Balletttänzer des Königs, machen könnte, wird er mir bestimmt gute Ratschläge geben, und ich werde ein großer Künstler.«

»Na gut, dann steig auf, du großer Künstler«, gab Angélique schließlich nach.

Sie lächelte unerschütterlich und wahrte das Gesicht, indem sie sich fest an Péguilins Worte klammerte: »Es ist alles bloß ein Missverständnis.«

Und tatsächlich wirkte, abgesehen von der Tatsache, dass der

Graf de Peyrac mit einem Mal spurlos verschwunden war, alles unverändert. Man hörte nicht das geringste Gerücht darüber, dass er in Ungnade gefallen sei.

Die Grande Mademoiselle versäumte keine Gelegenheit zu einem freundschaftlichen Gespräch mit der jungen Frau. Und sie hätte sich nicht so verstellen können, denn sie war eine äußerst naive Person ohne jede Falschheit.

Manche erkundigten sich völlig ungezwungen nach M. de Peyrac. Angélique erzählte ihnen, er sei nach Paris vorausgereist, um ihre Ankunft dort vorzubereiten. Bevor sie Saint-Jean-de-Luz verließ, versuchte sie, mit Monseigneur de Fontenac zu sprechen. Doch er war bereits wieder nach Toulouse zurückgekehrt. Sie glaubte, sich alles nur eingebildet zu haben, täuschte sich mit falschen Hoffnungen. Vielleicht war Joffrey ja auch in Toulouse…?

Von seiner Amme und seinem kleinen Mohren getrennt, quengelte Florimond die ganze Zeit herum und weigerte sich, die frische Milch zu trinken, die Marguerite in den Dörfern für ihn besorgte.

Er war unruhig und fieberte, und hin und wieder stieß er einen klagenden Schrei aus: »Pa… Pa…!«

»Papa«, der Ruf eines kleinen Kindes nach seinem Vater, seinem schützenden Geist.

Es war das erste Wort, das Florimond bewusst gesprochen hatte, noch vor »Mama«.

Und nun gab es keinen Zweifel mehr. Der Junge merkte, dass sein Vater fort war, und litt unter seiner Abwesenheit.

»Pa-Pa…!«

»Du wirst ihn wiedersehen, mein Schatz. Das verspreche ich dir«, tröstete ihn Angélique.

Doch als der königliche Zug die sandigen, heißen Landes, eine weitläufige Heideregion im Südwesten Frankreichs, erreichte, brachte ein makabrer Zwischenfall sie unvermittelt in die traurige Realität zurück. Die Bewohner eines Dorfes wurden bei den Höflingen vorstellig und baten, ob nicht ein paar Gardesoldaten ihnen bei einer Treibjagd helfen könnten, die sie veranstalteten, um ein furchterregendes, blutrünstiges schwarzes Monster zu fangen, das die Gegend unsicher machte.

Andijos galoppierte zu Angéliques Kutsche und flüsterte ihr zu, dass es sich zweifellos um Kouassi-Ba handelte. Sie verlangte die Leute zu sprechen. Es waren Schafhirten auf ihren Stelzen, dem einzigen Hilfsmittel, mit dem sie sich auf dem unsicheren Boden der Dünen bewegen konnten.

Und sie bestätigten die Befürchtungen der jungen Frau.

Ja, vor ein paar Tagen hatten die Hirten von der Straße her Schreie und Schüsse gehört. Als sie dort ankamen, hatten sie gesehen, wie eine Kutsche von einem Reiter mit schwarzem Gesicht angegriffen wurde, der einen gekrümmten Säbel schwang wie die Türken. Glücklicherweise hatten die Männer in der Kutsche eine Pistole. Der schwarze Mann musste verletzt worden sein und war geflohen.

»Wer waren die Leute in der Kutsche?«, fragte Angélique.

»Das wissen wir nicht«, antworteten sie. »Die Vorhänge waren zugezogen. Die Eskorte bestand lediglich aus fünf oder sechs Männern. Sie haben uns eine Münze gegeben, damit wir den einen beerdigten, dem das Monster den Kopf abgeschlagen hatte.«

»Den Kopf abgeschlagen!«, wiederholte Angélique bestürzt.

»Ja, Madame. Er hatte ihn so sauber abgetrennt, dass wir ihn erst aus dem Graben holen mussten, in den er gerollt war.«

In der ganzen Gegend erzählten die Menschen von solchen Überfällen. Daran war nur die königliche Hochzeit schuld.

Schließlich hatte Seine Majestät, als er im Mai eingetroffen war, zur Feier seiner Vermählung die Türen der Gefängnisse öffnen lassen. Und diese Amnestie hatte eine Vielzahl von Schurken auf die Straßen gespült.

In einer Staubwolke zog die Karawane weiter durch eine monotone Landschaft, die wüstenartig und öd geworden war: die Landes.

Die einzige, beinahe unwirklich erscheinende Bewegung, die man hin und wieder beobachten konnte, war das Auftauchen der riesenhaften Gestalt eines Hirten auf seinen Stelzen, der mit seinem langen Stab große Herden weißer Schafe hütete, die sich kaum vom Sand und der Dünenlinie abhoben.

Wie eine Insel tauchte Dax aus dem Sand auf, die alte Römerstadt mit ihren Thermen, ihren schönen, von Gärten umschlossenen Häusern, ihren Bauten, in denen kranke und gesunde Badegäste Unterkunft fanden, und ihren Ställen, in denen nicht nur die Postpferde gewechselt, sondern auch eine berühmte kleine Pferderasse, das Pottok, gehandelt wurden. Sie mutete an wie ein Hafen der Ruhe, eine Karawanserei auf der Seidenstraße.

Alle wollten dort über Nacht haltmachen, vielleicht sogar ein wenig länger bleiben. Umso mehr, als Dax zur Begrüßung seines Königs und der neuen Königin am Eingang der Stadt einen Triumphbogen errichtet hatte, auf dem ein Delphin dargestellt war, der aus den Fluten auftauchte.

»Möge dieser kleine Delphin aus dem königlichen Besuch bei den Quellen von Dax entspringen!«[17], lautete die lateinische Inschrift, die ohne Umschweife die Wünsche der Untertanen Ihrer Majestäten kundtat.

Man konnte sich kaum herzlicher um das Glück eines königlichen Paares besorgt zeigen, dessen Vermählung mit so vielen unverhofften politischen Verträgen und so vielen Verheißungen auf Frieden einherging, dass sie schließlich allen Franzosen ein Anliegen geworden war.

Während der feierliche Empfang nach Einbruch der Dunkelheit mit mehreren Feuerwerken und Tanz fortgesetzt wurde, zog Angélique es vor, mit ihrer Gruppe ein Stück vorauszufahren. Sie verspürte den unwiderstehlichen Drang, sich zu beeilen, um endlich nach Paris zu kommen, wo sie Auskunft über das Verschwinden – die »Entführung«, wie sie im Stillen nur noch sagte – ihres Gemahls erhalten würde.

Obwohl sie nach der langen Tagesetappe erschöpft war, fuhr sie weiter auf der einzigen Straße durch die Heide und ließ den Lärm, die Musik, den Beifall, die Hochrufe und all die anderen Äußerungen von Freude und Ausgelassenheit der Bevölkerung hinter sich.

In jener Nacht träumte sie erneut von dem unheimlichen Ruf.

»Médême! Médême!«

Sie wurde unruhig und wachte schließlich auf. Ihr Bett war im einzigen Zimmer eines Bauernhofs aufgestellt worden, dessen Besitzer im Stall übernachteten. Florimonds Wiege stand neben dem Kamin. Marguerite und die junge Dienerin hatten sich zusammen auf ein Strohlager gelegt.

Angélique sah, dass Marguerite aufgestanden war und einen Rock überstreifte.

»Wo willst du hin?«

»Das ist Kouassi-Ba, ich bin mir ganz sicher«, wisperte die große Frau.

Hastig glitt Angélique unter ihren Laken hervor.

Vorsichtig öffneten die beiden Frauen die wacklige Tür. Zum Glück war die Nacht sehr dunkel.

»Kouassi-Ba, komm her!«, rief sie leise.

Etwas bewegte sich, und eine große, schwankende Gestalt stolperte über die Schwelle. Sie führten ihn zu einer Bank und ließen ihn sich hinsetzen. Im Schein der Kerze sahen sie seine graue Haut und seinen völlig abgemagerten Körper. Seine Kleider waren blutverschmiert. Seit drei Tagen irrte er verletzt durch die Heide.

Marguerite kramte in den Truhen und flößte ihm einen kräftigen Schluck Branntwein ein. Erst danach konnte er wieder sprechen.

»Nur einen Kopf, Herrin, ich habe nur einen einzigen Kopf abschlagen können.«

»Das reicht vollkommen, glaub mir«, antwortete Angélique mit einem leisen Lachen.

»Ich habe meinen großen Säbel und mein Pferd verloren.«

»Ich werde dir neue geben. Sprich jetzt nicht… Du hast uns wiedergefunden, das ist das Wichtigste. Wenn der Herr dich sieht, wird er sagen: ›Gut gemacht, Kouassi-Ba.‹«

»Werden wir den Herrn wiedersehen?«

»Ganz bestimmt. Ich verspreche es dir.«

Währenddessen hatte sie ein Wäschestück zerrissen, um daraus einen Verband zu machen. Sie fürchtete, die Pistolenkugel könne in der Wunde am Ende des Schlüsselbeins stecken geblieben sein, doch dann entdeckte sie unter der Achsel eine zweite Wunde, die ihr verriet, dass die Kugel den Körper durchschlagen hatte. Sie goss Branntwein auf die beiden Wunden und verband sie energisch.

»Was machen wir denn jetzt mit ihm, Madame?«, fragte Marguerite ängstlich.

»Ihn mitnehmen natürlich! Er wird seinen alten Platz auf dem Karren einnehmen.«

»Aber was werden die Leute sagen?«

»Welche Leute? Glaubst du denn wirklich, irgendjemand um uns herum würde sich Gedanken über meinen schwarzen Leibwächter machen? Gutes Essen, gute Pferde an den Poststationen und bequeme Unterkünfte, das ist alles, was sie interessiert. Er wird unter der Plane bleiben, und wenn wir in unserem Haus in Paris sind, wird sich alles von allein klären.«

»Vergiss nicht, Marguerite, das ist alles nur ein Missverständnis«, wiederholte sie nachdrücklich, um sich selbst davon zu überzeugen.

Angélique beglückwünschte sich zu ihrem Einfall, sich in dieser Nacht von der lärmenden Karawane des Hofs zu entfernen. Das hatte es dem Ärmsten ermöglicht, sich ihnen zu nähern und sich bemerkbar zu machen, ohne die Aufmerksamkeit neugieriger Nachbarn zu erregen. Sie hatte ihn hastig versorgt, weil sie fürchtete, dass bei Tagesanbruch schon bald wieder das rege Treiben auf der Straße einsetzen würde, wenn Garde- oder Musketierschwadronen über die Straße jagten, um den Tross des Königs anzukündigen. Doch abgesehen von ein paar vereinzelten Karossen blieb alles erstaunlich still.

Ermutigt von der ausgelassenen Zuneigung, die ihm die Einwohner der Stadt Dax bezeugten, hatte der König beschlossen, zwei Tage dort zu bleiben.

Im Schutz des strohgedeckten Bauernhauses, das die schweigsamen, aber hilfsbereiten Bewohner ihr überlassen hatten, erfuhr sie endlich Näheres über den seltsamen Angriff auf ihren Mann.

Nachdem Kouassi-Ba in Saint-Jean-de-Luz sein Pferd und seine Waffe geholt hatte, war es ihm tatsächlich gelungen, die geheimnisvolle schwarze Kutsche einzuholen, die seinen Herrn entführt hatte.

Er hatte wie rasend gekämpft, doch schließlich war er verletzt worden und hatte aufgeben müssen. Er wusste nicht, ob der Insasse der Kutsche ihn gehört und erkannt hatte. Mit blutendem Herzen stellte sich Angélique das finstere Gefährt mit den geschlossenen Fensterläden vor, in dem der Mann, den sie liebte, womöglich gefesselt oder verletzt lag.

»Alle seine Bewacher bis hin zum Kutscher waren maskiert«, erklärte Kouassi-Ba. »Die Wagenschläge trugen kein Wappen. Sie haben hart gekämpft, aber kein Wort gesprochen, und sie konnten sehr gut mit dem Säbel umgehen ... Ich habe nur einen Kopf abschlagen können ...!«

Es war ein Albtraum!

Kouassi-Ba hatte bewundernswerten Scharfsinn und Mut beweisen müssen, um zu überleben und wieder zu ihnen zu stoßen. In dieser vollkommen ebenen, wüstengleichen Landschaft boten lediglich die Dünen und ein paar struppige Büsche Verstecke vor den Einheimischen, die ihn jagten und dabei auf ihren Stelzen überraschend schnell vorwärtskamen. Trotzdem war es ihm gelungen, dem sicheren Tod zu entgehen und sich gleichzeitig nach Mme. de Peyrac zu erkundigen.

Dabei hatte der Mohr einige Vorteile auf seiner Seite. Er sprach nicht nur Okzitanisch, sondern auch mehrere Dialekte aus den verschiedenen Regionen des Südens, wo die Franzosen aus dem Norden des Landes nicht sonderlich beliebt, um nicht zu sagen verhasst waren. Nachdem er hier und da versteckt und mit Essen versorgt worden war, hatte er, als die ersten Kutschen der königlichen Karawane am Horizont aufgetaucht waren, rasch Hilfe und Unterstützung bei Lakaien, Pagen und Kutschern gefunden, die er kannte. Sie hatten ihm erzählt, dass die Gräfin de Peyrac ebenfalls auf dem Weg nach Paris war, und hatten ihm geholfen, sie wiederzufinden.

Sorgsam auf dem Karren versteckt, würde er die Reise mit ihnen fortsetzen können. Seine Verletzung heilte schnell.

Angélique und ihr kleiner Trupp gliederten sich wieder in die lärmende Prozession der Karossen und Pferde ein und ließen sich vom Strom mitreißen.

Sie fragte sich nicht länger, ob sie die richtige Entscheidung getroffen hatte, sondern fügte sich den Zwängen der unerwarteten Situation.

Der Fluss ihres glücklichen Lebens war unterbrochen worden. Und diese chaotische Fahrt war der Beginn einer neuen Zeit voller Ängste, aber auch voller Hoffnung, wie sie sich immer wieder einredete. Sie würde nicht eher ruhen, bis sie dieses unbegreifliche Rätsel gelöst, die Wahrheit herausgefunden und die zerrissenen Fäden wieder zusammengefügt hätte.

An ihrem Fenster zogen Bordeaux, Saintes und Poitiers vorüber, doch Angélique war so tief in ihre Gedanken versunken, dass sie die Städte kaum wiedererkannte.

Sie hoffte, dass die geheimnisvolle schwarze Kutsche mit den geschlossenen Läden das gleiche Ziel hatte wie sie. Sie konnte es kaum erwarten, Paris und das schöne Haus zu erreichen, das der Graf de Peyrac in der Hauptstadt hatte bauen lassen.

Dort wäre sie endlich »zu Hause«, in dem Heim, das er für sie eingerichtet hatte. Dann wäre es fast so, als hätte sie ihn schon ein wenig wiedergefunden.

Kapitel 17

Ihre Kutsche rollte durch einen Wald in der Nähe von Orléans. Angélique döste vor sich hin, denn es herrschte eine schreckliche Hitze. Florimond schlief auf Marguerites Schoß.

Plötzlich ließ ein lauter Knall alle hochschrecken.

Es gab einen Ruck. Angélique sah einen tiefen Graben vor sich. Eingehüllt in eine Staubwolke, kippte die Kutsche mit einem fürchterlichen Krachen um. Florimond brüllte, weil er halb von der Dienerin erdrückt wurde. Man hörte das ängstliche Wiehern der Pferde, die Rufe des Kutschers und das Geräusch der Peitsche.

Wieder ertönte der gleiche trockene Knall, und auf der Scheibe in der Tür bemerkte Angélique plötzlich einen seltsamen Stern, fast wie die Eisblumen im Winter, aber mit einem kleinen Loch in der Mitte. Sie versuchte sich in der umgestürzten Kutsche aufzurichten und Florimond in den Arm zu nehmen.

Unvermittelt wurde der Wagenschlag aufgerissen, und Péguilin de Lauzuns Gesicht beugte sich über die Öffnung.

»Ist jemand verletzt?«

Unter dem Eindruck des Schrecks brach sich sein südlicher Akzent Bahn.

»Alle schreien, also sind wohl auch noch alle am Leben«, antwortete Angélique.

Sie hatte einen kleinen Kratzer am Arm, der von einem Glassplitter herrührte, aber keine ernste Verletzung.

Sie reichte dem Grafen das schreiende Kind. Hinter ihm tauchte der Chevalier de Louvigny auf, reichte ihr die Hand und half ihr aus der Kutsche. Draußen auf der Straße nahm sie Florimond hastig wieder zurück und drückte ihn an sich, um ihn zu beruhigen. Das laute Weinen des Säuglings übertönte den Lärm ringsum, sodass man unmöglich auch nur ein Wort wechseln konnte.

Während Angélique zärtlich ihr Kind tröstete, sah sie, dass die Kutsche des Grafen de Lauzun hinter ihrem Karren angehalten hatte, genau wie die Karosse seiner Schwester Charlotte, der Gräfin de Nogent. Von den beiden Kutschen der Brüder Gramont kamen Damen, Freunde und Knechte auf den Unfallort zugerannt.

»Was ist denn überhaupt passiert?«, fragte sie, sobald Florimond ihr wieder erlaubte, ein Wort zu sagen.

Der Kutscher wirkte verstört. Der Mann war nicht sonderlich zuverlässig. Er war ein redseliger Aufschneider, hatte immer ein Lied auf den Lippen und vor allem eine ausgeprägte Schwäche für Alkohol.

»Hattest du getrunken, oder bist du eingeschlafen?«

»Nein, Madame, ich schwöre es. Mir war heiß, das gebe ich zu, aber ich hatte meine Tiere fest im Griff. Wir fuhren in raschem Tempo. Aber plötzlich kamen zwei Männer aus dem Schutz der Bäume hervor. Einer von ihnen hatte eine Pistole. Er hat in die Luft geschossen, das hat die Pferde erschreckt. Sie haben sich aufgebäumt und sind zurückgewichen. Und dabei ist die Kutsche in den Graben gefallen. Einer der Männer hatte die Pferde beim Gebiss gepackt. Ich habe mit der Peitsche so fest auf ihn eingeschlagen, wie ich konnte. Der andere hat seine Pistole nachgeladen. Er ist näher herangekommen und hat in die Kutsche geschossen. In dem Moment ist der Karren gekommen und dann auch noch diese Herren auf ihren Pferden … Daraufhin sind die beiden Kerle geflüchtet …«

»Eine seltsame Geschichte«, sagte Lauzun. »Der Wald wird bewacht und sollte eigentlich sicher sein. Die Büttel haben ihn vor dem Durchkommen des Königs von allem Gesindel befreit. Wie sahen die Halunken denn aus?«

»Ich weiß es nicht, Graf. Aber es waren keine Räuber, das ist sicher. Sie waren gut gekleidet und frisch rasiert. Eigentlich sahen sie aus, als gehörten sie zu einem herrschaftlichen Haushalt. Mehr kann ich über sie nicht sagen.«

»Zwei fortgejagte Diener vielleicht, die sich die Gelegenheit für einen Überfall nicht entgehen lassen wollen?«, vermutete de Guiche.

Eine schwere Karosse fuhr langsam an den stehenden Kutschen vorbei und hielt bei ihnen an. Mlle. de Montpensier steckte den Kopf aus dem Wagenschlag.

»Schon wieder die Gascogner! Was veranstaltet Ihr denn hier für ein Spektakel? Wollt Ihr mit Euren Posaunenstimmen die Vögel der Île-de-France erschrecken?«

Unter eifrigen Verbeugungen rannte Lauzun auf sie zu. Er erklärte, dass Mme. de Peyrac einen Unfall gehabt habe und es noch eine Weile dauern würde, bis man ihre Kutsche wieder aufgerichtet und instand gesetzt hätte.

»Aber dann soll sie doch bei uns einsteigen«, rief die Grande Mademoiselle. »Los, mein kleiner Péguilin, holt sie her. Kommt, meine Liebe, bei uns ist noch eine ganze Bank frei. Da werdet Ihr es mit Eurem Kleinen bequem haben. Das arme Engelchen! Der arme kleine Schatz!«

Sie half Angélique persönlich beim Einsteigen und Hinsetzen.

»Ihr seid ja verletzt, meine arme Freundin. Sobald wir heute Abend haltmachen, lasse ich meinen Arzt kommen.«

Verwirrt erkannte die junge Frau, dass es sich bei der Dame, die neben Mlle. de Montpensier im Fond der Kutsche saß, um niemand Geringeres als die Königinmutter handelte.

»Eure Majestät möge die Störung entschuldigen!«

»Ihr braucht Euch nicht zu entschuldigen, Madame«, entgegnete Anna von Österreich sehr freundlich. »Mademoiselle hat gut daran getan, Euch einzuladen, in unserer Kutsche mitzufahren. Die Bank ist bequem, und hier könnt Ihr Euch besser von der ganzen Aufregung erholen. Was mich eher beunruhigt, sind diese bewaffneten Männer, die Euch überfallen haben, wie ich hörte.«

»Mein Gott, vielleicht hatten sie es ja in Wahrheit auf den König oder die Königin abgesehen?«, rief Mademoiselle und schlug die Hände zusammen.

»Ihre Kutschen sind von Garden umringt, ich glaube, wir brauchen uns keine Sorgen um sie zu machen. Trotzdem werde ich mit dem Polizeileutnant reden.«

Allmählich spürte Angélique die Nachwirkungen des erlittenen Schocks. Sie merkte, wie sie kreidebleich wurde, schloss die Augen und lehnte den Kopf an die gut gepolsterte Rückenlehne der Bank. Der Mann hatte aus allernächster Nähe mitten durch die Scheibe geschossen. Es grenzte an ein Wunder, dass keiner der Insassen verletzt worden war. Sie drückte Florimond an sich. Durch die leichten Kleider des Kindes hindurch spürte sie, dass er abgemagert war, und machte sich Vorwürfe. Er hatte genug von diesen endlosen Reisen und den lauten, aufreibenden Zwischenfällen, die ihn immer wieder aus dem Schlaf rissen.

Er weinte immer noch krampfhaft, und hin und wieder stieß er einen durchdringenden Schrei aus, als wäre er wütend und zornig. Angélique wiegte ihn vergeblich und entschuldigte sich erneut bei den hohen Damen, die ihr in ihrer bequemen Kutsche Zuflucht geboten hatten.

Mademoiselle beruhigte sie nachsichtig.

»Macht Euch keine Gedanken, meine Ärmste. Ihre Majestät und ich wissen, wie es ist, sich mit kleinen Kindern in einer Notlage zu befinden. Während der Flucht des Hofes nach Saint-Germain hatte man mich im Neuen Schloss in einem wunderschönen Zimmer unter dem Dach untergebracht. Es war hübsch gestrichen, ansprechend vergoldet und recht groß, aber es gab kaum Feuer und keine Scheiben in den Fenstern, was im Januar nicht gerade angenehm ist. Meine Matratzen lagen auf dem Boden, und meine Schwester, die damals kaum älter war als Euer Kleines, hatte kein eigenes Bett und schlief bei mir. Ich musste ihr vorsingen, damit sie einnickte, und selbst dann schlief sie nie lange. Ihr könnt Euch denken, dass sie dadurch auch meinen Schlaf störte. Sie drehte sich hin und her, wachte auf und schrie, sie habe ein Ungeheuer gesehen. Also musste ich wieder singen, bis sie einschlief, und so ging das die ganze Nacht.

Sagt selbst, ist das angenehm für jemanden, der bereits in der vergangenen Nacht in Paris kaum geschlafen hatte und darüber hinaus schon den ganzen Winter unter Halsweh und starkem Schnupfen litt? Und was soll ich Euch sagen: Die Müdigkeit hat mich geheilt …«

Während die Prinzessin redete, hatte Florimond zu weinen aufgehört und fixierte sie mit seinen glänzenden Augen. Als sie verstummte, lächelte er sie an.

»Man könnte ja fast meinen, er hätte verstanden, was ich sagte«, wunderte sich Mademoiselle beglückt.

»Das liegt wohl daran, dass Eure Hoheit so eine angenehme Stimme hat«, sagte Angélique. »Und Eure Art zu plaudern verscheucht alle düsteren Gedanken.«

Auch sie selbst war ruhiger geworden und hatte aufgehört zu zittern. Mademoiselle war gerührt. Bei all den Komplimenten, die man ihr so zahlreich machte, hörte sie dieses nicht oft.

»Um sich von einem bösen Vorfall zu erholen, hilft es manchmal, sich einen noch böseren in Erinnerung zu rufen«, sagte sie. »Dadurch erkennt man an, dass das Leben nun einmal aus Schwierigkeiten besteht, und ich bin glücklich, heute friedlich in dieser Kutsche sitzen zu dürfen und nicht auf der Flucht zu sein. Wisst Ihr noch?«, wandte sie sich an die Königinmutter, als wollte sie sie als Zeugin anrufen, »wie hart es damals für uns war? Ich hatte keine Wäsche zum Wechseln. Tagsüber wurde mein Nachtkleid gebleicht und nachts das Hemd, das ich tagsüber trug. Ich hatte keine Zofen, die mein Haar richteten und mich ankleideten, und das war ausgesprochen unbequem. Meine Mahlzeiten nahm ich zusammen mit Monsieur ein, der ein ausgesprochen mürrischer Tischgenosse war. Aber ich ließ mir meine Fröhlichkeit nicht verleiden, und Monsieur bewunderte, dass ich niemals klagte.«

Die Königinmutter schien es nicht zu stören, an diese unruhigen Zeiten erinnert zu werden.

Doch es lag ein Hauch von Verbitterung in ihrer Stimme, als sie über die systematischen Plünderungen sprachen, denen die Karren der Herrscherin auf dem Weg nach Saint-Germain zum Opfer gefallen waren. Darunter waren auch drei Wagen mit Möbeln, Betten, Wandteppichen, Wäsche, Kleidung und silbernem Geschirr gewesen, die der Pöbel des Faubourg Saint-Antoine unter lautem Geschrei angegriffen hatte.

»Wart Ihr mir nicht ungemein dankbar, als Ihr Euch endlich wieder ordentlich kleiden konntet?«, fragte Mademoiselle, die keine Gelegenheit ausließ, an die Dienste zu erinnern, die sie der Königinmutter erwiesen hatte, um damit ihre Fehler vergessen zu machen.

Alle waren sich einig, dass Mlle. de Montpensier der Regentin in jener Zeit eine unschätzbare Hilfe gewesen war. Anna von Österreich war damals beim Volk verhasst, weil sie Spanierin war, aber auch aus einer Vielzahl von anderen Gründen. Die Prinzessin hingegen, eine Enkelin Heinrichs IV., hatte es verstanden, sich bei den Rebellen beliebt zu machen, sodass sie ihr einen Passierschein ausgestellt hatten, der es ihren Leuten erlaubt hatte, in die Tuilerien zu fahren und dort alles zu holen, was sie brauchten. Mademoiselle hatte Angélique bereits in Saint-Jean-de-Luz davon erzählt.

»Die Pariser haben Euch schon immer sehr geliebt«, gab Anna von Österreich zu. Sie fügte nicht »leider« hinzu, auch wenn dies in ihrem Tonfall mitschwang.

Mademoiselles Mienenspiel verriet, dass sie sich über diese Einschätzung freute, auch wenn ihr das Zögern darin nicht verborgen geblieben war.

Aber oft haben selbst die schlimmsten, heroischsten Erinnerungen auch ihre komischen Seiten.

Amüsiert erinnerten sich die beiden Damen daran, dass unter den Kleidern, die die Königin hatte holen lassen, auch eine Truhe mit spanischen Handschuhen gewesen war. Und da die aufständischen Bürger, die den Karren durchsuchten, um sicherzustellen, dass keine Waffen darauf transportiert wurden, nicht an so starke Düfte gewohnt waren, hatten sie niesen müssen und eine ganze Weile nicht mehr damit aufhören können!

Angélique lächelte. Diese Plaudereien ließen die Atmosphäre von Saint-Jean-de-Luz wieder aufleben, was ihr bestätigte, dass die Zeit dort nicht bloß ein seltsamer Traum gewesen war, sondern Realität. Dass sie sie mit dem höchst lebendigen Joffrey verbracht hatte, der ein Teil dieses um den König versammelten Hofes war und sich deshalb, genau wie alle anderen, nicht plötzlich in einen Geist hatte verwandeln können. Sie würde ihn wiederfinden. Er würde wieder auftauchen.

Von den Frauenstimmen beruhigt, war Florimond eingeschlafen. Er seufzte im Schlaf, und Tränen hingen an den langen Wimpern, die seine blass gewordenen Wangen verdunkelten. Er hatte einen winzigen kirschroten, runden Mund. Sanft tupfte Angélique mit ihrem Taschentuch die weiße, gewölbte Stirn ab, auf der kleine Schweißtropfen perlten.

Mademoiselle seufzte.

»Bei der Hitze beginnt einem ja das Blut in den Adern zu kochen!«

»Vorhin unter den Bäumen war es angenehmer«, stimmte

Anna von Österreich ihr zu, während sie sich mit ihrem großen schwarzen Schildpattfächer Luft zufächelte, »aber jetzt haben wir eine Stelle erreicht, an der der Wald gerodet wurde.«

Daraufhin folgte ein Schweigen, dann schnäuzte sich Mademoiselle und wischte sich über die Augen. Ihre Lippen zitterten.

»Ihr seid grausam, Madame, mich auf das aufmerksam zu machen, was mir schon seit einer ganzen Weile das Herz zerreißt. Ich weiß genau, dass dieser Wald mir gehört und dass Monsieur, mein Vater, ihn hat abschlagen lassen, um seine Ausgaben zu bestreiten, sodass jetzt nichts mehr davon übrig ist. Das bedeutet mindestens hunderttausend Ecus weniger für mich. Was für herrliche Diamanten und Perlen ich dafür bekommen hätte…!«

»Euer Vater hat in seinem Verhalten niemals ein großes Urteilsvermögen bewiesen, meine Liebe.«

»Ist das nicht ein Skandal, all diese bis auf die Wurzel abgesägten Stümpfe? Wenn ich nicht gerade in der Kutsche Eurer Majestät säße, könnte ich glauben, mir würde der Prozess wegen Majestätsbeleidigung gemacht, denn es ist üblich, die Wälder derjenigen kahl zu schlagen, die sich eines solchen Verbrechens schuldig gemacht haben.«

»Dazu hat ja auch nicht viel gefehlt«, bemerkte die Königinmutter.

Mademoiselle errötete.

»Eure Majestät hat mir so oft versichert, dass alles Vergangene aus Eurer Erinnerung getilgt sei, dass ich nicht zu verstehen wage, worauf Ihr wohl anspielt.«

»Ich gebe zu, dass ich nicht so reden sollte. Aber was wollt Ihr, das Herz ist schnell, wenn der Verstand gnädig sein möchte. Dabei habe ich Euch immer geliebt. Aber es gab eine Zeit, in der ich sehr böse auf Euch war. Ich hätte Euch vielleicht die Sache von Orléans verziehen, aber wenn ich Euch nach der Porte

Sainte-Antoine und den Kanonen der Bastille in die Finger bekommen hätte, dann hätte ich Euch erwürgt.«

»Und das hätte ich auch verdient, weil ich das Missfallen Eurer Majestät erregt habe. Es war ein Unglück, dass ich mich damals bei Leuten wiederfand, denen ich durch meine Ehre verpflichtet war, sodass ich nicht anders konnte, als so zu handeln, wie ich es tat.«

»Es ist schwer, immer genau zu wissen, was Ehre und Pflichtgefühl von einem verlangen«, entgegnete die Königin.

Beide seufzten tief.

Während Angélique ihnen zuhörte, dachte sie bei sich, dass die Streitigkeiten der Großen denen der Kleinen sehr ähnlich waren, nur dass dort, wo die Kleinen mit Fausthieben kämpften, bei den Großen Kanonen donnerten. Wo dort nur ein dumpfer Groll zwischen Nachbarn zurückblieb, gab es hier eine drückende Vergangenheit voller gefährlicher Intrigen. Sie sagten, sie hätten alles vergessen, sie lächelten dem Volk zu, sie empfingen M. de Condé, um den Spaniern zu Gefallen zu sein, sie hätschelten M. Fouquet, um an sein Geld zu kommen, doch die Erinnerungen lagen immer noch auf dem Grund ihrer Herzen.

Wenn die Briefe aus der vergessenen kleinen Schatulle im Ecktürmchen von Schloss Plessis ans Tageslicht kämen, würden sie gewiss ausreichen, um erneut die große Feuersbrunst zu entfachen, deren Glut vor sich hin schwelte und nur darauf wartete, wieder aufzulodern …

Es schien Angélique, als hätte sie dieses Kästchen in ihrem eigenen Inneren versteckt und nun laste es wie Blei auf ihrem Leben. Sie hielt die Augen geschlossen, denn sie hatte Angst, man könne in ihrem Blick seltsame Bilder vorbeihuschen sehen: den Prinzen von Condé, der sich über das Fläschchen mit dem Gift beugte oder den Brief las, den er gerade unterzeichnet hatte:

»Für M. Fouquet … Ich versichere, dass ich niemals einem

anderen folgen werde als ihm, dass ich niemals einem anderen gehorchen werde…«

Angélique fühlte sich einsam. Sie hatte niemanden, dem sie sich anvertrauen könnte. Diese angenehmen Hofbekanntschaften waren wertlos. In ihrer Gier nach Schutz und großzügigen Geschenken würden sich alle beim geringsten Anzeichen von Ungnade von ihr abwenden. Bernard d'Andijos war ihr treu ergeben, aber so leichtfertig! Sobald sie die Stadtgrenze von Paris passiert hätten, würde sie ihn nicht mehr zu Gesicht bekommen, denn am Arm seiner Mätresse, Mlle. de Montmort, würde er die Bälle des Hofes besuchen und nachts zusammen mit den übrigen Gascognern die Tavernen und Spielhäuser unsicher machen.

Aber im Grunde war das alles ohne Bedeutung. Das Wichtigste war jetzt, nach Paris zu kommen. Dort würde sie wieder festen Boden unter den Füßen haben. Sie würde sich in ihrem wunderschönen Haus im Stadtteil Saint-Paul einrichten und dann mit den nötigen Schritten und Nachforschungen beginnen, um herauszufinden, was mit ihrem Gemahl geschehen war.

Die Straße war in gutem Zustand und die Karosse ausgezeichnet gefedert.

Sie musste eingeschlafen sein, denn wie im Traum hörte sie die nachdenkliche Stimme der Königinmutter: »Habt Ihr erkannt, welchen Streich er uns gespielt hat, als er sich unter dem Vorwand von uns getrennt hat, er wolle seinen Besuch in dieser Gegend nutzen, um den Hafen von La Rochelle in Augenschein zu nehmen? Man hat mich darüber unterrichtet. Nachdem er hastig ein, zwei Schiffe inspiziert hat, ist er gleich nach Brouage weitergeritten.«

»Aber da war sie doch nicht mehr…!«

»Maria? Nein, sie war nicht mehr dort, und das wusste er auch. Aber das ist ja das Schlimme. Er wollte das Haus wiedersehen, in dem sie gewohnt hat, und auf dem Bett liegen, in dem sie geschlafen hat. Er hat die ganze Nacht geweint.«

Wieder seufzten sie.

»Die Liebe führt ein wahrhaft strenges Regiment«, sagte Mademoiselle.

»Es ist besser, sie niemals kennenzulernen«, entgegnete die Königinmutter.

Nach kurzem Schweigen unterhielten sie sich weiter über das Thema, das ihnen keine Ruhe ließ.

»Anscheinend schläft er, abgesehen von diesem einen Ausflug, jede Nacht im Bett der Königin«, sagte Mademoiselle.

»Ja. Aber er ist endgültig unserem Einfluss entwachsen. Jetzt ist es vorbei mit seiner Umgänglichkeit, er wird nicht mehr auf uns hören und uns gehorchen. Ich wusste immer, dass er eines Tages noch härter und verschlossener werden würde als sein Vater, mein verstorbener Gemahl, König Ludwig XIII.«

Sie schwiegen erneut, länger diesmal. Anna von Österreichs Gedanken kehrten in die Gegenwart und die nahe Zukunft zurück.

»Wieder eine Rückkehr nach Paris … Wieder ein Einzug des Königs in seine Hauptstadt.«

Die Kutsche fuhr jetzt langsamer, vermutlich um einen Hügel zu erklimmen, und es war dieser Tempowechsel nach einem langen, schnellen Galopp, der Angélique geweckt hatte. Sie wagte nicht, sich zu rühren, weil sie Florimond nicht stören wollte, der tief und fest schlief.

»So oft sind wir zurückgekehrt!«, fuhr die Königinmutter fort. »Und meistens voller Sorge, weil ich nicht wusste, ob ich zittern oder mich freuen sollte … Ich wusste nie, ob wir nicht bald wieder Gefangene in den Mauern dieser Stadt sein würden.

Die Rückkehr aus Saint-Germain … Die Rückkehr aus Compiègne … Die Rückkehr nach dem Frieden von Rueil …«

Freudiger Stolz ließ ihre Stimme erzittern.

»Aber jedes Mal wurde er schöner! Hoheitsvoller! Und mehr und mehr wandelte sich das hasserfüllte Geschrei in Zuneigung: ›Es lebe der König! Es lebe der König!‹, riefen sie. Und jetzt dieser Einzug mit der jungen Königin! Der Kardinal bringt den Frieden …! Ich vermag mir gar nicht vorzustellen, wie groß die Freude des Volkes sein wird.«

»Es wird so prachtvoll sein!«, antwortete Mademoiselle erschauernd.

Kapitel 18

Außer für Mademoiselle, die es nicht erwarten konnte, endlich in ihren Tuilerienpalast zurückzukehren, endete für den König und seinen Hof die Reise in Fontainebleau, der prächtigen, weitläufigen königlichen Residenz im Südosten von Paris. Sie mussten der Hauptstadt die nötige Zeit geben, um sich vorzubereiten und die Triumphbögen für eines der größten Feste dieses Jahrhunderts zu errichten.

»Wir werden Paris noch vor dem Mittag erreichen«, verkündete Andijos, als Angélique am darauffolgenden Morgen mit Florimond in ihrer inzwischen reparierten Kutsche Platz nahm, die bei diesem Halt wieder zu ihnen gestoßen war.

»Vielleicht treffe ich dort ja meinen Gemahl an, und es wird sich alles aufklären«, entgegnete Angélique. »Warum macht Ihr so ein verdrossenes Gesicht, Marquis?«

»Weil Ihr gestern um ein Haar getötet worden wärt. Wenn die Kutsche nicht umgestürzt wäre, hätte der zweite Schuss des Räubers Euch aus nächster Nähe getroffen. Die Kugel ist durch die Scheibe eingedrungen, und ich habe sie im Überzug der hinteren Rückenlehne gefunden, genau an der Stelle, wo Euer Kopf hätte sein sollen.«

»Da seht Ihr doch, dass das Glück auf unserer Seite ist! Vielleicht ist das ja ein gutes Omen für alles, was noch kommt.«

Die Aussicht, bald in Paris einzutreffen, hob merklich ihre Stimmung.

Es war ein typischer klarer, kühler Morgen der Île-de-France. Bald herrschte emsiges Treiben auf der Straße, was ihnen verriet, dass sie sich der großen Stadt näherten. Immer öfter tauchten hinter Gittertoren verborgene, am Ende kurzer Alleen liegende Schlösser und Landhäuser auf. Zwischen den Bauernhöfen und kleinen Häuschen lagen Obst- und Gemüsegärten. Die Häuser wurden immer zahlreicher und ballten sich zu Weilern und Marktflecken, die bald ohne Unterbrechung aufeinanderfolgten.

Angélique glaubte, sie hätten Paris bereits erreicht, während sie noch die Vororte durchquerten. Nachdem sie die Porte Saint-Honoré passiert hatten, war sie enttäuscht von den schmalen, schlammigen Straßen. Der allgegenwärtige Lärm war nicht so klangvoll wie in Toulouse, sondern erschien ihr schriller und rauer. Die Rufe der Kaufleute und vor allem der Kutscher, der Lakaien, die vor den Kutschen hereilten, und der Sänftenträger erschallten vor einem dumpfen Rumoren, das sie an das Donnergrollen kurz vor einem Gewitter erinnerte. Die Luft war glühend heiß, und es stank.

Es dauerte über zwei Stunden, bis Angéliques Kutsche, ihr Gepäckkarren und die beiden berittenen Lakaien, von Andijos eskortiert, das Viertel Saint-Paul erreichten.

Endlich bog der Kutscher in die Rue de Beautreillis ein und wurde langsamer.

Die Schaulustigen musterten erstaunt die Karosse und versuchten das Wappen auf dem Wagenschlag zu erkennen. Manche wichen empört zurück. Kinder rannten davon, liefen schreiend in die Läden, kamen wieder heraus und deuteten mit dem Finger auf die Kutsche und die Reiter.

Angélique, die sich angespannt fragte, wie sie zwischen all den neuen Häusern ihr eigenes erkennen sollte, achtete nicht darauf, was draußen vor sich ging. Doch als ihre Kutsche von einem Heukarren aufgehalten wurde und vor einem Kramwarenladen stehen blieb, hörte sie einen Mann von der Schwelle aus rufen: »Das ist das Wappen des Teufels!«

Dann verschwand er hastig in seinem Laden und schlug die Tür hinter sich zu.

»Die Leute in dieser Straße scheinen uns für Zigeuner zu halten«, bemerkte Marguerite spitz. »Schade, dass der Graf sein Palais nicht in der Nähe des Jardin du Luxembourg erbaut hat. Vor langer Zeit stand ich dort in Diensten einer seiner Tanten, die inzwischen verstorben ist.«

»Ist Kouassi-Ba etwa unter seiner Plane hervorgekommen? Vielleicht ist es das, was die Leute so erschreckt?«

»Wenn sie noch nie einen Mohren gesehen haben, zeigt das nur, was für Barbaren sie sind.«

Die Kutsche hatte vor einem großen Tor aus hellem Holz mit Türklopfern und Schlössern aus geschmiedeter Bronze angehalten. Hinter der weißen Steinmauer erahnte man den Eingangshof und das Haus, das nach dem Geschmack der Zeit aus großen behauenen Blöcken errichtet worden war und hohe Fenster mit durchsichtigen Scheiben besaß. Das Dach war mit Lukarnen verziert und mit neuen Schieferplatten gedeckt, die in der Sonne glänzten.

Ein Lakai öffnete den Wagenschlag.

»Wir sind da, Madame«, sagte der Marquis d'Andijos.

Er blieb im Sattel sitzen und starrte verblüfft auf das Tor.

Angélique sprang heraus und rannte auf das kleine Häuschen zu, das dem Türhüter als Wohnung dienen musste.

Sie läutete ungeduldig. Nicht zu fassen, dass noch niemand gekommen war, um ihnen zu öffnen. Die Glocke schien durch eine Ödnis zu hallen. Die Fensterscheiben des Häuschens waren schmutzig. Alles wirkte verlassen.

Da erst bemerkte Angélique das seltsame Aussehen des Eingangstors, das Andijos immer noch anstarrte, als sei er vom Blitz getroffen worden.

Sie ging näher heran.

Gehalten von bunten Wachssiegeln, spannte sich ein Gewirr

aus roten Schnüren quer über das Tor. Ein gleichfalls mit wächsernen Siegeln befestigtes Blatt Papier stach weiß daraus hervor.

Sie las:

Königliche Justizbehörde

Paris, 1. Juli 1660

Wie vor den Kopf geschlagen blickte sie mit offenem Mund auf den Zettel, ohne zu verstehen. In diesem Moment öffnete sich die schmale Tür des Pförtnerhäuschens einen Spalt weit und gab den Blick auf das besorgte Gesicht eines Dieners in zerknitterter Livree frei. Beim Anblick der Kutsche schlug er die Tür hastig wieder zu. Dann besann er sich eines Besseren, öffnete erneut und kam zögernd heraus.

»Seid Ihr der Pförtner dieses Hauses?«, fragte ihn die junge Frau.

»Ja ... ja, Madame, das bin ich. Baptiste ... Ich erkenne den ... die Livree meines ... meines ... Herrn, Monsieur de Peyrac.«

»Jetzt hör schon auf zu stottern«, rief sie und stampfte ärgerlich mit dem Fuß auf. »Sag schnell, wo ist Monsieur de Peyrac?«

Der Diener schaute sich nervös um. Weit und breit war kein Nachbar zu sehen, was ihn ein wenig zu beruhigen schien. Er trat noch einen Schritt näher, hob den Blick zu Angélique und kniete unvermittelt vor ihr nieder, wobei er sich immer noch ängstlich umblickte.

»Oh! Meine arme junge Herrin«, rief er, »mein armer Herr ... Oh, was für ein schreckliches Unglück!«

»So rede endlich! Was ist passiert?«

Außer sich vor Angst schüttelte sie ihn an der Schulter.

»Steh auf, du Dummkopf. Ich verstehe kein Wort von dem, was du sagst. Wo ist mein Gemahl? Ist er tot?«

Der Mann erhob sich mühevoll.

»Es heißt, er sei in der Bastille«, sagte er leise. »Das Haus ist versiegelt. Ich hafte mit meinem Leben dafür. Und Ihr solltet versuchen zu fliehen, Madame, solange es noch nicht zu spät ist.«

Diese Nachricht erschütterte Angélique nicht so sehr, wie man hätte meinen können. Im Gegenteil, nach all der Angst, die sie ausgestanden hatte, beruhigte sie die Erwähnung der berühmten Gefängnisfestung beinahe.

Aus einem Gefängnis kann man entlassen werden. Sie wusste, dass das gefürchtetste Gefängnis von Paris das Fort-l'Evêque war, das Gefängnis des Erzbischofs, welches unter dem Flussspiegel der Seine lag und wo man im Winter zu ertrinken drohte. Dann folgten das Châtelet und das Hôpital Général, in das die Bettler gebracht wurden. Die Bastille war das Gefängnis der Adligen. Trotz manch finsterer Legenden, die über die Zellen in ihren acht mächtigen Türmen in Umlauf waren, war allgemein bekannt, dass ein Aufenthalt hinter ihren Mauern niemanden entehrte.

Angélique seufzte auf und bemühte sich, der Situation ins Auge zu blicken.

»Ich glaube, es ist besser, nicht länger hierzubleiben…«, sagte sie zu Andijos.

»Ja, ja, Madame, geht so schnell wie möglich fort«, beschwor sie der Pförtner.

»Dann müsste ich erst einmal wissen, wohin. Aber ja, eine meiner Schwestern wohnt in Paris. Ich kenne ihre Adresse nicht, aber ihr Mann ist ein königlicher Prokurator namens Maître Fallot. Ich glaube sogar, seit seiner Hochzeit lässt er sich Fallot de Sancé nennen.«

»Im Justizpalast wird man uns darüber sicher Auskunft geben können.«

Die Kutsche und ihr Gefolge machten sich also wieder auf den Weg durch Paris. Angélique achtete nicht auf ihre Umgebung. Diese Stadt, die sie so feindselig empfing, lockte sie nicht mehr. Florimond weinte. Er bekam Zähne, und vergeblich rieb Marguerite sein Zahnfleisch mit einer Salbe aus Honig und zerstoßenem Fenchel ein.

Schließlich fanden sie das Haus des königlichen Prokurators, der wie viele Beamte in der Nähe des Justizpalasts im Sprengel Saint-Landry auf der Île de la Cité wohnte.

Die Straße hieß Rue de l'Enfer[18], was Angélique wie ein unheilvolles Vorzeichen erschien. Die Häuser dort waren noch grau und mittelalterlich mit spitzen Giebeln und nur wenigen Fenstern. Sie waren mit Skulpturen und Wasserspeiern geschmückt.

Das Haus, vor dem die Kutsche anhielt, wirkte nicht weniger düster als die anderen, obwohl es in jedem Stock drei recht hohe Fenster aufwies. Im Erdgeschoss befand sich die Kanzlei, an deren Tür eine Tafel mit der Aufschrift »Maître Fallot de Sancé. Königlicher Prokurator« prangte.

Zwei Schreiber, die gähnend auf der Schwelle standen, stürzten auf Angélique zu, sobald sie einen Fuß auf den Boden gesetzt hatte, und überschütteten sie mit einem Schwall unverständlicher Worte. Es dauerte eine Weile, bis sie verstand, dass sie die Kanzlei von Maître Fallot als den einzigen Ort in ganz Paris rühmten, dem sich Menschen, die darauf bedacht waren, einen Prozess zu gewinnen, bedenkenlos anvertrauen konnten.

»Ich komme nicht wegen eines Prozesses«, sagte Angélique. »Ich möchte zu Madame Fallot.«

Enttäuscht deuteten sie auf eine Tür links von der Kanzlei, die zu den Wohnräumen des Prokurators führte.

Angélique hob den bronzenen Türklopfer. Wenn ihr Mann nicht verschwunden wäre, hätte sie Hortense bestimmt nicht besucht. Sie hatte nie ein besonders gutes Verhältnis zu ihrer Schwester gehabt, deren Charakter sich so sehr von ihrem eigenen unterschied. Doch nun wurde ihr bewusst, dass sie sich im Grunde ihres Herzens freute, sie wiederzusehen. Die Erinnerung an die kleine Madelon bildete ein unsichtbares Band zwischen ihnen. Sie dachte an die Nächte zurück, in denen sie alle drei eng aneinandergekuschelt im großen Bett gelegen hatten und die Ohren spitzten, um die leisen Schritte des Geists von Monteloup zu hören, jener alten weißen Dame, die mit ausgestreckten Händen von Zimmer zu Zimmer wanderte. In einer Winternacht waren sie fast sicher gewesen, gesehen zu haben, wie sie in ihr Schlafzimmer trat …

Und so verspürte sie eine leise Rührung, während sie darauf wartete, dass man ihr öffnete.

Eine dicke Magd mit weißer Haube und in sauberer Kleidung ließ sie in den Vorraum ein, und fast im gleichen Augenblick tauchte Hortense oben an der Treppe auf. Sie hatte die Kutsche durchs Fenster gesehen.

Angélique hatte den Eindruck, ihre Schwester habe ihr gerade um den Hals fallen wollen, als sie sich plötzlich anders besann und eine distanzierte Miene aufsetzte. Doch im Vorraum war es so dunkel, dass sie sie nicht genau erkennen konnte. Sie umarmten einander ohne Herzlichkeit.

Hortense wirkte noch dürrer und größer als früher.

»Meine arme Schwester!«, sagte sie.

»Wieso sagst du das?«, wollte Angélique wissen.

Mme. Fallot deutete mit einer Handbewegung auf die Magd und führte Angélique in ihr Zimmer. Es war ein großer Raum, der gleichzeitig als Salon diente, denn rings um das Bett mit schönen Vorhängen und Tagesdecken aus gelbem Damast waren zahlreiche Sessel und Schemel sowie ein paar Stühle und Bänke verteilt. Angélique fragte sich, ob ihre Schwester ihre Freundinnen wohl wie die Preziösen auf ihrem Bett liegend empfing. Früher galt Hortense als äußerst geistreich und befleißigte sich einer gewählten Sprache.

Wegen der farbigen Fenster war es auch in diesem Raum recht dunkel, aber bei der Hitze, die draußen herrschte, war das nicht unangenehm. Der geflieste Boden wurde durch hier und da verstreute Bündel von frischem Gras gekühlt. Angélique atmete den vertrauten ländlichen Duft ein.

»Es ist gemütlich bei dir«, sagte sie zu Hortense.

Doch die Miene ihrer Schwester hellte sich nicht auf.

»Versuch nicht, mich durch dein unbeschwertes Getue zu täuschen. Ich weiß genau, was los ist.«

»Da hast du Glück, denn ich muss gestehen, dass ich nicht die geringste Ahnung habe, was mir hier widerfährt.«

»Wie leichtsinnig von dir, dich einfach so in Paris blicken zu lassen!«, erwiderte Hortense und hob den Blick zum Himmel.

»Fang jetzt nicht an, die Augen zu verdrehen, Hortense. Ich weiß nicht, ob es deinem Mann genauso geht, aber ich zumindest hätte dir jedes Mal am liebsten eine Ohrfeige verpasst, wenn du diese Grimasse geschnitten hast. Jetzt erzähle ich dir erst, was ich weiß, und danach sagst du mir, was du gehört hast.«

Sie berichtete, wie der Graf de Peyrac plötzlich aus Saint-Jean-de-Luz verschwunden war, wo sie sich anlässlich der Hochzeit des Königs aufgehalten hatten. Die Vermutungen einiger Freunde hatten sie zu dem Schluss kommen lassen, dass er wahrscheinlich entführt und nach Paris gebracht worden sei. Daher war auch sie in die Hauptstadt gekommen. Doch hier hatte sie ihr Stadthaus versiegelt vorgefunden und erfahren, dass sich ihr Gemahl wahrscheinlich in der Bastille befand.

»Dann hättest du dir doch denken können, wie kompromittierend dein Besuch für einen hohen königlichen Beamten sein würde«, entgegnete Hortense scharf. »Und du bist trotzdem gekommen!«

»Ja, das ist in der Tat seltsam«, antwortete Angélique, »aber mein erster Gedanke war, dass meine Verwandten mir vielleicht helfen könnten.«

»Das ist wohl auch die einzige Gelegenheit, bei der du dich

deiner Verwandtschaft erinnerst! Du hättest mich doch bestimmt nicht besucht, wenn du in deinem hübschen neuen Haus in Saint-Paul hättest herumstolzieren können. Warum hast du denn nicht die glanzvollen Freunde deines ach so reichen und schönen Gemahls, diese Prinzen, Herzöge und Marquis, gebeten, dich aufzunehmen, statt uns durch deine Anwesenheit zu schaden?«

Angélique war kurz davor, aufzustehen, hinauszugehen und die Tür hinter sich zuzuschlagen, doch dann schien ihr, als hörte sie von der Straße her Florimonds Weinen, und sie nahm sich zusammen.

»Ich mache mir keine Illusionen, Hortense. Als liebevolle, ergebene Schwester setzt du mich vor die Tür. Aber ich habe einen Säugling bei mir, der gebadet, frisch gewickelt und gefüttert werden muss. Es wird schon spät. Wenn ich mich jetzt noch auf die Suche nach einer Unterkunft machen muss, wird uns nichts anderes übrig bleiben, als an einer Straßenecke zu schlafen. Nimm mich wenigstens für eine Nacht auf.«

»Die eine Nacht ist schon zu gefährlich für meine Familie.«

»Du tust gerade so, als hätte ich einen skandalösen Ruf.«

Mme. Fallot kniff die Lippen zusammen, und ihre lebhaften, wenn auch recht kleinen braunen Augen funkelten.

»Dein Ruf ist nicht der allerbeste. Aber der deines Gemahls ist geradezu entsetzlich.«

Ihre dramatische Formulierung entlockte Angélique unwillkürlich ein Lächeln.

»Glaub mir, mein Gemahl ist der beste Mann der Welt. Das würdest du sofort erkennen, wenn du seine Bekanntschaft machen könntest.«

»Gott bewahre! Ich würde vor Angst sterben. Wenn das, was ich gehört habe, stimmt, verstehe ich nicht, wie du mehrere Jahre in seinem Haus leben konntest. Er muss dich verhext haben… Aber du hattest ja schon als kleines Mädchen einen besonderen Hang zu allen Arten von Lastern«, fügte sie nach kurzer Überlegung hinzu.

»Du bist wirklich die Liebenswürdigkeit in Person, Hortense! Aber du hattest ja schon als kleines Mädchen einen besonderen Hang zu übler Nachrede und Boshaftigkeit.«

»Das wird ja immer besser! Jetzt beleidigst du mich auch noch unter meinem eigenen Dach.«

»Warum glaubst du mir denn nicht? Ich versichere dir, dass mein Gemahl sich in der Bastille befindet, ist nichts als ein Missverständnis.«

»Wenn er in der Bastille ist, dann sitzt er da wohl auch zu Recht.«

»Wenn es Recht und Gerechtigkeit gibt, dann muss er unverzüglich wieder freigelassen werden.«

»Erlaubt mir, mich einzumischen, Mesdames, wenn hier schon von Recht und Gerechtigkeit die Rede ist«, erklang plötzlich hinter ihnen eine ernste Stimme.

Ein Mann hatte den Raum betreten. Er musste etwa dreißig Jahre alt sein, doch sein Auftreten wirkte übertrieben steif und gemessen. Unter seiner braunen Perücke zeigte sein volles, sorgfältig rasiertes Gesicht eine ernste, aufmerksame Miene, die ihn ein wenig an einen Geistlichen erinnern ließ. Er hielt den Kopf leicht zur Seite geneigt wie jemand, der durch seinen Beruf daran gewöhnt ist, vertraulichen Informationen zu lauschen.

An seinem bequemen, aber lediglich mit einer schwarzen Borte und Hornknöpfen verzierten schwarzen Anzug und dem schlichten blütenweißen Kragen erkannte Angélique, dass sie ihren Schwager, den Prokurator, vor sich hatte.

Um ihn milde zu stimmen, verneigte sie sich vor ihm. Er trat auf sie zu und küsste sie feierlich auf die Wangen, wie es sich unter Verwandten gehörte.

»Sprecht nicht von ›wenn‹, Madame. Es gibt Recht und Gerechtigkeit. Und in ihrem Namen heiße ich Euch in meinem Haus willkommen.«

Hortense zuckte zusammen, als hätte sie sich verbrannt.

»Ich bitte Euch, Gaston, seid Ihr völlig verrückt geworden? Seit ich mit Euch verheiratet bin, sagt Ihr mir immer wieder, dass Eure Karriere das Allerwichtigste sei und dass sie einzig und allein vom Wohlwollen des Königs abhänge ...«

»Und von Recht und Gerechtigkeit, meine Liebe«, unterbrach sie der Beamte sanft, aber nachdrücklich.

»Trotzdem befürchtet Ihr schon seit Tagen, meine Schwester könne bei uns Unterschlupf suchen. Ihr habt gesagt, angesichts dessen, was Ihr über die Verhaftung ihres Gemahls erfahren habt, würde das für uns den sicheren Ruin bedeuten.«

»Seid still, Madame, sonst bereue ich noch, mein Berufsgeheimnis verletzt zu haben, indem ich Euch über das auf dem Laufenden hielt, was ich hier und da aufgeschnappt habe.«

Angélique beschloss, allen Stolz fahren zu lassen.

»Ihr habt etwas gehört? Oh, Monsieur, ich flehe Euch an, sagt es mir. Ich weiß nicht das Geringste über den Verbleib meines Gemahls.«

»Ach, Madame, ich will nicht versuchen, mich hinter einer vermeintlichen Verschwiegenheit zu verschanzen oder Euch mit beruhigenden Worten abzuspeisen. Ich gestehe Euch gleich, ich weiß nur sehr wenig. Ich habe lediglich durch einen vertraulichen Hinweis aus dem Justizpalast von Monsieur de Peyracs Verhaftung erfahren ... Zu meiner Verblüffung, wie ich zugeben muss. Daher bitte ich Euch, sowohl in Eurem eigenen Interesse als auch in dem Eures Gemahls, das, was ich Euch jetzt anvertraue, vorläufig niemandem weiterzuerzählen. Und ich wiederhole noch einmal: Es ist eine recht dürftige Auskunft. Nun gut, Euer Gemahl wurde aufgrund eines Verhaftungsbefehls der dritten Kategorie festgenommen, das heißt, durch einen schriftlichen Befehl ›im Namen des Königs‹. Der beschuldigte Offizier oder Adlige wird darin durch den König aufgefordert, sich in aller Stille, aber immer noch frei, wenn auch in Begleitung eines königlichen Kommissärs, zu dem Ort zu begeben, den man ihm nennt. Im Fall Eures Gemahls war es so, dass er erst ins Fort-l'Evêque gebracht wurde und von dort aufgrund eines von Séguier unterzeichneten Befehls weiter in die Bastille.«

Angéliques Herz klopfte vor Aufregung und Erleichterung.

Von Joffrey als einer Person reden zu hören, die hierhin und dorthin gebracht wurde, und sei es auch in ein Gefängnis, brachte ihn wieder zurück unter die Lebenden.

Er war nicht länger spurlos verschwunden.

»Ich danke Euch für diese alles in allem doch beruhigenden Neuigkeiten, Monsieur«, sagte sie. »Viele Menschen sind schon in die Bastille gekommen und haben sie mit wiederhergestellter Ehre verlassen, sobald die Verleumdungen, die sie dorthin gebracht hatten, aufgeklärt wurden.«

»Ich sehe, dass Ihr ruhig Blut bewahrt«, sagte Maître Fallot mit einem anerkennenden Blick, »aber ich möchte Euch nicht in der falschen Sicherheit wiegen, dass sich die Angelegenheit leicht aus der Welt räumen ließe. Denn ich habe ebenfalls erfahren, dass der vom König unterzeichnete Verhaftungsbefehl eigens die Anweisung enthielt, in der Gefangenenliste weder den Namen Eures Gemahls noch das Vergehen zu vermerken, dessen man ihn beschuldigt.«

»Zweifellos möchte der König nicht einen seiner treuen Gefolgsleute mit Schimpf und Schande überhäufen, ehe er nicht persönlich Gelegenheit hatte, die Vorwürfe zu prüfen, die man diesem zur Last legt. Er möchte ihn ohne Skandal für unschuldig erklären können …«

»Oder ihn vergessen.«

»Wie meint Ihr das, ihn vergessen?«, wiederholte Angélique, während ein plötzlicher Schauer sie durchlief.

»Es gibt viele Leute, die im Gefängnis vergessen werden«,

antwortete Maître Fallot, während er mit halb geschlossenen Augen in die Ferne blickte. »So sicher wie auf dem Grund eines Grabes. Natürlich ist es nicht an sich unehrenhaft, in die Bastille gesperrt zu werden, denn sie ist das Gefängnis der Adligen, in dem auch schon viele Prinzen von Geblüt einige Zeit verbracht haben, ohne dadurch ihre Ehre einzubüßen. Dennoch möchte ich zu bedenken geben, dass die Tatsache, dass er anonym und ohne jeden Kontakt zur Außenwelt gefangen gehalten wird, auf den besonderen Ernst der Lage hinweist.«

Angélique schwieg einen Moment. Mit einem Mal spürte sie ihre Müdigkeit, und ihr Magen schmerzte vor Hunger. Oder vielleicht doch vor Angst?

Sie blickte zu dem Beamten auf, in dem sie sich einen Verbündeten erhoffte.

Wieder überfiel sie dieser nicht enden wollende Schwindel, der sie jedes Mal packte, wenn sie nur daran dachte, dass Joffrey ein unwiderrufliches Unglück zustoßen könnte.

»Da Ihr bereits die Güte hattet, mich aufzuklären, Monsieur, sagt mir nun auch noch, was ich tun soll.«

»Noch einmal, Madame, es geht hier nicht um Güte, sondern um Gerechtigkeit. Aus Gerechtigkeitsempfinden nehme ich Euch in meinem Haus auf, und da Ihr mich um Rat bittet, werde ich Euch an einen anderen Juristen verweisen. Denn ich befürchte, dass ich in dieser Angelegenheit als befangen und parteiisch gelten werde, auch wenn unsere familiären Beziehungen bislang nicht sehr eng waren.«

»Das könnt Ihr wohl laut sagen«, rief Hortense, die ihren Zorn nur mühsam im Zaum hielt, mit der schrillen Stimme ihrer Jugend dazwischen. »Solange sie ihre schönen Schlösser und die Goldmünzen ihres Krüppels hatte, hat sie doch keinen Gedanken an uns verschwendet. Graf de Peyrac ist Mitglied des Parlaments von Toulouse. Glaubt Ihr nicht, er hätte Euch durch eine Empfehlung an hohe Pariser Richter behilflich sein können?«

»Joffrey unterhielt kaum Beziehungen in die Hauptstadt.«

»Ja, ja!«, äffte ihre Schwester ihren Tonfall nach. »Bloß ein paar unbedeutende Beziehungen zu den Gouverneuren des Languedoc und des Béarn, zu Kardinal Mazarin, zur Königinmutter und zum König!«

»Du übertreibst…«

»Also bitte, wart ihr nun zur Hochzeit des Königs eingeladen oder nicht…? Und natürlich kannte dein ehrenwerter Gemahl die Hauptstadt, schließlich hat er sich doch hier ein prächtiges Haus bauen lassen, das er höchstpersönlich mit Möbeln, Spiegeln und Gemälden ausgestattet hat!«

Angélique antwortete nicht und verließ den Salon. Diese Auseinandersetzung konnte sich noch ewig hinziehen. Und da Hortenses Mann einverstanden war, konnte sie genauso gut Florimond hereinholen. Als sie die Treppe hinunterging, ertappte sie sich bei einem Lächeln. Es hatte nicht lange gedauert, bis Hortense und sie wieder zu ihren vertrauten Streitereien zurückgefunden hatten…! Monteloup war also doch noch nicht tot. Es war immer noch besser, sich gegenseitig an den Haaren zu zerren, als einander fremd gegenüberzustehen.

Draußen auf der Straße traf sie auf Binet, der auf dem Trittbrett der Kutsche saß und den schlafenden Säugling im Arm hielt. Der junge Barbier sagte ihr, er habe gesehen, dass das Kind Schmerzen litt, und ihm deshalb ein Heilmittel aus Opium und zerstoßener Minze verabreicht, von dem er einen kleinen Vorrat bei sich hatte, weil er wie alle Vertreter seines Gewerbes gleichzeitig auch ein wenig Chirurg und Apotheker war. Angélique dankte ihm. Sie erkundigte sich nach Marguerite und der jungen Magd und erfuhr, dass ihre Kammerfrau, als sich das Warten in die Länge zog, dem Ruf eines Badeknechts nicht hatte widerstehen können, der singend durch die Straßen zog:

»Kommt ihr Frauen allzuhauf,
ins Badhaus der heiligen Jeanne.

Knechte und Mägde warten darauf,
euch zu baden, wohlan,
Kommet, die Bäder sind bereit …«

Wie alle Hugenotten hatte Marguerite eine ausgeprägte Vorliebe fürs Baden, was Angélique durchaus nachvollziehen konnte.

»Ich würde der heiligen Jeanne nur zu gerne ebenfalls einen Besuch abstatten …«, sagte sie und seufzte.

Die Lakaien und die beiden Kutscher saßen im Schatten des Karrens, tranken hellen Rotwein und aßen geräucherte Heringe, denn es war Freitag und sie waren Katholiken.

Angélique betrachtete ihr staubiges Kleid und Florimond, der bis zu den Augenbrauen mit Rotz und Honig verschmiert war. Was für ein jämmerlicher Anblick!

Aber selbst das musste der Gemahlin des fleißigen Prokurators noch sehr luxuriös erscheinen, denn Hortense, die ihr nach unten gefolgt war, lachte hämisch.

»Na, meine Liebe, für eine Frau, die sich beklagt, an einer Straßenecke nächtigen zu müssen, bist du gar nicht so schlecht ausgestattet: eine Karosse, ein Gepäckkarren, insgesamt sechs Pferde, vier oder fünf Lakaien und zwei Dienerinnen, die es sich im Bad gut gehen lassen!«

»Ich habe ein Bett dabei«, erklärte Angélique. »Soll ich es nach oben bringen lassen?«

»Das ist nicht nötig. Wir haben genug Schlafgelegenheiten, um dich unterzubringen. Aber dein ganzes Knechtsvolk kann ich nicht aufnehmen.«

»Du hast doch sicher ein Dachzimmer für Marguerite und das Mädchen? Den Männern gebe ich Geld, damit sie in einer Herberge übernachten können.«

Mit zusammengekniffenen Lippen musterte Hortense entsetzt die Männer aus dem Süden, die offenbar der Ansicht waren, sie brauchten sich von der Frau eines Prokurators nicht stören zu lassen, und in aller Seelenruhe weiteraßen, während sie sie mit ihren glutvollen Augen unverschämt anstarrten.

»Die Männer deiner Eskorte sehen wirklich aus wie Banditen«, bemerkte sie mit erstickter Stimme.

»Du übertreibst. Das Einzige, was man ihnen vorwerfen kann, ist ihr ausgeprägter Hang dazu, in der Sonne zu schlafen.«

Sanft nahm Angélique Florimond aus den Armen von François Binet. Daraufhin grüßte der junge Barbier Hortense so ehrerbietig, dass diese ein wenig besänftigt war.

»Na gut«, seufzte sie mit gespielter Resignation. »Ich kann das Mädchen aufnehmen und vielleicht auch diesen Jungen. Der scheint mir zumindest gute Manieren zu haben. Aber ich weiß nicht, was ich mit einer Kutsche und Pferden machen soll. Du siehst ja unseren Stall.«

Sarkastisch deutete sie auf einen Winkel, in dem eine Sänfte auf zwei Rädern stand.

»Das ist mein ganzes Fuhrwerk! Der Junge, der sich um die Kerzen und das Holz kümmert, zieht mich darin durch die Straßen, wenn ich Freunde besuchen will, die zu weit entfernt wohnen. Und Gastons Pferd ist in einem Stall in der Nachbarschaft untergebracht, wo die Beamten monatsweise einen Stand mieten können.«

Schließlich befahl Angélique ihren Leuten, zwei Truhen abzuladen, und ließ jemanden kommen, um der Kutsche und dem Karren mitsamt dem restlichen Gepäck den Weg zum öffentlichen Stall zu zeigen.

In dem großen Zimmer, das Hortense ihr im zweiten Stock zugewiesen hatte, konnte sich Angélique endlich einen Augenblick entspannen, als sie in einen Waschzuber stieg und sich mit kühlem Wasser besprengte. Sie wusch sogar ihre Haare, ehe sie sich vor einem Spiegel aus Stahl, der über dem Kamin hing, mehr schlecht als recht frisierte. Das Zimmer war dunkel und ausgesprochen hässlich möbliert, aber es reichte. Florimond lag in einem kleinen Bett mit sauberen Laken, wo er dank der Medizin des Perückenmachers immer noch friedlich schlief.

Nachdem sie sich nur leicht geschminkt hatte, denn sie ahnte, dass ihr Schwager es nicht sonderlich schätzte, wenn Frauen Rouge auflegten, konnte sie sich nicht entscheiden, welches Kleid sie anziehen sollte. Selbst das schlichteste wirkte immer noch viel zu prunkvoll neben der Garderobe der armen Hortense, die lediglich ein paar samtene Borten und Bänder am Mieder ihres einfachen grauen Kleids trug.

Schließlich wählte sie ein Hauskleid in der Farbe von geröstetem Korn mit dezenten Goldstickereien, und ersetzte den zarten Spitzenkragen durch ein Halstuch aus schwarzem Satin.

Sie war gerade fertig angekleidet, als Marguerite zurückkam und sich für ihre Verspätung entschuldigte.

Verächtlich erklärte sie, dass die Pariser auf sie wie ungehobelte Bauern wirkten. Die Badestube der heiligen Jeanne war nicht zu vergleichen mit den römischen Bädern von Toulouse, wo selbst die einfachen Leute ihre Gesundheit im Schwitzbad pflegen konnten. Bei der heiligen Jeanne war das Wasser zwar angenehm warm, aber die Badetücher waren von höchst zweifelhafter Sauberkeit, und ständig schaute jemand durch die Tür, die zum Bader führte, der gleichzeitig auch Barbier war und bald einen Gast rasierte, bald einen Abszess aufstach. Anschließend hatte sie noch auf die Magd warten müssen und sie heftig ausgescholten, weil das junge Ding natürlich gleich die Gelegenheit genutzt hatte, um sich in den Straßen herumzutreiben.

Mit geübter Hand verlieh die Kammerfrau dem Haar ihrer Herrin die übliche anmutige Form und konnte nicht widerstehen, es zu parfümieren.

»Sei vorsichtig. Ich darf nicht zu elegant sein. Ich muss meinem Schwager, dem Prokurator, Vertrauen einflößen.«

»Ach je! Nachdem ich gesehen habe, wie Euch die schönsten

Edelmänner zu Füßen lagen, soll ich Euch jetzt herausputzen, um einen Prokurator zu bezaubern?«

»Das ist viel schwieriger, als man glaubt. Schau mich an. Wirke ich zurückhaltend genug und trotzdem anmutig?«

»Solange Eure Augen diese Farbe haben, werdet Ihr niemals zurückhaltend aussehen«, entgegnete die Kammerfrau. »Selbst damals, als ich Euch unbändiges junges Ding zum ersten Mal in Eurem Schloss in Monteloup gesehen habe, habt Ihr die Männer angeschaut, als wolltet Ihr sagen: Ich gehöre dir, wenn du dir ein wenig Mühe gibst.«

»Ich? O Marguerite!«, rief Angélique entrüstet.

»Wie kommst du bloß auf solche Gedanken?«, fügte sie streng hinzu. »Du weißt besser als jeder andere, was für ein züchtiges Leben ich geführt habe.«

»Weil Ihr einen eifersüchtigen und wachsamen Gemahl hattet, der allen anderen Männern misstraute, auch wenn er es sich nicht anmerken ließ«, antwortete Marguerite. »Aber ich habe schon viele adlige Damen gesehen, und ich sage Euch, Ihr gehört zur gefährlichsten Sorte.«

»Ich?«, wiederholte Angélique unsicher.

Diese groß gewachsene Frau, deren Auftreten sie an das herrische Gebaren ihrer Amme erinnerte, schüchterte sie immer noch ein wenig ein.

»Ja, Madame. Weil Ihr in den Männern nicht ein flüchtiges Verlangen weckt, sondern die große Liebe. Die Liebe, auf die sie ein Leben lang gewartet haben. Und es ist ärgerlich, wenn das mehreren Männern gleichzeitig passiert. Wusstet Ihr, dass sich ein junger Mann aus Toulouse Euretwegen in die Garonne gestürzt hat?«

»Nein, das wusste ich nicht.«

»Ich werde Euch seinen Namen nicht verraten, denn Ihr habt ihn niemals bemerkt. Und genau deswegen ist er auch ins Wasser gegangen.«

Sie wurde von einem markerschütternden Geschrei unterbrochen, das aus dem Erdgeschoss heraufdrang. Die beiden Frauen hasteten hinaus auf den Treppenabsatz.

Durch das Treppenhaus schallten die Schreie einer zu Tode entsetzten Frau. Angélique rannte die Stufen hinunter, und als sie im Eingangsflur ankam, fand sie dort ihre Leute vor, die verblüfft auf der Schwelle standen.

Das Geschrei war noch nicht verstummt, doch inzwischen klang es gedämpft und schien aus einer hohen Truhe aus imitiertem Ebenholz zu kommen, die den Vorraum zierte.

Auch Hortense war herbeigeeilt. Sie öffnete die Truhe und zerrte die dicke Magd, die Angélique die Tür geöffnet hatte, sowie zwei Kinder von acht und vier Jahren heraus, die sich an ihre Röcke klammerten. Mme. Fallot versetzte dem Mädchen eine schallende Ohrfeige, ehe sie wissen wollte, was bloß in es gefahren sei.

»Da! Da!«, stammelte die Ärmste mit ausgestrecktem Finger.

Angélique schaute in die entsprechende Richtung und entdeckte den guten Kouassi-Ba, der sich schüchtern im Hintergrund hielt.

Hortense zuckte unwillkürlich zusammen, aber sofort hatte sie sich wieder in der Gewalt.

»Meine Güte, ja, das ist ein schwarzer Mann«, sagte sie trocken, »ein Mohr, da braucht man doch nicht so zu schreien. Habt Ihr noch nie einen Mohren gesehen?«

»N … nein, Madame.«

»Es gibt niemanden in Paris, der noch keinen Mohren gesehen hätte. Man merkt, dass Ihr gerade erst vom Land kommt. Ihr seid ein dummes Ding.«

Dann ging sie zu Angélique hinüber.

»Herzlichen Glückwunsch, meine Liebe!«, zischte sie ihr ins Ohr. »Du verstehst dich darauf, mein Haus in Aufruhr zu versetzen. Jetzt schleppst du hier sogar noch einen Wilden an! Womöglich wird mich das Mädchen auf der Stelle verlassen. Und dabei hatte ich solche Mühe, es zu finden!«

»Kouassi-Ba«, rief Angélique, »die Kinder und diese junge Dame hier fürchten sich vor dir. Zeig ihnen doch einmal, wie lustig du sein kannst.«

Mit einem Satz sprang der Mohr vor. Die Magd heulte erneut auf und drückte sich an die Wand, als wollte sie darin verschwinden. Aber nachdem Kouassi-Ba ein paar Purzelbäume geschlagen hatte, zog er bunte Bälle aus seinen Taschen und begann mit erstaunlichem Geschick zu jonglieren. Seine Verletzung schien ihn nicht mehr zu behindern. Als er sah, dass die Kinder lächelten, griff er schließlich nach der Gitarre des jungen Giovani, setzte sich im Schneidersitz auf den Boden und hob mit seiner weichen, samtigen Stimme zu singen an.

Angélique ging zu den übrigen Bediensteten.

»Ich gebe euch etwas Geld, damit ihr in einer Herberge übernachten und etwas essen könnt«, sagte sie.

Der Kutscher trat einen Schritt vor und drehte verlegen seinen mit einer roten Feder geschmückten Filzhut, der zur prächtigen Livree des Grafen de Peyrac gehörte.

»Bitte, Madame, wir wollten Euch fragen, ob Ihr uns nicht auch den Rest von unserem Lohn geben könnt. Wir sind hier in Paris, da hat man viele Ausgaben.«

Nach kurzem Zögern willigte die junge Frau ein. Sie bat Marguerite, ihre Geldkassette zu holen, und zahlte jedem von ihnen aus, was ihm zustand. Die Männer dankten ihr und verabschiedeten sich. Der kleine Giovani sagte, er werde am nächsten Tag wiederkommen, um der Gräfin zu Diensten zu sein. Die anderen zogen sich schweigend zurück. Als sie durch die Tür gingen, rief Marguerite ihnen von der Treppe aus ein paar Worte im Dialekt des Languedoc nach, doch sie antworteten nicht.

»Was hast du zu ihnen gesagt?«, fragte Angélique nachdenklich. Sie hatte es verstanden, wollte es aber noch einmal hören.

»Dass der Herr sie verfluchen wird, wenn sie morgen nicht zurückkommen.«

»Glaubst du denn, sie kommen nicht mehr zurück?«

»Ich befürchte es.«

Müde strich sich Angélique mit der Hand über die Stirn.

»Du darfst nicht behaupten, der Herr würde sie verfluchen, Marguerite. Solche Drohungen schaden ihm mehr, als sie ihm Macht verleihen. Bring die Kassette wieder hoch in mein Zimmer und bereite Florimonds Brei zu, damit er essen kann, wenn er aufwacht.«

»Madame«, hörte Angélique da eine zarte Stimme neben sich, »mein Vater hat mich gebeten, Euch zu sagen, dass das Essen serviert ist und wir im Speisezimmer auf Euch warten, um das Tischgebet zu sprechen.«

Es war der kleine achtjährige Junge, den sie vorhin in der Truhe gesehen hatte.

»Hast du jetzt keine Angst mehr vor Kouassi-Ba?«, fragte sie.

»Nein, Madame, ich bin sehr froh, einen schwarzen Mann zu kennen. Alle meine Freunde werden mich beneiden.«

»Wie heißt du?«

»Martin.«

Im Speisezimmer waren die Fenster geöffnet worden, damit es im Raum ein wenig heller wurde, ohne dass die Kerzen angezündet werden mussten. Eine blasse, rosige Dämmerung hing noch über den Dächern. Die Glocken der Pfarrkirchen begannen zum Angelus zu läuten. Herrliche dunkle Töne überlagerten alle anderen und schienen das Gebet der Stadt hinaus in die Ferne zu tragen.

»Ihr habt wunderschöne Glocken in Eurer Pfarrei«, bemerkte Angélique, um die allgemeine Beklemmung zu verscheuchen, nachdem das Gebet gesprochen war und sich alle hingesetzt hatten.

»Das sind die Glocken von Notre-Dame«, antwortete Maître Fallot. »Wir gehören zum Sprengel von Saint Landry, aber die Kathedrale ist ganz in der Nähe. Wenn Ihr Euch aus dem Fenster beugt, könnt Ihr die beiden großen Türme und den Vierungsturm sehen.«

Der kleine Martin reichte ein mit parfümiertem Wasser gefülltes Becken und ein Handtuch herum. Alle wuschen sich die Finger. Der Junge erfüllte seine Aufgabe mit konzentrierter Miene. Er hatte ein schmales, kleines Gesicht und sah Hortense sehr ähnlich. Dann gab es noch einen weiteren kleinen Jungen von ungefähr sechs Jahren, der etwas untersetzt war wie sein Vater, und ein kleines Mädchen von vier Jahren, von dem man nur die runde Haube auf seinen braunen Locken sah, da es den Kopf beharrlich gesenkt hielt.

Hortense erwähnte, dass sie noch zwei weitere Kinder gehabt habe, die aber früh gestorben seien. Die Kleine kam gerade erst von ihrer Amme aus einem kleinen Dorf namens Chaillot in der Nähe von Paris, zu der sie gleich nach der Geburt gegeben worden war. Deswegen war sie so schüchtern und verlangte ständig nach der Bäuerin, die sie aufgezogen hatte, und ihrem Milchbruder.

In diesem Moment hob das kleine Mädchen ein wenig den Kopf, und Angélique sah ihren hellen Blick.

»Oh, sie hat ja grüne Augen!«, rief sie.

»Ja, leider«, seufzte Hortense verärgert.

»Fürchtest du etwa, in deinem Haus könnte eine zweite Angélique heranwachsen?«

»Ich weiß es nicht. Mir flößt diese Farbe immer Unbehagen ein.«

Am anderen Ende des Tisches saß ein gelehrt wirkender, schweigender Greis. Es war der Onkel von Maître Fallot, ein ehemaliger Richter.

Zu Beginn des Essens ließen er und sein Neffe mit der gleichen würdevollen Geste ein Stück vom Horn eines Einhorns in ihre Gläser fallen. Das erinnerte Angélique daran, dass sie an diesem Morgen die Pastille mit dem Gift nicht genommen hatte, an das sich ihr Körper nach Joffreys Wunsch gewöhnen sollte.

Die Magd servierte die Suppe. Auf der gestärkten weißen Tischdecke zeichneten sich in regelmäßigen Vierecken die Bügelfalten ab.

Das Silber war recht hübsch, aber die Familie Fallot benutzte keine Gabel, deren Verwendung noch nicht sehr verbreitet war. Erst Joffrey hatte Angélique beigebracht, dieses Gerät zu benutzen, und sie erinnerte sich noch an den Tag ihrer Hochzeit in Toulouse, als sie sich mit dieser kleinen Forke in der Hand so furchtbar ungeschickt vorgekommen war. Es gab mehrere Gänge aus Fisch, Eiern und Milchspeisen. Angélique hatte den Verdacht, dass ihre Schwester zwei oder drei fertige Gerichte aus einer Bratenküche hatte holen lassen, um das Menü zu vervollständigen.

»Mach dir meinetwegen bloß keine Umstände, Hortense.«

»Glaubst du etwa, die Familie eines Prokurators isst nur Roggenbrei und Kohlsuppe?«, erwiderte ihre Schwester bissig.

Trotz ihrer Müdigkeit fand Angélique abends lange keinen Schlaf. Sie lauschte den Rufen der unbekannten Stadt, die von unten aus den schwülfeuchten Straßen zu ihr heraufstiegen.

Ein Oblatenverkäufer kam vorbei und schüttelte seine Würfel in einem Horn. Aus den Häusern, in denen sich der Abend in die Länge zog, rief man ihn heran, und die Müßiggänger würfelten um die zarten Backwaren in seinem Korb.

Kurz darauf erklang das Glöckchen eines Totenrufers.

»Betet, ihr Schläfer, nach dem langen Tag,
dass Gott die Toten bei sich aufnehmen mag …«

Angélique erschauerte und vergrub das Gesicht in ihrem Kopfkissen. Sie tastete neben sich nach Joffreys hagerem und warmem Körper. Seine Fröhlichkeit, seine Lebhaftigkeit, seine wunderbare, stets freundliche Stimme und seine liebkosenden Hände fehlten ihr so sehr!

Wann würden sie einander endlich wiederfinden? Wie glücklich sie dann sein würden! Sie würde sich in seine Arme schmiegen und ihn bitten, sie zu umarmen und sie ganz fest an sich zu drücken…! Mit dem nach Lavendel duftenden Kopfkissen aus grobem, rauem Tuch im Arm schlief sie ein.

Kapitel 19

Angélique nahm die hölzerne Blende vor dem Fenster weg und stemmte sich gegen die Scheibe aus farbigen, in Blei gefassten kleinen Rauten. Nach einer Weile gelang es ihr, sie zu öffnen. Man musste wahrlich Pariser sein, um bei einer solchen Hitze mit geschlossenem Fenster zu schlafen. Sie atmete einen tiefen Zug der frischen Morgenluft ein, dann hielt sie verblüfft und bezaubert inne.

Ihr Zimmer ging nicht auf die Rue de l'Enfer hinaus, sondern lag auf der anderen Seite des Hauses. Unter sich entdeckte sie Wasser. Glatt und funkelnd lag es da wie ein Schwert, von der aufgehenden Sonne mit einer Goldschicht überzogen und über und über mit Booten und schweren Lastkähnen bedeckt.

Am gegenüberliegenden Ufer bildete ein mit weißem Leinen überdachtes Waschfrauenboot in der pastellfarbenen, dunstverhangenen Landschaft einen leuchtenden Fleck wie von Kreide. Die Rufe der Frauen und das Klatschen ihrer Bleuel vermischte sich mit dem Geschrei der Bootsleute und dem Wiehern der Pferde, die von Knechten zum Trinken geführt wurden.

Plötzlich stieg ihr ein unangenehmer, gleichzeitig scharfer und süßlicher penetranter Geruch in die Nase. Angélique beugte sich vor und sah, dass die hölzernen Pfeiler, auf denen das alte Haus errichtet war, aus einem schlammigen Uferstreifen aufragten. Dort war ein Berg verfaultes Obst angeschwemmt worden, über das bereits Schwärme von Wespen herfielen.

Zu ihrer Rechten, an der Inselspitze, entdeckte sie einen kleinen Hafen, an dem unzählige Lastkähne angelegt hatten. Dort wurden ganze Tragkörbe voll Kirschen, Weintrauben und Birnen ausgeladen. Schöne junge Burschen standen aufrecht am Ende ihrer Boote und bissen herzhaft in einen Apfel. Dann warfen sie die restliche Hälfte über Bord, wo sie von den leise plätschernden Wellen an den Häusern entlanggetrieben wurde, zogen ihre zerlumpte Kleidung aus und sprangen ins fahle Wasser. Vom Hafen aus verband ein grellrot bemalter, hölzerner Steg die Île de la Cité mit einer weiteren kleinen Insel.

Gegenüber, ein Stück hinter den Waschfrauen, erstreckte sich ebenfalls ein langer Anlegeplatz voller Kähne. Dort wurden Fässer hin und her gerollt, Säcke aufeinandergestapelt und Berge von Heu für die Ställe aufgehäuft.

Mit langen Bootshaken hielten Flussschiffer die aus zusammengebundenen Holzstämmen gebildeten Flöße an, die den Strom herabgeschwommen kamen, und dirigierten sie ans Ufer, wo wandernde Tagelöhner die Stämme zur Seite rollten und aufschichteten.

Und über diese ganze Geschäftigkeit ergoss sich ein leuchtend gelbes, unendlich sanftes Licht, das jede Szene in ein zartes, verwischtes, geradezu traumgleiches Gemälde verwandelte, in dem hin und wieder eine Spiegelung, ein helles Wäschestück, eine weiße Haube oder eine kreischende Möwe aufblitzte, die dicht über der Wasseroberfläche dahinschoss.

»Die Seine«, sagte Angélique leise.

Die Seine, das war Paris. War im Wappen der Stadt nicht ein silbernes Schiff abgebildet, das die Verdienste der Kaufleute symbolisierte, denen die Hauptstadt ihren Wohlstand verdankte?

Am Vortag hatte Angélique nur staubige, übel riechende Straßen gesehen. Dieses andere Bild der Stadt versöhnte sie ein wenig mit Paris. Sie fasste mit größerer Zuversicht die Schritte ins Auge, die sie gleich an diesem Tag unternehmen musste. Als Erstes würde sie in die Tuilerien gehen und um eine Audienz bei der Grande Mademoiselle bitten. Sie würde ihr ganz offen ihre Lage schildern: das Verschwinden ihres Gemahls, das versiegelte Haus und das absolute Stillschweigen, mit dem die ganze Angelegenheit behandelt wurde. Man hatte ihr nicht die geringste Erklärung gegeben. Abgesehen von ihrem Verwandten, dem Prokurator, schien niemand irgendetwas gehört zu haben. Von dieser Freundin hoffte Angélique etwas über die Intrigen zu erfahren, die zu Joffreys Verhaftung geführt hatten. Wer weiß, vielleicht würde sie sogar zum König durchdringen? Der König musste schließlich einen Grund dafür gehabt haben, den Verhaftungsbefehl zu unterzeichnen. Sie würde darauf bestehen, dass er ihn ihr nannte. Und doch fragte sich Angélique immer noch, ob sie sich das Ganze nicht bloß einbildete. Sie vergegenwärtigte sich erneut die Atmosphäre von Saint-Jean-de-Luz, die Fröhlichkeit, den Prunk. Alle dachten nur an ihre Juwelen und den Platz, den sie in der Kathedrale oder bei den Umzügen einnehmen würden. Das einzig Wichtige war, nur ja nichts zu verpassen.

Und plötzlich war Joffreys Stimme für Angélique verstummt. Nichts mehr. Mit einem Mal war sie allein gewesen.

Es klopfte an der Tür.

Hortenses Magd kam mit einem Krug Milch herein.

»Ich bringe die Milch für den Kleinen, Madame. Ich bin selbst gleich heute früh zur Place de la Pierre-au-Lait gegangen. Die Frauen aus den Dörfern kamen gerade erst an. Die Milch in ihren Krügen war noch warm.«

»Es ist lieb, dass Ihr Euch solche Mühe gemacht habt, mein Kind. Aber Ihr hättet das Mädchen schicken sollen, das mich begleitet, und es den Krug heraufbringen lassen.«

»Ich wollte sehen, ob der süße kleine Kerl schon aufgewacht ist. Ich mag kleine Kinder sehr gerne, Madame. Es ist so schade, dass Madame Hortense die ihren zu einer Amme gibt. Vor sechs Monaten hat sie wieder eins bekommen, das ich nach Chaillot gebracht habe. Jeden Tag fürchte ich, sie könnte kommen und mir sagen, dass es gestorben ist. Die Amme hatte kaum Milch, und ich habe den Verdacht, dass sie es mit in Wasser und Wein getunktem Brot aufzieht.«

Sie war ein molliges, nicht allzu großes Mädchen mit leuchtenden Wangen und unschuldigen blauen Augen. Angélique wurde von plötzlicher Zuneigung zu ihr erfasst.

»Wie heißt Ihr?«

»Barbe, Madame, zu Euren Diensten.«

»Nun, Barbe, ich habe mein Kind in der ersten Zeit selbst gestillt. Ich hoffe, er wird ein kräftiger, gesunder Junge werden.«

»Nichts ist für ein Kind besser als die liebevolle Sorge seiner Mutter«, entgegnete Barbe in belehrendem Ton.

Florimond wachte auf. Mit beiden Händen klammerte er sich an den Rand seiner einfachen Wiege, setzte sich auf und fixierte mit seinen funkelnden schwarzen Augen das neue Gesicht.

»Was für ein hübscher kleiner Schatz, du goldiges Kerlchen, guten Morgen, mein kleiner Fratz!«, sang das Mädchen leise vor sich hin, während es den vom Schlaf noch feuchten Jungen hochnahm.

Sie trug ihn ans Fenster, um ihm die Boote, die Möwen und die Körbe voll Obst zu zeigen.

»Wie heißt der kleine Hafen da hinten?«, fragte Angélique.

»Das ist der Hafen von Saint-Landry, der Obsthafen, und dahinter kommt die Rote Brücke. Sie führt auf die Île Saint-Louis. Gegenüber wird auch viel ausgeladen, da gibt es einen Heuhafen, einen Holzhafen, einen Kornhafen und einen Weinhafen. Diese Waren interessieren die Herren aus dem Rathaus ganz besonders, das ist das schöne große Gebäude dort am anderen Ufer.«

»Und wie heißt der große Platz davor?«

»Das ist die Place de Grève.«

Barbe kniff die Augen zusammen, um besser sehen zu können.

»Heute Morgen sind viele Leute auf dem Platz. Da ist bestimmt wieder einer aufgehängt worden.«

»Aufgehängt?«, wiederholte Angélique entsetzt.

»Ja, auf der Place de Grève finden die Hinrichtungen statt. Von meinem Fenster gleich hier drüber schaue ich sie mir alle an, auch wenn es ein bisschen weit weg ist. Aber das ist mir auch lieber so. Ich bin ein wenig empfindlich. Meistens werden die Leute aufgehängt, aber ich habe auch schon zwei Enthauptungen gesehen und den Scheiterhaufen für einen Hexenmeister.«

Angélique erschauerte und wandte sich ab. Der Ausblick aus ihrem Fenster erschien ihr mit einem Mal sehr viel weniger lieblich.

Nachdem sie sich einigermaßen elegant gekleidet hatte, da sie vorhatte, in die Tuilerien zu gehen, wies Angélique Marguerite an, ihren Mantel zu nehmen und sie zu begleiten. Ihr Mädchen sollte Florimond hüten, und Barbe würde ein Auge auf die beiden haben. Angélique war froh darüber, dass Hortenses Magd ihre Verbündete war, denn für ihre Schwester war dies umso wichtiger, als sie nur wenig Hilfe hatte. Abgesehen von Barbe gab es nur noch ein Küchenmädchen und einen Hausburschen, der Wasser und im Winter das Holz für die Feuer schleppte, sich um die Kerzen kümmerte und die Fliesen schrubbte.

»Eure Dienstbotenschar wird bald auch nicht mehr viel glanzvoller sein«, bemerkte Marguerite mit zusammengekniffenen Lippen. »Es ist genauso gekommen, wie ich befürchtet hatte, Madame. Diese Halunken von Lakaien und Kutschern haben sich aus dem Staub gemacht. Jetzt gibt es niemanden mehr, der Eure Kutsche lenken und sich um Eure Pferde kümmern könnte.«

Nach einem kurzen Schreck heiterte sich Angéliques Miene wieder auf.

»Ach, im Grunde ist es ja auch besser so. Ich habe nur viertausend Livres bei mir. Ich will Monsieur d'Andijos zurück nach Toulouse schicken, damit er mir neues Geld holt. Aber da wir noch nicht wissen, was auf uns zukommt, ist es mir ganz recht, dass ich die Leute bis dahin nicht zu bezahlen brauche. Ich werde die Pferde und die Kutsche an den Besitzer der öffentlichen Stallungen verkaufen, und wir beide werden ab jetzt zu Fuß gehen. Ich freue mich schon darauf, mir die Läden anzuschauen.«

»Madame macht sich keine Vorstellung davon, wie dreckig die Straßen hier sind. An manchen Stellen sinkt man bis zu den Knöcheln in Schlamm und Unrat ein.«

»Meine Schwester hat mir gesagt, dass man mit Holzschuhen recht bequem vorankommt. Komm schon, meine gute Marguerite, sei nicht so brummig, wir werden uns jetzt Paris ansehen. Ist das nicht herrlich?«

Unten im Eingang traf Angélique auf François Binet und den jungen Musiker.

»Ich danke euch für eure Treue, aber ich fürchte, wir müssen uns trennen, denn ich kann euch vorläufig nicht in meinem Dienst behalten. Soll ich dich Mademoiselle de Montpensier empfehlen, Binet? So begeistert, wie sie in Saint-Jean-de-Luz von dir war, zweifle ich nicht daran, dass sie in ihrem Haushalt einen Platz für dich findet oder dich einem anderen Adligen weiterempfiehlt.«

Zu ihrer großen Überraschung lehnte der junge Friseur ihr Angebot ab.

»Ich danke Euch für Eure Güte, Madame, aber ich glaube, ich werde mich ganz bescheiden bei einem Barbiermeister verdingen.«

»Du?«, protestierte Angélique. »Du warst der beste Barbier und Perückenmacher von ganz Toulouse.«

»Für einen Fremden ist es in dieser Stadt sehr schwer, in die

Zünfte aufgenommen zu werden, also kann ich hier leider keine bedeutendere Anstellung finden.«

»Aber am Hof….«

»Um nach Anerkennung in den Kreisen der Großen zu streben, Madame, bedarf es eines langen Atems. Es ist nicht gut, allzu plötzlich im grellen Licht dazustehen, vor allem nicht für einen bescheidenen Handwerker wie mich. Es genügt nur wenig, ein einziges Wort, eine vergiftete Andeutung, um jemanden vom höchsten Gipfel in ein noch größeres Elend zu stürzen, als man es je gekannt hätte, wäre man bescheiden im Schatten geblieben. Die Gunst der Prinzen ist so launisch, dass der Ruhm genauso gut Euren Untergang bedeuten kann.«

Sie musterte ihn eindringlich.

»Du willst ihnen Zeit geben, zu vergessen, dass du der Barbier von Monsieur de Peyrac gewesen bist?«

Er schlug den Blick nieder.

»Ich werde es niemals vergessen, Madame. Möge mein Herr seine Feinde bezwingen, dann werde ich alles stehen und liegen lassen, um ihm erneut zu dienen. Aber ich bin nur ein einfacher Barbier.«

»Du hast recht, Binet«, antwortete Angélique mit einem Lächeln. »Ich schätze deine Offenheit. Es gibt keinen Grund, warum wir dich in unser Unglück mit hineinziehen sollten. Hier sind hundert Ecus. Ich wünsche dir viel Glück.«

Der junge Mann verabschiedete sich, griff nach seinem Barbierkoffer, zog sich unter zahlreichen Verbeugungen bis zur Tür zurück und ging hinaus.

»Was ist mit dir, Giovani? Soll ich versuchen, dich mit Monsieur Lully bekannt zu machen?«

»O ja, Herrin! O ja!«

»Und du, Kouassi-Ba, was willst du tun?«

»Ich will mit dir spazieren gehen, Médême.«

Angélique lächelte.

»Gut. Dann kommt mit, ihr beiden. Wir gehen in die Tuilerien.«

In dem Moment öffnete sich eine Tür, und Maître Fallot streckte seine schöne braune Perücke durch den Spalt.

»Ich habe Eure Stimme gehört, Madame. Und das trifft sich gut, denn ich habe auf Euch gewartet, weil ich Euch um eine kurze Unterredung bitten wollte.«

Angélique bedeutete ihren drei Begleitern, auf sie zu warten.

»Ich stehe zu Eurer Verfügung, Monsieur.«

Sie folgte ihm in seine Kanzlei, wo Schreiber und Aktuare bei der Arbeit waren. Der abgestandene Tintengeruch, das Kratzen der Gänsekiele, das schummrige Licht und die Anzüge aus schwarzem Tuch, in die die emsigen Leute gekleidet waren, machten den Raum nicht gerade zu einem heimeligen Ort. An den Wänden hingen eine Vielzahl schwarzer Beutel, in denen die Akten der bearbeiteten Fälle aufbewahrt wurden.

Maître Fallot führte Angélique in ein kleines Nebenzimmer, wo sich ein Mann von seinem Stuhl erhob.

»Maître Desgrez, Advokat«, stellte der Prokurator vor. »Maître Desgrez würde Euch in der schwierigen Angelegenheit Eures Gemahls zur Seite stehen.«

Bestürzt musterte Angélique ihr Gegenüber.

Das sollte der Advokat des Grafen de Peyrac sein? Einen fadenscheinigeren Umhang, verschlissenere Wäsche oder einen schäbigeren Hut würde man kaum auftreiben können. Neben ihm wirkte der Prokurator, der gleichwohl in hochachtungsvollem Ton von ihm redete, geradezu luxuriös gewandet. Der arme Junge trug nicht einmal eine Perücke, und sein langes Haar schien aus der gleichen braunen, widerspenstigen Wolle zu bestehen wie sein Gewand. Doch trotz seiner offenkundigen Armut verfügte er über ein äußerst selbstsicheres Auftreten.

»Madame«, erklärte er unverzüglich, »lasst uns nicht im Futur und auch nicht im Konditional reden: Ich stehe zu Euren Diensten. Jetzt berichtet mir ohne Scheu, was Ihr wisst.«

»Meine Güte, Maître«, entgegnete Angélique kühl, »ich weiß so gut wie gar nichts.«

»Umso besser, dann gehen wir wenigstens nicht von falschen Vermutungen aus.«

»Es gibt zumindest eine gesicherte Tatsache«, mischte sich Maître Fallot ein, »den vom König unterzeichneten Verhaftungsbefehl.«

»Ganz richtig, Maître. Der König. Wir müssen vom König ausgehen.«

Der junge Advokat legte eine Hand ans Kinn und runzelte die Stirn.

»Schwierig, schwierig! Als Ausgangspunkt für eine Untersuchung kann man sich kaum etwas Höheres aussuchen.«

»Ich habe die Absicht, Mademoiselle de Montpensier, die Cousine des Königs, aufzusuchen«, sagte Angélique. »Ich hoffe, durch sie nähere Informationen zu erhalten, vor allem, wenn es sich tatsächlich um eine Hofkabale handelt, wie ich vermute. Und über sie könnte ich vielleicht auch Zugang zu Seiner Majestät bekommen.«

»Mademoiselle de Montpensier, pah!«, erwiderte ihr Gegenüber verächtlich. »Sie ist so ungeschickt. Vergesst nicht, Madame, dass sie auf Seiten der Fronde stand und Kanonen auf die Truppen ihres königlichen Cousins hat abfeuern lassen. Aus diesem Grund wird sie dem Hof immer verdächtig bleiben. Außerdem ist der König neidisch auf ihr gewaltiges Vermögen. Sie wird schnell einsehen, dass es nicht in ihrem Interesse ist, den Anschein zu erwecken, sie würde einen in Ungnade gefallenen Adligen unterstützen.«

»Ich glaube und habe bisher auch immer gehört, dass die Grande Mademoiselle ein gutes Herz hat.«

»Gebe der Himmel, dass sie es Euch beweist, Madame! Als

Sohn der Stadt Paris hege ich nur wenig Vertrauen in das gute Herz der Großen, die das Volk mit den Früchten ihrer Zwietracht nähren, welche ebenso bitter und verfault sind wie die, die unter Eurem Haus angeschwemmt werden, Maître Fallot. Aber sucht sie ruhig auf, Madame, wenn Ihr Euch etwas davon versprecht. Ich möchte Euch lediglich raten, Mademoiselle und dem Prinzen gegenüber nur sehr beiläufig Eure Lage zu erwähnen und nicht darauf zu beharren, welche Ungerechtigkeit Euch widerfahren ist.«

Angélique hörte ihm zu, doch sie war nicht überzeugt. Sie setzte große Hoffnungen in Mademoiselle. Dieser Winkeladvokat in seinen durchlöcherten Schuhen schien keine Ahnung zu haben, dass sie gerade erst einige Wochen lang täglich mit Mademoiselle geplaudert hatte.

Sie nahm ihre Börse und holte ein paar Ecus heraus.

»Hier habt Ihr einen Vorschuss auf die Unkosten, die Euch durch Eure Nachforschungen entstehen könnten.«

»Ich danke Euch, Madame«, antwortete der Advokat, nachdem er einen zufriedenen Blick auf die Münzen geworfen hatte, und ließ sie in eine lederne Börse an seinem Gürtel gleiten, die recht leer zu sein schien.

Er verabschiedete sich mit ausgesuchter Höflichkeit und ging hinaus.

Daraufhin erhob sich eine riesige Dänische Dogge, deren weißes Fell mit großen braunen Flecken übersät war und die geduldig an der Hausecke gewartet hatte. Sie folgte dem Advokaten, als er, die Hände in den Taschen, fröhlich pfeifend davonging.

»Dieser Mann wirkt nicht sehr vertrauenerweckend«, sagte Angélique zu ihrem Schwager. »Ich halte ihn für einen Faxenmacher und unfähigen Aufschneider.«

»Der Junge ist brillant«, widersprach der Prokurator, »aber er ist arm … wie viele seiner Standesgenossen. Es gibt eine Fülle auftragsloser Advokaten auf der Place de Paris. Dieser hier muss sein Amt von seinem Vater geerbt haben, ansonsten hätte er nicht genug Geld gehabt, um es zu kaufen. Aber ich habe ihn Euch empfohlen, weil ich zum einen seine Intelligenz schätze und er Euch zum anderen nicht viel kosten wird. Mit dem Wenigen, das Ihr ihm gegeben habt, wird er wahre Wunder vollbringen.«

»Geld spielt keine Rolle. Wenn es nötig ist, wird mein Gemahl die Unterstützung der gelehrtesten Juristen bekommen.«

Maître Fallot bedachte Angélique mit einem gleichzeitig herablassenden und listigen Blick.

»Ihr verfügt also über ein unerschöpfliches Vermögen?«

»Hier nicht, nein, aber ich werde den Marquis d'Andijos nach Toulouse schicken. Er wird unseren Bankier aufsuchen und ihn beauftragen, einige Ländereien zu verkaufen, falls ich sofort Geld brauche.«

»Fürchtet Ihr nicht, dass Euer Besitz in Toulouse genauso versiegelt worden sein könnte wie Euer Haus in Paris?«

Entsetzt starrte Angélique ihn an.

»Das ist unmöglich!«, stammelte sie. »Warum hätte man das tun sollen? Warum sollte man uns so hartnäckig verfolgen? Wir haben doch niemandem etwas getan.«

Der Jurist antwortete mit einer salbungsvollen Geste.

»Ach, Madame! Die meisten Leute, die in diese Kanzlei kommen, sagen genau das Gleiche. Wenn man ihnen glaubte, hätte niemals irgendjemand einem anderen etwas getan. Aber trotzdem gibt es immer wieder Prozesse …«

Und Arbeit für die Prokuratoren, dachte Angélique.

Mit dieser neuen Sorge im Hinterkopf war sie nicht mit dem Herzen bei der Sache, als ihr Spaziergang sie durch die Rue de la Colombe, die Rue des Marmousets und die Rue de la Lanterne zum Justizpalast führte. Sie folgte dem Quai de l'Horloge und gelangte so zum Pont-Neuf am Ende der Insel. Das lebhafte Treiben auf der Brücke begeisterte ihre Begleiter. Kleine fahrende Läden drängten sich um die Bronzestatue des guten Königs Heinrich IV., und unter lautem Geschrei wurden die unterschiedlichsten Waren angepriesen. Hier gab es ein Wunder wirkendes Wundpflaster, dort zog man Zähne, ohne dass es schmerzte, hier verkaufte man Fläschchen mit einer merkwürdigen Tinktur, um Flecken aus der Kleidung zu entfernen, dort Bücher, Spielzeug oder Ketten aus Schildkrötenknochen, die angeblich Bauchschmerzen linderten. Man hörte Trompeten kreischen und Kastenleiern schnarren. Auf einem Podest wurden Trommeln geschlagen, und Gaukler jonglierten mit Bechern. Eine bleiche Gestalt in einem fadenscheinigen Gewand drückte Angélique ein Blatt Papier in die Hand und verlangte dafür zehn Sols. Mechanisch gab sie sie ihr und schob das Blatt in ihre Tasche. Dann wies sie ihr glückseliges Gefolge an, sich zu beeilen.

Ihr stand der Sinn nicht nach Schlendern. Überdies wurde sie bei jedem Schritt von Bettlern aufgehalten, die plötzlich vor ihr auftauchten und eine eitrige Wunde oder einen mit blutigen Fetzen umwickelten Stumpf vorwiesen, oder von Frauen mit Kindern auf dem Arm, um deren schorfige Gesichter die Fliegen schwirrten. Sie kamen aus dem Schatten der Toreinfahrten, aus dem Winkel eines Ladens oder erhoben sich von den Uferböschungen, und ihre jammernden Rufe nahmen rasch einen drohenden Klang an.

Als Angélique schließlich keine kleinen Münzen mehr hatte, befahl sie Kouassi-Ba angewidert, sie zu verjagen. Unverzüglich bleckte der Schwarze seine Kannibalenzähne und streckte die Hände nach einem Mann aus, der auf Krücken näher humpelte und sich bei seinem Anblick erstaunlich flink wieder davonmachte.

»Das hat man davon, wenn man wie der einfache Pöbel zu Fuß geht«, brummte Marguerite zunehmend entrüstet vor sich hin.

Sie wanderten an der endlosen Galerie des Louvre entlang, die das Schloss des Königs mit dem Tuilerienpalast verband.

Aus zartgrauen Quadersteinen erbaut, deren Farbe mit dem Pariser Himmel harmonierte, wies die parallel zum Ufer verlaufende Große Galerie abwechselnd spitze und runde Giebel auf, und ihre schlichte, regelmäßige Fassade wurde lediglich von griechischen Säulen mit Akanthuskapitellen aufgelockert.

Angélique, die im Augenblick für einen so strengen Charme nicht empfänglich war, hatte vor allem das Gefühl, dass diese langen Mauern einfach kein Ende nahmen. Auf sie wirkten sie finster und Unheil verkündend. Es hieß, die Große Galerie sei von dem verbrecherischen König Karl IX. erbaut worden, der sicher sein wollte, im Falle eines Aufstands aus Paris fliehen zu können, ohne seinen Palast verlassen zu müssen. Und tatsächlich führte die Große Galerie des Louvre geradewegs in die Stallungen der Tuilerien, wo er ein Pferd besteigen und gleich hinaus aufs offene Land reiten konnte.

Angélique seufzte erleichtert auf, als sie die efeuüberwucherte Tour du Bois erblickte, den Überrest der alten Stadtmauer von Paris. Dann tauchte der Pavillon de Flore auf, der den Abschluss der Großen Galerie bildete und sie im rechten Winkel mit dem Tuilerienpalast verband.

Die Luft wurde kühler. Eine leichte Brise strich über die Seine und wehte die übel riechenden Ausdünstungen der Stadt davon.

Endlich lagen die Tuilerien vor ihnen, der mit tausend Ornamenten geschmückte Palast, gekrönt von einer mächtigen Kuppel und Laternen. Die Residenz strahlte weibliche Anmut aus, denn sie war von einer Frau und für eine Frau erdacht worden: Katharina, Erbin der glanzvollen italienischen Familie Medici und Gemahlin von König Heinrich II. Dieser war bei einem Turnier in der Nähe des Hôtel des Tourelles ums Leben gekommen, als die Spitze der gesplitterten Lanze seines Gegners Montgomery durch einen Spalt im Visier seines Helms eingedrungen war. Nach dem Tod ihres geliebten Gemahls hatte Katharina de Medici außer sich vor Schmerz das Viertel vollständig niederreißen lassen und sich anschließend in ihren schwarzen Witwenschleiern, die sie nie wieder ablegen sollte, von diesen Schauplätzen »königlicher Belustigungen« abgewandt und war ans andere Ende von Paris gezogen. Sie hatte beschlossen, noch ein Stück vor dem Louvre einen Palast für sich allein bauen zu lassen, der unmittelbar an das offene Land grenzte. Da dieser auf dem Gelände einer ehemaligen Ziegelbrennerei[19] errichtet worden war, war deren Name auf jenen Palast übergegangen, in dem Katharina von da an ungestört trauern und sich ihren Erinnerungen hingeben konnte.

Hatte sie dort leben können?

Die glühende Katholikin, die lange Zeit als Regentin für ihren Sohn Karl IX. ein zwischen zwei Religionen zerrissenes Land regiert hatte, wurde für das Massaker der Bartholomäusnacht verantwortlich gemacht, bei dem zahllose Hugenotten niedergemetzelt worden waren.

Doch auf den ersten Blick ließ der Palast keine Spuren naher oder ferner Gräuel erkennen.

Mit dem Louvre verbunden und dennoch von ihm losgelöst, war er ein freundlicher, nach Licht dürstender Bau, der seine unzähligen ionischen Säulen – eine ganz besonders feminine Säulenordnung, wie der Architekt Philibert Delorme, darauf bedacht, den Erwartungen der Königin zu entsprechen, betont hatte –, seine Mauern, Fenster, Statuen und Balkone in der Sonne entfaltete, ohne dass auch nur das geringste Hindernis Schatten auf ihn warf.

Denn dort endete Paris.

Weiter westlich erstreckten sich bis zum Horizont nur noch »herrliche Gärten, bewundernswerte Parks und stille Wege«, wie die Chronisten sangen, dazu Wälder und Hügel mit kleinen Dörfern und frommen Klöstern.

In den Tuilerien angekommen, hieß man Angélique warten. Die Grande Mademoiselle war in den Palais du Luxembourg gefahren, um alles für ihren Umzug dorthin vorzubereiten, denn Monsieur hatte beschlossen, ihr die Tuilerien streitig zu machen, obwohl Mademoiselle dort schon seit Jahren wohnte. Er hatte sich bereits mit seinem gesamten Gefolge in einem Flügel des Palasts niedergelassen. Mademoiselle hatte ihn als selbstsüchtigen Querulanten beschimpft, und es hatte lautstarke Auseinandersetzungen gegeben.

Schließlich gab Mademoiselle nach, wie sie immer nachgegeben hatte. Sie hatte einfach ein zu gutes Herz.

Ihr Kammerherr M. de Préfontaines, der Angélique all diese vertraulichen Dinge erzählte, verdrehte die Augen und bat die junge Frau, in einem kleinen Salon Platz zu nehmen, dessen Fenster auf die Gärten hinausgingen. Dann fuhr er in seinem Lamentieren fort. Ach, aber das war ja noch gar nicht alles! Mademoiselle wünschte sich einen Überblick über den Zustand des Besitzes ihres verstorbenen Vaters zu verschaffen. Sie waren erst vor drei Tagen zurückgekommen, und seitdem war sie ständig von einem Schwarm Rechtsgelehrter umgeben und vergrub sich in alten Papieren, als habe sie den Ehrgeiz, ein Advokat zu werden.

Und als sei das alles nicht genug, wartete auch noch ein Abgesandter des Königs von Portugal auf sie, der beauftragt sei, über eine Hochzeit seines Monarchen mit der reichen Erbin zu verhandeln.

»Das ist doch wunderbar«, entgegnete Angélique. »Mademoiselle ist eine reizende Person, und ich bin mir sicher, dass sie bereits viele schmeichelhafte Angebote von europäischen Fürstenhöfen erhalten hat.«

»O ja, in der Tat«, bestätigte der gute M. de Préfontaines. »Bis hin zu einem Prinzen, der noch in der Wiege liegt und den man ihr vor sechs Monaten angetragen hat. Aber Mademoiselle ist schwierig. Ich weiß wirklich nicht, ob sie sich eines Tages entscheiden wird. Es gefällt ihr so gut in Paris, dass sie niemals den Mut aufbringen wird, an einem langweiligen kleinen Hof in Deutschland oder Italien zu leben. Was Seine Majestät Alfons VI. von Portugal betrifft, so hat sie mich angewiesen, aufmerksam die Botschaft seines Gesandten anzuhören. Vergebt mir also, Madame, wenn ich mich jetzt zurückziehe.«

Angélique hatte die Menschen, die ihr Auskunft gegeben hatten, in Saint-Jean-de-Luz kennengelernt. Sie erkannten sie nicht nur wieder, sondern behandelten sie ganz so, als sei sie seitdem nicht mehr aus ihrer Mitte gewichen. Und da sie sich für die Reise nach Paris dem königlichen Triumphzug angeschlossen hatte, war das ja auch tatsächlich der Fall. Man hatte gesehen, wie sie in der Kutsche von Mlle. de Montpensier und der Königinmutter mitgefahren war. Sie verspürte das gleichzeitig beruhigende wie absurde Gefühl, von jetzt an ein Teil des Hofes zu sein. Es war, als sei sie durch einen unsichtbaren Schirm von ihrer eigenen Welt in das seltsame Universum eines Olymps getreten, der es gewohnt war, von unten herauf mit Ehrerbietung und Furcht betrachtet zu werden. Wie in Saint-Jean-de-Luz empfand sie den betörenden Bann dieser Welt, doch in ihrer Sorge um Joffrey und sein Schicksal erkannte sie auch den Egoismus, der in diesen Sphären herrschte und wahre Freundschaften unmöglich machte.

Sie machte sich Vorwürfe wegen dieses leisen Misstrauens, während sie sich doch gerade anschickte, an das gute Herz und den guten Willen dieser vom Schicksal Begünstigten zu appellieren. Sie musste es schaffen, ihr Interesse zu wecken, sie zu überzeugen und sie zu rühren, um von ihnen die Hilfe zu bekommen, die sie brauchte.

Nachdem sie allein zurückgeblieben war, ermahnte sich Angélique zur Ruhe und Geduld.

Sie setzte sich an eines der Fenster und blickte hinaus auf

die herrlichen Gärten. Hinter den mosaikartigen Blumenbeeten leuchteten die weißen Tupfen eines großen Obstgartens, und dahinter konnte sie in der Ferne das Grün der Bäume und des Kaninchengeheges erkennen.

Ein Gebäude am Ufer der Seine beherbergte das Vogelhaus von Ludwig XIII., wo noch immer Jagdfalken aufgezogen wurden, und zur Rechten lagen die berühmten königlichen Stallungen und Reithallen, von wo um diese Zeit der Lärm galoppierender Pferde und die Rufe der Pagen und Reitmeister herüberdrangen.

Angélique genoss die Landluft und betrachtete die sich drehenden kleinen Windmühlen auf den fernen Anhöhen von Chaillot, Passy und Le Roule.

Um die Mittagszeit füllte sich der Palast endlich mit lärmendem Trubel, und die Herzogin von Montpensier erschien. Sie schwitzte und fächelte sich Kühlung zu.

»Meine liebe junge Freundin«, begrüßte sie Angélique, »Ihr kommt immer genau im passenden Moment. Wenn ich mich umschaue, sehe ich nur dumme Gesichter, denen ich am liebsten eine Ohrfeige verpassen würde. Euer entzückendes Antlitz mit diesen klugen hellen Augen hingegen erscheint mir so… erfrischend. Ja, genau das ist es: erfrischend… Bringt man uns jetzt endlich Limonade und Eis oder nicht?«

Sie ließ sich in einen Sessel fallen, wo sie allmählich wieder zu Atem kam.

»Ich muss Euch sagen, heute Morgen hätte ich Monsieur um ein Haar erwürgt. Und das wäre mir sicher nicht schwergefallen. Er verjagt mich aus diesem Palast, in dem ich seit meiner Kindheit lebe, was sage ich… herrsche. Von hier aus habe ich meine Knechte und Geiger ausgesandt, an der Porte de la Conférence, die Ihr dort hinten seht, mit den Männern von Monsieur de Mazarin die Klingen zu kreuzen. Der Kardinal wollte vor dem Zorn des Volkes fliehen, aber dank meines Eingreifens konnte er die Stadt nicht mehr verlassen. Es hätte nicht viel gefehlt, und man hätte ihn umgebracht und seine Leiche in den Fluss geworfen…«

»Seine Eminenz scheint Euch diesen Vorfall nicht nachzutragen.«

»Oh, er ist äußerst liebenswürdig. Was wollt Ihr? Die Fronde ist vorbei. Aber es war eine große Zeit. Wenn ich durch Paris galoppierte, jubelten die Menschen mir zu und nahmen die Ketten fort, mit denen sie die Straßen versperrten. Heutzutage ist mir bloß noch langweilig. Alle sagen, ich solle heiraten. Was haltet Ihr von diesem Alfons von Portugal?«

»Ich muss gestehen, dass ich noch nie etwas über ihn gehört habe.«

»Préfontaines hat mir etwas erzählt, das mich nicht gerade lockt. Offenbar ist er ein kleiner Dicker, der nicht sonderlich gut riecht und ständig Geschwüre in den Falten seines Wanstes hat…«

»Dann verstehe ich, dass Eure Hoheit sich nicht für ihn erwärmt…«

Angélique fragte sich, wie sie zu dem Thema überleiten sollte, das ihr am Herzen lag.

Schließlich nahm sie allen Mut zusammen.

»Eure Hoheit möge mir verzeihen«, sagte sie, »aber ich weiß, dass Ihr über alles auf dem Laufenden seid, was am Hof geschieht. Ist Euch vielleicht zu Ohren gekommen, dass sich mein Gemahl in der Bastille befindet?«

Die Prinzessin wirkte aufrichtig überrascht und erschüttert.

»In der Bastille? Welches Verbrechen hat er denn begangen?«

»Das ist es ja gerade: Ich weiß es nicht, und ich hoffe sehr, Hoheit, dass Ihr mir helfen könnt, Licht in dieses Rätsel zu bringen.«

Sie berichtete ihr von den letzten Tagen in Saint-Jean-de-Luz und dem geheimnisvollen Verschwinden des Grafen de Peyrac. Die Siegel an der Tür ihres Hauses in Saint-Paul bewiesen, dass seine Entführung mit einer Anklage in Zusammenhang stand, aber ansonsten wurde in der gesamten Angelegenheit strengstes Stillschweigen gewahrt.

»Also gut«, sagte Mlle. de Montpensier, »lasst uns nachdenken. Euer Gemahl hatte zweifellos Feinde, wie jeder andere auch. Wer könnte Eurer Meinung nach versucht haben, ihm zu schaden?«

»Mein Gemahl lebte nicht im besten Einvernehmen mit dem Erzbischof von Toulouse. Aber ich glaube nicht, dass dieser etwas hätte gegen ihn vorbringen können, was den König zum Eingreifen veranlasst hätte.«

»Hat der Graf de Peyrac vielleicht einige der Großen beleidigt, die über einen gewissen Einfluss bei Seiner Majestät verfügen? Ich erinnere mich da insbesondere an einen Vorfall, meine Kleine. Monsieur de Peyrac hat einst meinem Vater gegenüber eine seltene Unverschämtheit an den Tag gelegt, als dieser seinen Antrittsbesuch als Gouverneur des Languedoc in Toulouse machte. Mein Vater war ihm deswegen nicht böse, außerdem ist er bereits tot. Mein Vater war kein eifersüchtiger Mensch, auch wenn er seine ganze Zeit damit verbrachte, Komplotte zu schmieden. Ich gebe zu, dass ich diese Leidenschaft von ihm geerbt habe, deswegen bin ich beim König auch nicht immer sehr gut angesehen. Er ist ein so empfindlicher junger Mann ... Ach, da fällt mir ein, könnte Monsieur de Peyrac möglicherweise sogar den König selbst vor den Kopf gestoßen haben?«

»Mein Gemahl pflegt sich nicht in Schmeicheleien zu ergehen. Aber er respektiert den König. Schließlich hat er sich ja auch bemüht, ihm zu gefallen, so gut er konnte, als er ihn damals in Toulouse empfangen hat.«

»O ja, was für ein wundervolles Fest«, rief Mademoiselle begeistert und schlug die Hände zusammen. »Diese kleinen Vögel, die aus einem Felsen aus Zuckerwerk aufflogen …! Aber das ist es ja gerade. Ich habe mir sagen lassen, der König sei darüber ein wenig verstimmt gewesen. Genau wie bei diesem Monsieur Fouquet in Vaux-le-Vicomte … Diese ganzen hohen Herren erkennen nicht, dass der König zwar lächelt, aber seine Zähne dabei gereizt sind, als tränke er Saft von unreifen Trauben, weil seine eigenen Untertanen ihn mit ihrer Prachtentfaltung zu übertreffen suchen …«

»Ich kann nicht glauben, dass Seine Majestät so kleinmütig sein soll.«

»Es mag ja sein, dass der König sanft und aufrichtig erscheint. Aber ob es einem gefällt oder nicht, er hat die Zeit nicht vergessen, als die Prinzen von Geblüt gegen ihn Krieg führten. Und ich gehörte dazu, das stimmt, auch wenn ich heute gar nicht mehr weiß, warum eigentlich. Kurzum, Seine Majestät misstraut allen, die ihr Haupt ein wenig zu hoch erheben.«

»Mein Gemahl hat niemals versucht, sich gegen den König zu verschwören. Er war ihm immer ein treuer Untertan und zahlte persönlich ein Viertel des gesamten Steueraufkommens aus dem Languedoc.«

»Wie leidenschaftlich Ihr ihn verteidigt! Ich gebe zu, dass mich sein Äußeres ein wenig ängstigte, aber nachdem ich in Saint-Jean-de-Luz mit ihm geplaudert habe, beginne ich zu verstehen, worauf sein Erfolg bei den Frauen beruht. Weint nicht, meine Liebe, man wird Euch Euren verführerischen Hinkefuß schon wieder zurückgeben, und wenn ich dafür den Kardinal persönlich mit Fragen bestürmen und wie üblich dabei ins Fettnäpfchen treten müsste!«

Ein wenig aufgemuntert verließ Angélique die Grande Mademoiselle.

Sie vereinbarten, dass diese sie rufen lassen würde, sobald sie etwas herausgefunden habe. Da die Prinzessin ihrer Freundin eine Freude machen wollte, erklärte sie sich bereit, den jungen

Giovani solange in die Reihen ihrer Violinenspieler aufzunehmen, bis sich die Gelegenheit ergab, ihn Jean-Baptiste Lully, dem Balletttänzer des Königs, vorzustellen.

»Er wird mir keinen Gefallen abschlagen können, denn mein Vetter Monsieur de Lorraine hat diesen bezaubernden jungen Komödianten einst zu meiner Unterhaltung aus Italien mitgebracht. Diese Aufgabe hat er auch wunderbar erfüllt, aber gleichzeitig hat sich dieser Halunke unter meinem Schutz zum König durchgeschmuggelt!

Was jedoch Eure Angelegenheit angeht, können wir ohnehin nichts unternehmen, solange der König nicht wieder zurück in Paris ist«, schloss sie. »Bis zu seinem feierlichen Einzug hängt alles in der Schwebe. Vielleicht ist die Königinmutter schon wieder in den Louvre zurückgekehrt, aber der König und die Königin müssen einstweilen in Fontainebleau oder Vincennes bleiben. Das macht es uns nicht leichter. Also werdet nicht ungeduldig. Ich werde Euch nicht vergessen und lasse Euch rufen, sobald es nötig ist.«

Nachdem Angélique sich von ihr verabschiedet hatte, schlenderte sie ein wenig durch die Gänge des Palastes, weil sie hoffte, Péguilin de Lauzun zu begegnen, von dem sie wusste, dass er sich unablässig um Mademoiselle bemühte. Ihn entdeckte sie zwar nicht, dafür aber Cerbalaud, der mit recht finsterer Miene herumlief. Auch er wusste nicht, was er von der Verhaftung des Grafen de Peyrac halten sollte. Alles, was er sagen konnte, war, dass niemand darüber redete oder auch nur etwas zu ahnen schien.

»Bald werden alle davon erfahren«, entgegnete Angélique zuversichtlich, voller Vertrauen in die geschwätzige Grande Mademoiselle.

Nichts erschien ihr schrecklicher als diese Mauer des Schweigens, mit der Joffreys Verschwinden umgeben wurde. Wenn erst einmal darüber gesprochen wurde, musste unweigerlich alles ans Licht kommen.

Sie erkundigte sich nach dem Marquis d'Andijos. Cerbalaud sagte ihr, dass dieser wegen eines Duells zum Pré-aux-Clercs gegangen sei.

»Er duelliert sich?«, rief Angélique entsetzt.

»Nicht er, Lauzun und d'Humières haben einen Ehrenhändel auszutragen.«

»Begleitet mich dorthin, ich will sofort zu ihnen.«

Als sie die Marmortreppe hinabgingen, wurde sie von einer Frau mit großen schwarzen Augen angesprochen. Sie erkannte die Gräfin de Soissons, Olympia Mancini, eine der Nichten des Kardinals.

»Madame de Peyrac, ich freue mich, Euch wiederzusehen«, sagte die schöne Frau. »Aber mehr noch als Ihr selbst begeistert mich Euer ebenholzschwarzer Leibwächter. Ich hatte schon in Saint-Jean-de-Luz daran gedacht, Euch zu bitten, ihn mir zu überlassen. Wollt Ihr ihn mir nicht verkaufen? Ich würde Euch einen guten Preis für ihn bezahlen.«

»Kouassi-Ba ist nicht zu verkaufen«, protestierte Angélique. »Zwar hat mein Gemahl ihn als kleinen Jungen in Narbonne gekauft, aber er hat ihn niemals als einen Sklaven betrachtet und zahlt ihm einen Lohn.«

»Einen Lohn soll er bei mir auch bekommen, einen sehr guten sogar.«

»Ich bedauere, Madame, aber ich kann Euren Wunsch leider nicht erfüllen. Kouassi-Ba ist mir eine große Hilfe, und mein Gemahl wäre untröstlich, wenn er ihn bei seiner Rückkehr nicht mehr vorfände.«

»Nun, dann eben nicht«, entgegnete Mme. de Soissons mit einer enttäuschten Geste.

Sie warf einen letzten bewundernden Blick auf den bronzenen Riesen, der ungerührt hinter Angélique stand.

»Es ist unglaublich, wie ein solcher Diener die Schönheit, Zerbrechlichkeit und Blässe einer Frau unterstreicht. Seid Ihr nicht auch dieser Ansicht, mein Liebster?«

Da bemerkte Angélique den Marquis de Vardes, der auf sie zukam.

Sie hatte keine Lust, diesem Adligen zu begegnen, der sich ihr gegenüber so grob und abscheulich benommen hatte. Bei seinem Anblick spürte sie immer noch das Brennen ihrer Lippen, in die er so brutal gebissen hatte.

So verabschiedete sie sich eilig von Mme. de Soissons und ging die Treppe hinunter in die Gärten.

»Ich habe den Eindruck, die schöne Olympia wirft Eurem Leibwächter begehrliche Blicke zu«, sagte Cerbalaud. »Vardes, ihr derzeitiger Liebhaber, genügt ihr wohl nicht. Sie würde für ihr Leben gerne herausfinden, wie sich ein Mohr im Bett anfühlt.«

»Oh! Beeilt Euch lieber, statt so furchtbare Dinge zu reden!«, scheuchte ihn Angélique ungeduldig. »Ich will vor allem herausfinden, ob sich Lauzun und d'Humières nicht gerade gegenseitig aufspießen.«

Wie leichtfertig und sorglos diese Leute in einer so schrecklichen Situation doch zu sein schienen. Sie selbst hatte das Gefühl, wie im Traum hinter einem schwierigen Ziel herzurennen und sich vergeblich zu bemühen, weit verstreute Elemente zusammenzubringen. Aber alles entglitt ihr und löste sich vor ihren Augen auf.

Sie hatten bereits das Seineufer erreicht, als jemand etwas hinter ihnen herrief und sie erneut aufhielt.

Ein groß gewachsener Adliger, den Angélique nicht kannte, kam auf sie zu und bat sie um eine kurze Unterredung.

»Meinetwegen, aber ich habe es eilig.«

Er zog sie zur Seite.

»Madame, Seine Königliche Hoheit Philippe d'Orléans, der

Bruder des Königs, hat mich geschickt. Monsieur würde sich gerne mit Euch über Monsieur de Peyrac unterhalten.«

»Mein Gott!«, sagte Angélique leise, und ihr Herz begann wie rasend zu klopfen.

Würde sie endlich etwas Konkretes erfahren? Eigentlich mochte sie den Bruder des Königs nicht besonders. Er war zu geckenhaft ausstaffiert und zu stark geschminkt für ihren Geschmack, aber sie hatte gesehen, dass er in Saint-Jean-de-Luz im Dienst seines Bruders eine einflussreiche Rolle gespielt hatte. Sie erinnerte sich an seine bewundernde, wenn auch etwas zweideutige Bemerkung über den Grafen de Peyrac. Was wusste er über den Gefangenen in der Bastille?

»Seine Hoheit erwartet Euch heute Nachmittag um fünf Uhr«, fuhr der Edelmann mit gedämpfter Stimme fort. »Nehmt den Eingang zu den Tuilerien und geht dann in den Pavillon de Flore, wo die Gemächer von Monsieur liegen. Und sprecht mit niemandem darüber.«

»Ich werde in Begleitung meiner Zofe kommen.«

»Wie es Euch beliebt.«

Er verabschiedete sich und ging mit klirrenden Sporen davon.

»Wer ist dieser Mann?«, erkundigte sich Angélique bei Cerbalaud.

»Das ist der Chevalier de Lorraine, der neue Favorit von Monsieur. Ja, Guiche hat seine Gunst eingebüßt: Er brachte nicht die nötige Begeisterung für die invertierte Liebe auf und blieb allzu sehr dem schönen Geschlecht zugetan. Dabei verschmäht auch Monsieur die Damen nicht. Es heißt, nach dem Einzug des Königs werde man ihn vermählen, und wisst Ihr, wen er heiraten soll? Prinzessin Henriette von England, die Tochter des armen Charles I., den die Engländer enthauptet haben … Aber sein Sohn ist vor kurzem auf den englischen Thron zurückgekehrt.«

Angélique hörte ihm nur mit einem halben Ohr zu. Sie bekam allmählich Hunger. Sie verlor nie ihren Appetit, ganz gleich in welcher Situation. Sie schämte sich ein wenig für diese Regung, vor allem unter den gegenwärtigen Umständen. Was bekam Joffrey mit seinem erlesenen Geschmack in seiner finsteren Zelle wohl zu essen?

Trotzdem sah sie sich um, weil sie hoffte, einen Waffel- oder Pastetenverkäufer zu entdecken, bei dem sie eine kleine Stärkung kaufen könnte.

Ihre neuerliche Wanderung durch die Stadt hatte sie ans andere Ufer der Seine in die Nähe der alten Porte de Nesle mit ihrem Turm geführt. Den alten Pré-aux-Clercs, wo sich einst die Studenten vergnügt hatten, gab es schon lange nicht mehr. Geblieben aber war zwischen der Abtei von Saint-Germain-des-Prés und den alten Gräben ein von einzelnen Baumgruppen bestandenes brachliegendes Gelände, wo empfindsame junge Männer fernab der neugierigen Blicke der Stadtwachen ihre Ehre reinwaschen konnten.

Als Angélique und Cerbalaud näher kamen, hörten sie lautes Geschrei und trafen auf Lauzun und den Marquis d'Humières, die mit offenem Hemd und in Duellaufzug wütend über Andijos herfielen. Beide berichteten, dass sie gezwungen gewesen seien, sich zu schlagen, aber heimlich Andijos gebeten hatten, ihnen auf den Duellplatz zu folgen und ihnen im Namen der Freundschaft Einhalt zu gebieten. Doch der Verräter hatte sich hinter einem Busch versteckt und lachend das ängstliche Theater der beiden »Gegner« mit angesehen, die mit zahllosen Ausreden den Beginn des Duells hinauszögerten. Bald war angeblich ein Schwert kürzer als das andere, bald waren ihre Schuhe zu eng. Als der Vermittler endlich auftauchte, schimpften sie empört.

»Wenn wir nur mutiger gewesen wären, hätten wir hundertmal Zeit gehabt, uns gegenseitig die Kehle durchzuschneiden!«, wetterte Lauzun.

Angélique schloss sich ihnen an und überhäufte Andijos mit Vorwürfen.

»Glaubt Ihr, mein Gemahl hat Euch fünfzehn Jahre lang ausgehalten, damit Ihr jetzt diese dummen Scherze treibt, während er im Gefängnis sitzt?«, schrie sie ihn an. »Oh, diese Leute aus dem Süden ...!«

Sie packte ihn und zog ihn zur Seite, wo sie ihm auftrug, unverzüglich nach Toulouse aufzubrechen, um ihr so schnell wie möglich Geld zu bringen. Kleinlaut gestand er ihr, dass er am vergangenen Abend beim Spiel in den Gemächern von Prinzessin Henriette alles verloren hatte, was er besaß. Sie gab ihm fünfhundert Livres und wies Kouassi-Ba an, ihn zu begleiten.

Als sie fort waren, bemerkte Angélique, dass sich auch Lauzun und Humières mitsamt ihren Sekundanten aus dem Staub gemacht hatten.

Sie legte eine Hand an die Stirn.

»Ich muss um fünf Uhr zurück in die Tuilerien«, sagte sie zu Marguerite. »Lass uns solange hier in einer Schenke warten, wo wir etwas essen und trinken können.«

»Eine Schenke!«, wiederholte ihre Kammerfrau entrüstet. »Madame, das ist kein Ort für Euch.«

»Glaubst du etwa, das Gefängnis wäre ein Ort für meinen Mann? Ich habe Hunger und Durst. Und du auch. Stell dich nicht so an und lass uns ein wenig ausruhen.«

Sie griff vertraulich nach ihrem Arm und stützte sich auf sie. Inzwischen kannte sie sie gut. Die lebhafte, energische und so leicht erboste Marguerite war der Familie de Peyrac mit Leib und Seele ergeben.

»Vielleicht willst du ja auch lieber gehen?«, fragte Angélique unvermittelt. »Ich weiß beim besten Willen nicht, wie das alles ausgehen wird. Du hast ja gesehen, es hat nicht lange gedauert, bis die Knechte es mit der Angst bekommen haben, und vielleicht haben sie damit nicht unrecht.«

»Es war noch nie meine Art, mir an Knechten ein Beispiel zu nehmen«, versetzte Marguerite verächtlich, und in ihren Augen loderte die Glut.

Sie war entsetzt gewesen über das Angebot der Gräfin de Soissons, Kouassi-Ba zu kaufen, und nichts von dem, was sie in diesem Palast gesehen hatte, konnte in ihren Augen mit dem Palast der Fröhlichen Wissenschaft mithalten.

»Mein ganzes Leben«, fügte sie nach einer nachdenklichen Pause hinzu, »kreist um eine einzige Erinnerung. Ich wurde zusammen mit dem Grafen in den Tragkorb des katholischen Bauern gesteckt, der uns nach Toulouse zu seinen Eltern brachte. Das war nach dem Massaker an den Leuten in meinem Dorf, bei dem auch meine Mutter, seine Amme, umkam. Ich war gerade erst vier Jahre alt, aber ich erinnere mich noch an jede Einzelheit. Er hatte alle Knochen gebrochen und stöhnte. Ich habe unbeholfen sein kleines, blutendes Gesicht abgewischt, und weil er so durstig war, schob ich ihm ein wenig geschmolzenen Schnee zwischen die Lippen. Heute werde ich genauso wenig von seiner Seite weichen wie damals, und sollte ich dafür auch auf dem Stroh eines Verlieses zugrunde gehen ...«

Angélique antwortete nicht, aber sie lehnte sich ein wenig enger an Marguerite und drückte für einen Augenblick die Wange an ihre Schulter.

Sie fanden eine Schenke in der Nähe der Porte de Nesle, gleich neben der kleinen Bogenbrücke, die über den alten Stadtgraben führte. Die Wirtin bereitete ihnen über dem Feuer ein Frikassee zu, während sie Rotwein tranken und dazu kleine runde Brötchen aßen.

Es waren kaum Gäste im Schankraum, nur ein paar Soldaten, die die reich gekleideten Damen an dem grob zusammengezimmerten Tisch neugierig musterten.

Durch die offene Tür betrachtete Angélique die düstere Tour de Nesle mit ihrer kleinen Laterne. Von dort aus warf man einst die Liebhaber der lüsternen Margarete von Burgund in den Fluss, die nachts hinter einer Maske verborgen in den schmalen Gassen Studenten mit frischen Gesichtern ansprach.

Inzwischen war der verfallene Turm von der Stadt an Bleicherinnen vermietet worden, die ihre Wäsche auf den Zinnen und Schießscharten ausbreiteten.

Der Ort war still, nur selten kam jemand vorbei, denn hier war das offene Land ganz nah. Flussschiffer zogen ihre Boote an die schlammigen Ufer, und Kinder angelten in den Gräben.

Als die Dämmerung anbrach, überquerte Angélique erneut den Fluss, um in die Tuilerien zurückzukehren. In den Gärten des Palastes herrschte reges Treiben, denn die kühlere Stunde lockte nicht nur Adlige hinaus ins Freie, sondern auch die Familien reicher Bürger, denen Zugang zum Park gewährt wurde, damit sie dort spazieren gehen konnten.

Im Pavillon de Flore kam der Chevalier de Lorraine den Besucherinnen selbst entgegen und bat sie, auf einer Bank im Vorzimmer Platz zu nehmen. Seine Hoheit werde bald kommen, sagte er. Dann ließ er sie allein.

Die Gänge wirkten sehr belebt. Dieser Durchgang bildete die Verbindung zwischen dem Tuilerienpalast und dem Louvre. Mehrmals entdeckte Angélique Gesichter, denen sie in Saint-Jean-de-Luz begegnet war. Sie drängte sich enger in den Mauerwinkel, denn sie legte keinen Wert darauf, erkannt zu werden. Nur wenige bemerkten sie überhaupt. Man begab sich zum Abendessen bei Mademoiselle oder verabredete sich zum Kartenspiel bei Madame Henriette. Manche beklagten sich darüber, dass sie gezwungen waren, Paris zu verlassen und ins ungemütliche Schloss von Vincennes zurückzukehren, wo der König bis zu seinem feierlichen Einzug wohnte.

Nach und nach breitete sich die Dunkelheit in den Gängen aus. Ganze Reihen von Lakaien tauchten mit Handleuchtern auf, die sie auf den Konsolen zwischen den hohen Fenstern verteilten.

»Madame«, sagte Marguerite unvermittelt, »wir müssen fort. Draußen wird es schon dunkel. Wenn wir jetzt nicht gehen, finden wir den Heimweg nicht mehr oder werden von einem Räuber umgebracht.«

»Ich rühre mich hier nicht von der Stelle, bis ich Monsieur gesehen habe«, entgegnete Angélique stur.

Ihre Kammerfrau beharrte nicht länger darauf. Doch kurz danach sprach sie mit leiser Stimme weiter.

»Madame, ich fürchte, man trachtet Euch nach dem Leben.«

Angélique zuckte zusammen.

»Du bist verrückt. Wie kommst du denn darauf?«

»Das ist gar nicht so abwegig. Man hat doch schon vor vier Tagen versucht, Euch umzubringen.«

»Was meinst du damit?«

»In dem Wald bei Orléans. Die Männer hatten es nicht auf den König und die Königin abgesehen, Madame, sondern auf Euch. Und wenn die Kutsche nicht in einer Wagenspur ins Schleudern geraten und umgestürzt wäre, hätte die Kugel, die durchs Fenster geschossen wurde, mit Sicherheit Euren Kopf getroffen.«

»Du hast eine blühende Fantasie. Diese Knechte hätten jede beliebige Kutsche angegriffen …«

»Ach ja? Und wieso war der Mann, der auf Euch geschossen hat, Euer ehemaliger Haushofmeister Clément Tonnel?«

Angélique sah sich in dem mittlerweile verlassenen Vorzimmer um, wo die reglosen Flammen der Wachskerzen nicht einen einzigen Schatten flackern ließen.

»Bist du dir sicher?«

»Das schwöre ich bei meinem Leben. Ich habe ihn genau erkannt, auch wenn er den Hut tief ins Gesicht gezogen hatte.

Man muss ihn ausgewählt haben, weil er Euch gut kannte und man so sicher sein konnte, dass er sich nicht in der Person irren würde.«

»Wen meinst du mit ›man‹?«

»Was weiß denn ich?«, entgegnete die Kammerfrau mit einem Schulterzucken. »Aber ich glaube noch etwas: Dieser Mann war bestimmt ein Spion. Bei ihm war ich von Anfang an misstrauisch. Erstens stammte er nicht aus unserer Gegend. Zweitens konnte er nicht lachen, und drittens schien er immer auf etwas zu lauern. Er tat so, als sei er mit seiner Arbeit beschäftigt, und gleichzeitig hatte er die Ohren weit aufgesperrt ... Aber warum er Euch töten wollte, das weiß ich ebenso wenig, wie ich den Grund dafür kenne, dass mein Herr jetzt im Gefängnis ist. Aber man müsste schon taub, blind und dazu noch strohdumm sein, um nicht zu erkennen, dass Ihr Feinde habt, die geschworen haben, Euch zu vernichten.«

Angélique erschauerte und zog ihren weiten Umhang aus pflaumenfarbener Seide fester um sich.

»Ich wüsste nicht, welchen Grund es dafür geben könnte. Warum sollte mich jemand umbringen wollen?«

Blitzartig tauchte das Bild der Giftschatulle vor ihrem inneren Auge auf. Dieses Geheimnis hatte sie nur Joffrey anvertraut. Konnte es sein, dass die alte Geschichte immer noch nicht vergessen war?

»Lasst uns gehen, Madame«, drängte Marguerite erneut.

In diesem Moment hallten Schritte durch die Galerie. Angélique begann unwillkürlich zu zittern. Jemand kam näher. Angélique erkannte den Chevalier de Lorraine, der einen Leuchter mit drei Kerzen in der Hand hielt.

Die Flammen beleuchteten sein junges, sehr schönes Gesicht, dessen liebenswürdige Miene jedoch kaum über einen heuchlerischen, sogar ein wenig grausamen Zug hinwegtäuschen konnte.

»Seine Königliche Hoheit bittet Euch, Sie zu entschuldigen«, sagte er mit einer Verbeugung. »Sie wurde aufgehalten und kann heute Abend nicht zu der vereinbarten Verabredung erscheinen. Wollt Ihr die Unterhaltung auf morgen um die gleiche Zeit verschieben?«

Angélique war schrecklich enttäuscht. Dennoch willigte sie in die neue Verabredung ein.

Der Chevalier de Lorraine erklärte, dass die Türen des Tuilerienpalasts bereits geschlossen seien; er werde sie ans andere Ende der Großen Galerie begleiten. Dort würden sie durch ein kleines Gärtchen, das der Garten der Infantin genannt wurde, mit wenigen Schritten den Pont-Neuf erreichen.

Der Chevalier hielt beim Gehen den Leuchter in die Höhe. Seine hölzernen Absätze hallten düster auf den steinernen Fliesen. In den schwarzen Fensterscheiben sah Angélique ihren kleinen Zug voranschreiten, und der Anblick erschien ihr unheimlich. Von Zeit zu Zeit begegneten sie einer Wache. Hin und wieder öffnete sich eine Tür, und ein lachendes Paar kam heraus. Angélique blickte in einen hell erleuchteten Salon, wo die Gäste um hohe und niedrige Einsätze spielten. Die helle, sanfte Melodie eines Violinenorchesters, das irgendwo hinter einem Vorhang verborgen saß, wehte noch lange hinter ihnen her.

Schließlich schien der lange Marsch ein Ende zu finden. Der Chevalier de Lorraine blieb stehen.

»Hier ist die Treppe, über die Ihr in die Gärten gelangt. Gleich zu Eurer Rechten werdet Ihr eine kleine Pforte sehen. Dahinter kommen noch ein paar Stufen, und dann seid Ihr außerhalb der Palastmauern.«

Angélique wagte nicht zu erwähnen, dass sie ohne Kutsche gekommen waren, und der Chevalier fragte auch nicht danach. Er verneigte sich mit der Höflichkeit eines Mannes, der seinen Auftrag ausgeführt hatte, und ging davon.

Erneut griff Angélique nach dem Arm ihrer Kammerfrau.

»Wir sollten uns beeilen, Marguerite, meine Liebe. Ich bin nicht ängstlich, aber dieser nächtliche Spaziergang gefällt mir ganz und gar nicht.«

Hastig stiegen sie die steinernen Stufen hinab.

Es war ihr kleiner Schuh, der Angélique das Leben rettete.

Sie war den ganzen Tag über so viel gelaufen, dass der schmale Lederriemen plötzlich riss. Daher ließ sie ihre Gefährtin auf halbem Wege los und bückte sich, um zu versuchen, das Unglück wieder zu richten. Marguerite ging unterdessen weiter.

Plötzlich stieg der grauenvolle Schrei einer tödlich getroffenen Frau aus der Dunkelheit auf.

»Hilfe, Madame, sie bringen mich um … Flieht …! Flieht!«

Dann verstummte die Stimme. Angélique hörte nur noch ein grausiges Stöhnen, das immer schwächer wurde.

Starr vor Schreck versuchte sie vergeblich, etwas in dem dunklen Schacht zu erkennen, in den die bleichen Stufen hinabführten.

»Marguerite!«, rief sie. »Marguerite!«

Ihr Stimme hallte in der tiefen Stille wieder. Die vom Duft der Orangenbäume im Garten erfüllte Nachtluft drang kühl zu ihr herauf, doch kein Laut war mehr zu hören.

Panisch rannte Angélique die Stufen wieder hinauf und gelangte zurück in die beleuchtete Galerie. Ein Offizier kam vorbei. Sie stürzte auf ihn zu.

»Monsieur! Monsieur! Hilfe! Man hat gerade meine Zofe ermordet.«

Da erst erkannte sie den Marquis de Vardes, doch in ihrer Angst schien er ihr geradezu vom Himmel gesandt zu sein.

»Sieh an, die Frau in Gold«, bemerkte er mit seiner höhnischen Stimme. »Die Frau mit der lockeren Hand.«

»Monsieur, jetzt ist nicht die rechte Zeit für Scherze. Ich sagte doch schon, jemand hat gerade meine Zofe ermordet.«

»Na und? Soll ich deswegen etwa in Tränen ausbrechen?«

Angélique rang die Hände.

»Bitte, Ihr müsst etwas tun. Verjagt die Räuber, die sich unter der Treppe verstecken. Vielleicht ist sie ja nur verletzt.«

Immer noch lächelnd, musterte er sie.

»Ihr seid heute ein gutes Stück weniger arrogant als bei unserer ersten Begegnung, wie mir scheint. Aber die Aufregung steht Euch gar nicht schlecht.«

Sie war kurz davor, auf ihn loszugehen. Am liebsten hätte sie ihn geohrfeigt und als Feigling beschimpft. Aber dann hörte sie, wie er sein Schwert aus der Scheide zog und gelassen sagte: »Dann wollen wir uns das einmal anschauen.«

Sie folgte ihm und bemühte sich, nicht zu zittern, während sie hinter ihm die ersten Stufen hinabstieg.

Der Marquis beugte sich über das Geländer.

»Nichts zu sehen, aber man riecht sie. Der Gestank dieses Gesindels ist unverkennbar: Zwiebeln, Tabak und dunkler Schenkenwein. Da unten rumoren bestimmt vier oder fünf von diesen Galgenvögeln.«

Dann packte er sie beim Handgelenk.

»Hört.«

Das Geräusch eines ins Wasser fallenden Gegenstands, gefolgt vom Spritzen der Tropfen, durchbrach die triste Stille.

»So. Jetzt haben sie die Leiche in die Seine geworfen.«

Er drehte sich zu ihr um und musterte sie mit halbgeschlossenen Augen wie ein Reptil.

»Ja, diese Stelle ist typisch«, fuhr er fort. »Da unten gibt es eine kleine Pforte, die man oft abzuschließen vergisst, manchmal auch absichtlich. Es ist ein Kinderspiel, ein paar gedungene Mörder zu postieren. Die Seine ist gerade einmal zwei Schritte entfernt. Horcht nur hin, dann hört Ihr sie flüstern. Sie müssen gemerkt haben, dass sie nicht die richtige Person erwischt haben. Ihr habt also mächtige Feinde, meine Schöne?«

Angélique presste die Kiefer aufeinander, damit ihre Zähne nicht klapperten.

»Was wollt Ihr denn jetzt tun?«, brachte sie schließlich heraus.

»Vorerst nichts. Ich habe nicht die geringste Lust, meine Klinge mit den Rapieren dieser Halunken zu messen. Aber in einer Stunde übernehmen Schweizer die Wache in dieser Ecke. Dann machen sich die Mörder entweder aus dem Staub, oder sie werden von den Garden erwischt. Jedenfalls könnt Ihr dann unbesorgt hinaus. Bis dahin …«

Er hielt sie immer noch am Handgelenk gepackt und führte sie wieder hinauf in die Galerie. Sie folgte ihm willenlos. Ihr Kopf dröhnte.

Marguerite ist tot, dachte sie. Man wollte mich umbringen … Schon zum zweiten Mal … Und ich weiß nichts, nichts … Marguerite ist tot …

Vardes hatte sie in eine Art Wandnische geführt, die mit einer Konsole und einigen Schemeln ausgestattet war und wohl als Vorzimmer für eine benachbarte Zimmerflucht diente. Bedächtig schob er sein Schwert zurück in die Scheide, löste sein Wehrgehänge und legte es zusammen mit der Waffe auf die Konsole. Dann trat er auf Angélique zu.

Plötzlich verstand sie, was er im Sinn hatte, und stieß ihn entsetzt zurück.

»Was, Monsieur? Ich habe gerade miterlebt, wie ein Mädchen umgebracht wurde, das ich sehr gerne mochte, und Ihr glaubt tatsächlich, ich wäre bereit …«

»Es ist mir herzlich egal, ob Ihr bereit seid oder nicht. Was Frauen denken, ist für mich nicht von Belang. Mich interessiert nur der Teil unterhalb ihres Gürtels. Die Liebe ist eine Formalität. Wisst Ihr nicht, dass die schönen Damen in dieser Währung ihren Wegzoll in den Gängen des Louvre bezahlen?«

Sie bemühte sich um einen schneidenden Ton.

»Ach ja, ich vergaß: ›Wer Vardes sagt, der meint den Flegel.‹«

Der Marquis kniff sie so fest in den Arm, dass sie blutete.

»Kleines Luder! Wenn Ihr nicht so hübsch wärt, würde ich Euch ohne zu zögern den wackeren Herren überlassen, die unter der Treppe auf Euch warten. Aber es wäre doch schade, ein so zartes Hühnchen ausbluten zu sehen. Also seid vernünftig.«

Sie konnte ihn nicht sehen, aber sie ahnte das süffisante, leicht grausame Lächeln auf seinen attraktiven Zügen. Ein schwacher Lichtschein aus der Galerie fiel auf seine weißblonde Perücke.

»Fasst mich nicht an«, keuchte sie, »oder ich schreie.«

»Schreien würde Euch nichts nützen. Hier kommt nur selten jemand vorbei. Eure Rufe würden niemanden interessieren außer den Herren mit ihren verrosteten Rapieren da draußen. Ihr solltet besser kein Aufsehen erregen, meine Liebe. Ich will Euch, und ich werde Euch bekommen. Das habe ich schon seit langem beschlossen, und der Zufall war mir hold. Wäre es Euch lieber, ich ließe Euch allein nach Hause gehen?«

»Dann werde ich eben jemand anders um Hilfe bitten.«

»Wer sollte Euch in diesem Palast schon helfen? Vergesst nicht, dass Ihr hier in eine tödliche Falle gelockt wurdet. Wer hat Euch überhaupt zu dieser berüchtigten Treppe gebracht?«

»Der Chevalier de Lorraine.«

»Hört, hört! Dann steckt also der Kleine Monsieur dahinter? Na ja, es wäre nicht das erste Mal, dass er eine störende ›Rivalin‹ aus dem Weg räumt. Ihr seht also, es ist in Eurem eigenen Interesse, still zu sein …«

Sie antwortete nicht, aber als er erneut auf sie zutrat, rührte sie sich nicht.

Ohne Hast und mit einer unverschämten Gelassenheit schob er ihre langen, raschelnden Taftröcke hoch, und sie spürte, wie seine warmen Hände genüsslich über ihr Gesäß strichen.

»Reizend«, bemerkte er leise. »Ein unvergleichlicher Leckerbissen.«

Angélique war außer sich vor Scham und Angst. In ihrem entsetzten Geist jagten sich die absurdesten Bilder: der Chevalier de Lorraine mit seinem Leuchter, die Bastille, Marguerites Schrei, die Giftschatulle. Dann verschwamm alles vor ihren Augen, und sie wurde von Furcht überwältigt, von der körperlichen Panik einer Frau, die bislang nur einen Mann gekannt hatte. Diese fremde Berührung beunruhigte sie und widerte sie an. Sie wand sich und versuchte der Umarmung zu entkommen. Sie wollte schreien, aber kein Laut kam über ihre Lippen. Wie gelähmt ließ sie ihn zitternd gewähren und realisierte kaum, was mit ihr geschah …

Plötzlich fiel Licht in den kleinen Winkel. Dann zog ein vorübergehender Edelmann hastig seinen Leuchter fort und ging lachend weiter.

»Ich habe nichts gesehen.«

Ein solcher Anblick schien den Bewohnern des Louvre vertraut zu sein.

Der Marquis de Vardes hatte sich von dem Zwischenfall nicht stören lassen. Während sich ihre Atemstöße in der Dunkelheit vermischten, fragte sich Angélique verzweifelt, wann diese entsetzliche Bedrängnis endlich ein Ende hätte. Erschöpft, aufgewühlt und halb ohnmächtig überließ sie sich widerstrebend den männlichen Armen, die ihren Körper zermalmten. Allmählich weckte die Neuartigkeit dieses Liebesspiels, die Gesten, für die ihr Körper so wunderbar geschaffen war, in ihr eine Verwirrung, gegen die sie sich nicht wehrte. Als sie sich ihrer bewusst wurde, war es schon zu spät. Der Funke der Lust entzündete in ihr ein nur allzu bekanntes Begehren und erfüllte ihre Adern mit jener zarten Erregung, die sich bald in ein verzehrendes Feuer verwandeln würde. Der junge Mann durchschaute sie. Mit einem leisen Lachen verdoppelte er seine kunstfertigen Bemühungen.

Da lehnte sie sich gegen sich selbst auf, weigerte sich, sich diesem Verbrechen zu beugen, doch der Kampf beschleunigte nur noch ihre Niederlage.

Kaum hatten sie sich voneinander gelöst, als Angélique von entsetzlicher Scham überwältigt wurde. Sie vergrub das Gesicht in den Händen. Am liebsten wäre sie gestorben, um nie wieder das Licht sehen zu müssen.

Wortlos legte der keuchende Offizier sein Wehrgehänge wieder an.

»Die Wachen müssen jetzt da sein«, sagte er. »Komm.«

Als sie sich nicht rührte, packte er sie am Arm und stieß sie hinaus in die Galerie.

Sie riss sich von ihm los, folgte ihm jedoch schweigend. Die Scham brannte in ihr wie ein glühendes Eisen. Nie wieder würde sie Joffrey in die Augen sehen, nie wieder Florimond umarmen können. Vardes hatte alles zerstört, alles vernichtet. Sie hatte das Einzige verloren, was ihr noch geblieben war: das Wissen um ihre Liebe.

Am Fuß der Treppe stand ein Schweizer in weißer Halskrause und einem Wams, in dessen Ärmelschlitzen das gelbe und rote Futter aufblitzte. Auf seine Hellebarde gestützt, pfiff er vor sich hin. Seine Laterne hatte er neben sich auf den Boden gestellt.

Als er seinen Hauptmann erblickte, richtete er sich auf.

»Keine Strauchdiebe in der Nähe?«, fragte der Marquis.

»Ich habe niemanden gesehen, Monsieur. Aber vor meinem Eintreffen muss es hier übel zugegangen sein.«

Er hob seine Laterne und deutete auf eine große Blutlache auf dem Boden.

»Die Tür vom Garten der Infantin zur Seine hin war offen. Ich bin der Blutspur bis dorthin gefolgt. Vermutlich haben sie den Kerl ins Wasser geworfen …«

»In Ordnung, Schweizer. Sei wachsam.«

Es war eine mondlose Nacht. Von der Uferböschung her zog

ein fauliger Schlammgeruch herauf. Man hörte die Mücken summen und das leise Plätschern der Seine.

»Marguerite!«, rief Angélique, die am Uferrand stehen geblieben war, leise.

Mit einem Mal verspürte sie den Wunsch, in diese Finsternis einzutauchen und genau wie Marguerite in der feuchten Dunkelheit zu verschwinden.

»Wo bleibst du?«, fragte die trockene Stimme des Marquis de Vardes.

»Ich verbiete Euch, mich zu duzen«, schrie sie, als der Zorn sie rasch wieder zur Besinnung brachte.

»Ich duze alle Frauen, die ich genommen habe.«

»Eure Gewohnheiten kümmern mich nicht. Lasst mich in Ruhe.«

»Sieh an, sieh an, vorhin warst du nicht so hochmütig. Ich hatte nicht den Eindruck, dass ich dir so zuwider wäre.«

»Vorhin war vorhin, und jetzt ist jetzt. Und jetzt verabscheue ich Euch.«

»Ich verabscheue Euch«, wiederholte sie mehrmals zwischen zusammengebissenen Zähnen und spuckte in seine Richtung.

Dann ging sie, über den Unrat am Ufer stolpernd, los.

Es war stockfinster. Nur hier und da erhellte eine Laterne ein Ladenschild oder die Toreinfahrt eines Bürgerhauses.

Angélique wusste, dass der Pont-Neuf zu ihrer Rechten lag. Ohne größere Mühe entdeckte sie das weiße Brückengeländer, doch als sie die ersten Schritte auf die Brücke tat, richtete sich eine Art menschliche Larve vor ihr auf. An dem ekelerregenden Geruch erkannte sie, dass es einer der Bettler war, die sie tagsüber so erschreckt hatten. Mit einem gellenden Aufschrei wich sie zurück. Hinter sich hörte sie hastige Schritte, dann erklang die Stimme des Marquis de Vardes.

»Zurück, du Lump, oder du bekommst meinen Stahl zu spüren!«

Sein Gegenüber blieb mitten auf der Brücke stehen.

»Erbarmen, edler Herr! Ich bin nur ein armer Blinder.«

»Nicht so blind, dass du nicht meine Börse erkennen könntest, um sie abzuschneiden!«

Vardes drückte die Spitze seines Schwerts gegen den Bauch der unförmigen Gestalt, die zusammenzuckte und jammernd das Weite suchte.

»Also, wollt Ihr mir jetzt sagen, wo Ihr wohnt?«, fragte der Offizier kühl.

Widerwillig nannte Angélique ihm die Adresse ihres Schwagers, des Prokurators. Dieses nächtliche Paris machte ihr Angst. Sie spürte, dass es von unsichtbaren Wesen wimmelte, einem unterirdischen Leben gleich dem der Asseln. Stimmen klangen aus den Mauern hervor, Wispern, hämisches Lachen. Hin und wieder drangen durch die geöffnete Tür einer Schenke oder eines Hurenhauses Licht und schrille Gesänge über die Schwelle, und man sah durch den Pfeifenrauch hindurch Musketiere an den Tischen sitzen, auf deren Schoß ein rosiges nacktes Mädchen hockte. Dann nahm sie wieder das finstere, labyrinthische Gewirr der dunklen Gassen gefangen.

Vardes drehte sich häufig um. Aus einer Gruppe, die bei einem Brunnen beisammenstand, hatte sich eine Gestalt gelöst und folgte ihnen mit leisen, geschmeidigen Schritten.

»Ist es noch weit?«

»Wir sind gleich da«, entgegnete Angélique, die die Wasserspeier und Giebel der Häuser in der Rue de l'Enfer wiedererkannte.

»Umso besser, denn ich fürchte, es wird mir nichts anderes übrig bleiben, als ein paar Wänste zu durchbohren. Hört mir gut zu, Kleines. Kommt nie wieder in den Louvre. Versteckt Euch und sorgt dafür, dass Ihr in Vergessenheit geratet.«

»Wenn ich mich verstecke, werde ich meinen Gemahl nie aus dem Gefängnis holen können.«

Er lachte hämisch.

»Wie Ihr wollt, o treue, tugendhafte Ehefrau.«

Angélique merkte, wie ihr das Blut in die Wangen schoss. Sie verspürte den wilden Drang, ihn zu beißen und zu würgen.

Da sprang eine zweite Gestalt aus dem Dunkel eines Gässchens hervor.

Der Marquis drängte die junge Frau gegen die Mauer und stellte sich mit gezogenem Schwert vor sie.

Im hellen Lichtkreis der großen, am Haus von Maître Fallot aufgehängten Laterne starrte Angélique mit vor Entsetzen geweiteten Augen auf die zerlumpten Männer. Der eine hatte einen Knüppel in der Hand, der andere ein Küchenmesser.

»Wir wollen Eure Börsen«, sagte der erste mit rauer Stimme.

»Ihr werdet ganz sicher etwas bekommen, Messieurs, aber nicht unsere Börsen, sondern ein paar anständige Schwerthiebe.«

Angélique klammerte sich an den bronzenen Türklopfer und hämmerte wie wild gegen das Holz. Endlich wurde die Tür einen Spalt geöffnet. Sie drängte sich ins Haus, doch vor ihrem geistigen Auge sah sie immer noch den Marquis de Vardes, dessen erhobenes Schwert die beiden Räuber in Schach hielt, die ihn knurrend und gierig wie Wölfe umstanden.

Hortense hatte ihr aufgemacht. In einem Nachthemd aus grobem Leinen und mit einem einfachen Talglicht in der Hand folgte sie ihrer Schwester böse zischend die Treppe hinauf.

Sie hatte es ja schon immer gesagt. Eine Herumtreiberin war Angélique, und zwar seit ihrer frühesten Kindheit. Eine Intrigantin. Eine ehrgeizige Person, die nur auf das Vermögen ihres Mannes aus war. Und eine Heuchlerin dazu, die alle glauben machen wollte, dass sie ihn liebte, während sie es sich nicht nehmen ließ, ausschweifenden Lüstlingen in die übelsten Viertel von Paris zu folgen.

Angélique achtete kaum auf sie. Mit gespitzten Ohren lauschte sie auf die Geräusche von der Straße. Ganz deutlich hörte sie das Klirren von Stahl, dann den Schrei eines Mannes, dem die Kehle durchgeschnitten wurde, gefolgt von rennenden Schritten.

»Hör doch«, murmelte sie und packte Hortense nervös am Arm.

»Was ist denn?«

»Dieser Schrei! Da ist bestimmt jemand verletzt worden.«

»Na und? Die Nacht gehört den Räubern und Raufbolden. Keine ehrbare Frau käme auf den Gedanken, nach Sonnenuntergang noch durch Paris zu spazieren. So etwas fällt auch nur meiner Schwester ein!«

Sie hob die Kerze hoch und leuchtete Angélique ins Gesicht.

»Wenn du dich sehen könntest! Pfui! Du siehst aus wie eine Kurtisane, die sich gerade irgendwo mit einem Kerl gewälzt hat.«

Angélique riss ihr den Leuchter aus der Hand.

»Und du siehst aus wie ein prüdes Weib, mit dem sich kein Mann wälzen wollte. Geh doch zurück zu deinem Prokurator, der im Bett nichts anderes tut, als zu schnarchen.«

Angélique saß noch lange am Fenster. Sie konnte sich nicht dazu durchringen, sich hinzulegen und zu schlafen. Sie weinte nicht. Im Geiste durchlebte sie noch einmal die verschiedenen Erlebnisse dieses furchtbaren Tages. Ihr schien, als sei ein ganzes Jahrhundert vergangen, seit Barbe an diesem Morgen in ihr Zimmer gekommen war und gesagt hatte: »Ich bringe die Milch für den Kleinen, Madame.«

Seitdem war Marguerite getötet worden, und sie selbst hatte Joffrey betrogen.

Wenn es mir wenigstens nicht solche Lust bereitet hätte, dachte sie immer wieder.

Die Gier ihres Körpers erfüllte sie mit Entsetzen. Solange Joffrey an ihrer Seite gewesen war und ihr alles geschenkt hatte, was sie sich nur wünschen konnte, hatte sie nicht gewusst, wie recht er hatte, wenn er häufig zu ihr sagte: »Ihr seid für die Liebe geschaffen!« Angesichts der Trivialität einiger Erlebnisse in ihrer Jugend hatten ihr Widerwille und ihre Schreckhaftigkeit sie glauben lassen, sie sei kalt. Joffrey hatte sie von diesen bösen Ketten befreit, aber gleichzeitig hatte er in ihr die Freude an der körperlichen Lust geweckt, zu der sie ihre gesunde ländliche Konstitution prädestinierte. Manchmal war er sogar ein wenig beunruhigt gewesen.

Sie erinnerte sich an einen Sommernachmittag, als sie ausgestreckt auf dem Bett lag und sich unter seinen Liebkosungen räkelte. Plötzlich hatte er innegehalten.

»Würdest du mich betrügen?«, hatte er unvermittelt gefragt.

»Nein, niemals. Ich liebe nur dich.«

»Wenn du mich jemals betrügen solltest, werde ich dich töten!«

Dann soll er mich eben töten, dachte Angélique und richtete sich abrupt auf. Es wird gut sein, von seiner Hand zu sterben. Denn er ist der Mann, den ich liebe.

Mit den Ellbogen auf der Fensterbank abgestützt, wiederholte sie, der nächtlichen Stadt zugewandt: Du bist der Mann, den ich liebe.

Im Zimmer war das leise Atmen des Kindes zu hören. Angélique gelang es, eine Stunde zu schlafen, aber schon im ersten Morgengrauen war sie wieder auf den Beinen. Nachdem sie einen Schal um ihr Haar gebunden hatte, schlich sie auf leisen Sohlen die Treppe hinunter und verließ das Haus.

Zusammen mit den Mägden und den Frauen der Handwerker und Kaufleute machte sie sich auf den Weg zu Notre-Dame, um die erste Messe zu hören.

In den schmalen Straßen, in denen sich der von der Seine

aufsteigende Nebel unter den ersten Strahlen der Sonne golden färbte wie ein Feenschleier, hingen immer noch die Ausdünstungen der Nacht. Räuber, Gauner und Beutelschneider kehrten in ihre Schlupflöcher zurück, während Bettler, Sieche, Lahme und falsche Jakobspilger sich an den Straßenecken niederließen. Verklebte Augen beobachteten die züchtigen, braven Frauen auf ihrem Weg in die Kirche, wo sie zum Herrn beten würden, ehe sie mit ihrem Tagwerk begannen. Die Handwerker nahmen unterdessen die hölzernen Läden vor ihren bescheidenen Werkstätten fort.

Und mit Puderbeutel und Kamm in der Hand rannten die Gehilfen der Friseure zu ihrer bürgerlichen Kundschaft, um die Perücke des ehrenwerten Parlamentsrats oder Prokurators zu richten.

Kapitel 20

Angélique schritt durch die düsteren Reihen der Kathedrale. In ihren alten, abgelaufenen Schuhen schlurften die Mesner umher, richteten Kelche und Kännchen auf den Altären an, füllten die Weihwasserbecken und polierten die Kerzenleuchter.

Sie betrat den ersten Beichtstuhl, an den sie kam. Mit klopfenden Schläfen beichtete sie, die Sünde des Ehebruchs begangen zu haben. Nachdem sie die Absolution erhalten hatte, hörte sie die Messe und bestellte anschließend drei Seelenämter für ihre Zofe Marguerite.

Als sie wieder draußen auf dem Kirchenvorplatz stand, fühlte sie sich ruhiger. Die Zeit der Skrupel war vorüber. Jetzt würde sie nicht verzweifeln, sondern darum kämpfen, Joffrey aus dem Gefängnis zu befreien.

Bei einem Straßenhändler kaufte sie ein paar noch ofenwarme Oblaten und begann zu essen. Dabei schaute sie sich um. Auf dem Platz vor der Kathedrale herrschte bereits reges Treiben. Karossen brachten adlige Damen zu den nachfolgenden Messen, denn in Notre-Dame wurden zahlreiche Gottesdienste gefeiert.

Vor den Türen des Armenhospitals Hôtel-Dieu legten Nonnen die in Leichentücher eingenähten Toten dieser Nacht in eine Reihe. Ein zweirädriger Karren würde sie später abholen und zum Friedhof der Saints-Innocents bringen.

Obwohl der Platz vor der Kathedrale inzwischen von einem niedrigen Mäuerchen umschlossen war, herrschte darauf immer noch das gleiche malerische Durcheinander, das ihn einst zum beliebtesten Platz von Paris gemacht hatte.

Die Bäcker verkauften hier immer noch das Brot der vergangenen Woche zu niedrigen Preisen an die Armen. Und die Schaulustigen versammelten sich immer noch vor dem Großen Faster, jener riesigen mit Blei überzogenen Gipsstatue, die schon seit Jahrhunderten an dieser Stelle stand. Niemand wusste, wen dieses Denkmal darstellte: ein Mann, der in der einen Hand ein Buch hielt und in der anderen einen Stab, um den sich Schlangen wanden.

Das war die berühmteste Figur von Paris. Angeblich konnte er in Zeiten des Aufruhrs sprechen, um die Wünsche des Volkes kundzutun, und unzählige Spottgedichte waren in Umlauf, alle unterzeichnet vom »Großen Faster von Notre-Dame«.

»Hört den Prediger auf seinem Thron,
gemeinhin der Faster genannt,
Denn die Geschichte weiß, seit tausend Jahren schon
Weder Speis' noch Trank den Weg zu ihm fand.«

Und hier auf dem Kathedralenvorplatz waren über die Jahrhunderte hinweg auch all die Verbrecher im Büßerhemd und mit der Wachskerze zu fünfzehn Livres in der Hand vorbeigezogen, um vor Notre-Dame Abbitte zu leisten, ehe sie verbrannt oder aufgehängt wurden.

Angélique erschauerte bei dem Gedanken an die Prozession der finsteren Schemen.

Wie viele waren hier unter dem grausamen Geschrei der Menge vor den alten steinernen Heiligen niedergekniet?

Sie schüttelte den Kopf, um diese trübsinnigen Gedanken zu verscheuchen, und wollte sich gerade auf den Rückweg zum Haus des Prokurators machen, als sie von einem Geistlichen in Stadtkleidung angesprochen wurde.

»Madame de Peyrac, ich grüße Euch. Ich wollte gerade zu Maître Fallot, um mit Euch zu reden.«

»Ich stehe zu Eurer Verfügung, Abbé, aber ich kann mich im Augenblick leider nicht an Euren Namen erinnern.«

»Wirklich nicht?«

Der Abbé lüpfte seinen breitkrempigen Hut, und mit der gleichen Bewegung nahm er auch eine kurze graumelierte Rosshaarperücke ab. Verblüfft erkannte Angélique den Advokaten Desgrez.

»Ihr? Wozu diese Verkleidung?«

Der junge Mann hatte Perücke und Hut wieder aufgesetzt.

»Weil gestern ein Kaplan in der Bastille benötigt wurde«, flüsterte er.

Er zog eine kleine Tabakdose aus Horn unter den Schößen seines Rocks hervor, schnupfte, nieste einmal und schnäuzte sich.

»Na, wie findet Ihr das?«, fragte er Angélique anschließend. »Wirkt das nicht unglaublich echt?«

»Doch, sicher. Ich habe mich ja selbst täuschen lassen. Aber ... sagt mir, habt Ihr es wirklich geschafft, in die Bastille zu gelangen?«

»Psst! Lasst uns in die Schreibstube von Maître Fallot gehen. Dort können wir ungestört reden.«

Auf dem Weg dorthin kostete es Angélique große Mühe, ihre Ungeduld zu zügeln. Hatte der Advokat endlich etwas herausgefunden? Hatte er Joffrey etwa gesehen?

In der würdevollen, bescheidenen Haltung eines frommen Kaplans ging er gemessenen Schrittes neben ihr her.

»Kommt es in Eurem Gewerbe häufiger vor, dass Ihr Euch so verkleidet?«, fragte Angélique.

»In meinem Gewerbe nicht, nein. Solche Maskeraden würden auch meiner Advokatenehre widersprechen. Aber ich muss ja schließlich leben. Wenn ich es leid bin, auf den Treppen des Justizpalastes Mandanten zu angeln, um einen Prozess zu führen, der mir läppische drei Livres einbringt, biete ich meine Dienste der Polizei an. Es würde mir schaden, wenn das bekannt würde, aber ich kann immer noch behaupten, ich betriebe die Nachforschungen für meine Mandanten.«

»Ist es nicht etwas gewagt, sich als Geistlicher zu verkleiden?«, wollte Angélique wissen. »Ihr könntet in die Verlegenheit kommen, ein Sakrileg zu begehen.«

»Ich gehe nirgendwohin, um die Sakramente zu spenden, sondern trete lediglich als geistlicher Beistand auf. Die Robe weckt Vertrauen. Nichts erscheint argloser als ein Kaplan, der gerade erst das Seminar verlassen hat. Man erzählt ihm alles Mögliche. Natürlich weiß ich auch, dass das nicht besonders rühmlich ist. Nicht wie Euer Schwager Fallot, der mit mir zusammen an der Sorbonne studiert hat. Der Mann wird es noch weit bringen! Während ich an der Seite einer liebenswürdigen jungen Dame den zappeligen jungen Priester spiele, wird er als würdevoller Jurist den ganzen Morgen im Justizpalast verbringen und auf Knien dem Plädoyer von Maître Talon in einer Erbschaftssache lauschen.«

»Wieso denn auf Knien?«

»Das ist seit Heinrich IV. Tradition bei Gericht. Der Prokurator bereitet lediglich alle Unterlagen vor, wohingegen der Advokat im Prozess verhandelt. Der Advokat steht im Rang über dem Prokurator. Dieser muss knien, während der andere redet. Aber der Advokat leidet Hunger, während der Prokurator einen fetten Wanst vor sich herträgt. Ach ja, er hat seinen Anteil an den zwölf Stufen des Verfahrens verdient.«

»Das erscheint mir recht kompliziert.«

»Versucht trotzdem, Euch diese Einzelheiten zu merken. Sie könnten wichtig werden, falls wir es schaffen, dass Eurem Gemahl der Prozess gemacht wird.«

»Glaubt Ihr wirklich, dass es so weit kommen muss?«, schrie Angélique auf.

»Wir müssen unbedingt so weit kommen«, bestätigte der Advokat ernst. »Das ist unsere einzige Hoffnung, ihn zu retten.«

In Maître Fallots kleinem Nebenraum nahm er die Perücke ab und fuhr sich mit der Hand durch das struppige Haar. Sein Gesicht, das von Natur aus fröhlich und lebhaft zu sein schien, nahm mit einem Mal einen sorgenvollen Ausdruck an. Angélique setzte sich an den kleinen Tisch und begann gedankenverloren mit einem der Gänsekiele des Prokurators zu spielen.

Sie wagte nicht, Desgrez noch eine Frage zu stellen. Doch schließlich hielt sie es nicht mehr aus.

»Habt Ihr ihn gesehen?«

»Wen?«

»Meinen Gemahl.«

»Oh! Nein, das ist vollkommen unmöglich. Er ist völlig von der Außenwelt abgeschottet. Der Gouverneur der Bastille haftet mit seinem eigenen Kopf dafür, dass er mit niemandem spricht und auch keine Briefe schreibt.«

»Wird er gut behandelt?«

»Im Augenblick, ja. Er hat ein Bett und zwei Stühle, und er bekommt das gleiche Essen wie der Gouverneur. Ich habe mir sagen lassen, dass er häufig singt. Mit dem kleinsten Gipsbröckchen, das er findet, zeichnet er mathematische Formeln an seine Zellenwand, und außerdem soll er damit begonnen haben, zwei riesige Spinnen zu zähmen.«

»O Joffrey«, flüsterte Angélique mit einem Lächeln. Doch ihre Augen füllten sich mit Tränen.

Also lebte er und war kein blindes, taubes Gespenst geworden. Die Mauern der Bastille waren noch nicht dick genug, um den Widerhall seiner Lebenskraft zu ersticken.

Sie schaute zu Desgrez auf.

»Danke, Maître.«

Der Advokat blickte verstimmt zur Seite.

»Dankt mir nicht. Die Angelegenheit ist äußerst kompliziert. Ich muss Euch gestehen, dass mich diese wenigen Informationen bereits den ganzen Vorschuss gekostet haben, den Ihr mir gegeben habt.«

»Geld spielt keine Rolle. Sagt mir nur, was Ihr für nötig erachtet, um Eure Untersuchungen weiterzuführen.«

Aber noch immer wich der junge Mann ihrem Blick aus, als sei er trotz seiner Redegewandtheit äußerst verlegen.

»Um die Wahrheit zu sagen«, erklärte er schließlich brüsk, »frage ich mich sogar, ob ich nicht versuchen sollte, Euch dieses Geld wieder zurückzugeben. Ich glaube, ich war etwas unvorsichtig, als ich diese verwickelte Angelegenheit übernommen habe.«

»Ihr wollt meinen Gemahl nicht mehr verteidigen?«, rief Angélique.

Gestern noch hatte sie diesen Advokaten, der trotz seiner brillanten Diplome zweifellos ein armer Schlucker war und nicht jeden Tag genug zu essen bekam, mit Argwohn betrachtet.

Doch als er nun davon sprach, sie im Stich zu lassen, geriet sie in Panik.

»Damit ich ihn verteidigen kann, müsste er erst einmal vor Gericht gestellt werden«, entgegnete er.

»Was wirft man ihm denn überhaupt vor?«

»Offiziell gar nichts. Er existiert einfach nicht.«

»Aber dann kann ihm doch auch nichts passieren.«

»Man kann ihn für alle Zeiten vergessen, Madame. In den unterirdischen Verliesen der Bastille gibt es Menschen, die seit dreißig oder vierzig Jahren dort sind und sich nicht einmal mehr an ihren Namen erinnern können, geschweige denn daran, was sie getan haben. Deswegen sage ich: Seine einzige Hoffnung auf Rettung ist ein Prozess. Aber selbst dann würde der Prozess bestimmt unter Ausschluss der Öffentlichkeit stattfinden, und man würde ihm den Beistand eines Advokaten verweigern. Deswegen ist das Geld, das Ihr ausgeben wollt, sicherlich schlecht angelegt!«

Sie stellte sich vor ihn hin und sah ihm geradewegs in die Augen.

»Habt Ihr Angst?«

»Nein, aber ich stelle mir Fragen. Zum Beispiel, ob es für mich nicht besser ist, ein armer Advokat ohne Mandanten zu bleiben, statt einen Skandal zu riskieren. Und ist es für Euch nicht besser, Euch mit Eurem Kind und dem Geld, das Euch noch bleibt, irgendwo in der Provinz zu verstecken, statt hier ums Leben zu kommen? Ist es für Euren Gemahl nicht besser, einige Jahre im Gefängnis zu verbringen, statt in einem Prozess der ... Hexerei und Gotteslästerung angeklagt zu werden?«

Angélique stieß einen lauten Seufzer der Erleichterung aus.

»Hexerei und Gotteslästerung ...! Das wirft man ihm also vor?«

»Das hat man zumindest als Vorwand für seine Verhaftung genommen.«

»Aber dann ist ja alles gar nicht so schlimm! Das Ganze ist lediglich die Folge einer dummen Anschuldigung des Erzbischofs von Toulouse.«

Sie berichtete dem jungen Juristen ausführlich von den wichtigsten Episoden des Streits zwischen dem Erzbischof und dem Grafen de Peyrac. Wie dieser ein wissenschaftliches Verfahren entwickelt hatte, unsichtbar im Fels enthaltenes Gold herauszulösen, und wie der Erzbischof aus Neid auf seinen Reichtum beschlossen hatte, ihm dieses Geheimnis zu entreißen, das im Grunde nichts als eine technische Formel war.

»Es handelt sich keineswegs um Zauberei, sondern um wissenschaftliche Arbeit.«

Der Advokat verzog das Gesicht.

»Ich persönlich kenne mich auf diesem Gebiet nicht aus, Madame. Wenn diese Vorgänge die Grundlage der Anklage bilden, müssen wir Zeugen versammeln, den Richtern das Verfahren vorführen und ihnen beweisen, dass es nichts mit Magie oder Hexerei zu tun hat.«

»Mein Gemahl ist kein Frömmler, aber er besucht sonntags die Messe, er hält die Fastenzeiten ein, und er geht an den hohen Feiertagen zur Kommunion. Er zeigt sich der Kirche gegenüber sehr großzügig. Doch der Primas von Toulouse fürchtet seinen Einfluss, und sie bekriegen sich schon seit Jahren.«

»Unglücklicherweise ist der Erzbischof von Toulouse nicht irgendwer. In gewisser Hinsicht hat dieser Prälat mehr Macht als der Erzbischof von Paris und vielleicht sogar noch mehr als der Kardinal. Vergesst nicht, dass er der einzige und letzte Vertreter der Inquisition auf französischem Boden ist. Für uns moderne Menschen scheint eine solche Geschichte weder Hand noch Fuß zu haben. Die Inquisition ist im Verschwinden begriffen. Sie bewahrt ihre Vehemenz nur noch in einigen Regionen des Südens, wo die protestantische Häresie stärker verbreitet ist, eben in Toulouse oder auch in Lyon. Aber letztendlich ist es gar nicht so sehr die Strenge des Erzbischofs und die Anwendung der Gesetze der Inquisition, die ich in diesem besonderen Fall fürchte. Hier, lest das.«

Er zog ein kleines Blatt Papier aus seinem verschlissenen Wollsamtbeutel, das in der Ecke den Vermerk »Kopie« trug.

»Urteil:

Philibert Vénot, Generalanwalt in Angelegenheiten des Offizials des bischöflichen Sitzes von Toulouse, Ankläger im Vorwurf der Magie und der Hexerei gegen den Sieur Joffrey de Peyrac, Graf de Morens, Beklagten.

In Anbetracht dessen, dass nämlicher Joffrey de Peyrac hinreichend überführt ist, sich von Gott abgewandt und dem Teufel hingegeben zu haben, außerdem mehrmals die Höllengeister beschworen und mit ihnen Unterhaltungen geführt zu haben und schließlich mehrmals und auf verschiedene Weisen Hexerei betrieben zu haben, wird er, für diese und andere Angelegenheiten, dem weltlichen Gericht überstellt, um für seine Verbrechen zur Rechenschaft gezogen zu werden.

Auf die am 26. Juni 1660 durch P. Vénot erfolgte Anklage hat nämlicher de Peyrac weder einen eigenen Antrag gestellt noch Widerspruch eingelegt, sondern nur gesagt, Gottes Wille geschehe!«

»In weniger rätselhaften Worten«, erklärte Desgrez, »bedeutet das, dass das Kirchengericht über Euren Gemahl in Abwesenheit, das heißt, ohne Wissen des Beschuldigten, geurteilt und von vornherein seine Schuld beschlossen hat. Anschließend wurde er der weltlichen Justiz des Königs überstellt.«

»Und Ihr glaubt, dass der König diesen albernen Geschichten Glauben schenken wird? Sie entspringen doch lediglich der Fantasie eines eifersüchtigen Bischofs, der über die ganze Provinz herrschen möchte und sich von den Hirngespinsten eines rückständigen und obendrein noch verrückten Mönchs wie diesem Bécher beeinflussen lässt.«

»Ich kann lediglich über die Fakten urteilen«, erwiderte der Advokat. »Und dieses Dokument hier beweist, dass der Erzbischof großen Wert darauf legt, in dieser Angelegenheit im Hintergrund zu bleiben. Seht Ihr, sein Name taucht nirgendwo auf, trotzdem gibt es keinen Zweifel daran, dass er die erste Verurteilung hinter verschlossenen Türen veranlasst hat. Der Verhaftungsbefehl hingegen trug die Unterschrift des Königs und die vom Gerichtspräsidenten Séguier. Séguier ist ein rechtschaffener Mann, aber schwach. Er wacht darüber, dass in Justizangelegenheiten alle Formalien eingehalten werden. Für ihn haben die Befehle des Königs Vorrang vor allem anderen.«

»Aber wenn der Prozess eröffnet wird, zählt doch nur noch die Einschätzung des Schwurgerichts?«

»Ja«, gab Desgrez widerstrebend zu. »Aber wer wird die Mitglieder des Schwurgerichts ernennen?«

»Und welche Gefahr droht meinem Gemahl Eurer Ansicht nach bei einem solchen Prozess?«

»Zunächst die Folter der peinlichen und hochnotpeinlichen Befragung und anschließend der Scheiterhaufen, Madame!«

Angélique spürte, wie sie erbleichte, und Übelkeit erfasste sie.

»Aber man kann einen Mann seines Standes doch nicht einfach so aufgrund dummer Gerüchte verurteilen!«, wiederholte sie.

»Deswegen dienen sie ja auch nur als Vorwand. Wollt Ihr meine Meinung hören, Madame? Der Erzbischof von Toulouse hatte niemals die Absicht, Euren Gemahl einem weltlichen Gericht auszuliefern. Er hoffte zweifellos, dass ein kirchliches Urteil genügen würde, um seinen Hochmut zu brechen und ihn den Ansichten der Kirche gegenüber gefügig zu machen. Aber unversehens ist seiner Exzellenz die Intrige aus den Händen geglitten, und wisst Ihr, warum?«

»Nein.«

»Weil da noch etwas anderes mit im Spiel ist«, antwortete François Desgrez und hob einen Finger. »Neben all seinen Neidern besaß Euer Gemahl zweifellos auch zahllose Feinde, die sich seinen Untergang geschworen hatten. Die Intrige des Erzbischofs hat ihnen einen wunderbaren Anlass geliefert. Früher vergiftete man seine Feinde im Dunkeln. Jetzt aber macht man so etwas am liebsten in aller Form und Öffentlichkeit: Man klagt an, man richtet, man verurteilt. So hat man ein ruhiges Gewissen. Wenn der Prozess Eures Gemahls stattfindet, wird er sich auf die Anklage der Hexerei stützen, aber das wahre Motiv für seine Verurteilung werden wir nie erfahren.«

Wieder tauchte vor Angéliques innerem Auge flüchtig das Bild der Giftschatulle auf. Sollte sie Desgrez davon erzählen? Sie zögerte. Darüber zu sprechen würde bedeuten, unbegründeten Vermutungen Gestalt zu geben, vielleicht sogar, die ohnehin schon so komplexen Spuren zusätzlich zu verwirren.

»Was glaubt Ihr denn, was das sein könnte?«, fragte sie mit unsicherer Stimme.

»Ich habe nicht die leiseste Ahnung. Alles, was ich Euch sagen kann, ist, dass ich meine Nase lange genug in diese Angelegenheit gesteckt habe, um entsetzt zurückzuschrecken angesichts der hochrangigen Persönlichkeiten, die darin verwickelt sind. Kurzum, ich wiederhole noch einmal, was ich Euch bereits beim letzten Mal gesagt habe: Alles beginnt beim König. Wenn er den Verhaftungsbefehl unterzeichnet hat, dann deshalb, weil er seinen Inhalt gutheißt.«

»Wenn ich daran denke«, sagte Angélique leise, »dass er ihn gebeten hat, für ihn zu singen. Und anschließend hat er so liebenswürdige Worte für ihn gefunden! Dabei wusste er bereits, dass man ihn verhaften würde.«

»Zweifellos, aber unser König hatte, was Hinterlist angeht, einen guten Lehrer. Jedenfalls ist er der Einzige, der einen solchen außerordentlichen und geheimen Verhaftungsbefehl wieder aufheben kann. Weder Le Tellier noch Séguier oder irgendwelche Richter wären dazu befugt. In Ermangelung des Königs müssen wir versuchen, an die Königinmutter heranzutreten, die großen Einfluss auf ihren Sohn hat, oder an seinen jesuitischen Beichtvater, vielleicht sogar an den Kardinal.«

»Ich habe mit der Grande Mademoiselle gesprochen«, entgegnete Angélique. »Sie hat versprochen, Erkundigungen einzuziehen und mir anschließend zu berichten, was sie herausgefunden hat. Aber sie hat gesagt, dass ich nicht auf irgendwelche Ergebnisse hoffen dürfe, ehe … der König … wieder … in Paris ist …«

Angélique vollendete ihren Satz nur mit Mühe. Seit der Advokat den Scheiterhaufen erwähnt hatte, wurde ihr zunehmend übel. Sie spürte, wie ihre Schläfen feucht wurden, und fürchtete, gleich ohnmächtig zu werden. Sie hörte, wie Desgrez ihr zustimmte.

»Ich bin ganz ihrer Meinung. Vor dem feierlichen Einzug des

Königs können wir nichts tun. Das Beste für Euch wäre, in aller Ruhe hier abzuwarten. Ich für mein Teil werde versuchen, mit meinen Nachforschungen weiterzukommen.«

Wie im Nebel stand Angélique auf und streckte die Hände aus. Ihre kühle Wange traf auf den steifen Stoff eines Priestergewands.

»Dann seid Ihr also bereit, ihn zu verteidigen?«

Der junge Mann schwieg einen Moment, bevor er antwortete.

»Ich hatte noch nie Angst um meine Haut«, sagte er schließlich unwirsch. »Ich habe sie ein Dutzend Mal bei törichten Wirtshausschlägereien aufs Spiel gesetzt. Dann kann ich sie ja auch noch einmal für eine gerechte Sache riskieren. Aber Ihr müsst mir Geld geben, denn ich bin arm wie eine Kirchenmaus, und der Altkleiderhändler, bei dem ich die Verkleidungen miete, ist ein elender Dieb.«

Seine starken Worte schenkten Angélique neue Kraft. Dieser Junge war sehr viel ernsthafter, als sie anfangs geglaubt hatte. Unter der realistischen, ungenierten Schale verbarg sich eine genaue Kenntnis aller Winkelzüge, die es in Rechtsangelegenheiten anzuwenden galt, und sicher widmete er sich den Aufgaben, die man ihm übertrug, sehr gewissenhaft.

Angélique ahnte, dass das nicht bei allen jungen Advokaten der Fall war, die frisch von der Universität kamen, denn wenn sie einen großzügigen Vater hatten, hatten sie oft nichts anderes im Sinn, als eitel herumzustolzieren.

Sie fand ihre Gelassenheit wieder und gab ihm hundert Livres. François Desgrez warf einen rätselhaften Blick auf das blasse Gesicht, dessen grüne Augen im stumpfen Halbdunkel des nach Tinte und Siegelwachs riechenden Arbeitsraums wie Edelsteine leuchteten, und ging nach einer kurzen Verabschiedung davon.

Angélique musste sich am Treppengeländer festhalten, während sie die Stufen zu ihrem Zimmer hinaufstieg. Diesen Schwächeanfall hatte sie sicher den Aufregungen der vergangenen

Nacht zu verdanken. Sie würde sich hinlegen und versuchen, ein wenig zu schlafen, auch wenn Hortense das unweigerlich wieder mit sarkastischen Bemerkungen kommentieren würde. Doch kaum war sie oben angekommen, als ihr schon wieder übel wurde, und sie schaffte es gerade noch, ihre Waschschüssel zu erreichen.

Was ist bloß mit mir los?, fragte sie sich erschrocken.

Was, wenn Marguerite die Wahrheit gesagt hatte? Wenn tatsächlich jemand versuchte, sie umzubringen? Der Anschlag auf die Kutsche, die gedungenen Mörder im Louvre, wollte man sie nun etwa vergiften?

Doch plötzlich glätteten sich die Sorgenfalten in ihrem Gesicht, und ein strahlendes Lächeln breitete sich auf ihren Zügen aus.

Ach, was bin ich doch für eine dumme Gans! Ich bin schwanger, das ist alles!

Sie erinnerte sich daran, dass sie sich bereits bei der Abreise aus Toulouse gefragt hatte, ob sie vielleicht ein zweites Kind erwartete. Und jetzt war kein Zweifel mehr möglich.

Joffrey wird so glücklich sein, wenn er aus dem Gefängnis kommt, dachte sie.

Diese Erkenntnis schaffte es, den bitteren Nachgeschmack der vergangenen Nacht zu mildern. Sie erschien ihr wie eine Antwort des Himmels auf ihre Verzweiflung. Trotz aller tödlichen Schläge ging das Leben weiter.

Sie brannte darauf, ihr schönes Geheimnis mit jemandem zu teilen, doch Hortense würde bestimmt eine bissige Bemerkung darüber machen, dass man nicht sicher sein könne, wer denn der Vater des Kindes sei. Und ihren Schwager, den Prokurator, der um diese Zeit mit immer stärker schmerzenden Gliedern vor dem Advokaten Talon kniete, würde diese Neuigkeit kaltlassen.

Schließlich ging sie hinunter in die Küche, nahm Florimond auf den Arm und verkündete ihm und Barbe die frohe Nachricht.

Fünfter Teil

Der Einzug des Königs

Kapitel 21

Angélique machte sich in der Küche nützlich oder spielte mit Florimond, der unermüdlich durchs Haus rannte und über sein langes Kleid stolperte. Hortenses Kinder vergötterten ihn. Von seinen kleinen Cousins, Barbe und der jungen Magd aus dem Béarn verwöhnt, schien er glücklich zu sein und hatte wieder runde rote Wangen bekommen. Angélique stickte ihm eine kleine rote Haube, unter der sein niedliches, von schwarzen Locken eingerahmtes Gesicht die ganze Familie in Entzücken versetzte. Sogar Hortense begann zu lächeln und bemerkte, dass ein Kind in diesem Alter durchaus bezaubernd sei. Sie selbst habe leider nie genug Geld gehabt, um sich eine Amme ins Haus zu nehmen, weshalb sie ihre Kinder immer erst kennenlernte, wenn sie vier Jahre alt wurden. Schließlich könne ja nicht jeder einen hinkenden, entstellten Grafen heiraten, der durch einen Pakt mit dem Teufel reich geworden sei, und es sei immer noch besser, die Frau eines Prokurators zu sein, statt seine Seele zu verlieren.

Angélique hörte einfach nicht hin. Um ihren guten Willen zu beweisen, besuchte sie jeden Morgen in der wenig vergnüglichen Gesellschaft ihres Schwagers und ihrer Schwester die Messe. Mit der Zeit lernte sie die besonderen Eigenheiten der Île de la Cité kennen, die in zunehmendem Maße von Juristen bevölkert wurde.

Die meisten von ihnen führten ein ehrbares, nüchternes Leben. Morgens beeilten sie sich, rasch die Messe zu hören, ehe sie in den Justizpalast hasteten. Nachmittags kehrten sie in ihre

Kanzleien zurück, wo neue Verpflichtungen auf sie warteten. Von der Welt kannten sie nur die neidische, betrügerische und hässliche Seite und zogen ihren Nutzen aus all diesen Schändlichkeiten. Zur Entspannung spielten sie vor den Augen der verdutzten, durch den Jargon ihres Berufsstands eingeschüchterten Passanten Boule auf den Seine-Quais. Sonntags zwängten sie sich mit Freunden in gemietete Karossen und fuhren hinaus in die Vororte, wo jeder Beamte ein kleines Stück Land und eine Parzelle auf einem Weinberg besaß.

Auf den zweiten Blick jedoch teilten sich die Robenträger die Herrschaft über die Insel mit den Chorherren von Notre-Dame und den Dirnen aus der Rue de Glatigny. Das berühmte »Tal der Liebe« lag in der Nähe des Pont-aux-Meuniers[20], weshalb der Lärm der Mühlräder die Geräusche der Küsse und weniger unschuldigen Vergnügen überdeckte.

Unter der Woche wimmelte es rings um den Justizpalast und Notre-Dame, in den Sprengeln von Saint-Aignan und Saint-Landry und entlang der Seine-Ufer von Gerichtsdienern, Prokuratoren, Richtern und Parlamentsräten.

Schwarz gekleidet, mit Kragen, Umhang und manchmal auch in ihrer Robe, eilten sie hin und her, in den Händen die Beutel mit ihren Akten, unter die Arme Berge von Papier geklemmt. Sie füllten die Treppen des Justizpalasts und die umliegenden Gassen. Ihr Treffpunkt war die Schenke zum Schwarzen Kopf. Dort leuchteten vor dampfenden Ragouts und dickbäuchigen Flaschen die runden, roten Gesichter der Richter.

Am anderen Ende der Insel, auf dem lärmenden Pont-Neuf, zeigte sich ein anderes Paris, das die ehrenwerten Rechtsgelehrten nur höchst ungern in ihrem Schatten erblühen sahen.

Wenn man einen Lakaien wegen einer Besorgung in diese Richtung schickte und ihn fragte, wann er wieder zurück sein werde, lautete die Antwort: »Das hängt davon ab, welche Lieder heute auf dem Pont-Neuf zu hören sind.«

Neben Liedern erblickte in dem ununterbrochenen Gedränge rings um die Kramläden auch ein ganzer Schwarm von Gedichten, Schmähschriften und Pamphleten das Licht der Welt. Auf dem Pont-Neuf erfuhr man alles. Und die Großen hatten die schmutzigen Blätter zu fürchten gelernt, die der Seine-Wind davontrug.

Als die Familie eines Abends vom Tisch aufstand und nach dem Essen noch ein Glas Quitten- oder Himbeerwein genoss, zog Angélique ein Blatt Papier aus der Tasche.

Sie musterte es überrascht, ehe sie sich mit leisem Unbehagen daran erinnerte, dass sie es am Morgen jenes fürchterlichen Besuchs in den Tuilerien, der inzwischen so lange zurückzuliegen schien, für zehn Sols von einem armen Schlucker auf dem Pont-Neuf gekauft hatte. Sie begann halblaut zu lesen:

»Kommt mit mir in das Justizpalais,
Dann seht ihr gleich, dass unser großer Rabelais
Nicht annähernd hat das beschrieben,
Was hier an Diebstahl wird betrieben
Von Spitzbuben aus allerhöchsten Kreisen,
Die Gier und Unterdrückung preisen.
Kommt und seht, ihr glaubt es kaum …«

Empörte Rufe unterbrachen sie. Der alte Onkel von Maître Fallot erstickte fast an seinem Wein. Mit einem Ungestüm, das sie ihrem würdevollen Schwager gar nicht zugetraut hätte, riss dieser ihr das Blatt aus den Händen, knüllte es zusammen und warf es aus dem Fenster.

»Welch eine Schande, meine Schwester!«, schrie er. »Wie könnt Ihr es wagen, solchen Unrat in unser Haus zu bringen! Ich wette, Ihr habt es von einem dieser verhungerten Schreiberlinge auf dem Pont-Neuf gekauft.«

»Ihr habt recht. Jemand hat es mir in die Hand gedrückt und zehn Sols dafür verlangt. Ich habe nicht gewagt, sie ihm zu verweigern.«

»Die Unverschämtheit dieser Leute übertrifft wirklich jede Vorstellung. Ihre Feder macht nicht einmal vor den ehrbaren Männern des Gesetzes halt. Und dann sperrt man sie auch noch in die Bastille, als wären sie Adlige, während in Wahrheit das schwärzeste Verlies des Châtelet noch zu gut für sie ist.«

Hortenses Gatte schnaubte wie ein Stier. Nie hätte Angélique vermutet, dass er in solche Erregung geraten könnte.

»Wir werden überschüttet mit Pamphleten, Schmähschriften und Liedern. Sie verschonen niemanden, weder den König noch den Hof, nicht einmal vor Blasphemie schrecken sie zurück.«

»Zu meiner Zeit«, ergänzte der alte Onkel, »kamen die Neuigkeitenkrämer eben erst auf. Aber inzwischen hat sich dieses Ungeziefer zu einer wahren Plage entwickelt. Es ist eine Schande für unsere Hauptstadt.«

Er redete selten und öffnete den Mund normalerweise nur, um ein Glas Quittenwein oder seine Tabakdose zu verlangen. Dieser lange Satz verriet, wie sehr ihn der Inhalt des Pamphlets aufgewühlt hatte.

»Keine ehrbare Frau wagt sich zu Fuß auf den Pont-Neuf«, bemerkte Hortense scharf.

Maître Fallot war ans Fenster getreten und beugte sich hinaus.

»Der Fluss hat das Schandblatt schon fortgetragen. Ich wüsste nur zu gerne, ob es vom Schmutzpoeten unterzeichnet war.«

»Ganz bestimmt«, antwortete sein Onkel. »Dieses Gift kann nicht täuschen.«

»Der Schmutzpoet«, murmelte Maître Fallot leise. »Der Mann, der die Gesellschaft in ihrer Gänze kritisiert, der geborene Rebell, der gewerbsmäßige Parasit! Ich habe ihn einmal auf einem Podest stehen sehen, von dem aus er ich weiß nicht welche Hirngespinste in die Menge verbreitete. Der Kerl heißt Claude Le Petit. Wenn ich mir vorstelle, dass diese bleiche, dürre Bohnenstange es geschafft hat, dass selbst die Prinzen und der König vor Wut mit den Zähnen knirschen, empfinde ich es als äußerst entmutigend, in solchen Zeiten zu leben. Wann werden die Büttel uns endlich von diesen Schandmäulern befreien?«

Alle seufzten noch einige Minuten, dann war der Zwischenfall beendet.

In den darauffolgenden Tagen war Angélique zu sehr in Gedanken versunken, um Hortenses Treiben große Aufmerksamkeit zu schenken. Ihre Schwester hatte eine wissende Miene aufgesetzt, die sie gelegentlich mit einem mitleidigen oder auch triumphierenden Lächeln garnierte.

Angélique stand noch immer unter dem Eindruck ihrer schrecklichen Erlebnisse in den Tuilerien, und so nahm sie Hortenses Grimassen als eine berechtigte Reaktion auf ihre in der Tat wenig glanzvolle Situation gleichmütig hin. Doch nach einigen Tagen erkannte sie, dass Hortense ihr durch dieses übertriebene Mienenspiel zu verstehen geben wollte, dass sie Marguerites Abwesenheit bemerkt hatte.

Haha, deine treue Kammerzofe!, schien sie zu sagen. Sie hat dich genauso sitzenlassen wie alle anderen! Es hat dir nichts genutzt, so zu tun, als würdest du sie mögen!

Jetzt verstand sie auch die Bemerkungen, die ihre Schwester bei den Mahlzeiten und zu sonstigen Gelegenheiten ohne erkennbaren Anlass in die Runde warf.

»Dienstboten sind allesamt Lumpen, darum muss man sie auch mit harter Hand führen«, oder »Ein schwacher Herr wird unweigerlich betrogen. Dieses Los blüht allen gleichermaßen …!«

Hortense war nicht dumm, im Gegenteil, sie verfügte über eine beachtliche Intelligenz und durchschaute die Menschen in ihrer Umgebung. Sie hätte zu gerne gewusst, was vorgefallen war. Marguerites Verschwinden erschien ihr nicht normal. Das Band, das sie zwischen Angélique und dieser treuen, kräftigen Frau aus dem Süden gespürt hatte, hatte ihren Neid geweckt, da es ihr selbst nicht einmal gelang, jemanden zu finden, der sie ordentlich bediente.

Angélique war froh, dass sie nicht einen Moment auf den Gedanken gekommen war, sich ihrer Schwester anzuvertrauen. Zwar verspürte sie eine leise Bitterkeit bei der Erkenntnis, dass ihre Verwandten nicht bereit waren, sie so bedingungslos zu unterstützen, wie sie erwartet hatte, doch bei der Vorstellung, wie Hortense außer sich geraten würde, sollte sie erfahren, dass im Palast des Königs ein Mordanschlag auf ihre Schwester verübt worden war, bei dem ihre Kammerfrau getötet worden war, konnte sie ein desillusioniertes Lächeln nicht unterdrücken.

Dennoch bemerkte sie überrascht, dass sie im Kontrast zu den albtraumhaften Stunden im Louvre und den Tuilerien die Ruhe und Beschaulichkeit im Haus ihrer Schwester genoss, und sie war ihr und Maître Fallot dankbar dafür, dass sie ihr diese Zuflucht gewährten. Trotzdem war es besser, dass sie nicht wussten, vor welchen geheimnisvollen Gefahren sie sie beschützten, die ihr von ganz hoch oben drohten, von diesem glänzenden Hof, zu dem sie mit Bewunderung, Neid und Ergebenheit aufblickten. Sie wollte nicht das erbauliche Bild erschüttern, das die beiden von ihrem eigenen Leben hatten.

In den folgenden Tagen bemühte sich Angélique um Geduld.

Eines Morgens tauchte ihr früherer Kutscher auf. Der Besitzer der öffentlichen Stallungen, wo sie ihre Kutsche, den Karren und die Pferde untergebracht hatte, hatte ihn zu ihr geschickt, um ihr ein Kaufangebot zu unterbreiten. Angélique beeilte sich, das Geschäft abzuschließen.

»Dann willst du dich hier also auf Dauer einnisten?«, rief Hortense, die gehört hatte, was sie mit dem Kutscher besprochen hatte.

Angélique blieb ruhig.

»Hortense, ich muss abwarten, bis der König nach Paris zurückgekehrt ist. Danach werde ich ihn im Louvre aufsuchen und ihn um eine Erklärung bitten.«

Hortense zuckte zusammen und bemühte sich gar nicht erst, ihre Ungläubigkeit zu verbergen.

»Der König! Der König! Du immer mit deinen verrückten Einfällen! Pulchérie hatte recht, wenn sie sagte, dass aus dir eine vollkommen verantwortungslose Frau werden würde! Ist dir nicht klar, dass du in Gefahr bist und dass du meine gesamte Familie ebenfalls in Gefahr bringst, wenn du hierbleibst?«

Hortenses Worte beeindruckten Angélique stärker, als ihr lieb war. Aber dass ihre Schwester, genau wie früher schon, eine genauere Vorstellung von der Wirklichkeit hatte, die sie vor ihr zu verbergen suchte, änderte nichts an der Tatsache, dass es keine andere Lösung gab, als bis zum Einzug des Königs zu warten.

»Wie kommst du darauf, dass ich in Gefahr sein könnte?«, erwiderte sie steif. »Nur Geduld. Sobald der König und sein Hof in der Stadt angekommen sind, wird sich alles ändern. Einstweilen habe ich durch den Verkauf der Kutsche genug Geld, um dich für die zusätzlichen Kosten zu entschädigen, die unser Aufenthalt hier dir bereitet. Und wenn der Marquis d'Andijos und Kouassi-Ba mit der nötigen Summe aus dem Languedoc zurück sind, werde ich mir eine andere Unterkunft suchen.«

Hortense verdrehte die Augen, um ihre Zweifel daran deutlich zu machen, dass tatsächlich bald Geld aus dem Languedoc eintreffen würde, aber sie beharrte nicht länger darauf.

Angélique zählte an den Fingern ab, wie viele Tage Bernard d'Andijos und Kouassi-Ba brauchen würden, um nach Toulouse zu galoppieren und ihr nicht nur das Geld, sondern auch Neuigkeiten über die Lage dort zurückzubringen. Nach einer Weile begann sie jeden Morgen zu hoffen, dass dies der Tag sein würde, an dem sie endlich auftauchten. Inzwischen herrschte Frieden, und die Reise von Paris ins Languedoc war nicht länger eine Expedition, bei der man in den von Schlachten gezeichneten Provinzen jederzeit auf Banditen, zerstörte Brücken oder unpassierbare Straßen treffen konnte. Das Vagabundieren des Hofes und die Reisen der Adligen, die aus allen Ecken des Landes zur Hochzeit des Königs geströmt waren, hatten die Provinzen so gut wie überall gezwungen, das Straßennetz wieder instand zu setzen.

Es waren die Straßen gewesen, die einst den römischen Frieden gesichert hatten.

Für Angélique ging das Leben im Haus von Maître Fallot im Sprengel Saint-Landry weiter.

Sie musste warten, hatte der Advokat gesagt. Warten auf den Einzug des Königs in Paris. Doch das würde noch eine ganze Weile dauern. Entgegen dem, was sie geglaubt hatte, erforderte dieses feierliche Ereignis umfangreiche Vorbereitungen. Die Einzüge der Könige in Paris, unter welchem Vorwand auch immer sie die Zuneigung ihrer Bevölkerung wiedergewonnen haben mochten, waren stets Anlass für unvergessliche Feierlichkeiten und Vergnügungen.

Saint-Landry war eine Insel auf der Insel, und das trug dazu bei, Angélique allmählich wieder zur Ruhe kommen zu lassen.

Abends lauschte sie dem Rumoren der großen Stadt. Jenseits der Île de la Cité, auf der sie sich sicher fühlte, erstreckten sich zu beiden Seiten der Seine die vielfältigen Gesichter einer belebten, turbulenten Stadt namens Paris. Und irgendwo in ihren Mauern, zwischen all den Häusern, Gebäuden und Monumenten, war Joffrey.

Dank dem Advokaten Desgrez wusste sie inzwischen mit Gewissheit, dass Joffrey trotz seiner misslichen Lage im Gefängnis lebte. Deshalb sandte sie ihm eine Botschaft.

»Ich liebe dich.«

Es fiel ihr leichter, ihn in der Verschwiegenheit ihres Herzens zu duzen als in seiner faszinierenden Gegenwart, die sie so lange geängstigt hatte. Wenn sie die Augen schloss, durchlebte sie immer wieder aufs Neue die Zeit, in der es ihm nach und nach gelungen war, sie in seinen Bann zu ziehen, bis sie schließlich besiegt war, wehrlos in ihrem eigenen Wunsch, ihm voll und ganz ausgeliefert zu sein.

Und wenn sie Hortenses gemurrte Bemerkungen über den Ruf »dieses Mannes« hörte, die sich ihre Schwester nicht verkneifen konnte, fiel es ihr schwer, ein Lächeln zu unterdrücken, so unermesslich erschien ihr die Kluft zwischen diesen beunruhigenden Beschuldigungen und der Wahrheit über den Mann, den sie im fernen Languedoc hatte herrschen sehen. Joffrey de Peyrac, ihr Gemahl, ihre große Liebe. Mit Schrecken ermaß sie den Abgrund, der zwischen diesen haltlosen Gerüchten und dem außergewöhnlichen Mann klaffte, den sie liebte und der mit seinen Liebkosungen so kunstvoll ihre Leidenschaft zu entfachen wusste. Sie erkannte, dass sie nie aufhören würde, neue Seiten an ihm zu entdecken. Er war gewaltig. Er wusste so viele Dinge. Er wusste einfach alles.

Und sie staunte darüber, dass sie tatsächlich die Liebe »dieses Mannes« geweckt hatte.

Sie konnte es kaum erwarten, endlich für seine Rettung kämpfen zu können.

Sich dem König zu Füßen zu werfen!

Wann würde Ludwig XIV. endlich nach Paris zurückkehren?

Der Juli neigte sich seinem Ende zu.

Bald würde der August beginnen, und der alte Onkel bemerkte, dass man den Hochsommer in diesem Jahr gar nicht spürte. Das lag nicht daran, dass der August sonst eine unerträglichere Hitze mit sich brachte, oft war es sogar angenehmer als im Juli, weil gelegentliche Gewitter Kühlung brachten. Aber normalerweise verließen im August all die Prinzen, Adligen und Bürger mitsamt ihrer gesamten Dienerschaft die Stadt und reisten zu ihren mehr oder weniger prächtigen Landsitzen, Schlössern oder kleineren Herrenhäusern, manche bloß, um frischere Luft zu atmen, viele, um das Einbringen der Ernte auf ihren Ländereien zu überwachen, und alle, um fröhlich und ausgelassen am Flussufer oder nachts unterm Sternenhimmel zu tafeln.

Doch in diesem Jahr drängten in Erwartung des feierlichen Einzugs des Königs und der neuen Königin immer mehr ungeduldige Menschen nach Paris, und trotz der immer wieder aufs Neue Lügen gestraften Ankündigungen konnte sich die Menge nicht dazu durchringen, sich aufzulösen, aus Furcht, dieses einzigartige Schauspiel zu verpassen, das viel zu selten war, als dass man hoffen konnte, es zweimal in einem einzigen Leben zu sehen: den prunkvollen Einzug eines königlichen Paares in seine Hauptstadt.

Und trotz der allgemeinen Ungeduld wusste man genau, dass es irgendwann so weit sein würde. Irgendwann würde Ludwig XIV. mit der neuen Königin Maria Theresia von Österreich, die er von der spanischen Grenze zusammen mit einem Vertrag zurückbrachte, der den ewigen Frieden zwischen den beiden Nationen sicherte, in Paris einziehen.

Und man fügte sich darin, dass die Vorbereitungen wichtig waren und viel Zeit in Anspruch nahmen.

Der Advokat Desgrez war nicht mehr wiedergekommen.

Angélique wusste, dass vor dem Abschluss der großen Feierlichkeiten weder entscheidende Neuigkeiten noch Unterstützung zu erwarten waren. Doch untätig in Saint-Landry herumzusitzen und abzuwarten stellte ihre Geduld auf eine harte Probe.

Und Hortense verstand sich wirklich darauf, alles noch schwieriger zu machen. Es gelang ihr, selbst die schönsten Erinnerungen zu vergiften. Angélique schalt sich lächerlich, dass sie sich wie ein Kind von der Vorstellung bekümmern ließ, dass die gute Pulchérie bei ihren endlosen Plaudereien mit Hortense, während die beiden an grauen Wintertagen in den kahlen Zimmern von Monteloup bei ihren Nadelarbeiten saßen, schlecht über sie geredet hätte. Bis hin zu der Voraussage, dass aus Angélique eine »vollkommen verantwortungslose« Frau werden würde.

Hortense hätte es durchaus gerne gesehen, wenn ihre Schwester ihr Gesellschaft geleistet hätte, während sie am Fenster saß und stickte oder sich den unvermeidlichen Ausbesserungsarbeiten widmete. Aber genau wie früher verspürte Angélique das unwiderstehliche Bedürfnis, nach draußen zu fliehen, auch wenn dieser Drang durch den Gedanken an die geheimnisvolle Gefahr, die sie zu bedrohen schien, gebremst wurde.

Als Angélique eines Nachmittags die Treppe herunterkam, bemerkte sie im Vorraum den alten Onkel, der, schwer auf seinen Stock gestützt, auf die Eingangstür zuwankte, sich flüchtig umschaute und schließlich die Riegel zurückzog.

Sie eilte zu ihm und griff nach seinem Arm, um ihm über die Schwelle zu helfen.

»Ich will hinaus«, sagte der alte Mann und musterte sie argwöhnisch.

»Gott bewahre mich davor, Euch davon abhalten zu wollen, Monsieur. Ich würde auch gerne ein wenig draußen spazieren gehen, aber ich fürchte, ohne Begleitung würde ich mich in Paris nicht zurechtfinden. Wärt Ihr bereit, mir ein wenig von der Stadt zu zeigen?«

Sich gegenseitig stützend, machten sie sich auf den Weg, und Angélique war erleichtert, nicht allein zu sein und dadurch alle Blicke auf sich zu ziehen.

Ihr wackliger Begleiter erlaubte es ihr, sich unauffällig unter die Menschen zu mischen, die selbst in diesem hinter der Kathedrale eingezwängten Viertel an der Spitze der Insel die Straßen bevölkerten. Sie war bloß eine junge Frau, die ihren alten Verwandten auf seinem täglichen Spaziergang begleitete.

Nach den ersten Schritten machte der alte Onkel keinen Hehl mehr aus seiner Freude. Im Bewusstsein seiner Schwäche hatte er sich schon lange keinen Spaziergang in der Sonne mehr gegönnt, doch an diesem Tag hatte ihn die Lust gepackt, die Arbeiten zu sehen, die aus Anlass des Einzugs des Königs am Pont Notre-Dame vorgenommen worden waren, und so hatte er beschlossen, nur mit Hilfe seines Gehstocks einen kurzen Ausflug zu wagen. Angéliques Angebot kam genau im richtigen Moment. Auch er spürte, wie sein Schritt sicherer wurde, und er freute sich über die schöne junge Frau an seinem Arm.

Je näher sie dem Pont Notre-Dame kamen, desto dichter wurde die Menge entlang der Mauern des Hôtel-Dieu. Bemerkungen flogen hin und her. Normalerweise, hieß es, pflegten die Herrscher über den Pont-au-Change auf die Île de la Cité zu gelangen. Dann konnte ihr Zug die Insel auf einer breiteren Straße überqueren, der alten Nord-Süd-Achse, die vor dem eindrucksvollen, nicht enden wollenden Justizpalast mit seinem Schwarm schwarzer Roben und weißer Hermelinkragen auf rotem Grund vorbeiführte. Warum hatte man diesmal den Pont Notre-Dame gewählt, der auf den Alten Markt führte, wo Kräuter und Blumen verkauft wurden?

Bestimmt weil der König seiner jungen Gemahlin das Bemerkenswerteste zeigen wollte, was die Stadt zu bieten hatte.

Denn Einwohner wie fremde Besucher waren sich darüber einig, dass der Pont Notre-Dame die außergewöhnlichste Brücke von Paris, von ganz Frankreich und allen Hauptstädten Europas war. Seine einundsechzig roten Ziegelhäuser mit den Marmorkolonnaden, den Vordächern der Geschäfte und den prächtigen, bunten Ladenschildern reihten sich entlang der gepflasterten Straße auf, sodass die Fremden glaubten, sie hätten festen Boden unter den Füßen und befänden sich nicht über dem Wasser, während sich auf der Flussseite vorkragende Galerien an den Häusern entlangzogen. Heute wurden an beiden Enden der Brücke große Triumphbögen aus einem leichten Holzgerüst und bemalter Leinwand aufgestellt.

Der Triumphbogen auf der Eingangsseite war dem »Frieden« und der »Ehelichen Liebe« geweiht.

Die Betrachter erblickten »Mars, von Hymenaios niedergestreckt und von den Amoretten entwaffnet«, außerdem Merkur und Iris als Porträts des jungen Paares unter den mütterlichen Augen von Juno in Gestalt Annas von Österreich. Auf dem weiteren Weg versinnbildlichten allegorische Paare die Grundlagen einer glücklichen Verbindung. »Ehre und Fruchtbarkeit« oder auch die »Treue«, die den Ehering in der Hand hielt, und die »Eheliche Gemeinschaft« mit zwei verschlungenen Herzen in den Händen.

Auf der Seite des Neuen Marktes zeigte das Hauptgemälde Herkules mit den Zügen des Königs und Minerva in denen der Königin, die durch Merkur in Gestalt von Kardinal Mazarin zusammengeführt wurden. Ludwig der Heilige und Blanca von Kastilien stiegen vom Himmel herab, um die Jungvermählten zu segnen, und auf der Erde stimmten die Amoretten und das Volk gemeinsam ein Loblied auf die Ehe an.

Auf der Brücke selbst hatte man alle Ladenschilder entfernt und entlang der gesamten Straße an den Häusern riesige Karyatiden aufgestellt, die bis zur Decke des ersten Stocks hinaufreichten. In ihren ausgestreckten Armen hielten jeweils zwei von ihnen Medaillons aus »bemalter Bronze«, auf denen in der Reihenfolge ihrer Thronbesteigung alle französischen Könige von Pharamond bis hin zu Ludwig XIV. abgebildet waren. Ihre Sockel waren mit Girlanden aus täuschend echt gemalten Früchten und Blumen geschmückt.

Während sie darauf warteten, näher heranzukommen, um diese Wunder bestaunen zu können, berichtete man Angélique, die neu zu den Schaulustigen gestoßen war, von der schrecklichsten Katastrophe, die Paris, abgesehen von Kriegen und Massakern, jemals erlebt hatte. Sie betraf den ersten Pont Notre-Dame, der ebenfalls mit Häusern bebaut gewesen war, und die detaillierte Schilderung dieser Ereignisse, die zu den farbenprächtigsten Berichten über städtische Katastrophen gehörte, hielt ihr Publikum immer noch in Atem. »Am Vorabend eines neuen Jahrhunderts, im Jahr 1499, um genau zu sein, warnten einige Meister der Zimmermannszunft, dass viele der Pfeiler halb verrottet waren und zu brechen drohten und man sie herausnehmen und stattdessen neue einsetzen müsse.«

Wie es so häufig bei Warnungen der Fall ist, die lediglich die alltägliche Form der Prophezeiung darstellen – und Gott weiß, dass Propheten niemals Gehör finden –, hatten die Mitglieder des Rates ihren Hinweis in den Wind geschlagen und dachten schon gar nicht mehr daran, als am Freitag, den 25. Oktober kurz vor Allerheiligen ein weiterer Zimmermannsmeister um sieben Uhr morgens den damaligen Strafrichter aufsuchte und ihn warnte, dass noch vor dem Mittagsläuten der Pont Notre-Dame mit all seinen Häusern einbrechen und in den Fluss stürzen werde. Vergeblich postierte man einige Stadtwachen vor den beiden Zugängen zur Brücke, um die Schaulustigen am Betreten zu hindern, vergeblich versuchten die Bewohner mit Erlaubnis des Rates ihre Habseligkeiten und ihre Waren zu retten…

Kurz nach neun Uhr brach die Brücke und versank in den Fluten.

Das Gewicht der herabstürzenden Häuser zerstörte auch noch die restlichen Pfeiler und Grundpfähle. Die von den Trümmern aufsteigende Staubwolke verdunkelte die Luft.

Nur sehr wenige von denen, die sich noch auf der Brücke aufgehalten hatten, konnten gerettet werden.

Man berichtete von einem Wickelkind, das, in seiner Wiege liegend, ans Ufer gespült und von Flussschiffern aus dem Wasser geholt worden war.

Und als sei das alles nicht genug, bildete sich in der Seine eine riesige Flutwelle, die über der Rue du Val d'Amour an der Inselspitze zusammenschlug und zahlreiche Dirnen ertränkte.

Der Onkel erzählte davon, als sei das alles erst gestern geschehen und als könne sich dieses Unglück, das sich tief in das Gedächtnis des Ortes eingebrannt hatte, schon bald wiederholen. Denn man dürfe nicht vergessen, erklärte er, dass die neue Brücke auch schon seit immerhin anderthalb Jahrhunderten stand, und niemand könne garantieren, dass die dicken, in Feuer gehärteten Eichenpfähle, die säuberlich aufgereiht in regelmäßigen Abständen in den Grund gerammt worden waren, die Last der riesigen Karyatiden und römischen Triumphbögen, mit denen die Brücke zum Einzug des Königspaares geschmückt wurde, auch tragen konnten. Und natürlich hatte sich auch niemand darum gekümmert, zu prüfen, ob die Pfeiler der Brücke, die nach der langen Zeit immer noch der Neue Pont Notre-Dame genannt wurde, nicht ebenfalls anfingen zu verrotten …!

Da erhoben sich Stimmen und korrigierten ihn, dass durchaus Restaurierungsarbeiten durchgeführt worden seien. Durch das winterliche Hochwasser hatten sie verspätet begonnen und seien erst kürzlich fertiggestellt worden. Daraufhin erzählte der Onkel, dass er selbst in einem dieser neuen Häuser gewohnt habe, die unter der Bedingung vermietet worden waren, dass jeder, der eines davon bezog, »garantieren musste, es neun Jahre zu behalten und pro Jahr zwanzig Gold-Ecus Miete zu zahlen«. Es war sehr reizvoll, auf dem Pont Notre-Dame zu wohnen. Zu den Neuerungen, die die Häuser auf der neuen Brücke aufwiesen, gehörten Hausnummern, römische Ziffern in Gold auf blauem Grund von 1 bis 68. Diese Neueinführung war ein Geniestreich, erklärte der Onkel, denn bereits dieser erste Versuch, die Wohngebäude von Paris zu nummerieren, bewies von Anfang an höchste Perfektion, indem eine Zweiteilung in gerade Hausnummern auf der einen und ungerade Nummern auf der anderen Seite vorgenommen wurde. Würden so schöne Errungenschaften dem königlichen Triumphzug standhalten können?

Den Pferden, den Karossen, den römischen Wagen und den unzähligen Maultieren des Kardinals Mazarin…

Würde die Neue Brücke halten?

Auf dem Blumenmarkt wurden Fässer mit Blütenblättern und grünen Zweigen gefüllt, die auf den Boden gestreut werden sollten.

Zwischen all den aufgeregten Menschen, die dem Einzug des Königs genauso gespannt entgegenfieberten wie sie selbst, fühlte sich Angélique weniger fremd und isoliert.

Ein Gedanke drängte sich ihr auf, der ihr selten in den Sinn gekommen war und den sie dem patriotischen Geist ihres Großvaters verdankte, der dem König in einem Gefühl des Respekts, aber auch des Vertrauens eng verbunden gewesen war. Hier, zwischen den künftigen Zuschauern der Zeremonie, die gerade vorbereitet wurde, äußerte sich das in jedem noch so einfachen Franzosen tief verwurzelte Gefühl, dass er sich unmittelbar an den König wenden und vor allem Hilfe suchend an seine Rechtsprechung appellieren konnte. So hatte es der heilige König Ludwig IX. gewollt, der sich einst unter eine Eiche setzte und befahl, jeden zu ihm vortreten zu lassen, der den Eindruck hatte, Opfer einer Ungerechtigkeit geworden zu sein.

Da dachte sie bei sich, dass auch sie beide, sie und Joffrey, trotz ihrer adligen Abkunft Untertanen des Königs von Frankreich waren und somit Anspruch auf jene Gerechtigkeit hatten, die er den Armen gegenüber walten ließ. Mehrmals kam ihr der unerschrockene Blick des jungen Monarchen in Erinnerung, der sie anschaute, ohne sie wirklich zu sehen, doch dann beruhigte sie die warmherzige Menge um sie herum, und sie fasste wieder Vertrauen. Diese Menschen glaubten an ihren König.

Während in Paris Sägen, Hämmer und Pinsel geschwungen wurden, erreichten Gerüchte über die Bewegungen des Hofes die Stadt und sorgten für immer neue Hoffnungen oder Enttäuschungen bei den Menschen, die auf das baldige Kommen ihres Königs und den Beginn der prunkvollen Feierlichkeiten warteten.

Am 17. Juli erfuhr man, dass der König seine junge Gemahlin nach Vaux mitgenommen hatte, um ihr das Schloss zu zeigen, das seiner Meinung nach eines der anmutigsten und vollkommensten Bauwerke in der ganzen Provinz Île-de-France war. Der Besitzer dieses Schlosses, der Oberintendant der Finanzen Nicolas Fouquet, hatte ihn ein zweites Mal auf gewohnt galante, lächelnde Art und mit seiner prunkliebenden Gastfreundschaft empfangen.

Am 27. Juli erfreute Kardinal Mazarin seine Gäste in Vincennes mit einem Theaterstück, welches das Publikum in Entzücken versetzte, dem Werk eines begabten Autors, der unter dem Namen Molière bekannt war und für den sich sowohl der Kardinal als auch der König begeisterten. Nachdem der Hof in Fontainebleau ausgiebig gejagt und getanzt hatte, war er nun näher an Paris herangekommen. Vincennes war eine der ältesten und imposantesten Residenzen der französischen Könige. Das Schloss erinnerte eher an eine Festung, doch es bot genügend Platz, um eine große Gesellschaft aufzunehmen und sowohl für ihre Unterhaltung zu sorgen als auch ihre Sicherheit zu gewährleisten. Es gab dort weitläufige Gemächer, in denen fremde Gäste untergebracht werden konnten, und weniger große im mächtigen, kühnen Turm, der über dem Umland aufragte, die ganze Region bis Paris beherrschte und auch als Gefängnis für solche Gefangenen dienen konnte, denen man die gewöhnliche Bastille nicht zumuten wollte.

Am Rand des dichten Walds zu seinen Füßen, der an sich bereits einen Verteidigungswall gegen jede feindliche Armee darstellte, käme sie aus der Hauptstadt oder aus einer anderen Richtung, hatte sich der heilige König Ludwig IX. eines Tages unter eine Eiche gesetzt, um Recht zu sprechen, und die Ärmsten seiner Untertanen aufgefordert, sich unmittelbar an ihn zu wenden, wenn sie Opfer der Ungerechtigkeit ihrer Nachbarn oder auch der Richter geworden waren. Der König würde persönlich über das Urteil befinden, und seine Entscheidung sollte sich über die tausend Spitzfindigkeiten der Gerichtsverfahren und Gesetze hinwegsetzen, die den Unschuldigen niederzudrücken drohten.

In Vincennes war Kardinal Mazarin zu Hause. Er hatte sich durch einen Architekten namens Le Vau prunkvolle Gemächer im Schloss ausstatten lassen. Seit er mit gesundheitlichen Beschwerden zu kämpfen hatte, hielt er sich am liebsten dort auf, denn er behauptete, dass die Luft dort für ihn in jeglicher Hinsicht besser sei als in Paris.

In der Politik bedarf es so wenig, um innerhalb weniger Minuten zu verlieren, was man unter größten Mühen errungen hat. Nachdem er mit seinem Tross fast zwei Jahre lang kreuz und quer durch Frankreich gereist war, nach Verhandlungen, Vereinbarungen, Ratifizierungen, Vorschlägen und Ablehnungen weiterer Änderungen, nach einer Diplomatie der kleinen Schritte, die sowohl vorwärts als auch rückwärts geführt hatten, stand er nun kurz davor, diesem »so aufrührerischen, wankelmütigen« Volk von Paris das glorreiche Ergebnis seiner wagemutigen Strategie zu präsentieren, die ihrem Land den Frieden sichern sollte: Maria Theresia, die Tochter des spanische Königs Philipp IV. und neue Königin von Frankreich.

Wer hätte sich nach so vielen Unruhen, so vielen unverzeihlichen Verbrechen und so viel erbittertem Hass vorstellen können, dass es je zu diesem Moment kommen sollte?

In Vincennes bereitete sich die um den Kardinal versammelte königliche Familie auf den Tag des siegreichen Einzugs in die Hauptstadt vor. Diesen Freudentag! Den Tag der »großen Liebe« zwischen so vielen unterschiedlichen Herzen, die alle den erhabenen Augenblick eines gemeinsamen Glücks, einer einzigartigen Begeisterung teilen und auskosten würden, diesen Moment einer Verbundenheit, mit der die Menschen in ihrem Streben nach dem Ideal und nach der Verwirklichung ihrer liebsten, geheimsten Träume nur allzu selten belohnt werden.

Und so beherrschte in diesen letzten Augusttagen des Jahres 1660 der feierliche Einzug des Königs in Paris, seine Hauptstadt, sowohl innerhalb als auch außerhalb der Mauern alle Gedanken und Gefühle.

Kapitel 22

Bei dieser Gelegenheit kam es auch zu einer Annäherung zwischen Angélique und ihrer Schwester. Eines Tages betrat Hortense mit dem süßesten Lächeln, dessen sie fähig war, Angéliques Zimmer.

»Stell dir vor, was passiert ist«, rief sie. »Erinnerst du dich an Athénaïs de Tonnay-Charente, meine liebe alte Schulfreundin aus Poitiers?«

»Nein, beim besten Willen nicht.«

»Das macht nichts. Jedenfalls ist sie in Paris, und da sie immer schon eine begnadete Intrigantin war, ist es ihr innerhalb kürzester Zeit gelungen, sich mit verschiedenen hochgestellten Persönlichkeiten bekanntzumachen. Um es kurz zu machen, für den Tag des Einzugs wurde sie ins Hôtel de Beauvais eingeladen. Und das liegt unmittelbar an der Rue Saint-Antoine, wo die Parade beginnt. Natürlich werden wir nur aus den Fenstern der Dachkammern schauen können, aber das heißt nicht, dass wir von dort oben schlecht sehen werden, im Gegenteil.«

»Wieso sagst du ›wir‹?«

»Weil sie uns eingeladen hat, dieses Geschenk des Himmels mit ihr zu teilen. Sie wird ihre Schwester und ihren Bruder mitbringen und noch eine weitere Freundin aus Poitiers. Alles in allem eine kleine Kutsche voller Poiteviner. Ist das nicht nett?«

»Wenn du dazu auf meine Kutsche gehofft hast, muss ich dich enttäuschen. Du weißt doch, dass ich sie verkauft habe.«

»Ich weiß, ich weiß. Wir brauchen deine Kutsche gar nicht. Athénaïs wird ihre eigene mitbringen. Sie ist bloß ein bisschen heruntergekommen, denn ihre Familie ist ruiniert. Vor allem, da Athénaïs recht verschwenderisch lebt. Ihre Mutter hat sie mit einer Kammerfrau, einem Lakaien und dieser alten Kutsche nach Paris geschickt und sie angewiesen, so schnell wie möglich einen Ehemann zu finden. Und das wird sie auch schaffen, sie gibt sich große Mühe. Aber, nun ja … für den Einzug des Königs … Sie hat mir zu verstehen gegeben, dass sie keine passenden Kleider hat. Verstehst du, diese Madame de Beauvais, die uns eines ihrer Dachfenster überlässt, ist nicht irgendjemand. Angeblich sollen sogar die Königinmutter, der Kardinal und alle möglichen hohen Herrschaften bei ihr zu Mittag essen und dann an ihren Balkonen Platz nehmen. Wir werden also die allerbesten Plätze haben. Aber man darf uns natürlich nicht für Zimmermädchen oder arme Schlucker halten, sodass uns die Lakaien womöglich hinauswerfen.«

Schweigend ging Angélique zu einer ihrer großen Truhen hinüber und öffnete sie.

»Sieh nach, ob du darin etwas Passendes für euch beide findest. Du bist größer als ich, aber es dürfte nicht allzu schwierig sein, einen Rock mit Spitze oder einer Rüsche zu verlängern.«

Mit leuchtenden Augen kam Hortense näher.

Sie konnte ihre Bewunderung nicht verbergen, als Angélique die prächtigen Roben auf dem Bett ausbreitete. Als sie das goldene Kleid erblickte, entfuhr ihr ein entzückter Aufschrei.

»Ich glaube, das wäre etwas übertrieben für unser Dachfenster«, bemerkte Angélique.

»Natürlich, du warst ja auch bei der Hochzeit des Königs, da kann man es sich leisten, die Hochmütige zu spielen.«

»Glaub mir, ich bin sehr zufrieden. Niemand erwartet die Rückkehr des Königs nach Paris sehnlicher als ich. Aber dieses Kleid möchte ich behalten, um es zu verkaufen, falls Andijos mir nicht genug Geld mitbringt, was ich allmählich befürchte. Über die anderen kannst du frei verfügen. Es ist nur gerecht, dass du eine Gegenleistung für die Kosten bekommst, die mein Aufenthalt hier bei euch verursacht.«

Nach langem Zögern wählte Hortense schließlich ein himmelblaues Satinkleid für ihre Freundin Athénaïs und ein apfelgrünes Ensemble für sich selbst, das ihren etwas unauffälligen brünetten Typ stärker betonte.

Am Morgen des 26. August musterte Angélique die magere Gestalt ihrer Schwester, die durch die Polster des Manteaus erheblich runder wirkte, ihren dunklen, durch das leuchtende Grün hervorgehobenen Teint und ihr etwas spärliches, aber dafür geschmeidiges und feines Haar, das eine schöne kastanienbraune Farbe besaß.

»Ich glaube tatsächlich, du könntest beinahe hübsch sein, Hortense, wenn du bloß nicht immer so verbiestert wärst.«

Zu ihrer großen Überraschung wurde Hortense nicht wütend. Seufzend betrachtete sie sich in dem stählernen Spiegel.

»Das glaube ich auch«, sagte sie. »Weißt du, ich habe Mittelmäßigkeit stets gehasst und doch in meinem Leben nichts anderes kennengelernt. Ich liebe es, mich mit geistreichen, gut gekleideten Menschen zu unterhalten, und ich gehe für mein Leben gerne ins Theater. Aber es ist so schwer, sich von den häuslichen Pflichten freizumachen. Letzten Winter konnte ich die Empfänge des satirischen Dichters Scarron besuchen. Ein schrecklicher Mensch, verkrüppelt, boshaft, aber was für ein Geist, meine Liebe! Ich bin immer noch bezaubert von diesen Abenden. Unglücklicherweise ist Scarron schwer krank. Also bleibt mir nichts anderes übrig, als wieder zum Mittelmaß zurückzukehren.«

»Im Moment siehst du nicht gerade aus, als müsse man Mitleid mit dir haben. Ich versichere dir, du wirkst sehr vornehm.«

»Natürlich würde das gleiche Kleid bei einer ›echten‹ Prokuratorenfrau nicht die gleiche Wirkung haben. Adel kann man nicht kaufen. Adel hat man im Blut.«

Über die Schatullen gebeugt, aus denen sie ihren Schmuck auswählten, gewannen die beiden Frauen den Stolz ihres Standes zurück. Sie vergaßen das dunkle Zimmer, die geschmacklosen Möbel und die ausgebleichten Bergamo-Tapeten an den Wänden, die in der Normandie für die bescheidenen Haushalte gewebt wurden.

Im Morgengrauen des großen Tages machte sich der Prokurator auf den Weg nach Vincennes, wo sich alle Beamten versammeln mussten, um den König zu grüßen und feierliche Reden zu halten.

Kanonendonner antwortete dem Läuten der Kirchenglocken. Die in ihre Prunkuniform gewandete Bürgermiliz nahm mit ihren Piken, Hellebarden und Musketen in den Straßen Aufstellung, die die Ausrufer mit ohrenbetäubendem Geschrei erfüllten, während sie kleine Heftchen verteilten, in denen das Programm der Feierlichkeiten, die Route des königlichen Zuges und die Beschreibung der Triumphbögen enthalten waren.

Gegen acht Uhr hielt die Kutsche, von der ein Großteil des Goldüberzugs bereits abgeblättert war, vor dem Haus. Mlle. de Tonnay-Charente war ein hübsches junges Mädchen mit frischen Farben: goldenem Haar, rosigen Wangen und einer perlmuttweiß schimmernden Stirn, deren Blässe durch ein Schönheitspflästerchen betont wurde. Das blaue Kleid passte ganz wunderbar zu ihren saphirblauen, ein wenig vorstehenden, aber lebhaften und geistreichen Augen.

Für Angélique fand sie kaum ein Wort des Dankes, obwohl sie zusätzlich zu ihrem Kleid auch noch eine herrliche Diamantgarnitur trug, die diese ihr überlassen hatte.

Mlle. de Tonnay-Charente de Mortemart stand dies alles zu, und man durfte sich geehrt fühlen, ihr zu Diensten zu sein. Trotz der finanziellen Schwierigkeiten ihrer Familie war sie der Überzeugung, dass ihr alter Adel jedes Vermögen aufwog. Ihre beiden Geschwister schienen der gleichen Ansicht zu sein. Alle drei verfügten über eine überbordende Lebendigkeit, einen beißenden Witz, eine Begeisterung und einen Ehrgeiz, die den Umgang mit ihnen zu einem ebenso amüsanten wie gefährlichen Vergnügen machte.

Es war eine fröhliche Gesellschaft, die sich in der quietschenden Kutsche auf den Weg durch die verstopften Straßen machte, zwischen den Häusern hindurch, deren Fassaden mit Blumen und Bildteppichen geschmückt waren. In der immer dichter werdenden Menge sah man Reiter und lange Reihen von Kutschen, die sich einen Weg zur Porte Saint-Antoine bahnten, durch die der königliche Zug in die Stadt einziehen würde.

»Wir müssen noch einen Umweg machen, um die arme Françoise abzuholen«, sagte Athénaïs. »Das wird nicht einfach sein.«

»Oje! Gott bewahre uns vor Madame Scarron, der Frau des Krüppels!«, rief ihr Bruder.

Angélique hatte ihn bereits in Saint-Jean-de-Luz gesehen, aber er schien sie nicht wiederzuerkennen. Er saß neben ihr und drückte sich ungeniert an sie. Sie bat ihn, ein wenig zur Seite zu rücken, weil sie kaum noch Luft bekam.

»Ich habe Françoise versprochen, sie mitzunehmen«, entgegnete Athénaïs. »Die Gute hat nicht allzu viel Zerstreuung mit ihrem verkrüppelten Gemahl. Aber zum Einzug des Königs hat sie sich ausnahmsweise erlaubt, von seinem Krankenbett zu weichen. Sie ist ihm sehr ergeben.«

»Na ja! So abstoßend er auch sein mag, er bringt Geld ins Haus. Die Königinmutter hat ihm eine Pension gewährt.«

»War er denn schon verkrüppelt, als er sie geheiratet hat?«, wollte Hortense wissen. »Dieses Paar hat mich schon immer fasziniert.«

»Natürlich war er schon verkrüppelt. Er hat sich die Kleine ins Haus geholt, damit sie ihn pflegt. Und da sie Waise war, hat sie eingewilligt. Damals war sie siebzehn Jahre alt.«

»Glaubt ihr denn, dass sie ihm wirklich in jeglicher Hinsicht ergeben ist?«, fragte Athénaïs' jüngere Schwester.

»Wer weiß das schon …? Scarron hat jedem, der es hören wollte, versichert, dass die Krankheit seinen ganzen Körper gelähmt habe bis auf die Zunge und einen weiteren Körperteil, den man sich leicht denken kann. Die Kleine hat bei ihm ohne Zweifel so einiges gelernt. Er ist ja trotz seiner Gebrechen schrecklich lasterhaft geblieben! Und bei ihnen gehen so viele Leute ein und aus, dass sich bestimmt ein schöner, gut gebauter Edelmann gefunden hat, um ihr ein wenig Abwechslung zu verschaffen. Es war die Rede von Villarceaux.«

»Man muss ja zugeben«, wandte Hortense ein, »dass Madame Scarron sehr schön ist. Aber sie ist ungemein zurückhaltend. Sie sitzt neben dem Rollstuhl ihres Gemahls, hilft ihm, sich hinzusetzen, und reicht ihm Kräutertees. Obendrein ist sie gebildet und versteht es, sehr geistreich zu plaudern.«

Mme. Scarron erwartete sie auf dem Bürgersteig vor einem ärmlich wirkenden Haus.

»Mein Gott, dieses Kleid!«, hauchte Athénaïs und hob eine Hand an die Lippen. »Der Rock ist ja ganz fadenscheinig.«

»Warum habt Ihr mir nichts davon gesagt?«, fragte Angélique. »Ich hätte doch noch etwas für sie finden können.«

»Ach je, ich habe gar nicht daran gedacht. Steigt ein, Françoise.«

Die junge Frau setzte sich in eine Ecke, nachdem sie die Insassen der Kutsche voller Anmut gegrüßt hatte. Sie hatte schöne braune Augen, die sie häufig mit ihren langen, mit einem Hauch Violett getuschten Wimpern verdeckte.

Sie war in Niort geboren, hatte dann einige Zeit in Amerika gelebt, wo ihr Vater eine Stellung innegehabt hatte, und war schließlich als Waise nach Frankreich zurückgekehrt.

Nachdem in so herablassendem Ton von ihr gesprochen worden war, hatte Angélique nicht gewusst, welche Art von Person sie kennenlernen würde, aber sie hatte ganz sicher nicht eine so liebenswürdige junge Frau erwartet, die sich völlig ungezwungen in ihre mondäne Fröhlichkeit einfand. Außerdem war ihr Kleid überhaupt nicht fadenscheinig. Angélique saß neben ihr, und so konnte sie erkennen, dass die Qualität des Stoffes sehr gut war, ein Etamin in dezentem Graublau, das ihr hervorragend stand.

Als sie endlich die Rue Saint-Antoine ereichten, herrschte in der sauberen, geraden Straße nicht allzu viel Verkehr. Die Kutschen parkten in den schmalen Seitenstraßen. Der junge Mortemart trennte sich von ihnen, um seinen Platz im Umzug einzunehmen, der sich vor den Stadtmauern aufstellte.

Im Hôtel de Beauvais ging es zu wie in einem Taubenschlag. Ein mit silbernen und goldenen Posamenten und Fransen besetzter Baldachin aus tiefrotem Samt zierte den Hauptbalkon. Die Fassade war mit persischen Teppichen geschmückt.

Auf der Schwelle stand eine recht ausladende, stark geschminkte Frau mit sehr kleinen Löckchen, die ohne erkennbare Verlegenheit eine unschöne schwarze Klappe über einem Auge trug, wie es bei den Piraten der südlichen Meere üblich war. Sie war herausgeputzt wie ein Reliquienschrein, hatte die Fäuste in die Hüften gestemmt und dirigierte mit lautem Geschrei die Tapetenwirker.

»Was ist das denn für eine einäugige alte Schachtel?«, fragte Angélique, während sie sich dem Haus näherten.

Hortense bedeutete ihr, still zu sein, aber Athénaïs prustete hinter ihrem Fächer los.

»Das ist die Hausherrin, meine Liebe, Catherine de Beauvais, auch genannt die einäugige Catheau. Sie ist eine ehemalige Kammerfrau von Anna von Österreich, die sie beauftragt hat, unseren kleinen König zu entjungfern, als er fünfzehn Jahre alt wurde. Das ist das Geheimnis ihres Reichtums.«

Angélique musste unwillkürlich lachen.

»Da hat wohl die Erfahrung den Mangel an äußeren Reizen wettgemacht.«

»Ein Sprichwort sagt, für junge Burschen und Mönche gibt es keine hässlichen Frauen«, übertrumpfte sie Athénaïs.

Trotz ihrer Spötteleien verneigten sie sich tief vor der ehemaligen Kammerfrau.

Diese musterte sie scharf aus ihrem einen Auge.

»Ah, da sind ja die Poitevinerinnen. Haltet mich nicht auf, meine Lämmchen. Seht zu, dass Ihr nach oben kommt, ehe Euch meine Kammerzofen die besten Plätze wegschnappen. Aber wer ist das denn?«, fragte sie und deutete mit dem Zeigefinger auf Angélique.

Mlle. de Tonnay-Charente stellte sie vor.

»Das ist eine Freundin, die Gräfin de Peyrac de Morens.«

»Sieh an, sieh an! Hä, hä, hä«, entgegnete die Dame mit einem seltsam hämischen Kichern.

»Ich bin mir sicher, dass sie etwas über dich weiß«, wisperte Hortense, als sie die Treppe hinaufgingen. »Wir waren naiv, zu glauben, dass es nicht irgendwann zu einem Skandal kommen wird. Ich hätte dich niemals mitbringen dürfen. Am besten gehst du gleich wieder nach Hause.«

»Einverstanden, aber dann gibst du mir das Kleid zurück«, antwortete Angélique und streckte die Hand nach dem Mieder ihrer Schwester aus.

»Sei still, du dummes Ding«, zischte Hortense, wehrte sie ab und schubste sie auf der schmalen Treppe zurück.

Angélique fand sich ein paar Stufen tiefer neben der »Frau des Krüppels« wieder, und während sie an ihrer Seite die Stufen hinaufstieg, fragte sie sich, warum ihre Begleiterinnen sie so beharrlich »die Kleine« nannten, obwohl sie von ihnen allen die Größte war. Doch das war nicht auf den ersten Blick zu erkennen, was sicherlich an den perfekten Proportionen ihres Körpers und ihrer anmutigen Gestalt lag.

»Françoise! Françoise, kommt her und stellt Euch neben mich«, rief Athénaïs de Tonnay-Charente, die endlich das oberste Stockwerk erreicht hatte.

Obwohl sie selbst von der Natur mit allen Gaben bedacht worden war, schien die glanzvolle Athénaïs großen Wert auf die Anwesenheit der Gemahlin Scarrons, ihrer verarmten ehemaligen Schulfreundin, zu legen.

Ohne Umstände hatte sie sich das Fenster in einer Dienstbotenkammer gesichert und richtete sich dort für ihre Freundinnen ein.

Mme. Scarron streckte die Hand nach Angélique aus und bedeutete ihr mit einem Lächeln, zu ihnen ans Fenster zu kommen.

»Von hier oben hat man einen fantastischen Ausblick«, rief Athénaïs. »Seht nur, da unten! Die Porte Saint-Antoine, durch die der König hereinkommen wird!«

Angélique beugte sich ebenfalls vor.

Und sie spürte, wie sie erbleichte.

Denn was sie unter dem vor Hitze diesigen Himmel erblickte, war nicht die breite Straße, auf der sich die Menge drängte, auch nicht die Porte Saint-Antoine mit ihrem aus weißem Stein errichteten und mit Girlanden überhäuften Triumphbogen, sondern, ein wenig zu ihrer Rechten, die wie ein düsterer Steilhang aufragenden Mauern einer gewaltigen Festung.

»Was ist das für ein großes Bollwerk neben der Porte Saint-Antoine?«, fragte sie ihre Schwester mit gedämpfter Stimme.

»Die Bastille«, flüsterte Hortense hinter ihrem Fächer.

Angélique konnte den Blick nicht davon abwenden. Sie sah acht mächtige Türme, von denen jeder mit einem kleinen Wachtürmchen gekrönt war, fensterlose Fassaden, Mauern, Fallgatter und Gräben, eine einsame Insel des Leids im weiten Ozean einer gleichgültigen Stadt, eine abgeschlossene Welt, zu der das Leben keinen Zutritt hatte und in die nicht einmal an diesem Tag die freudigen Rufe dringen würden: die Bastille …!

Der strahlende König würde zu Füßen der unbeugsamen Hüterin seiner Macht vorbeiziehen.

Kein Laut würde die Dunkelheit der Verliese durchdringen, in denen Menschen seit Jahren, seit einem ganzen Leben, alle Hoffnung aufgegeben hatten.

Das Warten dauerte an. Endlich verriet das Geschrei der ungeduldigen Menge, dass sich der Zug in Bewegung gesetzt hatte.

Aus dem Schatten der Porte Saint-Antoine tauchten die ersten Körperschaften auf. Es waren die vier Bettelorden, die Franziskaner, die Dominikaner, die Augustiner und die Karmeliten, denen ihre Kreuze und Wachskerzen vorausgetragen wurden. Die groben schwarzen, braunen und weißen Kutten sprachen der strahlenden Sonne Hohn, die aus Rache ein Meer aus rosigen Schädeln aufleuchten ließ.

Dahinter folgte der weltliche Klerus mit seinen Kreuzen und Bannern, seinen Priestern in Chorrock und viereckigen Mützen.

Anschließend zogen die Regimenter der Hauptstadt vorbei, deren Trompeten den frommen Gesängen fröhliche Signale folgen ließen.

Hinter den dreihundert Stadtwachen kamen der Gouverneur M. de Burnonville und seine Garden.

Dahinter ritt der Vorsteher der Kaufmannschaft inmitten einer herrlichen Eskorte von in grünen Samt gekleideten Lakaien, gefolgt von den Ratsmitgliedern, den Schöffen, den Viertelmeistern und den Vorstehern und Garden der Tuchmacher-, Gewürzhändler-, Krämer-, Kürschner-, Weinhändler- und Goldschmiedezünfte in ihren farbenfrohen Samtroben.

Das Volk klatschte den sechs Zünften, den Vertretern seiner Kaufmannsgilden, begeistert Beifall.

Diese Begeisterung wurde merklich kühler, als die Hauptleute der Scharwache, gefolgt von den Wachen des Châtelet und den beiden obersten Richtern in Zivil- und Strafangelegenheiten vorbeizogen.

Die Menge verstummte, als sie ihre üblichen mürrischen, böswilligen Peiniger erblickte.

Das gleiche feindselige Schweigen empfing auch die unabhängigen Gerichtshöfe, das Steuergericht und die Rechnungskammer, Symbole der verhassten Abgaben.

Der Oberste Gerichtspräsident und seine wichtigsten Kollegen boten in ihren tiefroten, hermelinbesetzten, weiten Umhängen und dem mit goldenen Tressen geschmückten schwarzen Samtbarett auf dem Kopf einen prächtigen Anblick.

Es war schon fast zwei Uhr nachmittags. Am strahlend blauen Himmel bildeten sich vergeblich kleine Wölkchen, die von der sengenden Sonne gleich wieder aufgelöst wurden. Die Menschen schwitzten und gerieten allmählich in Trance, den Blick fest auf den Horizont der Vororte geheftet.

Aufbrausender Beifall verriet, dass die Königinmutter auf den Balkon des Hôtel de Beauvais getreten war. In Begleitung der Königinwitwe von England und deren Tochter, Prinzessin Henriette, nahm sie unter dem Baldachin Platz. Das war das Zeichen, dass der König und die Königin nahten.

Angélique hatte die Arme um die Schultern von Mme. Scarron und Athénaïs gelegt. Gemeinsam beugten sie sich aus dem Fenster im obersten Stock des Hauses und versäumten nicht eine Sekunde des prächtigen Schauspiels. Hortense und Athénaïs' jüngere Schwester hatten zusammen mit weiteren Gästen einen Platz an einem anderen Fenster gefunden.

Zu den am sehnlichsten erwarteten Attraktionen dieses märchenhaften Tages gehörte der Tross des Kardinals. Alle freuten sich auf den Anblick seiner zweiundsiebzig Maultiere, die, in Gruppen von jeweils vierundzwanzig Tieren, mit weißen Federbüschen und herrlichen Decken geschmückt, vorbeiparadieren würden. Dahinter sollte der Stallmeister Seiner Eminenz mit vierundzwanzig reich gekleideten Pagen folgen, dann zwölf herrliche Pferde mit gold- und silberbestickten scharlachroten

Überwürfen, die von zwölf livrierten Lakaien am Zügel geführt würden. Anschließend käme der Höhepunkt, der Gipfel dieser Prachtentfaltung: elf sechsspännige, mit verschiedenen kostbaren Stoffen bezogene Kutschen. Und zu guter Letzt die Karosse Seiner Eminenz!

Die Straße, die vor dem Hôtel de Beauvais eine leichte Krümmung beschrieb und sich ein wenig verengte, war immer noch erfüllt vom Klingeln der Zaumzeugglöckchen der berühmten Maultiere und dem rhythmischen Hämmern ihrer Hufe, das sich mit dem Beifall und den bewundernden Rufen der Zuschauer vermischte.

Da näherte sich die von acht Pferden gezogene Karosse Seiner Eminenz des Kardinals, jenes Mannes, der seit so vielen Jahren die Geschicke Frankreichs und ganz Europas mitbestimmte. Doch von all den Karossen dieses Tages war sie die kleinste. Und … die Karosse war leer.

Der Beifall wurde noch lauter. Mit diesem letzten Kunstgriff eroberte der geschickte Italiener endlich das Wohlwollen der Menge, die ihn so sehr abgelehnt und gehasst hatte. Man jubelte dem Symbol des Mannes zu, der – was niemand abstreiten konnte – durch sein strategisches Genie und den Westfälischen Frieden Europa vom entsetzlichen Dreißigjährigen Krieg erlöst hatte und den Franzosen nun durch den Pyrenäenvertrag den Frieden mit dem Erbfeind Spanien brachte. Das Volk verstand, dass er die Stöße und Anstrengungen des Umzuges gescheut hatte, und umso dankbarer war es ihm, dass er sich gleichzeitig in all seiner Macht gezeigt hatte und doch hinter seinem Bild zurückgetreten war.

Da schließlich erschien er auf dem Balkon des Hôtel de Beauvais, die Verwüstungen der Krankheit und der Schmerzen unter dicken Schichten von Schminke verborgen.

Auf welchem der drei Balkone? Diese Frage bleibt unbeantwortet.

Auf dem der Königinmutter, mit der er an diesem Tag den Höhepunkt ihres langen Kampfes feierte, um den kleinen König und sein Reich zu retten?

Aber wahrscheinlicher ist es, dass er allein auf einem der anderen Balkone stand, die an dieser schmalen Fassade ohnehin dicht nebeneinanderlagen.

An seiner Seite nur die derbe, dunkel gekleidete, kurzum militärische und hugenottische Gestalt von M. de Turenne de La Tour d'Auvergne, dem Gefährten seiner Siege.

Der Beifall hielt an.

Im Grunde seines Herzens war das französische Volk ihm dankbar dafür, dass er es von der irrsinnigen Tat abgehalten hatte, seinen König zu verbannen, auf den nun alle voll überbordender Bewunderung und Verehrung warteten.

Die Adligen seines Hofes ritten ihm mit ihrem Gefolge voraus.

Angélique kannte die Namen zu den meisten Gesichtern. Sie zeigte ihren Gefährtinnen den Marquis d'Humières und den Grafen de Lauzun an der Spitze ihrer hundert Edelleute. Unbekümmert wie eh und je, warf Lauzun den Damen schalkhafte Küsse zu. Die Menge reagierte darauf mit lautem, gerührtem Gelächter.

Wie sehr man sie doch liebte, diese tapferen, glanzvollen jungen Adligen! Wieder einmal vergaß man ihre Verschwendungssucht, ihren Hochmut, ihre gewaltsamen Auseinandersetzungen und ihre schamlosen Ausschweifungen in den Schenken. Das Einzige, was in Erinnerung blieb, waren ihre kriegerischen und galanten Heldentaten.

Die Zuschauer nannten sich gegenseitig ihre Namen, als sie vorbeiritten: der in Gold gekleidete Saint-Aignan, an Gestalt und Zügen der Schönste von allen, de Guiche mit seinem Gesicht wie eine Blume des Südens, der allein auf einem feurigen Pferd ritt, dessen Sprünge die schmückenden Edelsteine aufblitzen ließen,

Brienne, mit den in drei unterschiedlichen Längen angeordneten Federn auf seinem Hut, die ihn umflatterten wie die Flügel von märchenhaften weißen und rosafarbenen Vögeln.

Angélique wich ein Stück zurück und biss sich auf die Lippen, als der Marquis de Vardes mit seinem hübschen, unverschämten Gesicht unter der blonden Perücke an der Spitze der Hundertschweizer mit ihren gestärkten Halskrausen aus dem 16. Jahrhundert vorbeiritt.

Da durchbrach ein schallendes Trompetensignal den Rhythmus des Zuges.

Der König nahte, herangetragen von den Wogen des Beifalls.

Und dann war er da … Schön wie das Tagesgestirn!

Wie groß er war, der König von Frankreich! Endlich ein richtiger König! Nicht verachtenswert wie Karl IX. oder Heinrich III., weder zu schlicht wie Heinrich IV. noch zu streng wie Ludwig XIII.

Auf einem rotbraunen Pferd ritt er langsam voran, und in ein paar Schritten Abstand folgten ihm sein Großkammerherr, der Erste Offizier seines Haushalts, sein Oberstallmeister und der Hauptmann seiner Leibgarde.

Er hatte den Baldachin abgelehnt, den die Stadt für ihn hatte besticken lassen. Er wollte, dass das Volk ihn sah in seinem silberdurchwirkten Gewand, das seinen kräftigen Oberkörper so vorteilhaft betonte. Ein Hut, dessen in mehreren Stufen ansteigende Federn von Diamantnadeln gehalten wurden, schützte sein lächelndes Gesicht vor der Sonne.

Er winkte grüßend in die Menge.

Als er vor dem Hôtel de Beauvais ankam, drehte er sein Pferd dem Haus zu und neigte sich zu einem weiten Gruß, den jeder auf seine Weise interpretierte. »Anna von Österreich erblickte darin das Zartgefühl des Sohnes, der ihr größtes Glück und ihre größte Sorge gewesen war; die trauernde Witwe des Königs von England den Ausdruck von Mitgefühl und Bewunderung angesichts des würdevoll ertragenen Leids; der Kardinal den Dank eines Schülers, dem er die Krone bewahrt hatte. Und die einäugige Catheau dachte, während eine Träne aus ihrem einzigen Auge rann, gerührt an den leidenschaftlichen, hübschen Jungen, den sie einmal im Arm gehalten hatte.«

Der Umzug ging weiter.

Ludwig XIV. ritt weiter, ohne zu ahnen, welche Rolle die drei Frauen in seinem Leben spielen sollten, die dort oben durch allergrößten Zufall versammelt waren: Athénaïs de Tonnay-Charente de Mortemart, Angélique de Peyrac und Françoise Scarron, geborene d'Aubigné.

Angélique spürte, wie Françoise unter ihrer Hand erschauerte.

»Oh, er ist so schön!«, flüsterte die Gemahlin des Krüppels.

Dachte die arme Mme. Scarron beim Anblick des vergöttlichten Mannes, der sich unter tosendem Beifall entfernte, an den gelähmten Alten, dessen Dienerin und – dem unvermeidlichen bösen Klatsch zufolge – Gespielin sie nun schon seit acht Jahren war?

»Ja, er ist sehr schön in diesem silbernen Gewand«, flüsterte Athénaïs, die blauen Augen vor Begeisterung geweitet. »Aber ich kann mir vorstellen, dass er ohne Gewand und Hemd auch sehr ansprechend sein muss. Die Königin hat großes Glück, einen solchen Mann in ihrem Bett zu finden.«

Angélique sagte nichts.

Er hält unser Schicksal in der Hand, dachte sie. Gott steh uns bei! Er ist zu groß! Er steht zu weit über uns!

Trotzdem durchströmte sie bei seinem Anblick neue Hoffnung.

Der König war nach Paris zurückgekehrt. Von nun an war er ganz in ihrer Nähe. Wenn sie beharrlich blieb und alle Hindernisse überwand, würde sie zu ihm durchdringen können.

Schon nahm sie alle Kraft zusammen.

Natürlich durfte sie sich nichts vormachen. Er war der König! Er war allmächtig. Aber wenn es sein musste, würde sie ihm die Stirn zu bieten wissen.

Beifall toste auf, als die Begeisterung der Menge aufs Neue entfacht wurde.

Die junge Königin erschien auf einem von sechs Pferden gezogenen römischen Wagen aus feuervergoldetem Silber. Die Schabracken der Pferde waren mit Lilien aus Gold und Edelsteinen bestickt.

Die Neuigkeitenkrämer vom Pont-Neuf hatten das Gerücht in die Welt gesetzt, die neue Königin sei linkisch, hässlich und dumm. Und nun freuten sich alle, zu sehen, dass sie, wenn schon nicht eine wahre Schönheit, mit ihrem perlmuttschimmernden Teint, ihren großen blauen Augen und ihrem feinen hellgoldenen Haar doch eine durchaus entzückende Herrscherin abgab. Man bewunderte ihre Haltung, ihre vollkommene königliche Würde und die Standhaftigkeit, mit der diese zarte junge Frau die schweren, mit Diamanten, Perlen und Rubinen besetzten Brokatgewänder trug.

Nachdem sie vorbeigezogen war, wurden die Absperrungen weggenommen, und die Menge ergoss sich wie entstautes Wasser in die Straße.

Nach diesem ganzen Staunen waren jetzt alle erschöpft.

Im Hôtel de Beauvais ließen sich die königlichen Gäste an einen großen Tisch geleiten, wo die erlesensten Speisen und Getränke angerichtet worden waren, um ihren Hunger und Durst zu stillen.

Anmerkungen

1 Titel des französischen Thronerben. (Anm. d. Übers.)
2 siehe 1. Band, Die junge Marquise.
3 Dieses häufig eingenommene Mittel wurde in Wirklichkeit aus dem Horn eines Narwals hergestellt.
4 Eine hauptsächlich Repräsentationszwecken dienende Leibgarde des Königs. Sie war benannt nach ihrer Waffe, dem Rabenschnabel (»bec-de-corbin«), einer Art Streithammer, und bestand aus zwei Kompanien zu je hundert Adligen. (Anm. d. Übers.)
5 »Mademoiselle« lautete im Ancien Régime der Titel der Tochter von »Monsieur«, dem Bruder des Königs. Da bei der Thronbesteigung Ludwigs XIV. sein Onkel Gaston d'Orléans noch lebte, ging man dazu über, diesen den »Großen Monsieur« zu nennen, während Ludwigs Bruder, dem der Titel eigentlich zustand, als der »Kleine Monsieur« bezeichnet wurde. Entsprechend bezeichnete man mit dem Zusatz »Große« Mademoiselle auch Gastons Tochter, die Herzogin von Montpensier, die aufgrund ihrer Rolle während der Fronde und ihrer bekannten Memoiren als die »Grande Mademoiselle« in die Geschichte eingegangen ist. (Anm. der Übers.)
6 Titel des Ersten Prinzen von Geblüt, zu jener Zeit der Prinz von Condé. (Anm. der Übers.)
7 Aus dem Wörterbuch der Real Academia: »fiesta pública que se hace con varios disfraces ridículos«. Zu deutsch etwa: »öffentlicher Umzug in verschiedenen lustigen Verkleidungen«.

8 Diese überlebensgroßen Figuren wurden aus Weidenruten und Stroh gefertigt und von Stelzenläufern, die sich in ihrem Inneren verbargen, durch die Straßen getragen.

9 »Verzeihung. Lasst mich vorbei.«

10 »Ich möchte Euch im Stillen umarmen.«

11 »Y cómo, que me agrada, por cierto es muy lindo mozo, y que ha hecho una cavalcada muy brava y muy de galán.«

12 Der Orden des Heiligen Jakob vom Schwert wurde gegründet, um die Pilger auf dem Weg nach Santiago de Compostela zu schützen.

13 Velázquez sollte zwei Monate später an der Krankheit sterben, die er sich durch die Feuchtigkeit am Fluss zugezogen hatte.

14 »Er hat mir viele schlaflose Nächte bereitet!«

15 Der erste Herr ihres Haushalts. (Anm. d. Übers.)

16 Kolleg der vier Nationen. (Anm. d. Übers.)

17 Der Titel des französischen Kronprinzen, »Dauphin«, bedeutet auf Deutsch auch »Delphin«. (Anm. d. Übers.)

18 Höllenstraße. (Anm. d. Übers.)

19 Frz. »tuilerie«. (Anm. d. Übers.)

20 Müllerbrücke. (Anm. d. Übers.)